KB126702

나오키 산주고의
대중문학 수필집

일본대중문화총서 03

나오키 산주고의
대중문학 수필집

나오키 산주고 지음

엄인경·이가현·류정훈·이상혁 옮김

보고사
BOGOSA

목차

일러두기

1. 일본의 지명 및 인명과 같은 고유명사의 표기는 국립국어원이 제정하고 교육부가 고시한 외래어 표기법에 따른다.
2. 단행본, 잡지명, 신문명 등은 『 』로, 논문, 기사 등은 「 」로, 강조 및 간접 인용은 ' ', 직접 인용이나 ' ' 내의 인용은 " "로, 연극이나 영화, 그림 제목, 행사명은 〈 〉로 표시한다.
3. 원어나 한자가 필요한 경우 ( )로 병기하였으며, ( ) 안에 다시 병기가 필요한 경우는 [ ] 안에 넣는다.
4. 이 책에서의 주는 모두 역자주이다.
5. 이 책은 다음 서적에 수록된 나오키 산주고의 수필을 저본으로 하였다. ( ) 안은 해당 부분 번역 담당자이다.
   - 「나의 대중문예진」(처음인 '大衆文学の辦'부터 '大衆小説を辻斬る'까지는 이가현, '俗悪文学退治'부터 '吾が大衆文芸陣'까지는 류정훈)
     直木三十五 『直木三十五全集』 第15券, 改造社, 1935.
   - 「나오키 산주고 대중문예 작법」(이상혁)
     直木三十五 『直木三十五作品集』 文藝春秋, 1989.
   - 기타 수필들(엄인경)
     直木三十五 『直木三十五全集』 第14券, 改造社, 1935.

머리말

　한국의 젊은 세대에게 애니메이션이나 만화, 게임 등의 일본 대중문화가 광범위하게 인기를 얻고 일상에 자리 잡은 지 오래다. 코로나19 팬데믹과 OTT의 급속한 확산을 거치면서 일본 ACG(Anime, Comics, Game)문화에 대한 한국인의 위화감조차 적어진 듯하다. 한국에서 일본 대중문화의 소비는 자연스럽기만 한 것인가? 아직 이러한 의문과 현상을 설명하려는 한국의 서적, 인터넷 및 다양한 디지털 미디어에서 유통되는 정보들은, 단편적이고 표피적이며 사례 나열적인 경우가 대부분이다.

　고려대학교 글로벌일본연구원이 기획한 〈일본대중문화총서〉는 이러한 현황에 문제의식을 품고, 밀도 있는 사유와 전문적 정보를 바탕으로 일본 대중문화의 과거와 현재에 이르는 대중문화 개념의 발생과 그 범주 및 특성을 학술적으로 고찰하려는 역서 시리즈이다. 일본의 대중문화를 키워드로 한 전통과 현대의 만남, 대중문화의 생성과 변용을 살피고 시대의 맥락을 담은 해석을 접한다는 것은, 한편으로는 전 세계적으로 확장되는 드라마와 K-pop같은 한국 대중문화의 도약과 방향성 설정을 위해서도 필요한 일일 것이다.

　나오키 산주고(直木三十五, 1891-1934)라는 인물은 1930년을 전후한 시기에 '대중문학', '대중문예', '대중문화' 개념의 형성과 관련 담론에 지대한 영향을 미친 작가이며, 이 책은 그가 동시대 대중문예에 관하여 쓴 수많은 수필을 번역하여 소개하는 것이다. 일본에서는 매년 가장 대표적 문학상인 〈아쿠타가와상(芥川賞)〉과 〈나오키상(直木賞)〉이 발표된다. 그러면 그 수상 작가와 작품이 침체된 출판시장을 달굴 만큼 화제성이 크고 한국에서도 신속히 번역 소개되는 것이 작금의 상황이다. 순문학의 〈아쿠타가와상〉이 아쿠타가와 류노스케(芥川龍之介, 1892-1927)라는 요절한 천재 작가의 이름을 땄다는 사실은 비교적 잘 알려져 있으며, 아쿠타가와의 작품은 대부분 한국에서 번역 소개되어 있다.

이에 비해 대중문학 최고 권위의 상인 〈나오키상〉에 관해서는, 나오키가 누구인지, 풀네임이나 본명이 무엇인지, 어떠한 작품을 쓴 사람인지, 왜 대중문학상에 나오키라는 이름이 붙게 된 것인지 등은 거의 알려져 있지 않다. 이는 한국만이 아니라 일본에서조차 비슷한 현상으로, 이 상의 이름이 붙은 나오키가 누구를 말하며 그의 대표작이 무엇인지 답할 수 있는 사람도 많지 않은 바, 일본에서는 종종 '잊혀진 천재'라고 일컬어진다.

나오키 산주고는 문단에서 출판 관계자와 다른 작가들과 좌충우돌하였으며, 엄청난 수입을 거두는 한편 감당 못 할 막대한 빚을 지는가 하면 '파시즘 선언'을 하는 등 기행이라 할 만큼 독특한 행보를 보인 이단아적 존재였다. 연애 문제로도 구설에 오르기를 여러 번, 결핵성 늑막염으로 40대 초반에 사망하지 않았더라면 그의 인기 소설도 더 많이 탄생했을 것이겠지만, 가십도 더 많이 붙었을 것이 틀림없는 독특한 개성의 작가이다. 당시 연재물을 중심으로 한 그의 작품들은 '대중적' 인기는 대단하였고, 대중을 등에 업은 나오키는 늘 대중을 중심으로 사고하며 대중문예의 본질이나 특질의 핵심에 접근하여 설명하고자 했다. 이에 본서의 역자들은 나오키 산주고가 '대중문예'에 대해 가진 사고체계를 파악할 수 있는 관련 수필을 모아 번역하여, 근현대 일본의 대중문화가 약진한 시기의 시대적 맥락을 소개하게 된 것이다.

일본문학 전문 연구자 네 명이 협력하여 진행했는데, 번역 과정에서 방대하게 쏟아지는 나오키의 동시대 문학(가)에 대한 비평적 발언들은 생각보다 수월하지 않았다. 난점으로는 무엇보다 1930년을 전후하여 일본의 대중들이 빠져들어 읽은 무수한 작품들에 대한 정보가 현 단계에서 얻기 힘들었다는 점, 막대한 인기를 얻은 대중문학이 대부분 역사적 사건이나 인물을 소재로 한 역사소설과 중첩되어 각종 고유명사 처리와 이를 전달하기 위한 주석 작업에 상당한 품이 들었다는 점, 나오키가 북받치는 감회와 마감에 쫓기는 바람에 수필에서 그리 친절하고 정확하게 작품 제목이나 인명을 일러주지 않아 추론했어야 하는 점, 강연의 구술처럼 말하듯 쓴 글이 만연체와 비문으로 가득했던 점 등을 거론할 수 있다.

번역은 꽤 어려운 작업이었지만, 〈나오키상〉의 그 '나오키'가 대중문학의 다양한 장르를 과감무쌍하게 분류하고 재단하며 작품과 작가들에게 험담과 비판을 늘어놓는 과정은 현대적 관점에서 보면 황당무계하면서도 묘한 설득력을 가져 흥미로웠다. 대중이 진정 원하는 것이 무엇인지 모르고 편협한 외골수 세계에 골몰한, 다시 말해 대중과 공감하지 못하는 실패작(가)에 대한 거침없는 일갈도 수긍할 수 있었다. 아울러 대중문학의 외연에 놓인 영화나 삽화, SF적 상상까지도 한없이 수필에서 늘어놓는 그의 '대중'적 자장을 둘러싼 입담은 궤변과 달변의 경계에서 그칠 줄 모르는 것이었다.

부디 독자들이 나오키 산주고의 수필을 통해 약 백 년 전 일본 문단에서 회자된 '대중문화' 관련 논의가 어떠한 모습이었으며 어떻게 변화하였는지 추적할 수 있는 작은 발판이 되었으면 한다.

끝으로 본 연구원이 기획한 〈일본대중문화총서〉의 취지에 찬동하여 출판사업을 지원해 주신 공익재단법인 간사이·오사카21세기협회(関西·大阪21世紀協会), 어지러운 체제로 편집 과정이 까다로웠음에도 불구하고 역자들 의견까지 세세히 반영하여 반듯하고 정돈된 형태로 이 책을 만들어주신 보고사 관계자들께 깊은 감사의 인사를 전한다.

2023년 10월 초
안암동 연구실에서
역자를 대표하여 엄인경

나의 대중문예진(陣)

대중문학의 변

마사무네 하쿠초(正宗白鳥)[1] 씨에게 답하다

1

나는 마사무네 씨가 『개조(改造)』[2] 10월호에 쓰신 『남국태평기(南國太平記)』[3]의 평에 대해 반박하지 않을 생각이었다. 왜냐하면 그 자신이 거기에 "나의 소설 취미가 완고하기 때문에 감상의 융통성이 결여되어 있을 수 있다"고 말씀하면서도, 대중문학과 순문학을 구분 짓지 않고 있으며, 역사적 지식에 관해서 완전히 오류에 빠져 있기 때문이다.

그런데 국민지[4]에 스즈키(鈴木)[5] 씨가, 『문예춘추(文藝春秋)』[6]에 기쿠

---

1 마사무네 하쿠초(正宗白鳥, 1879-1962): 메이지 시대(明治時代, 1868-1912)에서 쇼와 시대(昭和時代, 1926-1989)에 걸쳐 활약한 일본의 소설가·극작가·문학평론가. 허무적 인생관을 객관적으로 그리는 자연주의 대표 작가로 출발. 비평 정신으로 가득 찬 냉철한 경지를 개척했다.

2 다이쇼에서 쇼와에 걸쳐 개조사(改造社)에서 발행한 일본의 종합 잡지. 1919년 창간, 1955년 폐간되었으며 사회주의적 평론을 많이 실었다.

3 1931년 6월 12일~10월 17일까지 『도쿄니치니치신문(東京日日新聞)』, 『오사카 마이니치신문(大阪每日新聞)』에 발표된 나오키 산주고의 소설 및 본작을 원작으로 한 영화 작품이다. 막부 말기 사쓰마번(薩摩藩)의 오유라 소동(お由羅騒)을 소재로 한다.

4 원문표기가 부정확하여 미상이지만, 시기상 1910-1913년 동안 국민잡지사(國民雜誌社)에서 발행한 잡지인 『국민잡지(国民雜誌)』를 가리키는 것으로 추정된다.

5 스즈키 히코지로(鈴木彦次郎, 1898-1975): 일본의 소설가. 1924년 가와바타 야스나리(川端康成), 요코미쓰 리이치(橫光利一) 등의 『문예시대(文藝時代)』에 참가.

치(菊池)[7] 씨가 이 점에 관해 언급하고 계시고, 요즘 가끔 보이는 대중 문학론에도 전혀 이 문학의 특수성을 인정하지 않고 논하는 사람이 많기 때문에, 조금 늦었지만 마사무네 씨의 오류를 지적하면서 내 생각을 말해 보려고 하는 것이다.

석간의 '연재물'로서, 독자를 고려할 경우 "쇼키치(庄吉)는 어떻게 되는가, 미유키(深雪)와 결혼하는 것인가"라는 질문을 하는 독자가 제일 많다는 것을 생각해야 한다. 때로는 이름은 모르지만 마스미쓰(益満)를 좋아한다는 사람조차 독자 중에는 있다.[8]

이러한 독자도 상대해야 하고, 또 상당히 문학적이지 않은 내용도 아무렇지 않게 쓰기 때문에 마사무네 씨 마음에 들지 않는 것이 당연하여 '석간 연재물'이란 마사무네 씨와 같은 사람이 읽으라고 쓰는 것과는 거리가 멀다.

그러므로 어려운 부분은 문장을 짧게 자른다거나 파란이 없는 곳은 반드시 두세 번으로 장면을 나누어 난투 장면 수법을 다른 대중물과 다르게 다루며, 비극 뒤에는 유머를 제공하여―― 순문학과는 다르게 준비할 예정이다.

신감각파(新感覚派)의 한 사람으로 여겨졌다. 후에 농민소설, 대중소설, 역사소설로 돌아선다.

6 일본의 문예춘추(文藝春秋)에서 발간하는 월간 잡지. 1923년 1월, 기쿠치 간(菊池寬)이 사재를 투자해 창간하였다.

7 기쿠치 간(菊池寬, 1888-1948): 다이쇼 시대(大正時代, 1912-1926)와 쇼와 시대의 소설가·극작가. 권위 있는 문학상인 〈아쿠타가와상〉, 〈나오키상〉 등을 제정하여 작가의 복지와 신인의 발굴·육성 등에 공헌한 바 있다. 창작 면에서는 『진주부인(眞珠夫人)』(1920) 등 통속소설을 주로 집필하였다.

8 쇼키치와 미유키, 마스미쓰는 나오키 산주고의 소설 『남국태평기(南國太平記)』의 등장인물이다.

소년잡지에서는 절대로 지문을 길게 해서는 안 되는데, 아이들은 한 눈에 글씨가 꽉 차 있으면 싫증을 내는 듯하다. 이는 각자 자신의 어린 시절을 회고해도 알 수 있는 것이다. 예컨대 "오사카(大阪)를 떠나"라고만 말하고, 부채를 한 번 두드린 다음 "드르륵, 부인, 돌아왔소"라는 말로 에도(江戶)[9]에 도착하는데, 그 사이에 "일수를 거듭해"라든가 "여관에서 묵고 또 묵어"라든가 하는 쓸데없는 문구는 필요없다. 이러한 생략법의 솜씨가 뛰어나다. 대중물은 이러한 것까지 주의를 기울이지 않으면 독자는 바로 하품을 한다. 오사라기(大佛)[10] 군의 『유이 쇼세쓰(由比正雪)』[11]에서 기슈(紀州)의 요리노부(頼宣)[12]가 장황하게 혼잣말을 하고 있지만, 그러면 독자는 완전히 기다리다 지쳐버리고 만다.

마사무네 씨 등은 한마디로 '허무하다'거나 '초인적'으로 치부할 수 있지만 대체로 대중물이란 순문학에 없는 로맨틱, 영웅, 초인을 바라는 요구에서 나온 것으로, '장발장'도 초인이라면 '셜록 홈즈'도 '율리시스'도 '빌헬름 텔'도 모든 대중물은 국내외 모두 '허구'를 우선으로

---

9 현재의 도쿄(東京).

10 오사라기 지로(大佛次郎, 1897-1973): 일본의 소설가·작가로 가나가와현(神奈川県) 출신. 대중문학 작가로 유명하며, 역사소설, 현대소설, 논픽션, 동화 등 폭넓게 작품활동을 하였다.

11 『도쿄니치니치신문(東京日日新聞)』, 『오사카 마이니치신문(大阪毎日新聞)』 1929년 6월~1930년 5월호에 연재. 1930년 개조사(改造社)에서 단행본 출간. 에도시대(江戶時代, 1603-1868) 전기의 일본 군학자이자 게이안의 변(慶安の変, 1651)의 주모자인 유이 쇼세쓰(由比正雪, 1605-1651)를 소재로 한다.

12 도쿠가와 요리노부(徳川頼宣, 1603-1671): 초대 쇼군(将軍) 도쿠가와 이에야스(徳川家康)의 10남으로, 기슈 와카야마번(紀伊和歌山藩, 지금의 와카야마현(和歌山県), 미에현(三重県) 남부)의 초대 당주. 패기 있고 씩씩한 성격으로 알려져 있다.

하고 있다. 그 문학에 대해 '허구'라는 한 마디로 평가하는 것은, 마사무네 씨 스스로 인정하고 계신 '감상의 융통성 결핍'이고, 이런 것은 새삼스럽게 쓰는 것조차 터무니없으며, 내가 대답할 흥미가 없다는 것은 이런 기초적인 것을 설명할 흥미가 없었기 때문이다.

2

게다가 마사무네 씨에게 대중물을 비평할 자격이 없다는 일례는 (우노(宇野)[13] 군도 마찬가지로) 『남국태평기』의 상·중권을 '막부 말기'라고 생각하는 역사적 무지함, '저주'를 내 마음대로 소설 구상에 도입한 것으로 해석하여 "이 사건의 중심인 저주나, 퇴치는, 고풍스러움을 하나의 취향으로 끌어들이고 있는 것에 불과하다"고 말하는 난폭한 추측으로 충분하다.

우리는 문학적으로는 매우 저급하지만, 조사에는 상당히 노력을 기울이고 있다. 만약 『남국태평기』를 정당하게 평한다면 다소는 오유라 소동(お由羅騒動)[14]의 사실(史実)이라도 알아보고 평했으면 한다. 시마즈 나리아키라(島津斉彬)[15]가 죽은 것은 1858년으로 『남국태평기』

---

13 우노 코지(宇野浩二, 1891-1961): 후쿠오카현(福岡県) 출신의 소설가. 세속에 물들지 않으면서 고요하고 평안한 느낌을 주는 독자적 작풍을 확립하였다.

14 에도시대 말기에 사쓰마 번에서 일어난 집안 소동. 번주 시마즈 나리오키(島津斉興)의 후계자로서 측실의 아들 시마즈 히사미쓰(島津久光)를 번주로 하려는 일파와 적자 시마즈 나리아키라(島津斉彬)의 번주 습봉을 바라는 가신들의 대립으로 일어났다.

15 시마즈 나리아키라(島津斉彬, 1809-1858): 사쓰마번(薩摩藩)의 제11대 번주. 사쓰마번의 부국강병을 성공시킨 명군으로 평가받았다. 메이지 유신(明治維新)의

의 사건은 1827년 전후 약 20년에 걸친 소동이다.

누가 분카·분세이(文化·文政)[16]를 막부 말기라고 한다는 말인가? 만약 이런 난폭한 시대 구분도 괜찮다면 간에이(寬永)[17]는 전국 시대(戰国時代)[18] 바로 뒤니까 결국 전국이라고 해도 되고, 메이지(明治)[19]는 막부 말기의 게이오(慶応)[20]에 이어졌으니 결국 막부 말기라고 해도 될 것이다. 에도의 '퇴폐기'인 '가세이도(化政度)'[21]에서 막부 말기 이전의 일을 쓰고 있는 상·중권을 붙들고 다케다 고운사이(武田耕雲齋)[22]가 기소로(木曾路)[23]를 지나는 막부 말기 한창인 『동트기 전(夜明け前)』[24]과 비교해 "막부 말기의 분위기가 느껴지지 않는다"는 등 마

주역인 사이고 다카모리(西郷隆盛)를 비롯한 막말의 인재를 길러낸 인물이기도 하다.

16 일본 연호의 하나로 분카(文化)는 고카쿠 천황(光格天皇), 닌코 천황(仁孝天皇)의 재임 시기(1804-1817). 분세이(文政)는 닌코 천황의 재임 시기(1818-1831).

17 일본 연호의 하나(1624-1645). 이 시대의 천황은 고미즈노오 천황(後水尾天皇), 메이쇼 천황(明正天皇), 고쿄묘 천황(後光明天皇).

18 일본에 15세기 중반부터 16세기 후반까지 사회적, 정치적 변동이 계속된 내란의 시기.

19 메이지 천황(明治天皇)이 재위했던 시기(1868-1912).

20 고메이 천황과 메이지 천황 시절에 사용했던 연호(1865-1868).

21 에도시대의 시기 구분 중 하나로, 연호가 분카·분세이 시대를 말한다. 풍속이 극도로 퇴폐했으나 평민 예술이 성숙하였다.

22 다케다 고운사이(武田耕雲齋, 1803-1865): 막말의 인물로 덴구토의 난(大狗党の乱, 1864년 미토번(水戸藩)의 존왕양이파가 일으킨 변란)이 일어날 때 이를 주도했다.

23 나카센도(中山道)라고도 하며, 에도시대 에도를 기점으로 한 주요 다섯 도로 중 하나로, 에도와 교토(京都)를 연결하는 도로였다. 내륙의 산악지대를 지난다.

24 시마자키 도손(島崎藤村)의 장편소설로 "기소로는 모두 산속이다"의 첫머리로 시작한다. 도손의 아버지를 모델로 메이지 유신 전후의 역사를, 당시의 자료를 사용해서 개인과 사회의 동향을 중층시켜 그린 소설이다.

사무네 씨의 역사적 지식이 전무하다는 것을 폭로할 뿐, 이는 단지 마사무네 씨뿐만 아니라 문단인들이 대중물을 평할 때 가끔 빠지게 되는 우스운 오류이다.

그렇다고 그가 "막부 말기적 유형에 불과하다"는 평을 해도 우스울 뿐, 그에게 '막부 말기' 등을 말할 자격이 과연 있는가? 막부 말기의 무엇을 읽었는가? 그는 비평 초반에 "두세 장으로 미련 없이 책을 던졌다"거나 "소년 시절부터, 동서고금의 소설을 꽤 읽었다"고 하는데, 내 지식으로는 '막부 말기를 다룬 작품'은 요즘의 유행이므로 '소년 시절 동서고금'에는 없었을 것이고, '두세 장으로 책을 던진' 사람이 어떻게 '막부 말기적 유형'이라고 단언할 정도로 '막말물'[25]을 읽었겠는가? 한번 읽은 서목(書目)을 보여주면 '유형'이냐 '비유형'이냐를 보고 논할 수밖에 없고, 나에게는 그가 이런 말을 하는 것이야말로 대중물에 대한 '유형적 비평'이라고 생각할 수밖에 없다.

저주에 대해서는 전에 한 말이 있는데, 그는 내가 이것을 일부러 이 안에 '취향으로 받아들였다'고 추측하고, 그리하여 이런 케케묵은 것을 일부러 받아들이는 작가 등은 변변한 작가가 아니며, 그것을 칭찬하는 놈도 문제가 있다고 하는——이 전제에서 여러 가지 논설이 나오는 것 같다. 『남국태평기』에서 기쿠사부로(菊三郎) 이하 일곱 아이가 차례로 급사했다는 사건은 '사실'이며, 당시 이것은 시마즈 가문(島津家)에 전해지는 '군승비주(軍勝秘呪)'[26]에 걸려 마키 주타로(牧仲太

---

25 막부 말기를 다루는 작품.
26 오유라 소동에서 히사미쓰 측이 나리아키라와 그의 자녀를 군승비주를 사용해 저주로 죽였다는 전설이 있다. 인간의 머리카락, 인간의 뼈, 인간의 피, 뱀의 허물, 소의 머리, 소의 피 등 불길한 제물이 대량 사용되었다.

郎)²⁷ 때문에 주살(呪殺)되었다고 믿었던 것이다. 내가 구상에 '옛날 미신'을 가지고 왔다거나 하는 등은 이 사실을 모르는 무지함에서이고, 사실이 아니라면 나도 이런 터무니없는 것을 일부러 가져오는 것과 같은 불리한 일은 하지 않을 생각이다.

3

저주는 정말이지 '미신'이고 어처구니없지만, 1930년에도 코난 도일[28]은 영계통신(靈界通信)을 연구하고 있으니 에도시대에 주살을 믿었다고 하더라도 결코 이상하지 않다. 첫째, 일곱 아이가 모두 죽고 히사미쓰(久光) 쪽으로 시집간 네 아이만 무사하다는 것이 이미 신기하고, 만일 『남국태평기』에 주살을 쓰지 않고 일곱 아이가 차례차례 죽었다는 사실을 쓴다면 마사무네 씨처럼 이 불가사의를 뭐라고 평가할 것인가. 병사든 독살이든 '허구적이고' 부자연스럽다. 더구나 이것이 사실이고, 당시 그 때문에 병도(兵道)가 삼파로 나뉘어 기싸움을 벌였다는 사실(史実)이 있다면, 대중물로서 이를 받아들이는 것은 당연하고, 이를 부정하거나 '당시 사람들의 상상이었다'고 하거나——나로서는 문학론의 기초도 모르는 그의 말씀을 이해할 수 없다.

주살 장면을 조사할 만큼 조사해보고 쓸 수 있는 만큼 쓰고 그 장면이 약간의 대단함과 현실성으로 표현되기만 한다면 어느 정도의 문학

---

27 출신 등은 불분명하지만, 에도 후기의 사쓰마번 무사·수험자.
28 아서 코난 도일(Arthur Conan Doyle, 1859-1930): 영국의 의사·소설가. 셜록 홈즈가 주인공으로 등장하는 추리소설이 대표작이다.

적 가치는 충분하다고 나는 믿는다. '허구'를 쓰든 '초인'을 쓰든 그것의 가치는 이 점에서 결정된다. 이는 문학론의 첫걸음이다. 기쿠치간 씨는 "어느 정도에 걸쳐 있다"라고 보고, 마사무네 씨는 "어떻게 그렸는가"를 조금도 보고 있지 않지만, 이 두 사람, 어느 것이 문학적 감상의 태도로서 옳은가? 이런 말까지 하지 않으면 안 되기 때문에 나는 내답하지 않을 생각이었다.

연극 〈사쿠라 소고로(佐倉宗五郎)[29]〉의 기도 장면, 그 밖에 모든 소설 속 퇴치 장면 묘사보다 내가 그리는 방법이 부족하다면 나는 할 말이 없다. 만약 다소나마 그려졌다면 저주를 대중문학으로 가져와 그것이 사실인 이상 독살로 삼기보다 자연사로 삼기보다는 내 태도가 옳다고 믿는다. 만약 저주와 같은 것을 마사무네 씨가 말하는 것처럼 "미신이 인간 생활에 미치는 영향"으로 쓴다면 그야말로 우스운 일이고, 『남국태평기』 속에는 그것도 제대로 쓰여 있다.

난투 장면에서도 난투 자체에는 아무런 내용이 없지만 「허허실실 싸움」, 「어마어마하게 쉭쉭 베고」와 같은 『남국태평기』의 장면에서 정확하고 세밀한 검법 묘사에 흥미를 갖는 것이 문학을 보는 방법이다.

그는 또 마스미쓰 등은 마음에 들지 않는 듯 하지만, 막부 말기 인물에는 다카스기 신사쿠(高杉晋作)[30]처럼 그림 양산을 쓰고 높은

---

29 사쿠라 소고로(佐倉宗五郎, 미상): 에도 초기 사쿠라번(佐倉藩)의 의민(義民). 본명은 기노우치 소고로(木内惣五郎) 대대로 농업에 종사하였는데 번주의 가혹한 세정(税政)을 막부에 고했으나 받아들여지지 않았고 결국 월소(越訴)한 죄로 사형에 처해졌다.
30 다카스기 신사쿠(高杉晋作, 1839-1867): 일본의 정치인. 에도막부 말기 조슈번(長州藩, 현재의 야마구치현(山口県) 서부)의 존왕양이 지사로 활약. 기병대 등 제대를 창설하고 조슈번을 막부 타도 운동으로 방향을 잡았다.

잇폰바게다(一本歯下駄)³¹에 보라색 비단 하오리(羽織)³²를 걸치고 게이샤를 데리고 출진하는 사람이 진짜 있었던 것이다. 가쓰라 고고로(桂小五郎)³³의 거지든 주조 긴노스케(中條金之助)³⁴의 바퀴에 붙어있는 칼이든 마사무네 씨께서는 마음에 들지 않겠지만, 사실이기 때문에 나는 적당히 써도 전혀 지장이 없다고 믿는다.

그는 어쨌든 '20년째 같은 일을 하고 있는 하급무사'라든가 '아버지의 고집 때문에 목을 베면 어떻게 될까?'라는 것을 '현대인의 마음에 와 닿는다'고 칭송할 수 있지만, 나로서는 이런 감상이야말로 저급하고 전형적이다. 대중물은 '마음에 와 닿는' 것이 아니라 무엇보다 흥미 위주, 오락 위주의 문학인 것이다. 나는 대중물에 이런 '통속적 해석'은 하지 않아도 된다고 생각한다.

4

마사무네 씨는 '조잡한 머리의 무사'라든가 '판에 박은 듯한 충의'라고 평가했지만, 옛날 무사들은 사실 그랬다. 나는 오이시 요시오(大石良雄)³⁵를 근대문학적으로 해석하기보다는 '조잡한' 전국시대 풍의

---

31 높은 굽 하나만으로 된 왜나막신.
32 일본옷의 위에 입는 짧은 겉옷.
33 기도 다카하시(木戸孝允, 1833-1877): 일본 막부 말기의 조슈번 무사, 메이지 시대 초기의 정치인. 메이지 유신의 원로로서 오쿠보 도시미치(大久保利通), 사이고 다카모리(西郷隆盛)와 함께 유신의 삼걸(三傑) 중 한 명으로 꼽힌다. 막부 말기에는 桂小五郎(가쓰라 코고로)라는 이름으로 활약했다.
34 주조 긴노스케(中條金之助, 1827-1896): 에도시대 후기의 무사.
35 오이시 요시오(大石良雄, 1659-1703): 에도시대 전기의 무사. 하리마 아코번(播

무사로 그리는 게 낫다고 생각한다. 에도시대 무사가 얼마나 조잡했던지는 야마가 소코(山鹿素行)[36]의 글을 보면 알 수 있다.

마사무네 씨는 범인(凡人)지상주의이기 때문에, 마야마 세이카(真山青果)[37] 씨가 '노기 대장(乃木大将)[38]'이라고 하는 '판에 박은 듯한 것'을 어떻게 그리느냐 하는 것에는 전혀 흥미를 갖지 않을 것이다. 또, 문학 초년생에게 문학의 가치란 '틀'을 가지고 쓰느냐 마느냐 하는 것이 아니라 '형(型)'이든 '비형(非型)'이든 그것이, 어떻게 그려져 있는가 하는 것이다. 옛날 무사는 '틀에 박힌 사상'만 있고, '관념'적이지 않았기 때문에 그대로 써도 전혀 지장이 없다. 그것을 근대문학적으로 해석하여 똑똑하고 예민한 신경의 인물로 만들 수 있지만 사실 그대로 그린다고 해서 전혀 그와 같은 말로 평가받을 일은 아니다.

대중물에서는 '틀'이 중요하다. '틀'이란 하나의 동일한 전통적 관념이지만, 일반인은 그것을 순수한 형태의 인물로 충분히 만족하고 있으며, 즉 대중물에 절대적 '영웅'이 필요한 것은 여기에서 비롯된다. 그리고 프롤레타리아 대중문학이 대중화 하기 어려운 것은 이 '영웅'과 그들이 지향하는 '과학'과의 모순이라는 근본적인 곳에 존재한다고 해

磨赤穂藩)의 최대 중신으로 주로 오이시 구라노스케(大石内蔵助)로 불린다. 겐로쿠 아코 사건(元禄赤穂事件)에서 명성을 얻고 이를 소재로 한 인형극, 가부키 『가나데혼 주신구라(仮名手本忠臣蔵)』로 유명하다.

36 야마가 소코(山鹿素行, 1622-1685): 에도시대 전기의 유학자이자 병학자. 중국 유가 사상을 기초로 일본의 무사도 정신에 대해 서술하였다.

37 마야마 세이카(真山青果, 1878-1948): 일본의 극작가·소설가.

38 노기 마레스케(乃木希典, 1849-1912): 일본의 육군 군인. 러일전쟁 뤼순공위전 지휘와 메이지 천황을 그리워하다가 순사한 것으로 알려져 있다. '노기 대장(乃木大将)'이나 '노기 장군(乃木将軍)'으로 불리며 경애를 받았다.

도 좋다.

나처럼 틀대로 잘 쓰는 편이 인식 부족의 '진실성 문학' 등보다 죄가 적다고 생각한다. 그래서 그가 말하는 '새로운 느낌'이라고 해도, 내용에는 조금도 없지만 미숙한 기술에는 사용하고 있다.

다만 현재 대중물은 발달하는 중이므로 그가 요구하는 바와 같이 내용을 갖고, 그리고 '석간 연재물'로서 내일을 기다리게 하는 흥미가 있는 것도 나올 것이다. 그러나 이것이 상당히 곤란한 것은 다니자키(谷崎)[39] 씨가 『장님 이야기(盲目物語)』[40]에서는 성공해도 『난국 이야기(乱菊物語)』[41]에서는 실패하고 있는 것을 통해서도 잘 알 수 있다. 하나는 현재 생활의 내용 없이 무비판적으로 낡은 인정만으로 가려는 하세가와 신(長谷川伸)[42], 하나는 현대 생활과 교섭을 갖게 하려는 오사라기 지로. 나는 이 두 경향의 각각의 의미와 가치를 인정한다.

어쨌든 마사무네 씨는 『동트기 전』을 평하며 "기소(木曾)[43]의 시골로 밀려오는 시대의 물결을 그려 일본 전체의 변천을 상상하게 한다"고 격찬하고, 『남국태평기』 등 뭐가 있냐고 하시는데, 『동트기

---

39 다니자키 준이치로(谷崎潤一郎, 1886-1965): 일본의 소설가. 메이지 말기부터 쇼와 중기까지 전쟁 중·전후 한 때를 제외하고 평생 왕성한 집필 활동을 계속해 그 작품의 예술성이 높은 평가를 받았다.
40 1931년 『중앙공론(中央公論)』에시 긴행한 다니자키 준이지로의 소설. 샤미센의 달인으로 알려진 맹인 안마사 야이치(弥市)의 비극적 인생을 그림.
41 1930년 『아사히신문』에 연재한 다니자키 준이치로의 소설. 무로마치(室町) 말기를 배경으로 해룡왕(海龍王)이라 칭했던 젊은 무사의 활약을 그렸다. 연재는 미완으로 끝남.
42 하세가와 신(長谷川伸, 1884-1963): 일본의 소설가·극작가. 대중문예작가이자 유랑물(股旅物)작가로 유명하다.
43 나가노현(長野県)의 남서부에 해당하는 옛 지명.

전』10월호, 49페이지에서 65페이지에 이르는 약 50장의 「설명」은 무엇인가? 당시 막부의 정세를 '설명'하는 것만으로 어디에 '기소의 시골에서' '상상'하게 하고 있는가? 그렇게 장황하게 설명하지 않으면 '일본 전체의 변천'을 그릴 수 없다면—— 어쨌든 내 상식으로는 '설명'은 '문학'이 아니고 심히 '비예술적'이지만, 마사무네 씨가 읽으면 '설명'이 '묘사'가 되니 대중물과 순문학의 차이 등을 설파해도 소용없다. 이주인(伊集院)[44]씨가 하찮은 것을 칭송해서 터무니없게 되어 버렸다.

좀 길어져서 이제 그만하겠지만 기회를 봐서 대중물의 역사와 경향을 좀 더 일러둘 필요가 있다고 생각한다.

1931.11. 도니치신문(東日新聞)[45]

---

44 이주인 가네쓰네(伊集院兼常, 1836-1909): 메이지 시대의 경영자. 사쓰마의 번사(藩士). 해군성에 들어간 이후 공부성으로 옮겨 가고시마관(鹿鳴館) 건축에 종사했다.
45 『도쿄니치니치신문(東京日日新聞)』을 말함. 『도쿄니치니치신문』은 메이지유신(明治維新) 후 도쿄에서 발행하기 시작한 최초의 근대신문이자 도쿄에서 현존하는 가장 오래된 일간신문의 원류이다. 1872-1943년 동안 발행.

대중문예 분류법

1

무엇이 문단(文壇)소설이고, 무엇이 대중문예인가? 이런 것에 정의를 내리는 일 만큼 시답잖은 일은 없다. 정의를 내릴 수 있다면 부디 한가한 학자가 내렸으면 한다. 옛날 '아카혼(赤本)[46] 소설', '가시혼야(貸本屋)[47] 소설'과 지금의 '대중문예'는 어떻게 다른가? 작품에 따라 나눌 것인가? 간단히 작가별로 해도 되는 것인가? 이런 것은 어떻게 구별하느냐고 묻더라도 명료하게 답할 수 없을 것이다. 예를 들어 에드거 앨런 포[48]의 「검은 고양이」[49], 「황금충」[50]도 마찬가지다. 소재로 말하면 확실히 '대중적'이지만, 그 표현법으로는 훌륭한 예술품이다.

하지만 모든 것을 그렇게 철저하게 생각하면 어려워진다. 그러니까 가이잔(介山)[51], 교지(喬二)[52]씨 등의 작품을 '대중문예'의 적절한

---

46 에도시대 중반부터 에도에서 출판된 그림이 들어간 오락책.

47 돈을 받고 책을 빌려주는 책방. 대여 서점.

48 에드거 앨런 포(Edgar Allan Poe, 1809-1849): 미국의 작가·시인·편집자·문학평론가. 미국 낭만주의의 거두이자 미국 문학사 전체적으로 매우 중요하게 취급되는 작가이다.

49 1843년 8월 19일 새터데이 이브닝 포스트에서 처음 출판되었다. 포의 대표적인 단편소설로, 인간의 내면에 있는 광기와 악마성을 다룬다.

50 1843년 포가 발표한 단편소설. 추리 이야기 중 하나로 언급되며, 출간 즉시 성공을 거두었다.

51 나카자토 가이잔(中里介山, 1885-1944): 일본의 소설가. 『헤이케모노가타리(平

예로서 보면── 나미로쿠(浪六)[53]는 어떤가? 루이코(涙香)[54]는 어떤가? 그렇게 오래된 것은 논하지 않기로 하고── 그럼 통속소설과 대중문예와는 어떻게 다른가? 경(輕)문학, 오락 문예, 신코단(新講談), 읽을거리(読物) 문예, 신문소설, 이 구별을 논하고 개개의 예를 들자고── 나는 처음부터 그런 정의를 내리는 것은 시답잖은 것이라고 거절했다.

2

하지만 반(反)문단소설의 한 현상이라고 본다면── 문단소설이란 예술소설의 최하등인 것을 말한다는 정의는 훌륭하다. 얼마든지 불평이나 야유를 할 수 있다. 첫째, 문단 사람들은 러일전쟁 후 20여 년이 지나도록 지금까지 성공해 왔는데, 우리 대중작가는 간토대지진[55] 이후 겨우 3년이 지났을 뿐이니 17년이 지나면 얼마나 발달할

家物語)』 등 일본 고전과 친숙한 반면 위고 등의 외국 소설도 좋아했다. 또 기독교나 사회주의에 접근해 사회주의자들과 친분을 맺기도 하였다. 대표작으로 『대보살 고개(大菩薩峠)』(1913-1941)가 있다.

52 시라이 교지(白井喬二, 1889-1980): 일본의 시대소설 작가. 대중문학의 거봉.

53 무라카미 나미로쿠(村上浪六, 1865-1944): 일본의 소설가. 협객물을 많이 써 인기를 끌었다.

54 구로이와 루이코(黒岩涙香, 1862-1920): 일본의 소설가·사상가·작가·번역가·저널리스트. 본명은 구로이와 슈로쿠(黒岩周六). 집요한 취재를 한다고 해서 '살무사 슈로쿠'라는 별명이 붙었다.

55 1923년 9월 1일에 발생한 간토대지진(関東大地震)으로 일어난 미나미칸토 지방 및 인접지의 직접적인 지진 피해 및 조선인을 대상으로 한 진행된 무차별적인 간토 대학살 등을 통틀어 가리킨다.

것인가? 그것은 아마 너무 훌륭할 것이라고, 이 말은 16년간 안심하고 사용해도 좋다.

'최소한 위고, 톨스토이 작품 정도를 써야 한다'는 문단 사람들에 대해서는 이렇게 대답해 주는 것이 좋다. '그러면 너희 중에는 있다는 말이냐'라고. 가사이 젠조(葛西善蔵)[56]의 '신변잡사(身辺雑事)' 정도를 '심경'이라고 명명하고, 무라오(武羅夫)[57]의 '가시혼야 소설'을 '본격'이라 칭하며, 슈코(秋江)[58]의 「요리토모(頼朝)」가 '희곡'이고, 호리키 요시조(堀木克三)[59]가 합평회원이라고 하니, 그래서 '대중문예'가 팔렸다면 어떤 일본 소설 독자가 고급스럽고 존경할 만한 사람들일까? 30년 전의 '발빈소설(撥鬢小説)[60]'과 그렇게 크게 다르지 않은 '대중문예'를 문단소설에 싫증을 내며 찾았다니!

3

내가 말하는 것은 결코 그런 이유에서가 아니다. 인쇄술이 발달하고

---

56 가사이 젠조(葛西善蔵, 1887-1928): 일본의 소설가. 자신의 가난이나 병과 같은 삶의 쓴맛, 술, 여자, 인간관계의 부조화를 그려 '사소설의 신'이라 불렸다.

57 나카무라 무라오(中村武羅夫, 1886-1949): 일본의 편집자·소설가·평론가.

58 지카마쓰 슈코(近松秋江, 1876-1944): 일본의 소실가·평론가. 노골적인 애욕생활 묘사로 대표적인 사소설 작가 중 한 명으로 꼽힌다.

59 호리키 요시조(堀木克三, 1892-1971): 신인생파(新人生派)적 입장에서 신초(新潮) 합평회 단골을 지냈다.

60 청일전쟁을 전후해 유행한 무라카미 나미로쿠의 소설에서 나온 명칭으로 인협(仁俠)을 다루는 대중소설 전반을 지칭한다. 발빈(撥鬢)은 에도시대 중기에 유행한 남자 머리모양의 하나. 무라카미의 소설에 등장하는 주인공의 머리모양에서 발빈소설이라는 이름이 정해졌다.

교육이 보급되면서 독서력이 증가했기 때문에 과학책도 팔리게 되었고, 스포츠 전문 잡지도 나오고, 신문 발행 수도 증가했으며, 그 일부로 대중문예도 존재의 여지를 발견했다고 할 뿐이다. 만약 반(反)문단소설 기운에 의해 잡지『대중문예』의 동인 11명이 나온 것이라면 딱하게도『중앙공론(中央公論)』[61]은 부쩍 줄어들겠지만── 아마도 그렇지 않을 것이다.

그러나 또 다른 견해. 종종『문예춘추』에 쓴 내 생각으로는, 문학 지망생들이여, 만약 기쿠치 간 정도의 명성과 재산이 있다면『대중문예』로 오라. 구라타 햐쿠조(倉田百三)[62]의 철학적 작품, 겐지로(絃二郎)[63]의 영탄적 작품을 전차 안에서 읽는다. 아니 요즘은 그것도 읽을 수 없을 정도로 바쁜 세상이다. 라디오, 영화, 카페, 댄스는 확실히 문단소설보다 재미있는 흥밋거리이고, 고원(高遠)한 진리는 타이피스트의 아름다움에 의해 순간 잊혀질 것이며, 아침 교회의 명상이 낮 근무 때와 밤에 라디오를 들을 때까지 이어지는 것은 아니다. 사람들이 교회에 모이던 백 년 전에 비해 현재 도시의 향락적 모습은 얼마나 매력적인가?

일찍이 '정신의 양식'이었던, 무릎을 바로잡고 옷깃을 여미며 읽은

---

61 1887년 일본에서 창간되어 지금도 발행되고 있는 월간 종합 잡지이다. 1999년까지는 중앙공론사(中央公論社, 구사), 이후에는 중앙공론신사(中央公論新社)가 발행한다.

62 구라타 햐쿠조(倉田百三, 1891-1943): 일본의 극작가·평론가로, 다이쇼, 쇼와 초기에 활약했다. 고향 히로시마현(広島県) 쇼바라시(庄原市)에는 구라타 햐쿠조 문학관이 있다.

63 요시나 겐지로(吉田絃二郎, 1886-1956): 일본의 소설가·수필가. 본명은 요시다 겐지로(吉田源次郎).

유일한 독서는 사서오경(四書五経)이다. 평민의 독서가 증가함에 따라 게사쿠(戱作)[64]나 소설을 읽고, 교육이 보급되어 향락적 방법의 하나로 밖에 독서를 취급하지 않게 되었다. 19세기 말을 지나서는 이른바 자연으로서의 인간과 인생을 연구하는 문호는 사라졌다. —— 앞으로는 '영화'의 시대라고 쓴 것은 물론 나의 억지이지만, '대중'이 가장 빠르고 진지하며 인상 깊은 소설만을 즐겨 삶의 의의, 인간의 본질만을 추구한다는 것은 큰 착각이다. 그러한 특별한 인간 또한 결코 삶에서 사라지지 않는 동시에 점점 더 많은 사람들은 단지 감각적 생활, 향락적 생활에 초조해하고 있을 뿐이다. 탐정소설의 유행, 대중문예의 융성은 이 요구의 일부분의 발현으로 향락생활 중 '독서'의 한 항목에 근거하고 있을 뿐이다.

4

하지만 조금 무례한 내 주장을 용서해 달라. 왜 현재 '대중작가'의 상당수는 아카혼 작가일까? 그들 중 몇몇은 문단의 낙제생이다. 그게 나쁘다면 반대로 문단 사람들의 '대중문예'는 또 이 얼마나 졸렬한가, 라고 말해도 좋다. 그것은 단지 용돈벌이로서 용서할 수 있는 일이 아니다. 대중작가로서도 문단작가로서도 재능이 없음을 보여줄 뿐이다.

만약 이렇게 말한다 치더라도, 그래도 당시 나미로쿠가 보여준 열정, 당시 루이코의 괴기함조차 많지 않고, 그 어떤 문장의 맛도 없이

---

64 장난삼아 쓴 작품. 일본 에도시대 후기의 통속 오락 소설.

빤히 보이는 구상, 노골적인 교훈, 감이 오지 않는 주제, 천박한 기독교 취미, 간편한 트릭, 탐탁치 않은 모방. 어느 것이나 줄거리의 흥미 하나뿐. 만약 지금 이대로라면 나는 이름을 들어 충고할 것이다. 신(伸)도, 교지(喬二)도, 란포(乱歩)[65]도, 시로(史郎)[66]도, 또 문단의 삼류들이 싫증난 것처럼 식상하고 취재가 고갈되어 문단인에게 '학문'이 없다고 하듯이 그런 점만으로도 신용을 잃을 것이라고. 교지를 제외하고 누가 당시의 습속(習俗)까지 연구하고 있는가를. 그리고 그 하나의 연구만으로도 미타무라 엔교(三田村鳶魚)[67] 씨가 제법 많이 읽히고 있지 않은가? 그 어중간한 글쓰기, 연구조차도.

요구는 분명히 있다. 그래서 좀 더 정진하라. 그것을 위해서 분류법으로 이렇게 많은 종류가 '대중문화'를 위해서 남겨져 있다. 한 사람이 한 종류씩 그것을 전문으로 한다면 얼마나 멋진 수십 명의 대중작가가 나타날 수 있는지 알려주겠다. 당연히 오시카와 슌로(押川春浪)[68]는 소년 소설가로서 지금의 누구보다도 깊고 넓게 소년 안에 존재하고 있지 않은가? 또 한 명의 스포츠 소설가가 나올 수 없는

---

65 에도가와 란포(江戸川乱歩, 1894-1965): 본명은 히라이 다로(平井太郎)로, 필명인 에도가와는 미국의 문호인 에드거 앨런 포의 이름에서 따온 것이다. 추리 작가의 등용문으로 자신의 이름을 붙인 에도가와 란포 상을 만드는 등 미스터리의 발전과 대중화에 힘써 일본 추리소설의 아버지로 불린다.

66 구니에다 시로(国枝史郎, 1887-1943): 일본의 소설가. 괴기·환상·탐미적인 전기(伝奇)소설의 저자. 그 밖에 탐정소설, 희곡 등도 집필.

67 미타무라 엔교(三田村鳶魚, 1870-1952): 에도 문화·풍속 연구가. 본명은 만지로(万次郎). 다방면에 걸친 연구의 업적으로 '에도학'의 시조라고도 불린다.

68 오시카와 슌로(押川春浪, 1876-1914): 일본의 작가(모험소설, SF, 무협소설)·편집자. 모험소설 장르를 정착시키고, 잡지 『모험세계(冒険世界)』, 『무협세계(武侠世界)』에서 주필을 맡아 많은 후진 작가, 화가 육성에 힘썼다.

이유가 어디에 있는가? 그리고 스포츠 작가가 '대중작가'가 아니라는 논리가 왜 나오는가? 만약 나오지 않는다면 대중작가여, 신변의 전도(前途)는 다음과 같이 희망에 차 있는 것이다. 축복해야 한다.

5

분류도 여러 가지로 할 수 있다. 현재까지의 대중적인 작품을 가령 10개 부문으로 나눈다면,

1. 군기물로서 나니와 전기(難波戰記)[69]라든가 아마쿠사 군기(天草軍記)[70]라든가 하는 것은 폐지된다 하더라도 어디까지나 중간일 것이다.

2. 정담(政談), 도적물(白浪物)이라고 하나로 묶어도 좋고 둘로 나누어도 좋다. 네즈미코조(鼠小僧)[71]라든가 시로코야 오쿠마(白木屋お熊)[72]라든가 오시치(お七)와 기치사(吉三)[73]라든가 하는 부류로,

---

69 오사카 진(大坂の陣, 에도 막부와 도요토미 가문(豐臣家) 간에 벌어진 전투)에 관한 군기물.
70 시마바라(島原), 아사쿠사(天草) 지역에서 일어난 농민봉기를 소재로 한 군기물.
71 네즈미코조(鼠小僧, 1797-1832): 에도시대 후기(화정기)의 도적. 네즈미코조 지로키치(鼠小僧次郎吉)로 알려져 있다. 다이묘(大名, 넓은 영지를 가진 무사) 가옥만을 노리고 도둑질을 하고, 사람을 해치는 일도 없어 후세에 의적으로 전설화되었다.
72 시로코야 오쿠마(白子屋お熊, 1703-1727): 1726년 11월 10일에 발생한 시로코야 사건(白子屋事件)의 계획범 중 한 명으로, 이듬해 2월 25일에 옥문에 처해졌다.
73 에도 혼고(本鄉)의 야채 가게 딸 오시치(お七)와 그 연인인 절 시동 기치사부로(吉三郎). 또 이 두 사람을 소재로 한 이야기의 총칭.

오오카 에치젠(大岡越前)[74], 마가리부치 가게쓰쿠(曲淵甲斐)[75]가 나오는 것이다.

3. 협객물

4. 복수물, 복수라고 하나로 말하지만 범위는 상당히 넓고 각 유형에 관계되어 있으나 독립시켜 주지 못할 것까지는 없다.

5. 집안 소동물, 다데 소동(伊達騷動)[76]이나 소마 다이사쿠(相馬大作)[77] 유형

6. 닌조본(人情本), 샤레본(洒落本)[78] 유형

7. 괴담물 유형

8. 전기(伝奇)물, 여기에 묶음으로 긴피라본(金平本)[79]이나 『핫켄덴(八犬伝)』[80] 유형

9. 교훈물

10. 게사쿠(戯作)물, 『핫쇼진(八笑人)』[81] 유형

---

74 오오카 에치젠(大岡越前, 1677-1752): 오오카 다다스케(大岡忠相)의 통칭. 에도시대 중기의 다이묘.

75 마가리부치 가게쓰쿠(曲淵甲斐, 1725-1800): 에도시대의 무사, 장관.

76 에도시대 전기에 다데 가문(伊達家)의 센다이번(仙台藩)에서 일어난 집안 소동이다.

77 소마다이사쿠 사건(相馬大作事件)은 1821년 5월 24일에 모리오카번(盛岡藩) 무사 시모토마이 히데노신(下斗米秀之進)을 주모자로 몇 명이 참근교대(參勤交代)를 마치고 에도에서 귀국길에 올랐던 쓰가루번(津軽藩, 현재의 아오모리현 서부) 9대 번주 쓰가루 야스치카(津軽寧親)를 습격한 사건.

78 에도시대 중기에 주로 에도에서 간행된 화류계에서의 놀이와 익살을 묘사한 풍속소설책.

79 에도시대에 유행한 긴피라 조루리(金平浄瑠璃, 인형 조루리)의 상연 대본.

80 에도시대 후기에 교쿠테이 바킨(曲亭馬琴, 1767-1848)이 저술한 장편소설, 후기 요미혼(読本, 에도시대 후반기 소설의 하나로 내용이 다소 복잡한 전기적·교훈적 소설).

즉 연극, 고단(講談)[82]과 관계있는 낡은 형태의 대중물이지만 좀 더 메이지(明治) 시대에 접어들면 연애소설, 가정소설, 탐정소설이라는 이름 아래 슌요(春葉)[83], 유호(幽芳)[84], 가테이(霞亭)[85], 시켄(思軒)[86], 루이코(涙香) 등은 지금이라면 내일부터라도 대중문예로 명명해도 좋을 많은 소질을 가지고 있는 것이다. 그리고, 이 정도의 되풀이로 —— 아니 얼마나 많은 되풀이가 횡행하고 있는가? 괜찮다면 대중 작가여, 위의 일종을 전심(專心)으로 연구하라. 적어도 엔교 씨의 지식과 조금 더 좋은 문장을, 그것만으로 옛 작가의 플롯은 더할 나위 없이 현재 대중 문예 애호가에게는 하룻밤 라디오와 같은 역할을 할 정도로 충분할 것이다.

6

하지만 다니자키 준이치로(谷崎潤一郎) 씨의 여러 작품도 '대중문예'에 해당한다. 앞으로 '대중문예'는 다니자키 정도로 —— 라고 말하

---

81 곳케이본(滑稽本, 에도시대 후기의 익살스러운 통속 소설). 1820-1849 간행. 에도 마을 사람들의 일상 생활을 취재하고 주로 대화를 통해 인물 언동의 익살스러움을 묘사했다.

82 요세(寄席) 연예(演芸)의 히나인 야담(野談).

83 야나가와 슌요(柳川春葉, 18877-1918): 일본의 소설가·극작가. 오자키 고요(尾崎紅葉, 1868-1903)의 문하생으로 가정소설을 많이 남겼다.

84 기쿠치 유호(菊池幽芳, 1870-1947): 일본의 소설가. 본명은 기쿠치 기요시(菊池清). 오사카 마이니치신문사(大阪毎日新聞社) 이사를 역임했다.

85 와타나베 가테이(渡辺霞亭, 1864-1926): 일본의 소설가·신문기자·연극평론가·장서가.

86 모리타 시켄(森田思軒, 1861-1897): 일본의 저널리스트·번역가·한문학자.

기 시작하면 위의 분류법으로는 조금 곤란해진다.

　에도가와 란포 씨에게 다소 다니자키 씨의 취미도 있지만, 이것은 의학상 근대 생활에서 나온 병이므로 근대 생활이 쇠퇴하지 않는 이상 점점 요구는 많아질 것이다. 그리고 그것은 단지 변태성욕뿐만 아니라 공포 또는 참혹함에 대해서도 이상한 흥미를 사람들은 갖게 될 것임에 틀림없다. 교령술(交靈術) 또한 새로운 공포를 주기에 충분할 것이며 매장(埋葬) 법안도 참고서의 예 중 많은 부분, 동서 형벌사, 지나(支那)[87]의 잔학행위 기록 등 이것을 성욕과 적절히 혼합하여 혹은 젊은 제비[88]에게, 모던걸에게, 법의학서보다 문명협회(文明協會)의 변태성욕책, 도카샤(冬夏社)판 헤이블록 엘리스[89]의 성욕학과 가까운 두세 권의 참고서에서도 '현재' 대중작가의 취재와 같이 무궁무진하여 멈추지 못할 것이다.

　다음은 과학소설 또는 학술소설이라고도 할 만한 종류이다. 웰스[90]가 혼자서 이 세계를 차지하고 있지만 『타임머신』, 『흑과 백』,

---

87　중국 또는 그 일부 지역에 사용되는 지리적 호칭, 혹은 왕조·정권의 이름을 초월한 통사적 호칭 중 하나이다. 일본에서는 에도시대 중기부터 퍼졌지만, 제2차 세계대전 후에는 주로 차별적 의미가 포함된다고 여겨져 피하는 경향이 있다.

88　젊은 제비(若いつばめ)의 준말로, 제비족. 연상의 여자에게 사랑을 받고 있는 남자, 젊은 정부(情夫), 젊은 남첩(男妾).

89　헤이블록 엘리스(Henry Havelock Ellis, 1859-1939): 영국의 의사·우생학자·성과학자·심리학자·사회운동가·문예평론가. 성에 대해 조사·집필한 저서 『성의 심리(Studies in the Psychology of Sex)』는 영국에서 발매 금지되어 미국에서 간행되었다. 일본에서는 미야자와 겐지(宮澤賢治)의 저작활동에 영향을 준 것으로도 알려져 있다.

90　허버트 조지 웰스(Herbert George Wells, 1866-1946): 과학소설로 유명한 영국의 소설가이자 문명 비평가. 역사, 정치, 사회에 대한 여러 장르에도 다양한 작품을 남겼다. 쥘 베른, 휴고 건스백과 함께 과학소설의 아버지로 불린다. 『타임머

『4백만 년 후』또한 대중의 흥미를 찾기에 충분하다. 마사키(正木)[91], 고사카이(小酒井)[92] 씨가 그들의 전문적 지식에서 얼마나 많은 소재를 갖고 왔는가? 문단 호학의 바람보다 대중작가 호학의 바람은 무엇보다 필요하다. 일찍이 인류의 기괴한 공상으로『달나라 여행』을 만들어 냈지만 '발견 및 발명'에 대한 인간의 열정과 흥미가 여전히 『흑과 백』과 같은 것에 충분한 현실성을 부여했다. 탐정소설이 최근에 이런 과학적 연구와 관련지어 변화한 것은 당연한 일이다.

셋째는 잭 런던[93] 원작, 사카이 도시히코(堺利彦)[94] 번역류이다. 당연히 이것도 대중적이어야 한다. 선전과 사상과 비판을 전하는 것으로 사람에게 관심이 가장 많은 소재를 취하여 약을 설탕에 묻히고 소승 설교를 통해 극락으로 인도하는 것은 영구불변의 대중적 방법이다. 또는 역사적 사실에 비추어 볼 때, 혹은 곤충세계의 가상이야기로서 연애소설의 가죽을 입히고 이를 노골적으로 말하면 조선작가, 류큐(琉球)[95]작가, 미국이민소설과 그래도 일종의 한 사람 정도의

신』,『투명인간』등 과학소설 100여 편을 썼다.
91 마사키 후조큐(正木不如丘, 1887-1962): 일본의 작가·의사. 결핵전문 요양소인 후지미 고원 병원(富士見高原病院) 초대 원장으로 알려져 있다.
92 고사카이 후보쿠(小酒井不木, 1890-1929): 일본의 의학자·수필가·번역가·추리작가·범죄연구가. 대표적 추리소설에『연애 곡선』,『투쟁』등이 있다.
93 잭 런던(Jack London, 1876-1916): 미국의 소설가이자 사회병론가. 일본에서 대표작은『야성의 부름(The Call of the Wild)』과『흰 송곳니(The White Fang)』이다.
94 사카이 도시히코(堺利彦, 1871-1933): 일본의 사회주의자·사상가·역사가·공산주의자·저술가·소설가.
95 1429-1879년까지 류큐 제도(琉球諸島)를 중심으로 존재했던 왕국. 1879년 4월 일본에 의해 해체되어 오키나와현(沖縄県)이 형성되었고 류큐국은 새로운 일본 귀족으로 통합되었다.

작가는 훌륭하게 생존해 나갈 수 있을 것이다. 그리고 이것은 예술적이기보다는 일반적으로, 일반적으로는 대중적일 것이라고 이렇게 생각하면 안 되는가?

그리고 도시의 향락적, 감각적인 것, 절반은 탐정소설적으로, 3분의 1은 지극히 음탕하게, 5분의 1은 날카로운 비판을, 저면에는 한 줄기 정의감을 가진, 그리고 그 소설에서 유행이 탄생한다고 하는 신선한 도시소설 그런 것도 좋을 것이다. 대담하고 교묘한 간통을 가르치고 무정조를 도덕화하며 —— 내가 대중작가가 된다면 주로 그런 연구를 할 것이다 —— 가정소설이기도 하고 연애소설이기도 하고 도망칠 수 있는 것.

그리고 오시카와 슌로가 죽고 나서 얼마나 오랫동안 그와 같은 소년 소설가가 나오지 않는가. 스포츠 작가, 사사키 구니(佐佐木邦)[96]는 항상 아버지와 그 친구가 이야기를 하고 아이가 듣고 있을 뿐이지만, 그 혼자이기 때문에 —— 최소한 오 헨리[97]의 반쪽 재인(才人)이라도 나와라, 맥스올레르[98]여, 시엔키에비치[99]여, 엘리엇[100]이여, 그들

---

96 사사키 구니(佐佐木邦, 1883-1964): 일본의 작가·영문학자. 게이오의숙대학(慶應義塾大学) 교수, 메이지학원대학(明治学院大学) 교수 역임. 유머소설의 선구자이자 제1인자로 평가받는다.

97 오 헨리(O. Henry, 1862-1910): 본명은 윌리엄 시드니 포터(William Sydney Porter). 미국의 작가이자 소설가로, 기 드 모파상의 영향을 받아 풍자·애수에 찬 화술로 평범한 미국인의 생활을 그렸다.

98 원문표기가 부정확하여 미상이지만, 『토요일의 어린이』(1927), 『윈터세트』(1935)를 썼던 미국의 극작가 맥스웰 앤더슨(James Maxwell Anderson, 1888-1959)을 가리키는 것으로 추정된다.

99 헨리크 시엔키에비치(Henryk Adam Aleksander Pius Sienkiewicz, 1846-1916): 폴란드의 소설가. 로마 황제 네로의 통치시대를 그린 『쿠오바디스』가 가장 유명

이 보여준 본보기는 '대중문예'가 아니라고 누가 말하겠는가?『대보살 고개(大菩薩峠)』가 '대중문예'의 대표작이라면 2년 뒤 나의『거래 삼대기(去来三代記)』도 대표작일 것이다. 좀 더 학식을, 기지를, 비판을, 그리고 그것을 흥미가 많은 소재로——. 그리고 표현을 예술적으로.

결론을 말하자면 공상을 현실적으로 박진감 있게 만드는 힘을 문예라고 한다. 허를 실로, 거짓을 진정으로 느끼게 하는 힘. 그것이 예술이고 그것을 가장 흥미로운 소재로 사용하라. 그것이 대중문예의 뛰어난 점이다. 예를 들면 에드거 앨런 포를 보아라, 이 얼마나 당연한 이야기인가. 그리고 아무리 단 한 명이라도 현재의 '대중작가'는 당연하지 않은가. 하지만 당당히 그러한 문학의 장래는 물론 있겠지. 있어야지. 공부다, 그대!

1926.7.『중앙공론』

하다. 1905년 노벨 문학상을 수상하고 제1차 세계대전 중 스위스에서 객사했다.
100 토머스 스턴스 엘리엇(Thomas Stearns Eliot, 188-1965). 미국계 영국 시인·극작가·문학 비평가. 극작가로 활약하기 전에는 시「황무지(The Waste Land)」로 영미시계(英美詩界)에 큰 변혁을 가져왔으며, 1948년 노벨 문학상을 수상.

대중문학 작가 총평

1

『대보살 고개(大菩薩峠)』의 어디가 대체 좋다는 것인가? 아무도 상세히 평을 한 사람은 없다. 대중문학은 막다른 골목에 다다랐다지만 어떻게 막혔는지 아무도 설명해주지 않는다. 이는 작가를 위해서도, 따라서 독자를 위해서도 결코 좋은 일이 아니다. 이러한 입장에서 나는 이 총평에서 조금은 거리낌 없는 말을 할지도 모른다.

2. 노작가

네다섯 남은 메이지 문단 사람들에게 나는 아무것도 요구하지 않을 것이다. 혼다 비젠(本田美禅)[101], 마쓰다 다케노시마비토(松田竹の島人)[102], 마에다 쇼잔(前田曙山)[103], 무라카미 나미로쿠(村上浪六)── 이

---

101 혼다 비젠(本田美禅, 1868-1946): 일본의 소설가. 1905년 『오사카신보(大阪新報)』에 「니혼마루(日本丸)」가 입선한 것을 계기로 작가 생활에 들어가 결핵 요양 생활을 하면서 많은 대중 소설을 남겼다.

102 마쓰다 지쿠쇼(松田竹嶼, 1874-1939): 소설가. 오자키 고요(尾崎紅葉) 문인으로 지쿠쇼라는 호로 하이쿠(俳句)를 집필, 1925년부터 신문에 「구로코마노 가쓰조(黒駒の勝蔵)」 등 시대소설을 집필하였다.

103 마에다 쇼잔(前田曙山, 1872-1941): 대중 소설가로 본명인 마에다 지로(前田次郎), 마에다 쇼산진(曙山人)의 이름으로도 작품을 발표했다.

사람들에게는 진심으로 노후생활의 안락함을 빌 뿐이다.

그리고 만약 내가 불손한 말을 해도 된다면, 와타나베 가테이(渡辺霞亭), 쓰카하라 주시엔(塚原澁柿園)[104] 등의 사람들보다 나와 동시대 사람들이 훨씬 더 뛰어나다고 단언해도 좋다. 이 사람들이 쓴 똑같은 재료를 나도 쓰기 위해 종종 참고해 보았지만 어떠한 경의도 표할 수 없다. 단지 20년 후에 우리 또한 후대 작가에게서 그렇게 생각되리라 생각하고 마음이 쓸쓸할 뿐이다.

『쿠오바디스』[105]가 여전히 읽을 만한 데 비해 얼마나 비참한 대중문예인가? 간토대지진 후에 태어난 지 겨우 7년밖에 되지 않은 대중문예이기는 하지만, 나는 20년 정도의 세월에 읽기 힘든 문학은 만들고 싶지 않다. 그 때문에 나는 어떻게든 내 잡지를 내야 한다고 생각하고는 있다.

3. 모노가타리파(物語派)와 문학파(文学派)

이렇게 대략 구분을 하고 작가를 거기에 끼워 맞추려는 것은 결코 비판적 태도가 아니지만 아무도 이 구별을 하지 않으니 한 번쯤은 제시해 두어도 좋을 것 같다.

모노가타리파(스토리텔러)는 경험과 대강의 문장을 가지고 있지

---

104 쓰카하라 주시엔(塚原澁柿園, 1848-1917): 메이지 시대의 소설가. 주로 역사소설을 썼다.

105 폴란드의 기자 출신 작가 헨리크 시엔키에비치가 지은 역사소설로, 1895년 폴란드 3개 신문에 연재됐고 1896년 출간됐다. 1912년에 무성 영화화되었고, 1951년에 할리우드에서 제작된 영화 〈쿠오바디스〉가 유명하다.

만, 문학적 기교나 보다 문학적으로 그리는 것, 시대사조라는 것에
무관심한 일파이다. 하세가와 신(長谷川伸), 나카자토 가이잔(中里介
山), 시라이 교지(白井喬二), 무라마쓰 쇼후(村松梢風)[106], 다나카 고타
로(田中貢太郎)[107], 유키토모 리후(行友李風)[108] 등 이 파에 넣어 일류를
이루는 이들을 보면 된다.

즉 하세가와 신은 풍부한 경험과 좋은 소재로만 이루어진 작가로,
문학적 고귀함을 가지고 있지 않으며, 시라이 교지는 문학 경세(経世)
의 뜻으로 소설을 쓰고 스스로 문장은 평이함을 생명으로 한다고 말
한다. (이러한 평이함은 문장 따위는 아무래도 좋다는 뜻이라고 할 수 있다.)
가이잔은 원래부터 국사가 나라를 구하는 내용으로 문학자가 아닌
것을 자랑으로 하고 있다.

문학파는 이들에 비해 대중문화를 보다 문학적으로 하려는 사람들
이고, 또 고단샤(講談社)[109] ××형 문학을 쓰더라도 이 행보에 반대하
지 않는 사람들이다. 미카미 오토키치(三上於菟吉)[110], 요시카와 에이
지(吉川英治)[111], 오사라기 지로(大佛次郎), 사사키 미쓰조(佐々木味津

---

106 무라마쓰 쇼후(村松梢風, 1889-1961): 일본의 소설가. 수많은 로맨틱 대중소설을
   썼지만, 반역사적인 전기소설로 잘 알려져 있다.
107 다나카 고타로(田中貢太郎, 1880-1941): 일본의 작가. 저작은 전기물, 기행, 수상
   집(随想集), 정화물(情話物), 괴담·기담 등 다양하다.
108 유키토모 리후(行友李風, 1878-1959): 다이쇼 쇼와 시대의 극작가·소설가.
109 창업자 노마 세이지(野間清治)에 의해 1909년 11월에 설립. '고단샤'의 명칭은 그
   이름 그대로 '고단'에서 유래한 것이다.
110 미카미 오토키치(三上於菟吉, 1891-1944): 다이쇼 쇼와 시대의 소설가. 대중문학
   의 유행작가가 되어 문단의 총아로 불렸다. 활약기에는 그 작풍 때문에 '일본의
   발자크'라고도 불렸다.
111 요시카와 에이지(吉川英治, 1892-1962): 일본의 소설가. 다양한 직업을 가진 후

三)[112], 구니에다 시로(国枝史郎) 등 그 대부분은 문학적 교양을 받아
온 사람이 많다.

그러나 현재로서는 이 구별은 어떤 용무로도 유익하지 않다. 『대
보살 고개』에서 아무리 졸렬한 문장을 쓰더라도 쓰쿠에 류노스케(机
龍之助)[113]가 나오면 독자는 갈채하고, 시라이 교지가 『신센구미(新撰
組)』[114]에서 "아, 슬프도다"라고 묘사해도 탓할 사람도 없다. 따라서
표현의 고심(苦心)은 무용지물이다. 또한 편집자는 가능한 한 이해
하기 쉽게 요구하여 오사라기 지로가 어떤 섬세한 기교를 쓰든 살피
지 않는다. 따라서 더욱 문학적으로 발전성이 방해받고 있다. 이에
비해 예술파 소설은 표현에 자유롭다. 여기에 대중문예 전변(転変)
위에 중대한 문제가 있다.

4. 사상파, 무사상파

또 다르게 구분해도 될 것이다. 이 구분은 좀 부적당하고 잘못되기
쉬우나 사상파란 좀 더 많이 읽고 다소나마 신사조를 끌어들이려고

작가 활동에 들어가, 『나루토 비첩(鳴門秘帖)』 등으로 인기 작가가 된다. 1935년
부터 연재가 시작된 『미야모토 무사시(宮本武蔵)』는 많은 독자를 얻으며 대중소설
의 대표적인 작품이 되었다.
112 사사키 미쓰조(佐々木味津三, 1896-1934): 일본의 소설가. 문단에 모습을 드러냈
던 당초에는 순문학에 뜻을 두었으나 아버지가 남긴 빚 때문에 경제적 여건이 어
려워 가족을 부양하고 가계부채를 갚아야 했기에 대중소설로 전향하였다.
113 소설 『대보살 고개(大菩薩峠)』에 등장하는 검사(剣士). 일본 시대소설의 니힐리스
트 검사 계보의 원조라고 한다.
114 시라이 교지가 『선데이매일(サンデー毎日)』(1924-1925)의 서두 게재라는 형태로
연재해 큰 인기를 얻어 대중문학(역사·시대소설)의 창시자적인 존재가 되었다.

하며 작품의 문학적 향상을 위해 노력하는 사람들이다. 미카미(三上), 오사라기(大佛), 하야시(林)[115], 구니에다(国枝)와 같은 사람들이다.

무사상파는 독자의 향상에 무관심하고 시대의 사조를 받아들이려 하지 않으며 현재 수준 그대로 흥미 중심의 문학을 만들려고 하는 사람들이다.

문단 상식으로 말하자면 문학적 향상을 생각하지 않는 문학자는 하등이라고 단언하겠지만, 나는 대중문학은 현재의 많은 사람들에게 오락과 위안을 주는 문학이라고 믿기 때문에 좀 더 문학적 작품을 원한다면 문단소설을 말하되 이 이론은 배척하고 싶다. 동시에 대중문학의 보다 문학적 작품이 나타나 새로운 독자층이 개척되는 것도 물론 좋다고 생각한다.

하지만 현재의 대중문화는 흥미 중심 이외에는 아무것도 필요로 하지 않는다. 그것은 단지 상업적 요구에서 생각되고 있으며 향상보다도 독자에게 받아들여지는가, 받아들여지지 않을 것인가 하는 것만이 표준이 되고 있다. 좋은 작품이라도 소수자에게 칭찬을 받는 것만으로는 성립되지 않는다. 대체로 이것은 고단샤 풍으로 미인이고 호걸이며 피가 있고 눈물이 있는 것이다. 따라서 천하의 대중물 발표기관으로서의 잡지가 고단샤에 독점되고 있는 이상 안타까운 상황이다.

대중물은 현재로서는 순전히 오락적 작품으로 취급되고 있다. 그리고 많은 작가들은 그것만을 쓰고 있다. 그것도 좋다. 모든 소설이 생각하고 화나게 할 필요는 없다. 또 독자는, 사회개혁이 모든 노동

---

115 하야시 후보(林不忘, 1900-1935): 소설가. 추리소설이나 가정소설을 정력적으로 집필했다.

자가 의식하게 되면서 일어나는 것이 아니라 항상 대다수는 개혁된 다음에야 비로소 따라오는 것이니, 문학도 이런 상태의 것이 주어지면 주어진 채로 좋고 불만족스러워도 따로 좋은 작품이 출현하지 않으면 끝이지만, 그래도 대중작품이 너무 시대와 동떨어져 있다.

당장 농민소동을 쓰라는 말도 하지 않고 마르크시즘적 흥분을 주라는 것은 아니지만, 그런 것에 대한 이해와 준비는 해야 한다. 그 밖의 신시대에 대한 충분한 이해는 가령 시대물 작가라 하더라도 그 시대에 생활하는 문학자의 상식으로 알아야 한다.

하지만 현대 대중작가의 9할은 그런 생각을 하지 않는다. 생각하지 않아도 당분간은 충분하겠지만 생각해 놓으면 불리하지는 않다. 그리고 만일 그것이 상당한 정도로 작품에 나온다면 그러한 신경지는 새로운 방면을 개척할 것이다. 나는 하야시 후보(林不忘), 오사라기 지로(大佛次郎) 등에게 이에 대한 이해는 충분히 할 수 있고 쓸 수 있다고 믿는다. 나도 '소마 다이사쿠'를 써서 농민을 그리고 싶다.

그러나 그것을 쓸 수 있는 사람은 현재의 작가에게는 부족하기 때문에 일단 새로운 작가의 출현을 기다리고 싶다. 구니에다 군도 그런 말을 했지만, 저런 개념만으로는 충분히 쓸 수 없고 천박해지는 그런 작품만큼 경멸할 만한 것은 없으니 쉽게 쓰는 사람은 없겠지만 대중작품의 전환은 오직 이 방면뿐이다. 지금 말한 쪽으로 나아갈 것인가? 아니면 좀 더 지식을 쌓고 『살람보(Salammbô)』[116]처럼 나아갈 것인가?

---

[116] 프랑스 작가 플로베르(Flaubert, Gustav)가 1862년에 발표한 역사소설. 포에니 전쟁에서 취재한 것으로 용병군의 대장 마토와 아밀카르 장군의 딸 살람보와의 비련을, 마치 삽화처럼 아름답게 그려낸 작품.

이렇게 생각하고 현대 대중작가들을 바라볼 때, 얼마나 그들이 공부를 하지 않고 이지고잉(easygoing)인 것인가. 첫째, 그들은 자신의 5년 후 문학적 생명을 어떻게 생각하는가? 현재와 같은 작품을 계속해 나가자는 것인가? 그런 것이 10년 후에도 생명이 있다고 생각하는가?

이 둘의 구별을 해 놓고 나는 작가평으로 들어가고 싶다.

5. 요시카와 에이지(吉川英治)

그는 하세가와 신과 함께 이른바 유행의 신산(辛酸)을 다 겪은 사람이다. 스스로 고리대금업과 도둑질 외에는 무슨 짓이든 했다고 한다. 하지만 자신의 경험은 조금도 쓰지 않는다. (혹은 쓸 수 없다고 해도 되려나?) 구상의 묘함과 유연성이 많은 문장으로 좋은 이야기를 쓴다. 그리고 새로운 사상도 조금은 도입하는 것도 생각해 보고 (『가이가라 잇페(貝殼一平)』[117] 참조), 문학적으로도 미미하게 노력을 보여 현대물로서 『간칸무시는 노래한다(かんかん虫は唄ふ)』[118](『주간 아사히(週刊朝日)』)를 쓰고 책도 읽고 사실도 조사하며——그 어느 것도 능숙하게 해내서 딱 적당한 대중용 작품을 만드는 데 제일의 기수이다.

그리고 또 그는 자신의 문학의 장래를 생각하고 있는 것 같다. 『간칸무시』는 아마도 그 시도이자 그의 경험과 이야기의 혼합이겠지만,

117 요시카와 에이지 작품. 막부 말기를 무대로 한 장편 시대소설. 1930년 간행.
118 요시카와 에이지의 역사시대소설. 1932년 간행. 간칸무시(かんかん虫)는 굴뚝·보일러·기선 등의 녹을 떨어내는 일꾼의 속어이다.

제1호에서 나는 실망했다. 어색한 형용사, 익숙치 않은 새로움, 그것들은 그가 새로운 경지를 열려는 노력이라고 내가 보는 만큼 나는 그 실패는 그가 문학자가 아니었기 때문이라고 말하고 싶다.

그의 문학론적으로 유연한 머리는 현재의 작품까지는 오히려 좋았지만, 동시에 그의 문학적 교양이 부족한 것은『간칸무시』에서 다소 폭로되고 있다. 현명한 그는 재능 하나로 좋은 문학이 탄생할 수 없다는 것을 깨달을지도 모른다.

6. 하야시 후보(林不忘)

이 무서운 저널리스트 몬스터는 뭔가? 이 괴물은 대략 글로 써야 할 열 가지의 일을 혼자서 아무렇지 않게 어느 정도 써낼 수 있을 것이다.

레이디, 샐러리맨, 하녀, 아이들, 게다가 폭로소설, 과학물── 주문에 따라 갈채를 받는 작품을 쓸 것이 틀림없다. 문학적으로 명작을 쓰거나, 노작의 걸작은 쓸 수 없을지 모르지만, 모두 최신식으로 써낼 수 있는 재능은 드문 것이다.

그의 현명한 부인은 그의 조수로서 충분한 자격을 가지고 있다. 부인은 가로글자(橫文字)[119]를 읽고 남편은 고문서를 읽는다. 외국어를 읽을 수 있는가 없는가는 지금처럼 대중작가에게는 그 마음가짐 하나로 상당히 이익, 불이익이 있다. 막다른 탐정작가가『스트랜드

---

119 가로로 쓰는 글자. 서양 문자, 범자(梵字), 아라비아 문자 등. 주로 서양 문자를 말한다.

매거진(The Strand Magazine)』¹²⁰ 언저리에서 태연하게 번안을 해 창작하는 것처럼 재료가 없다면 "마누라, 대본(種本)¹²¹을 찾아줘"라고 한다. 이러한 점에서 대중작가의 반 이상은 불쌍하다.

하지만 남의 대본은 편리함 그 이상의 아무것도 아니다. 그래서 '아무것도 아닌' 정도의 현재 작품에는 맞출 수 있지만, 문학작품은 결코 남의 대본에서 나올 수 없다. (이것은 하야시 씨에 대한 견해가 아니다.)

후보는 '심학(心学)'을 심리학으로 해석하고 현재의 탐정술과 같은 것이라고 쓰지만 이 용기가 그의 작품을 종종 재미있게 만든다. 이런 일에 연연하지 않는 것이 현재의 대중물이고, 나는 고집을 부려서라도 여전히 대중의 갈채를 받고 싶지만, 아마도 당분간 그의 저널리즘 재능은 반드시 독자를 색출할 것이다. 그를 입사시킨 『도쿄니치니치신문(東京日日新聞)』의 눈은 지극히 정확하다. 개척하지는 않지만 유행품은 만들 수 있다. 그것이 문학자와 저널리스트의 차이다. 그리고 그는 그중 최고이다.

7. 시라이 교지(白井喬二)

그는 아마 믿고 있을 것이다. 경세, 경국의 뜻은 문학적 기교보다 훨씬 귀하다고. 그것도 좋다. 천 회에 걸친 장편 『조국은 어디에(祖国は何処へ)』¹²²는 그 의도의 표현이다.

---

120 한때 영국에서 간행된 월간지로, 조지 뉴스(George Newnes)에 의해 창간되어 1891년 1월부터 1950년 3월까지 60년간 발간되었다.

121 저작이나 강의의 기초로 하는 남의 저작, 토대가 된 책, 대본.

그는 만 권의 책을 소장하고 있다. 어느덧 『국사삽화전집(国史挿話全集)』을 완성하고 있다. 불언실행(不言実行)을 주창하며 10년 계획을 목표로 하고 있다. 대체로 대규모로 조금만 써도 『후지에 선 그림자(富士に立つ影)』[123] 천 회, 『조국』도 천 회. 그 큰 기개와 도량은 문단의 인종과는 다르다.

그러나 그는 소설을 쓰고 있다. 문장을 쓰고 있다. 그의 그 웅장무비(雄大無比)한 의도를 문장으로 기교로 살려야 한다. 그런데 그는 종종 표현이나 기교의 결핍을 보여 실망시킬 때가 있다. 그 구상에서도 마찬가지이며, 그 첫 번째 기괴함은 가령 『신센구미(新撰組)』를 보면 된다. 정말 재미있게 시작하지만 머지않아 재미는 슬금슬금 사라져 실망하고 만다. 『후지에 선 그림자』에서 주인공 건축가가 논쟁하는 장면은 정말 재미있고 박학하기 이를 데 없다. 하지만 오히려 용두사미가 되어 읽고 나면 문답의 장면만이 인상에 남을 뿐이다. 그리고 그 문장은 진부하고 조잡하다. 이 작가적 결함을 그가 느끼고 어떻게 조치를 취할 것인가가 문제다.

그의 큰 계획적인 의도가 기교를 무시해도 문장에 충분히 배어나 독자를 감동시킬까? 아니면 표현이 충분하지 않기 때문에 모처럼의 큰 뜻도 충분히 드러나지 않을까? 지금처럼 반성하지 않고 나아간다면 언젠가 시대에 뒤처져 수필사담(随筆史談)의 형태로 나아가게

---

122 시라이 교지의 장편 소설. 1929년부터 『시사신보(時事新報)』라는 신문의 조간에 연재된 것인데, 연재 횟수가 천 회를 넘었다. 1932년 순요도(春陽堂)에서 단행본으로 출판됨.

123 시라이 교지의 장편 시대소설. 1927년부터 『호치신문(報知新聞)』에 천 회를 넘게 연재함.

될지도 모른다.

8. 오사라기 지로(大佛次郎)

그는 나보다 키가 크다. 5척 5촌 6, 7푼[124]인 나보다도 키가 크고 덩치가 크다. 그리고 꽃미남으로 사슴처럼 부드러운 눈을 가지고 있다.

독서, 사색, 작품 모두 그의 육체처럼 훌륭하다. 문학적인 것에서 누구의 작품보다 걸출하다. 게다가 그는 더 나은 작품으로 만들기 위해 매 작품 정진하고 있다.

그러나 시대물의 대표작품 속 인물은 모두 다소나마 그의 눈을 가지고 있다. 이지적인, 근대적인, 민감한, 감각적인 눈을 가지고 있다. 그리고 그것은 호리베 야스베(堀部安兵衛)[125]도, 마루바시 주야(丸橋忠弥)[126]도, 니치렌(日蓮)[127]도 가지고 있다. 이것이 그의 좋은 점이자 결점이다.

단적으로 말하면 그는 야만인을 그릴 줄 모른다. 호걸을, 선의 굵기를, 무신경함을, 전국시대를 적어도 잘하지는 못한다. 니치렌이 아침 해를 보고 염불을 외우는 곳, 다쓰노구치(龍ノ口)[128], 기우제(雨乞い)

---

124 대략 168cm 정도.

125 호리베 야스베(堀部安兵衛, 1670-1703): 본명은 호리베 다케쓰네(堀部武庸). 에도시대 전기의 무사. 아코 낭인(赤穂浪士) 47인 중 한명으로 에도급진파(江戸急進派)라고 불리는 세력의 리더격.

126 마루바시 주야(丸橋忠弥, ?-1651): 에도시대 전기의 무사. 게이안의 난(慶安の変, 1651)으로 에도 막부 전복을 꾀한 주모자 중 한 명.

127 니치렌(日蓮, 1222-1282): 가마쿠라(鎌倉) 시대의 승려. 가마쿠라 불교의 하나인 니치렌종(日蓮宗)의 종조.

장소[129], 그런 곳의 묘사에 있어 이 선 굵기의 결핍이 있다. 구라노스케(内蔵介)[130], 하야토(隼人)[131]는 충분히 그릴 수 있지만, 전국시대의 여풍(余風)을 남기는 선 굵은 무사는 불충분하다. 모든 인물은 섬세하고 근대적이다.

나는 역사 속 인물에 대한 근대적 해석은 할 수 있어야 한다고 생각하는 동시에 당시 인간의 비근대성을 그리는 것도 역사소설로서는 충실하다고 믿는다.

이 비평은 그에 대한 나의 기대에서 비롯된다. 그의 세심함은 대중문학 작가 중 유일하다. 어학을 충분히 잘하고 학문을 좋아하며, 서적 수집가이고 효도하며, 정력이 있고 남자로서도 훌륭한데, 그럼에도 바람을 안 피우니 —— 감탄해도 되지 않을까? 어쨌든 가만히 있어도 그는 정진해 간다.

9. 구니에다 시로(国枝史郎)

『쓰타카즈라 기소노카케하시(蔦葛木曽桟)』, 『신슈코케쓰성(神州纐纈城)』에서 나는 보기 드문 전기(伝奇) 작가를 봤다고 생각했다. 『호

---

128 다쓰노구치(龍ノ口): 사나가와현(神奈川県)의 지명. 가마쿠라 시대에 형장이 있어 니치렌의 법난, 원사 두세타다 등을 처형한 곳.

129 니치렌이 기우제를 지냈다는 전설의 장소. 현재 가나가와현 가마쿠라 인근.

130 사이토 도시미쓰(斎藤利三, 1534-1582): 전국시대부터 아즈치모모야마(安土桃山) 시대의 무장이다. 통칭은 사이토 구라노스케(斎藤内蔵介)로 오다 노부나가(織田信長)의 가신 아케치 미쓰히데(明智光秀)의 가로로 유명하다.

131 고대 일본의 규슈 남부 사쓰마(薩摩国), 오스미(薩摩国, 현재의 가고시마현 일대) 등지에 살던 것으로 전해지는 부족.

궁현의 흐느낌(胡弓の絃のむせび泣き)』이라든가 『레몬꽃 피는 언덕에 (レモンの花咲く丘へ)』라든가 하는 유치하고 거슬리며 센티멘탈한 작가가 잘도 이런 작품을 썼다고 감탄했다. 그리고 이대로 유현(幽玄)과 괴기(怪奇)를 추구해 나간다면 훌륭한 작품이 나올 수 있으리라 생각했다.

그런데 『여자 연기술사(娘煙術師)』에서 그 20년 전의 유치함과 비위가 독 연기처럼 지상을 기어다녔다. 나는 질렸다. 그의 바제도씨병(病)[132] 때문일 것이라고 생각했다. 그리고 지금도 그 병이 낫기를 바라고 있다.

10. 미카미 오토키치(三上於菟吉)

그는 지금 휴식 시간임에 틀림없다. 그리고 확실히 조금 쉬어야 한다. 작가라면 누구나——.

놀라운 명민함, 훌륭한 독서력과 창작력. 그야말로 일본의 에드거 월리스(Edgar Wallace)[133] 부류 중 한 명일 것이다. 만일 그가 온 정력을 기울여 한 편에 그 열정을 집중시킨다면 통속소설로 그를 따를 작가는 한 사람도 없을 것이다.

그래서 그는 미소를 지으며 자신 있게 급급히 노력하다가 간신히

---

132 바제도(Basedow)라는 인명에서 온 병명. 갑상선 호르몬이 과잉 분비되는 상태, 갑상선기능 항진증을 일으키는 대표적인 질환.
133 리처드 허레이쇼 에드거 월리스((Richard Horatio Edgar Wallace, 1875-1932): 영국 작가. 1933년 영화 〈킹콩〉의 각본가로도 알려져 있다.

수준의 작품을 쓰고 있는 다른 작가를 냉소하고 있다.

그의 재능은 『기요카와 하치로(清河八郎)』에서 오렌(お蓮)의 옥고 장면을 스무 번인가, 그 이상에 걸쳐 그렸다. 똑같은 장면을. 그래서 독자들에게 충분히 읽혔다. 이 상상력과 필력은 부러워할 만한 것이다. 그러나 동시에 어떤 독자는 싫증이 났을 것이다. 내가 그에게 경탄하는 바를 독자는 비탄했을지도 모른다. 요즘 독자를 상대로 이것은 주의해야 할 점 중 하나다. 그런 일을 그는 종종 한다.

그러나 이는 작은 일에 불과하다. 그는 문학 형식에 있어서 어떠한 개척도 하지 않겠지만 대중문학 속의 대작, 걸작을 충분히 기대할 수 있다. 나는 그를 너무 많이 알고 있어서 어떻게 평가해야 할지 모르겠다.

11. 하세가와 신(長谷川伸)

놀이꾼의 세계, 그 인정, 도덕을 그리며 일가를 이루었다. 재료적인 재미는 누구도 추궁하지 않는다. 그의 경험이 충분히 작품 속의 진실이 되어 나타나고 있기 때문일 것이다. 그리고 그 세계에서 그의 작품이 좋다는 것은 정평이 났다.

그러나 『붉은 박쥐(紅蝙蝠)』[134]의 경험 이외의 공상 인물이 나오면 시라이 교지(白井喬二), 요시카와 에이지(吉川英治), 하지 세이지(土師清二)[135], 유키토모 리후(行友李風) 등 문학적 훈련이 없는 사람들과

---

134 하세가와 신의 시대 장편 미스테리 소설. 1931년 아사히신문사(朝日新聞社)에서 간행.

같은 결점을 드러낸다. 즉 인물의 성격을 그리지 못하는 점이다. 한 종류의 인물은 그릴 수 있지만 세 사람을 구분하여 그릴 수는 없는 것이다. 그러나 이는 이미 지난 것처럼 너무나 문학적인 요구이므로 오늘날의 독자들에게는 필요하지 않다. 따라서 그의 명성도, 작품도 손상시키지 않지만, 문학론에서 본다면 장래의 문학적 발전성은 없다고 말할 수 있는 대목이다.

예를 들면 『도나미 조하치로(戶並長八郎)』[136]의 어설픈 인간이 그것이다. 예를 들면 그 조잡한 문장이 바로 그것이다. 따라서 유수한 실력파 단편작가이자 장편소설 작가로서는 조금 결점이 있다고 평가해도 좋다고 믿을 수 있다.

12. 사사키 미쓰조(佐々木味津三)

그런데 이 미쓰조는 전기에 예술소설에 뜻을 두어 몇 가지의 좋은 작품을 남기고 대중물로 돌아선 사람이다. 그 경력으로 따지면 진작에 예술적 대중작품을 썼어야 하는 인물이다. 하지만 그의 작품이 꼭 예술은 될 수 없다.

고단샤 이외에는 쓰지 않는 그에게 첫 『시사신보(時事新報)』[137] 소

---

135 하지 세이지(土師淸二, 1893-1977): 일본의 소설가. 직업을 전전하다가 오사카 아사히신문사(大阪朝日新聞社)에 근무. 1923년 「미즈노 쥬로자에몬(水野十郎左衛門)」을 연재, 이후 시대소설 작가로서 활약하였다. 하세가와 신의 신요카이(新鷹會)에 협력해 신진작가 육성에 임했다.

136 하세가와 신의 통쾌 시대 장편 소설. 1931년 아사히신문사(朝日新聞社)에서 간행.

137 1882년 3월 1일 후쿠자와 유키치(福澤諭吉, 1835-1901)가 창간한 일간지로, 전전

설에서 훌륭한 문학소설을 쓸 것으로 기대했지만, 그는 오사라기 만큼도 파고들지 못했다.

같은 그룹에서 나온 스즈키 히코지로 또한 아무런 신선함을 보여주는 일 없이, 헛되이 옛날 관습을 쫓아 향상이 없다. 문학적 훈련이 반드시 좋은 문학을 만들지는 못한다는 증거이다.

13. 나머지 사람들

더불어 히라야마 로코(平山蘆江)[138], 노무라 고도(野村胡堂)[139], 모토야마 데키슈(本山荻舟)[140], 유키토모 리후(行友李風), 시모무라 에쓰오(下村悦夫)[141], 다나카 고타로(田中貢太郎), 무라마쓰 쇼후(村松梢風), 하지 세이지(土師清二) 등 모두를 논하지 않으면 안 되지만, 최근 작품들은 읽지 않았다.

로코의 『요즘식 겐지 초(今様源氏抄)』에는 지금도 감탄하고 있으나, 그가 화류물에서 다른 장르로 전환하는 것에 대해서는 반대한

(戦前)에는 5대 신문에 들었다. 1936년 12월 25일 폐간되어 『도쿄니치니치신문(東京日日新聞)』에 합병되었다.

138 히라야마 로코(平山蘆江, 1882-1953): 일본의 신문기사·작가. 러일전쟁 중 만주로 건너가 귀국 후에는 신문의 기자가 되어 화류(花柳) 연예란을 담당했다. 후에 요미우리신문사(読売新聞社)로 옮겼다. 소설, 수필 등을 저술하였다.

139 노무라 고도(野村胡堂, 1882-1963): 일본의 소설가·인문평론가. 소설가로서의 주된 장르는 시대소설, 소년소녀소설이다.

140 모토야마 데키슈(本山荻舟, 1881-1958): 일본의 소설가·수필가·요리가.

141 시모무라 에쓰오(下村悦夫, 1895-1945): 메이지부터 쇼와 전기 시대의 소설가·시인.

다. 왜 그대로 더 파고들지 않는가? 그냥 그뿐이지 않은가? 고도 씨는 좀 더 그 구상력을 인정받아야 하는 사람이다. 데키슈 씨 작품은 읽지 않았는데, 아무래도 요리만큼 힘을 쓰지 않은 것 같다.

유키토모 씨는 조잡하고 낡았다. 날카로운 어조로 마구 몰아세울 뿐이다. 시모무라 에쓰오 씨는 불쾌한 존재다. 다나카 고타로 씨의 『선풍시대(旋風時代)』는 읽기 시작한 이후 점점 재밌어졌지만, 이런 재료들은 이토 지유(伊藤痴遊)[142] 혼자에게 맡겨둘 일이 아니다. 쇼후 씨는 그의 말투와 작품이 똑같다. 하지 씨는 잘하고 노력도 하고 있으나 낚시만큼 정진하지 않고 있다.

14. 맺는말

메레시콥스키(Merezhkovsky)[143], 시엔키에비치, 플로베르(Flaubert)[144] 등의 본보기가 있다. 적어도 이 수준에 도달하기 위해 노력해도 아무도 비웃지 않는다.

경험한 일과 독서한 것은 그리지 않아도 행간에 뭉클하게 배어 나온다. 현재의 독자만을 들여다본 작품도 좋다. 그것은 기차 안에서 읽기

---

142 이토 지유(伊藤痴遊, 1867-1938): 메이지 쇼와 초기에 활약한 일본의 야담가(講釈師)·정치가·저널리스트.
143 드미트리 메레시콥스키(Dmitry Sergeyevich Merezhkovsky, 1866-1941): 러시아의 시인·소설가. 보들레르의 영향으로 시집 『상징』(1892)을 내놓아 러시아에 처음으로 상징이란 말을 사용함과 동시에 러시아 상징주의의 선구자가 되었다.
144 귀스타브 플로베르(Gustave Flaubert, 1821-1880): 19세기 후반의 프랑스 대표 소설가. 심리적인 분석, 리얼리즘에 대한 고찰, 개인과 사회의 행동에 대한 명석한 주시가 특징이다.

에 적합하다. 개척하려는 작품도 좋다. 작가로서는 그게 사실이다.

나는 문단 작가처럼 예술소설 이외의 소설은 없는 것이 좋다는 말과 비슷한 말을 하지 않을 거다. 독서의 종류는 아무리 있어도 좋다. 그러나 독자 수용이 반드시 고단샤 풍이라고는 할 수 없다. 충분히 문학적일지라도 흥미 위주는 될 수 있다. 문학인 이상 그것이 나아가야 할 길이며, 현재와 같은 작품을 쓰고 생활할 수 있는 일에 대해서는 적어도 엉터리로 쓰지 않도록 삼가야 한다. 아무튼 서로 더 공부합시다.

대중소설을 베어버리다

삼류 연극 정도

가토 다케오(加藤武雄)[145]의 의민전(義民伝)

참고를 위해 몇 번이나 읽으려고 하다가 나이에 그만 꾸물거리고, 일을 하다 보니 틈도 없어 최근 2, 3년간 이름과 평판만 들었을 뿐 아무것도 읽은 적이 없었다.

편집자가 가져온 14여개의 잡지를 책상 위에 쌓아 올리자 이것은 어깨가 뻐근해질 일이라는 생각이 들어 진절머리가 났지만, 특별히 공부를 위해 우리들 젊은 날에 읽었던 겐사이(弦齋)[146], 주시엔(滋柿園), 나미로쿠(浪六)는 어떨까 하고 우선 『해돋이(日の出)』부터 거론해 본다.

▽

가토 다케오의 의민전 『마쓰키 쇼자에몬(松木荘左衛門)』이라는 것을 작가의 시대물로서는 드물다고 생각해 가장 먼저 읽었는데, 이 사람은 연애물은 쓸 수 있을지 모르겠지만 이른바 난투 풍, 손에 땀

---

145 가토 다케오(加藤武雄, 1888-1956): 다이쇼 쇼와 시기의 소설가. 1911년 신초샤(新潮社)에 입사해 편집자가 되어, 『문장 구락부(文章倶楽部)』 등을 편집. 1919년 농촌을 그린 자연주의 단편집 『향수(郷愁)』로 작가로서 인정받는다. 1922-1923년 『구원의 상(久遠の像)』이후 통속소설, 소녀소설의 저자가 되었다.
146 무라이 겐사이(村井弦齋, 1864-1927): 메이지 다이쇼 시대의 저널리스트·소설가. 미래 전기(戦記), 정치소설, 발명소설의 발표로 'SF소설의 선구자'라고도 불렸다.

을 쥐는 듯한 묘사는 전혀 못한다고 해도 좋을 것이다. 시대물이라
도 정화(情話) 풍이라면 쓸 수 있을 것 같지만 처참하다든가 그로테
스크라든가 하는 대중물의 매력적 요소는 이 사람에게 완전히 결여
되어 있다.

▽

적절한 예를 들면 『킹(キング)』[147]의 시바이바나시(芝居話)[148] 『모리
쓰나 병영(盛綱陣屋)』이 있는데, 가토의 붓으로는 요시우에몬(吉右衛
門), 우자에몬(羽左衛門)의 절반만큼도 박력이 없다. 만담이라고 한
이상 연극에 대해 좀 더 터득하고 쓰기 바란다. 이에 대해서는 나도
할 말이 꽤나 있는데, 예를 들면 잘린 목을 요시우에몬이 가만히 응시
하는 눈빛이나 표정은 그 목과 맞물려 배우의 예능감을 보여주는 부
분이지만, 그것이 가토의 필치에서는 마치 목 따위는 무색한 것이
되어 버린다. 요시에몬이 나타내는 표정의 10분의 1도 차이가 나지
않았다. 극단적으로 말하면 삼류극 배우가 당황하는 형태일 뿐이다.
만담이라고 이름을 붙여 쓰는 이상 이러한 부분이 집중해야 할 부분
이지만, 배우의 볼거리에 대해 그는 아무것도 모르는 것 같다. 그것은
연극이라는 것을 모르기 때문이라고 탓해도 좋지만, 모르더라도 좀
더 깊이 몰두하여 쓸 수 있을 것이라고 나는 생각한다. 어떠한가?

▽

『마쓰키 쇼자에몬』의 사적(事蹟)은 어린 아이와 요쿄쿠(謠曲)[149]를

---

147 고단샤(講談社)가 발행한 대중오락잡지. 1924년 11월 창간하여 1957년 폐간. 전전
(戰前) 고단샤의 간판 잡지이자 일본 출판 사상 처음으로 발행 부수 100만 부를
돌파한 국민 잡지이다.
148 소품과 악기를 사용하며 연극처럼 공연하는 만담.

부르면서 끌려가는 것이 재미있는 동시에, 그 마지막 기둥에서 쇼자에몬의 동지가 목숨을 건져서 그 혼자만이 희생자로 비참해 하고 있던 데 대해 욕을 퍼부으며 창을 받는 점이 재미있지만, 어떤 이유로 가토가 이 라스트 장면을 놓치고 있는지 이해하기 어렵다. 그때 쇼자에몬은 "남은 다섯 되의 콩은 우리 피, 우리 살이다. 콩을 먹을 때면 이 쇼자에몬이 피를 흘리며 내 고기를 먹고 있다고 생각하고 먹으라"고 저주에 가까운 말 등을 던지고 창으로 찔리는데, 나는 이것이 재미있다고 생각하지만, 가토는 어째서인지 굳이 장면을 할애하여 평범하기 그지없는 대사를 말하고 있을 뿐이다. "웃어라, 웃어라, 나도 웃는다." 이런 식으로 말하고 있지만 사실은 다르다. 자기 스스로를 희생하며 이를 모르는 체하고 있는 동지를 통렬히 매도하다가 죽은 것이다.

▽

덧붙여 한마디 주의해 두지만, 이 중에서 백성들이 우리도 고국을 바꿀까 하는데라는 부분에서 구니가에(国替)[150]란 다이묘(大名)에게 쓰는 말로, 백성에게는 도망이라는 말이 분명히 옛날부터 있다. 이 말을 알고 일부러 구니가에라고 말하게 했다고 하더라도 납득이 가지 않는다.

이 의민전은 네 말의 콩이 네 말 다섯 되가 되었다는 소동으로 전혀 재미없다. 손해 막심한 의민전이다. 그래서 처음에는 사납게 날뛰던 쇼자에몬 동지들도 점점 조용해져 외곬 청년인 쇼자에몬 혼자 애를 써서 목적은 달성하였으나 책형(磔刑)에 처하고, 그래서 쇼자

---

149 노가쿠(能楽)의 사장(詞章)에 가락을 붙여서 부르는 것을 의미.
150 에도시대에 제후의 영지를 다른 곳으로 바꿈.

에몬은 동지를 면책하는데 솔직히 그보다는 쇼자에몬의 명예에 대해 쓰는 편이 훨씬 재미있다고 생각한다. 잠시 모면하려는 희생정신을 얼빠진 붓으로 쓰니 도무지 감이 오지 않는다.

나니와부시(浪花節)[151] 이하

요시카와 에이지(吉川英治)의 『불타는 후지(燃える富士)』[152]

요시카와 에이지의 『불타는 후지』는 인기 대중소설의 우두머리로 오랫동안 이름을 들었지만 읽는 것은 처음이라 차를 한 잔 마시고 담배 한 대 피우고 무릎을 바로잡고 읽기 시작했다.

▽

그런데 연재물이라 이쓰미야마(逸見山)가 만든 산성 장면에서도 요마(襄馬)와 지히로(千尋)가 왜 이곳에 있는지, 무엇 때문인지 전혀 알 수 없어서 곤란했지만 한 페이지 읽었을 때 또 곤란해졌다. 지히로라는 자는 후샤쿠노 이사(芙雀の伊三)라는 이름을 가졌는데, 사실은 남장 여자였고, 게다가 적의 간첩이어서, 요마라는 남자가 그것을 알아채고 자신의 면도를 하도록 시킨 것이다.

▽

이런 일이 있을 수 있느냐 없느냐를 떠나 이 얼마나 간단하고 뻔한 구상인가. 여기에는 글로 볼 것도 없고 표현으로 할 것도 없고 만사가 저속하게 갈겨 쓴, 나니와부시, 고단(講談)이 가지고 있는 비속함과

---

151 샤미센(三味線)을 반주로, 주로 의리나 인정을 노래한 대중적인 창(唱).
152 요시카와 에이지의 장편 시대소설. 1934년 간행. 막부 말기를 무대로 한 비련물.

같은 성질의 싸구려가 느껴지는 것 외에는 아무것도 없다.

▽

순문학, 대중물과는 구별하여 가치에 높낮이를 두는 것은 찬성하지 않지만, 대중물이라고 해서 작가의 기백의 어떤 것도 느끼게 하지 않는다고 거창하게 말하기보다는 나니와부시가 샤미센을 따라 묻어 들어가 테이블을 두드리며 갈채를 요구하는 것과 같이 값싸게 쓴다는 것은 독자를 경멸하고 작가 스스로를 모욕하는 일이다.

▽

겨우 한 페이지를 위해 소도구로서 요코스카(橫須賀)[153]의 한 외진 곳에 그런 것들이 왜 있었는지는 모르겠지만 의자, 서양 거울, 비누 등 하이칼라한 물건들이 나오고, 남장 간첩이 적의 면도를 하고 그것이 끝나자 스스로 수갑을 받겠습니다 라며 양손을 뻗자 "음, 역시 '가제하야 지히로(風速千尋)'로군." 하며 끝나는 부분. 이 때문에 전체가 모조리 중요한 대목이면서도 그 대목이 지극히 허술하고 미형적이다. 그러나 나니와부시의 다유(太夫)[154] 만큼 열정도 없기에 곤란할 수밖에 없다. 남장의 간첩 따위를 새삼스럽게 제일인자인 요시카와 군이 굽실거리며 쓸 줄은 나는 생각하지도 못했다. 아니 쓰는 것까지야 괜찮지만 이 저속함은 어찌 된 일인가. 저속하게 쓰지 않으면 속인들이 받아들이지 않는다고 생각하면 구제할 수 없는 일이고, 만일 이것이 독자에게 받아들여진다면 나는 그저 통탄하고 문학의

---

153 가나가와현의 도시로 미일 해군의 거점이 되는 도시이다. 근대 탐정물의 배경으로 자주 등장하였으며, 현대에도 애니메이션의 배경으로 자주 등장하여 애니메이션 성지순례의 대표지역이다.

154 목소리를 바꿔가며 샤미센 선율에 맞춰 이야기를 진행하는 사람.

타락을 한탄할 뿐이다. 주시엔(澁柿園), 겐사이(弦斎) 누구든지 쓰는 엉터리 부자연스러움, 뻔한 트릭과 이지고잉을 쓰지 않았다.

▽

엉터리와 부자연스러움과 저속함 아니면 받아들여지는 소설을 쓸 수 없다는 것은 작가로서 무엇보다 창피해 마땅한 일이다.

▽

페이지를 넘기면 요마가 흡족한 듯이 일어나 지히로를 포박하는데, 각오가 되었는지 "자, 데려가시오."라고 쓰여 있는데, 그 전에 수갑을 받겠다며 두 손을 뻗고 있는 여자에게 '어쩐지 수상쩍은 표정을 지으며' '의외라는 듯이 지히로의 얼굴을 보았다'라고 쓰여 있다. 그렇다면 이 남자는 이 여자의 정체를 몰랐든지 이 여자의 태도를 이해하지 못했든지 둘 중 하나일 것이다. 하지만 남자는 전부터 정체를 알고 있었기 때문에 양손을 뻗었을 때에 '수상'쩍지도 '의외'이지도 않았을 것이다. 수갑을 받는다면 '대단한 각오'로 하는 것이 내가 생각하는 심리인데, 이 요마는 '포박하겠다'고 말했다가, 그래서 포박하는가 싶으면 하지 않고, 이토록 각오를 하고 있는 여자에게 '딱 달라붙어 따라 걷기 시작'하거나 하니 머리가 나쁜 것인지, 저급한 작업을 한 것인지 계속 읽어 나갈 기운이 없어져 버렸다.

고단(講談)보다 저열

하야시 후보(林不忘) 군의 『번뇌 비문서(煩悩秘文書)』

우리 집에 온 한 청년이 『올요미모노(オール読物)』[155]의 『번뇌 비문서』라는 작품을 몹시 재미있다고 칭송하고 있었다. 그리고 그 작가

하야시 후보란 마키 이쓰마(牧逸馬)의 다른 이름이라고도 설명해 주었다. 그래서 이 유행작가가 어떤 재주를 보이는지 알기 위해 유행감기에 걸려 기침을 하며 장지문을 닫은 어두컴컴한 책상 위에서 읽었는데, 요즘 청년들이 도대체 어디가 재미있어서 칭송하는지 단숨에 읽고 남은 것은 바보스러움과 저속함 두 가지뿐이다.

▽

첫째 장에 '여자 출입 금지 남자 숙소'라는 묘한 여인숙이 있고 바로 그 한 장 뒤에 계집 손님이 묵었다는 것도 이상하지만, 이런 무책임한 엉터리를 일일이 신경 쓰면 아무것도 쓸 수 없을 것이다. 하지만 설령 두건으로 얼굴을 감싸고 있다고 해도 남편과 남을 잘못 알고 다른 남자와 여관에 와 있는 지나미(千浪)라는 여자를 독자들은 제정신으로 재미있게 여기겠는가? 이런 뻔한 거짓말이라도 대중물이면 용서받을 수 있다고 한다면 나는 별다른 항의를 하지 않겠지만, 이런 글을 쓰지 않고는 '재미'를 창출할 수 없는 작가를 불쌍히 여길 뿐이다. 다만 이 지나미가 전편에서 저능한 여자였다면 내가 사과한다.

▽

하지만 내가 말하고 싶은 점은 이런 바보 같은 장치나 속임수가 아니다. 어디에 '기예'가 있느냐고 묻고 싶다. '예술'까지는 요구하지도 않지만 적어도 '만자이(万才)[156]'가 가지고 있는 '기예의 맛', 익살스러운 춤꾼이 가지고 있는 '기예의 맛'이 없다면, 촌동네 연극 배우보다

---

155 문예춘추(文藝春秋)가 1930년 7월부터 발행하는 월간 오락소설잡지.
156 일본의 전통예능 중 하나. 신년맞이 화예(話芸)로 전국에서 흥을 돋우며 현대 만담의 근원이 됐다.

못한 작가이다.

▽

뭘 가지고 '예'조차 없다고 하냐고? 제 452쪽. 자기 주인을 닮은 남의 사무라이를 자기 주인으로 잘못 알고 있는 무어라 말할 수 없는 어처구니없는 7, 8명의 사무라이가 그 주인 같은 남자에게 "잊으셨습니까, 저 아가씨와 애송이는 시타야네리베이코지(下谷練塀小路)[157] 법외류(法外流) 도장에 계신다고 하고 전하께서는 오늘 그곳에 오신다고 하니 이렇게 모두 나들이 온 것이 아닙니까." 건망증이라면 몰라도 이런 바보 같은 일이 세상에 있겠는가? 하지만 그것도 좋다.

▽

용서할 수 없는 것은 이 한 문장 속에 약간의 묘미도, 예도, 생기도 결핍되어 있다는 것이다. 시대의 분위기가 그 대목에 나와 있지 않다든가 무사의 말로 되어 있지 않다든가, 엄하게 말해도 이런 작가에게는 대답할 수 없기 때문에 생략하지만 이런 장황함에 이르러서는 결코 용서할 수 없다.

▽

대화가 살아있다, 살아있지 않다는 것은 가령 주인을 헷갈리는 부자연스러움이 허용되는 대중물이라고 해도 그것이 예가 되는 것이다. 다른 것들이 터무니없는 트릭과 속임수로 아무 가치도 없기 때문에 적어도 예로라도 살려야 한다.

▽

고단을 활자로 만들면 여러 가지 결점이 있고 거기에서는 조금의

---

157 현재의 지요다구(代田区) 간다네리베이초(神田練塀町).

문학도 찾아볼 수 없다. 그래서 이를 대신한 것이 대중물이다. 그 대중물이 속임수 외에 아무런 예도 없다면 정말로 대중작가가 되는 자는 요세(寄席)[158] 예인(芸人)보다 못하다.

▽

고단 대화에도 서투른 것이 있다. 그러나 원래 고단은 들려주기 위해서이지 읽게 하기 위해서가 아니다. 따라서 읽고 서투르더라도 명인의 입에서 나오면 그 음성 하나, 그 말투 하나, 그 표정 하나, 그 태도 하나로, 예를 들면 『모란등롱(牡丹鐙籠)』[159]의 오쓰유(お露) 망령이 숨어드는 나막신 소리 딸깍 딸깍 딸깍. 이 여섯 글자가 서투냐 능숙하냐에 살다가 죽기도 하고 대단하게도 들리다가 터무니없게도 들린다. 거기에 예가 있고, 예의 차이가 있다. 엔초(円朝)의 구연(口演)도, 요즘 사람들의 구연도 책으로 보면 딸깍 딸깍해서 전혀 틀리지 않지만 입으로 구연하면 천양지차가 생긴다. 그리고 거기에서 '예'가 생기니까 명인이다, 혹은 잘한다고 용서할 수 있지만 대중물은 읽히기 위해 쓴 것이다. 그것이 아무런 준비도 없이 아무 맛도 없고, 아무 생채도 없이 늘어지고, 방치된 질질 끄는 대목인데, 그 상태로 문학이라고 이름이 붙는다면 고단시(講談師), 만담가는 대중작가 이상이다. 적어도 이런 인간의 입으로는 말할 수 없는 질질 끄는 부자연스러운 대목은 그들이라면 하지 않을 것이다. 무엇보다 이런 대화는 인간이라면 말할 수가 없다. 날카로운 어조로 몰아세우느

---

158 사람을 모아 돈을 받고 재담·만담·야담 등을 들려주는 대중적 연예장.

159 산유테이 엔초(三遊亭円朝, 1839-1900)의 괴담 걸작. 『전등신화(剪燈新話)』를 번안한 아사이 료이(浅井了意)의 『오토기보코(御伽婢子)』 속 이야기를 엔초가 라쿠고로 구연하여 큰 인기를 끌었다.

냐 아니냐를 생명으로 하는 고단시가 구연하는 얼빠지고 느긋한 대
화는 이제 그만두라.

▽

이에 예로 든 "잊으셨습니까 운운"의 대화를 가령 무대나 연극에
서 실제로 입 밖으로 내 보시라. 이상하게 들릴 테니까. 또 문장으로
서도 이 정도로 정채(精彩)가 부족하고 장황한 표현은 없다. 이 전편
어디에 광채가 있고 어디에 문예가다운 마음가짐이 있으며, 어디에
'예'다운 예리함이 있는가? '재미있다'는 한마디로 문예가 구원을 받
는다면 '고급 만자이' 역시 '고급'이다. 빛나는 것이 없는 '예' 그만큼
경멸하기 좋은 것은 없다. 무엇 때문에 사회가 만담가, 만자이보다
문예가를 위로 본다는 말인가? 재미파 대중작가는 몇 번이고 반성
해야 마땅할 것이다.

얼굴 길이 어느 만큼

하세가와 신(長谷川伸)의 『시마다 가쓰마(島田勝馬)』

요즘 같은 사회이니 연예인이 광대가 되는 것도 좋고 속된 인기를
얻고 무대의 인기를 얻으며 여자들의 갈채를 기대하는 것도 좋다.
하지만, 세상의 대중작가 제군이여. 나니와부시나 만담가나 무대에
서 일할 때에는 땀을 흘리고 침을 뱉으며 열심히 진지하게 전력을
다해 일한다. 게다가 허튼소리를 하는 것도 용서할 수 있고 연구 부
족도 용서할 수는 있지만, 그냥 내버려 둔 채로 흘려보내 아무런 고
심도 없고 열정도 없고 예도 없고 빛나는 곳도 없이 그저 어처구니
없는 짓을 하는 이 태도에 이르러서는 나는 용서할 수가 없다.

▽

못하면 못해도 좋다. 쓸 수 없다면 쓸 수 없는 것도 좋지만 쓸 수 있는 능력을 가지고 한 대목에도 주의를 기울이지 않는 작가의 태도는 용서할 수 없다. 너무 노골적인 장사치 태도인 소위 재주를 파는 것으로 양심이 없다.

▽

이런 예는 『시마다 가쓰마』라는 작품을 쓴 하세가와 신의 작품에도 있다. "목은 베인 곳을 대여섯 치(寸)[160] 떨어져 굴렀는데, 어떻게 된 일인지 되돌아와"라니. 도대체 인간의 얼굴 길이나 너비가 얼마나 된다고 생각하는가? 구르다 라는 형용은 한 사물이 한 바퀴 이상 회전을 했을 때의 말이다. 일고여덟 치의 목이 어떻게 대여섯 치를 굴러가는지, 게다가 가죽으로 붙어있는 목을 굴렀다고 하니 이 근처의 설명 부족은 적어도 대충 문장을 쓰는 것을 자본으로 하는 문예가로서는 뭐니뭐니해도 변명의 여지는 없을 것이다.

▽

이러한 부주의, 준비되지 않음, 열정 없음, 엉터리는 어디에 원인이 있는가. 바빠서일까? 실수일까? 무양심 때문일까? 어쨌든 마구 써대고 있다고밖에 생각되지 않는다.

관련된 결점은 무수히 많아서 일일이 열거할 수 없지만 작가라는 것은 이런 결점 정도는 아무렇지도 않게 있을 수 있는 것일까? 『불타는 후지(燃える富士)』의 요마라는 사무라이가 순찰조에서 감찰관(目付)이 되지만 그런 것이 당시의 역할로서 가능한가 불가능한가 하는

---

[160] 길이의 단위. 약 3.03cm. 5~6치는 약 16~17cm.

것을 파헤치기 시작하면 아마 만족스러운 지식이 있는 작품은 한 편도 없겠지만, 문장을 쓴다는 것에조차 관련된 부주의, 엉터리라는 대중작가의 태도는 대체 문예작가로서 용서할 수 있을까? 나이 어린 사람에게 묻고 싶다.

▽

에도시대의 통속작가를 한마디로 게사쿠샤(戱作者)라고 불렀는데, 그들의 대화에는 정채가 있고 그들의 글은 명문이며 그들의 태도에는 생활이 있었다. 그리고 요즘 전성기라고 일컬어지는 작가의 이 촌스러운 태도와 관련된 무양심 작품의 횡행을 나는 지금까지 본 적이 없다. 글 하나 완전히 쓰지 못하는 작가라는 게 있다는 것인가? 보잘것없는 작가들이 넘쳐나 껍데기만 남아있다.

▽

독자를 얕잡아 보고 스스로 예를 얕잡아 깊이 탐구하지 아니하며, 게다가 자신조차 만족할 만한 능력이 없는 작품을 공표하니 마음에 부끄러워해야 한다. 나는 우선 이런저런 일적인 태도에 대해 대단히 불만을 느낀다. 작가들은 어떠한가?

터무니없는 형용

시라이 교지 군의 『반가쿠의 일생(盤嶽の一生)』

대중작가 제군 중 한 사람을 꼬집어 나무라는 것이 너무 갑작스러울지 모르겠다. 그러나 어떤 예인이라도 약간의 기교와 열정 정도는 가지고 있다. 게다가 문예가로서 자기의 인생관을 물론 의식할 것이므로, 이런 것을 덧붙이지도 않겠지만, 사상도 없고, 열정도 없고,

표현으로 볼 만한 것도 없으며, 고증도 완전하지 않은, 더구나 의미불명의 문장을 쓰며 치졸하기 짝이 없는 대화를 써도 부끄러워하지 않고 오래되고 뻔한 속임수를 재사용하고, 살기등등한 장면도 없으며, 인정이 어렴풋이 느껴지지도 않고, 그저 공감과 부자연스러운 트릭만이 있다. 대체 이 어디에 장점이 있다는 것인가?

▽

나는 계속해서 여러 잡지를 읽고, 오사라기 지로, 나오키 산주고, 사사키 미쓰조, 시라이 교지라는 사람을 쓸 생각이었지만 이상의 사람들만으로 흥분해 버렸다.

▽

틀려먹은 문장이라고 하면 『반가쿠의 일생』[161]이라고 하는 시라이 교지 군의 작품 등이 있다. 반가쿠라는 남자가 베개 속에서 팥을 꺼내 그것을 삶고 있다. 그곳에 들어온 젊은이가 무슨 일이냐고 묻자 '베개 속에 들어가 있었다'고 대답했다. 이 대답이 청천벽력같아서 정말이지 젊은이도 어이가 없었는지 잠시 사다리에 매달린 채 숨을 참으며 말이 나오지 않았다고 쓰고 있는 이 과장된 바보 같은 형용은 무엇일까? "아래층 방으로 들어갔다. 그곳은 점포 앞에 매달아 말리는 짚신이나 먼지떨이가 봄 햇살의 역광선에 반사되어 둥그렇게 비치는 방앗간이었다." 이 묘한 형용은 무엇일까? 곁에 짚신이 보이는 방앗간이 있을까? 가게의 곁방일까? 방앗간이라는 문장의

---

161 제2차 세계대전 이전 대중문학 작가 시라이 교지의 대표적 소설. 정직하고 항상 진실을 추구하다가 배신당하는 사무라이인 아지카와 반가쿠(阿地川盤嶽)를 주인 공으로 한 복수의 단편 이야기로, 1933년에 영화화되었다. 본작의 시나리오를 바탕으로 영화나 텔레비전 드라마로서 리메이크 되고 있다.

의미조차 이 작가는 모르는 모양이다. 만칸쇼쿠(滿艦飾)[162]라든가 역광 표현이라든가 상투적이라든가 어울리지 않는 형용사—— 잡화점의 점포 앞과 곁방을 그린 문장으로서 천하의 악문이지만 이런 것이 버젓이 '문예'라고 이름붙여 통용되니 기가 막힐 수밖에 없다. 생경한 현대어와 무가(武家)어가 뒤섞여 처리하기 어려운 문장이다.

▽

모리 오가이(森鷗外)[163] 씨 등은 역사물을 모두 현대 구어로 쓰고 있는데, 그건 그것으로 괜찮다. 시라이 군처럼 무가어, 옛말로 형언할 수 없는 곳만은 현대어로 하고, 무사 이외의 사람은 에도어로 썼다. 쓸데없이 자신의 무지를 드러내고 있는 것처럼 어법도 문맥도 형편없어서 상대도 하기 힘들다.

▽

나는 감기에 걸렸고 조금 피곤하기도 해서 다른 사람들은 그만두기로 했다. 내언사가 몹시 격하고 지나치지만 조금은 반성해 주시는 편이 자타를 위한 것이다. 다시 한 번 지면이 허락한다면 12월호부터 상세히 열거해 논할지도 모른다.

1932. 10. 『시사(時事)』

---

162 축하의 표지로 군함을 만국기·전등 따위로 장식함을 뜻하지만 그 뜻이 변화하여 여성의 화려한 몸치장을 의미하기도 한다. 또한 속어로 빨래 따위를 잔뜩 널어 말리는 것을 말한다.

163 모리 오가이(森鷗外, 1862-1922): 일본 메이지 다이쇼 시대의 소설가·번역가·극작가. 육군 군의 총감, 의학박사·문학박사. 제1차 세계대전 이래, 나쓰메 소세키(夏目漱石)와 나란히 문호(文豪)라고 불렸다.

속악(俗惡)문학 퇴치

1

우선 가장 먼저 마키 이쓰마(牧逸馬)[164]를 퇴치하라. 그는 영미문학에 이상할 정도의 재능을 보이면서도 그 재능을 육성하려 들지 않고 속류문학에 이용하고 있는 무양심적 북메이커[165]이다.

아니, 마키 이쓰마보다 먼저 요시카와 에이지를 퇴치하라. 그는 속악문학의 본류이면서도 건방지게 같잖은 형용사를 사용해 그게 문학적이라고 생각하기라도 하는 양 저급하기 이를 데 없는 글을...

아니, 아니, 그보다 먼저 나오키 산주고를 퇴치하라. 그야말로 속물 중의 속물로 다년빈핍(多年貧乏)을 표방하면서 조금이라도 돈이 모이면 집을 짓는 등...

오사라기 지로라는 문학청년은 섬세함만이 문학이라고 믿으며 19세기 프랑스 문학의 찌꺼기만을 상찬하고 있다. 하세가와 신은 단편만 쓰고 장편은 쓸 수 없는 병아리 작가이며, 시라이 교지는 희대의 나쁜 작가이면서 스스로 그걸 좋다고 믿는 문맹환자이고, 사사키 미쓰조가 하는 짓은 어떻고 저떻고...

하나하나 얼마나 지당한 말인지 나는 이런 말을 듣고서는 집 짓는

---

164 하세가와 가이타로(長谷川海太郎, 1900-1935)의 필명. 하세가와는 마키 이쓰마(牧逸馬), 하야시 후보(林不忘), 다니 조지(谷讓次) 3개의 필명을 사용했다.
165 쓰레기같은 책을 양산하는 사람.

걸 그만둘까하는 마음에 여섯 명의 연인에게 전화를 걸기도 하였다. 그래서 연인들은 지금 모여 협의를 하거나 점집에 가서 물어보거나 하는 중이다. 요시카와 에이지와 내가 도쿄지역의 신문에 혼자서 세 개씩이나 작품을 연재하고 있다는 것은 정말 곤란한 일이라는 점, 나는 폐가 아픈 와중에 마음까지 아파왔다.

2

그래서 나는 이 무례하기 짝이 없는 손님에게 안색을 바꾸고 너는 대체 우리의 무엇을 읽고서 그렇게 조소하고 매도하는 것인지 물었다. 그러자 손님이 말하길, "너의 문학같은 것은 읽지 않아도 알 수 있다."

나는 여자 문제 외에는 폭력을 사용하지 않기에 이 손님에게도 분노를 주먹으로 표현하지는 않았으나... 너, 무례한 자여, 문단에 소속된 사람도 아닐 텐데 글을 읽지도 않고 추상적으로 나쁜 말을 떠들어본들 효과가 있기나 하겠느냐. 속류문학이 거슬린다면 먼저 전부 읽고나서 평을 해라. 하야시 후보(林不忘)가 사람을 잡아먹는다고 하는데 인간을 잡아먹는다는 게 쉬운 일이라 생각하는가. 쓸데없이 경제적 지위가 변했다며 바둥거리지 말아라. 그편이 훨씬 더 속악하다.

손님이 말하길, "그건 그런데 그럼 뭘해야 되는거냐." 그러기에 내가 말했다. 10년이 지나면 대중문학은 —— 적어도 현재의 대중문학 작가는 고갈돼버릴 것이다. 왜냐하면 지금 10명 내외인 작가들의 뒤를 잇는 작가가 나오지 않을 것이기 때문이다.

대중문학이 지금에 이르기까지 정확히 10년이 걸렸다. 그동안 우리가 문단의 경멸과 스스로의 요구 사이에서 어떻게 싸워왔는가. 누구든 어디 두고보자고 결심하지 않은 사람은 없을 것이다.

마키의 아메리카 방랑, 하세가와나 요시카와의 부침천변(浮沈千變), 각각이 세상의 쓴맛을 본 점은 직업 소설가의 단순한 고난과는 또 다른 것이다. 이게 대중문학에 어떻게 가미되어 있는가. 이들은 일반적인 문단소설가의 협소한 생활과는 다른 반생을 살아온 사람들 뿐이다. 그 인물과 그 재능은 무엇 하나 쉽게 얻을 수 없는 독특한 분야의 것이다.

그 사람들이 마침 주기율에 맞춰 배출된 것이다. 일본 문단이 구메 마사오(久米正雄)[166], 사토미 돈(里見弴)[167], 기쿠치 간, 아쿠타가와 류노스케(芥川竜之介)[168], 사토 하루오(佐藤春夫)[169], 다니자키 준이치로와 함께 화려한 시대를 만들었듯이 말이다. 하나의 문학이 발생부

---

[166] 구메 마사오(久米正雄, 1891-1952): 다이쇼, 쇼와시대의 소설가 겸 극작가. 『신사조(新思潮)』에 「우유집형제(牛乳屋の兄弟)」라는 희곡으로 등단했다. 나쓰메 소세키(夏目漱石)에게 사사했으며 소세키의 장녀에게 실연당한 뒤 그 경위를 소설로 발표하기도 했다.

[167] 사토미 돈(里見弴, 1888-1983): 요코하마(横浜) 출신 소설가로 도쿄제국대학 영문과를 중퇴했다. 소설가 아리시마 다케오(有島武郎)의 동생으로 1910년 『시라카바(白樺)』 창간에 참가, 1919년 구메 마사오와 『인간(人間)』을 창간했고, 『다정불심(多情仏心)』(1922-23) 등의 대표소설이 있다.

[168] 아쿠타가와 류노스케(芥川竜之介, 1892-1927): 다이쇼시대의 소설가. 대학생일 때 구메 마사오, 기쿠치 간 등과 함께 제3차, 4차 『신사조』를 창간했다. 1916년 단편 「코(鼻)」를 발표해 나쓰메 소세키의 상찬을 받으며 문단에 등장했다. 신경쇠약을 앓다가 1927년 7월에 자살했다.

[169] 사토 하루오(佐藤春夫, 1892-1964): 와카야마현(和歌山県) 출신의 시인이자 소설가. 게이오의숙대학을 중퇴하였고 서정시에서 두각을 드러내다가 『전원의 우울(田園の憂鬱)』, 『도시의 우울(都会の憂鬱)』 등의 소설로 전향했다. 예술지상주의, 유미주의, 낭만주의 정감으로 유명하다.

터 전성기, 쇠퇴기까지 하나의 주기를 형성하듯 지금 대중문학이 전성기에 들어서고 있는 것에 지나지 않는다.

현재의 대중문학 작가들이 10년 후에 인기를 잃으면 그 자리에 신시대의 대중문학이 나타날 것이고 우리들은 자기 자신의 고갈과 매너리즘과 바깥의 적에 의해 아마도 은퇴하지 않으면 안 될 것이다.

3

손님이 말하길, "너 같은 게 10년이나 가는 거냐. 올해가 가장 절정이다. 하세가와 신이 가진 세계관의 협소함, 오사라기 지로가 지닌 취미의 협소함, 마키의 천박한 가식, 시라이의 결핍, 미카미의 위축. 기껏해야 3년 정도겠지. 그럼 3년 기다리면 되겠네." 하자 손님이 말하길, "석 달도 기다릴 수 없다. 더 빨리 퇴치해라."

그래서 내가 생각해봤는데, 첫째로 지금 말한 신랄한 비평, 둘째로 속류문학을 몰아내기에 충분한 문학적 대중문학을 청빈작가(淸貧作家)가 쓰는 것. 주이치야 기자부로(十一谷義三郎)[170] 등은 정말 훌륭하다. 『난국 이야기(乱菊物語)』처럼 도중에 사라져 속악문학으로는 좀처럼 그리 쉽게 쓸 수 있는 것이 아니라는 점을 아는 것도 좋고…[171]

셋째로 순문학 대작을 발표하는 것이다. 30대부터 40, 50대의 작

---

170 주이치야 기자부로(十一谷義三郎, 1897-1937): 다이쇼 쇼와전기까지 활동한 소설가. 문화학원(文化学院) 교수로 영문학을 가르쳤으며 요코미쓰 리이치(橫光利一) 등과 『문예시대(文芸時代)』 동인으로 활동했다.
171 다니자키의 『난국 이야기』는 신문 연재 중 미완으로 끝남.

가가 한 달에 50매 정도 쓰고는 숨을 씩씩댈 정도의 허약함이라면 작가 자격이 없는 거니까 포기하는 게 좋다. 속악하다고 다른 이를 매도할 정도라면 새롭게 쓴 글로 단행본 한권 정도는 세상에 내놓고 볼 일이다.

세상에 적어도 문학전집이 백 만, 동인지 잡지가 백수십종이다. 이런 상황에서 대중문학의 유행을 편집자의 죄, 사회의 죄로 삼고 나쁜 말을 쏟아내는 것은 반성이 없어도 너무 없는 것이다. 한권이 증간되고 신간이 나왔다고 해서 소란을 떠는 것은 너무나 꼴불견이다.

이십종 정도 되는 속악잡지 중에 나는 2개 잡지에만 글을 쓰고 있다. 내가 좀 더 쓸 수 있게 해달라고 소리치는 거야 이상하지 않지만 순문학이 대중잡지 배출에 스스로의 무기력함을 도외시하고 비명을 지르는 것은 조금 이상하다.

평론가가 이런 상황을 출판자본주의 탓으로 하는 것도 골계적이다. 좋은 문장은 언제나 수요가 있다. 하야시의 「청년(青年)」 정도를 가지고 시끄럽게 떠들면서 타인을 속악이라고 매도할 시간에 좀더 공부를 하는 편이 좋다. 시라이 교지는 혼자 힘으로 『국사삽화전집(国史挿話全集)』을 간행했다. 공부하는 자세부터 다른 것이다. 내가 손님에게 그렇지 않냐고 묻자 지금의 말을 필기해서 요미우리에 넘기겠다고 한다. 나는 깜짝 놀라 그러면 모두에게 혼이 난다고 말했지만 손님은 듣지 않고 파쇼 주제에 약한 소리 하지 말라고 해 결국 이렇게 된 것이다. 나의 의지에는 없는 —— 대단히 귀찮은 일이다.

대중문학과 관련한 두세 가지 속론을 논박하다
원숭이 연극과 개 연극

대중이라고 하는 것

대중을 문학적 교양이 낮은 사람들이라고 생각하는 것은 심각한 속론이다. 대중문학에서 대중성이란 인간생활에서 위안을 구하는 마음, 이상(異常)을 구하는 마음, 로맨티시즘이다. 따라서 예술작품 애호가도 어떨 때는 대중문학에 흥미를 느끼는 것이다.

대중문학이라는 것

문단소설이란 거울에 비친 자신의 얼굴을 그리는 것이다. 혹은 얼굴 이외에 비춰진 방의 모습, 또는 거리를 그리는 것이다. 대중문학은 창 밖의 바삐 움직이는 모습과 격돌하는 광경과 하늘의 애드벌룬과 백화점의 입구를 그리고 자신의 모습은 그 다음으로 그리는 것이다.

현재 대중문학의 모든 작품이 쓸데없이 거리 위의 떠들썩한 모습만을 그리고 생활모습을 그리지 않는다고 대중문학이론을 그 작품 위에 두어서는 안된다.

인생은, 생활은 거울 속 자기 얼굴에 있음과 동시에 버스와 전철의 격돌 속에도 있다. 평범하고 일반적인 것에 깊은 생활이 있는 것과 같이 평범하지 않은 것에도 그러한 것은 있다. 그저 현재 작가들이 그걸 그리지 못할 뿐이다.

헨리 모튼 스탠리의 아프리카 탐험에 열광한 로맨틱 시대는 과거의 일이 되었으나 인간은 그 꿈을 잃어버린 만큼 다시 꿈을 꾸고 싶어한다. 실업과 생활과 난잡함 속에 허덕이며 이상(異常)과 공상(空想)을 잃어버린 만큼 그걸 좇는 마음이 있다. 대중문학이 지닌 일면은 그런 요구에 어필하는 것이다.

생활이나 사상이 심히 현실적이 된 현재에 근대문학의 현실성을 무시하고 로맨틱만을 추구하는 것은 현명한 길이 아니다. 만약 그럴 수 있다면 거리의 평범하지 않은 것과 함께 때로는 거울 안도 돌아보아야 한다. 여기서 18세기 이야기에서 한 걸음 나아간 새로운 로맨틱 작품이 탄생한다.

대중문학의 마스코트는 『일리아드와 오딧세이』를 쓴 호메로스이다. 『일리아드와 오딧세이』의 훌륭한 구성이다. 하지만 그건 그리스 시대의 것이고 현재에는 그것에 더해 근대문학의 현실성, 진실성, 혹은 사생활이지 없으면 안 된다.

하야시 후보, 요시카와 에이지는 로맨틱함만을 구가하여 비속한 원숭이 연극을 연기하고 있는 사람이고, 오사라기 지로, 나오키 산주고는 근대문학의 현실성을 구가하여 고급인체하는 개 연극을 연기하는 사람[172]이다. 진실한 대중문학은 이 둘의 융합이지 않으면 안 된다.

---

172 원숭이 연극과 개 연극은 원문에 사루시바이(猿芝居), 이누시바이(犬芝居)로 기술된 부분을 번역한 것이다. 원숭이 연극과 개 연극으로 둘을 대조하여 설명한 것은 대중문학과 순문학이 결국은 같은 연극의 범주에서 어느 것도 고상하지 않음을 강조하기 위한 것임과 동시에 둘이 견원지간임을 나타내기 위한 것이다.

나카무라 무라오 씨는 무엇을 말하는가

2명인가 36명인가

일전에 이 지면에서 나카무라 무라오 씨가 "아라키 마타에몬(荒木又右衛門)[173]은 36명이나 베어서 재밌지 2명이었으면 재미없을 거다"라고 말씀하셨다. 아마도 이건 상상력이 많은 편이 대중문예로서 가치가 높다는 '비유'일 거라 생각하지만 지나치게 막연하여 무슨 말인지 알 수가 없다.

둘이서 하는 다치마와리(立ち回り)[174]가 재미없다는 생각은 문학자로서 치욕이다. 가부키 『이가고에 복수(伊賀越の仇討)』[175]의 복수 장면은 누구도 싸움의 적수로 삼고 있지 않으나 『센다이하기(仙台萩)』[176] '닌조(刃傷)[177] 장면의 닛키 단조(仁木弾正)[178]와 아키(安芸)[179]의 다치마

---

173 아라키 마타에몬(荒木又右衛門, 1599-1638): 에도시대 전기의 검술가. 야규 미쓰요시(柳生三厳)에게 야규 신음류(柳生新陰流)를 배웠다고 전해진다. 이가(伊賀) 출신으로 본명은 핫토리 야스토모(服部保和).

174 연극이나 영화 등에서 서로 칼부림을 하거나 주먹다짐을 하는 액션장면을 뜻하는 용어.

175 이가고에의 복수(伊賀越の仇討)는 오카야마 번사인 와타나베 가즈마(渡辺数馬)가 아라키 마타에몬과 같이 원수인 가와이 마타고로(河合又五郎)를 이가우에노(伊賀上野)에서 살해한 사건. 아코(赤穂), 소가(曽我)의 복수와 함께 에도시대 삼대복수 중 하나.

176 가부키 『메이보쿠센다이하기(伽羅先代萩)』는 센다이에서 일어난 다테(伊達) 가문의 후계자를 둘러싼 사건을 소재로 한다. 1777년에 대본이 완성되었으며 5막 구성이다. 음모를 꾸미고 주군의 아이를 해치려는 악신(悪臣)과 주군을 지키려는 신하들의 충의를 다루어 큰 인기를 끌었다.

177 칼부림으로 다른 사람을 상처입히는 행동을 닌조라고 부르고 이런 싸움을 닌조자타(刃傷沙汰)라고도 함.

178 『메이보쿠센다이하기』의 등장인물. 주군을 배신하고 주군의 아이를 독살하려고 꾸미는 악신이다. 실제 다테 소동의 하라다 가이(原田甲斐)가 모델로 전해진다.

와리는 영구적인 것이다. '단시치쿠로베 나가마치의 살인 장면(団七九郎兵衛, 長町の殺し場)'[180] 또한 2명이 대결하지만 예술적이면서 대중적이다. 고단에서 묘사되는 아라키 마타에몬의 경우에는 36명 중 2명씩 나와서 2명씩 베어진다. 다른 34명은 어디서 무얼하길래 친구가 베어지는 것을 손놓고 보고 있는지에 대해서는 고단시도 설명하지 않는다. 영화에서는 마타에몬 뒤에 있는 30명이 마타에몬에게 아무리 빈틈이 있어도 달려들지 않고 칼을 쥔 채 인상만 쓰고 있다. 이런 게 나카무라 씨에게는 재미있다는 말인가.

하야시 후보의 『단게 사젠(丹下左膳)』[181]을 칭찬하셨다. 『일인삼인 전집(一人三人全集)』을 펴냈기 때문은 아닐거라 생각하지만, 『단게』를 칭찬할거라면 노무라 고도의 『삼만량 고주산쓰기(三万両五十三次)』[182]도 칭찬하는 게 좋다. 읽지 않았다고 말씀하시는 거라면 적어도 여러 가지를 읽고 나서 논하시라고 말하고 싶다. 석간소설을 3일에 한 번 읽고 비평한다든지, 다른 사람의 평을 듣고는 자기가 5년 전에 쓴

---

179 다테 아키(伊達安芸, 1615-1671): 다테 무네시게(伊達宗重)를 뜻한다. 에도시대 전기의 무사이며, 무쓰 와쿠야(陸奥涌谷)의 영주. 다테 소동에서 악신들의 전횡을 막부에 고발하는 역할을 한다.

180 『나쓰마쓰리나니와카가미(夏祭浪花鑑)』의 한 장면. 단시치 로쿠로베(団七九郎兵衛)는 이 조루리에 등장하는 협객.

181 하야시 후보의 소설 및 동명소설에 등장하는 검사의 이름. 한쪽 눈과 한쪽 팔만 지녔으며 허무주의에 가득찬 인물로 그려진다. 영화화도 되어 큰 인기를 끌었다.

182 노무라 고도의 장편소설. 『호치신문(報知新聞)』에 연재했으며 중앙공론사(中央公論社)를 통해 1934년 상하 2권으로 간행되었다. 막부 말기에 흑선(黒船)이 내항한 시기, 주인공 바바(馬場)가 막부 명령으로 천황이 있는 교토로 거금을 전달하는 임무로 도카이도(東海道)에서 벌이는 파란만장한 여정을 다루었으며, 시대상을 오락적으로 표현한 작품이라 평가받는다.

것과 연결해 공표한다든지, 문단 작가가 쓴 대중문학 평에 이렇게
엉터리로 쓴다든지, 상식이 너무 많은 것 아닌가.

"단게 사젠 말입니까? 재밌지만 바보같지요" 이게 독자들의 일치한
비평이다. 나는 그 바보같음을 부정하지만 나카무라 씨는 긍정하는 모
양이다. 저급한 독자가 바보같다고 느끼게 하지 않으면 작품의 재미가
드러나지 않는다는 것은 작가로서는 수치이다.

『오사카 낙성(大阪落城)』은 역사소설인데 이것과 관련해서도 도저
히 알 수 없는 말씀을 하고 계신다. 상상력이 없다는 둥 뭐라는 둥
── 역사소설에는 가공의 인물, 가공의 사건을 넣지 않으면 안 된다
고 하는데, 내가 묘사하는 광경에 상상력이 부족하다는 말인가? 전자
라면 '가공'을 넣고 싶은 사람은 넣어도 되지만 나는 넣지 않는다고
답하고 싶다. 후자에 대해서는 메이지 이후 역사소설 중에서 머리가
숙여질 정도로 상상력이 빼어난 작품을 골라주시길 바란다.

나에게 『오사카 낙성』은 불만족스런 작품이다. 1월부터 『문예춘
추』에 연재하는 『다이라노 마사카도(平将門)』는 조금 자신이 있으
나, 나카무라 씨처럼 의식도 없고, 읽지도 않으면서 뭐라뭐라하는
것은 모두를 위해 사양하고 싶다. 신초좌담회(新潮座談会)의 마네킹
아사하라 로쿠로(浅原六朗)[183] 역시 마찬가지이다.

---

183 아사하라 로쿠로(浅原六朗, 1895-1977): 일본의 소설가이자 작사가. 1930년 신흥
문예파구락부(新興芸術派倶楽部) 결성에 참가했으며 모더니즘 문학작가로 활동했
다. 전후에는 니혼대학(日本大学) 교수로 재직했으며 동요의 가사를 쓰기도 했다.

논할 자격이 없는 하야시 후보

『남국태평기(南国太平記)』에는 주술 관련한 내용이 있어서 바보같다는 글이 『문예(文芸)』에 실린 것과 관련해 편집자가 한마디하라고 하기에 한마디 해보자면, —— 무라야마 도모요시(村山知義)[184]가 하야시 후보에 대해 "자신감이 너무 많은 인간"이라고 평했듯이, 하야시 자신은 시모노세키 전쟁 묘사를 그렇게 하면서 부끄러운 줄도 모르고 다른 사람에게만 엄격한 듯 하다.

『남국태평기』는 거의 사실에 근거한 이야기이다. 나리아키라(斉彬)의 자식 11명 중 히사미쓰(久光) 편에 간 5명은 완전히 살아남았고 나리아키라에게 남아있던 6명이 모조리 죽었다. 유전으로 죽었다기에는 살아남은 5명을 설명할 수 없기 때문에 독살로 해석하는 것이 타당할 것이다. 그래서 이 사건을 소설로 쓸 때, 현재의 시점에서 독살로 묘사할지 당시에 사람들이 믿고 있었던 것처럼 주술에 의한 죽음으로 할지가 문제였다.

이렇게 희한한 사건은 소설이 되기 힘들다는 견해는 별개로 하고, 만일 소설로 쓴다고 한다면 이 경우 주술에 의한 죽음을 취할지 독살을 취할지인데, 나는 대중소설로서는 주술에 의한 죽음이 좋다고 믿었다. 만일 독살설을 취한다면 죽은 6명의 아이가 차례로 독살되어가는 것을 막지 못했으니 나리아키라 측의 사람들은 모두 더할 나위없는 얼간이로 보일 것이다.

---

[184] 무라야마 도모요시(村山知義, 1901-1977): 일본의 극작가이자 연출가. 독일 유학을 거쳐 전위미술단체 마보(マヴォ)를 결성했으며 이후 프롤레타리아 연극운동에 열중했다.

시마즈 집안에는 왕인 박사가 전래한 '군승도(軍勝図)'라는 비밀스런 주술법이 전해져와 출진할 때는 반드시 시행하도록 되어있다. 이 주술에 걸려 6명의 아이들이 차례로 죽임을 당한 거라 믿었기 때문에 이노우에 이즈모노카미(井上出雲守)의 대항 주술법을 통해 주술과 주술의 대결이 된 것이다. 이상이 모두 사실임에도 이를 버리고 독살설을 취하는 것은 대중문학을 모르는 사람이 하는 짓이다.

지금도 코난 도일처럼 사후세계와의 소통 가능성을 진지하게 연구하는 사람이 있으니, 100년 전 시마즈 번에서 비밀스런 주술을 믿었다 한들 조금도 이상할 게 없다. 오히려 독살이라고 하는 편이 더 부자연스럽다. 차례대로 6명이 독살당했다는 것에 독자가 부자연스러움을 느끼지 않게 쓸 수 있는 사람이 있다면 대단한 일이다.

내가 주술에 대해 얼마나 조사를 했는지, 또 주술장면을 얼마나 잘 묘사했는지가 문제일 것이다. 하야시처럼 다짜고짜 주술을 부정한다면 이즈미 교카(泉鏡花)[185]의 명작 대부분은 엉망진창이 될 것이다. 내 주술 장면은 조사가 부족하고, 내 묘사가 라이고(賴豪)가 쥐로 변하는 문장[186]보다도 졸렬하다면 할 말이 없으나, 대중문학의 성질이 어떤 것인지도 전혀 모르면서 주술 장면이 나와서는 안 된다고 하는 건 정말이지 대중문학을 비평할 자격이 없는 것이다. 자네가

---

185 이즈미 교카(泉鏡花, 1873-1939): 메이지부터 쇼와에 걸쳐 활동한 일본의 소설가. 오자키 고요(尾崎紅葉)의 가르침을 받았으며 「야행순사(夜行巡査)」, 「외과실(外科室)」로 문단의 각광을 받았다. 환상과 낭만으로 가득한 독자적 세계를 구축했다는 평을 받는다. 대표작으로 『고야산 스님(高野聖)』 등이 있다.

186 뎃소(鉄鼠)를 뜻함. 라이고는 헤이안 시대 중기의 승려로 사후에 쥐 요괴인 뎃소가 되었다는 전설이 있다. 라이고가 뎃소가 되는 전설에 기반해 누가 어떤 작품에서 어떻게 묘사했으며 왜 나오키가 졸렬하다고 비판했는지는 알 수 없다.

스스로 그런 것에는 흥미가 없다고도 말했으니까 앞으로는 비평을
하지 않는 게 좋겠다. 그리고 내가 하루에 한 장 소설을 쓰게 된 것은
50세 이후의 일이니까 그전까지는 자네도 『노기 대장(乃木大将)』[187]
같은 건 쓰지 않도록 하길 바란다.

---

187 하야시 후사오가 1937년 발표한 소설.

대중문학이 걸어온 길

1932년

역사물 작가와 현대물 작가 교체 시대

잡지『고락(苦楽)』[188]이 대중문학의 발생지 중 하나였다는 것은 부정할 수 없겠지만, 그 창간호부터 정확히 10년 —— 만일 그 양적인 면만 본다면, 요시카와 에이지가『요미우리신문』,『고쿠민신문』,『니치니치신문』을 점유하고 내가 동수의 신문에 집필하여 압도적인 현상으로 만들었다. 10년이라는 세월 동안 혼자 힘으로 여기까지 대중문학을 키워온 것은 기분 좋은 일이다.

너무 '문학자적 문학', 혹은 '문단적 문학'이 된 탓인지 —— 혹은 대중문학 작가만큼 공부하지 않았기 때문인지, 아니면 소질이 없는 건지, 마흔 전후의 피폐해진 통속소설 작가 등이 스스로 자신의 위치를 좁혀 버려 결국에는 대중문학 작가가 현대물에까지 발을 들이게 되었다.

▽

대중문학 작가가 쓴 현대물에 대해 '대중물만큼 잘하지는 못한다'는

---

188 『고락』은 일본의 대중문예잡지로 제1기에 해당하는 1924년부터 1928년까지 나오키 산주고가 발행에 참여했다. 1946년부터 1949년까지 이어진 제2기의 중심인물은 오사라기 지로이다. 편집방침은 문단소설이나 고단으로는 만족하지 못하는 교양인들을 대상으로 했으며, 중간잡지의 선구적 역할을 한 것으로 평가받는다.

문단작가들의 일치한 비평을 들었는데, 만일 그들이 감탄할 정도로 잘 썼다면 그들 모두 실업자가 되었을 거라는 우스운 생각이 들었다.

반대로 우리 대중문학 작가 쪽에서 말하자면, '그럼 문단작가 누가 오사라기 군의 『프랑스 인형』 이상의 신문연재소설을 썼는가? 기쿠치 간의 『승패』 이외에 무슨 명작이 있는가'하고 질문하고 싶어진다. 하지만 이런 것은 논쟁할 필요가 없는 일이다.

대중작가의 양적 승리

시라이 교지가 원고지로 약 5,000장 짜리 장편 『조국은 어디에(祖国は何処へ)』를 완성했다. 이런 일은 '문단적 문학작가'나 '문학청년적 프로작가'에게는 불가능한 일이다.

'문단소설집'의 작품은 대중물과 달리 예술작품으로 전부 후세에 남을 훌륭한 작품들만 있을 테니 이런 단순하고 정열적인 작업을 간단히 경멸해버리는 것은 일도 아닐 것이나, 『조국은 어디에』의 구상의 거대함이라고 할까, 문학적 기술의 일종인 '구상의 교묘함'이라는 부분은 문단작가가 대중작가에게 미치지 못한다.

우리의 현대물은 그런 점에서 '구상'이라는 부분에 자부심을 가진다. 이런 마음가짐으로 1942년까지는 구상에 힘쓴 현대물도 쓸 수 있을 거라 믿고 있다.

한 달에 겨우 70, 80매. 대중물과 겨우 다를 것이 없는 작품을 '문학', '예술'이라고 칭하면서 숨을 헐떡이는 비정력적 작가로부터는 절대 대작 문학작품이 나올 수 없다. 이 점에서 올해 대중작가들의 양적 승리는 단순히 저널리즘에 환영받았다는 것 이외에 작가의 소질 문제로 생각해볼 문제이다. 지도 편달해 나간다면 노력을 통해 발전할 역량이 있는 사람들이 대중작가이다. 하세가와 신, 마키 이쓰마, 오사라기 지로는 그 정도 분량을 쓰고도 그다지 피로감을 보이지 않는다. 세게 후려치면 아직도 더 쓸 수 있다고 생각될 정도이다. 문단작가의 수명이 정해져 있는 것과 비교하면 정말 믿음직스러운 이들이다.

대우가 좋은 것과 머리가 좋은 것은 비례하지 않는다 (칭찬하는 부분)

하지만 올해 하반기 들어 두 가지 상당히 중요한 일이 일어난 것을 놓쳐서는 안 된다.

첫째, 대중문학의 압도적 제작량——바꿔 말하면 제작량에 비해 수입이나 대우의 내용이 합당할 정도로 좋았는가하는 점이다. 이런 의문은 대중문학과 관련해 있을 법하지만 나타나지 못했던 작품비평으로 제기되어 왔다.

"10년의 세월이 흘렀으나 사실적이고 고증적 연구의 부족함이 더욱 드러나고 있다. 지나치게 많이 쓰기만 하고 연구를 하지 않기 때문이다"라든가, "그들이 이론을 지니고 있지 않은 것은 가질 만한 머리가 없기 때문이다. 얼마나 그 머리가 비어있는지는 그들이 쓴 감상을 읽으면 알 수 있다"라든가——그리고 『시사신보(時事新報)』 및 『도쿄니치니치신문(東京日日新聞)』은 매월 대중문학 비평을 시도하려는 태도를 보여왔다.

▽

이 비평이 맞는 것인지 여부를 논하지는 않겠으나 만일 개개인의 작가에 대해 말하자면, 오사라기 지로는『프랑스 인형』을 쓴 것 외에, 작년 혹은 재작년 이전의 작품을 올해에 연장해서 쓰고 있을 뿐(예컨 대『덴구카이조(天狗廻状)』·『유이 쇼세쓰(由比正雪)』) 신경지를 열 만한 대작까지 쓰고 있는 것은 아니다. 하세가와 신의 소재는 대단히 풍부 하지만『마타타비 인정(股旅人情)』에서는 언제나 동일한 인정을 그리 고 있으며, 요시카와 에이지는『히노키야마 형제(檜山兄弟)』에서 문 장을 조금 바꾼 것을 가지고 하나의 진보인 것처럼 생각하고 있음을 나타낸 것 외에는 좋은 작품이라고 평가하기는 어려우며, 미카미 오 토키치의『기요카와 하치로(清川八郎)』, 노무라 고도와 시모자와 간 의 건투, 사사키 미쓰조의 변하지 않는 평범함, 하야시 후보의 숙달된 점 등을 들면——그 경탄할 만한 양에 비해 이거라고 할만한 걸작이 적은 사실을 인정할 수 밖에 없다.

▽

만일 이걸 다른 문학 분야의 사람으로부터 공격받으면 나는 또 '머 릿수가 10배나 많으면서 너희들은 얼마나 걸작을 내고 있는 거냐?'라 고 달려들고 보지만, 내심 성찰해야 할 때가 되었다는 점을 충분히 느 끼고 있다.

이론이 없다는 것, 다른 말로 독서할 시간이 없다는 점이 어떤 영 향을 주고 있는가. 신년호의 모든 잡지에서 이 문제를 지적할 수도 있겠다. 나는 이것을 특별히 논할 정도의 분량을 받기 때문에 다음 기회에 다루겠다.

여하튼 에도가와 란포의 휴양은 좋은 일이다. 10년간 '이놈들 어 디 두고 보자'라고 노력해왔으나 이번 기회에 과거를 되돌아보고 마 음을 추스르고 새로운 길을 생각해보는 것도 좋을 거라 생각한다.

나의 대중문예진

1

나는 올해부터 대중문예가 아닌 문예를 쓰겠다(1년은 12개월이나 된다. 그리고 12개월째라고 해서 그게 내년인 것은 아니다). 하지만 오늘 내 전문이 대중문예라면(몇 번이나 말하지만 나는 대중문예보다 영화 쪽에 시간도 열정도 훨씬 많이 투입했는데 어째서 영화인이 아닌 것인가) 나는 대중문예 작가인 것이 좋다. 매우 좋은 일이다. 취급되는 대로 대중작가가 되어 대중작가의 작품 및 인간에 대해 이리저리 듣는 잡스런 말들에 대해 일일이 본 지면에서 반박해 나가고자 한다. 싸움이라면 몸싸움이든 말싸움이든 상관없다. 부부싸움, 치정싸움의 종류에 이르기까지 나는 일찍이 져본 적이 없는 남자이다.(지고 이기는 건 주관적인 거니까)

『시사신보』의 아오노 스에키치(青野季吉)[189], 『부인공론(婦人公論)』의 소마 다이조(相馬泰三)[190], 이 두 명이 누구에게나 어디서나 대중문

---

189 아오노 스에키치(青野季吉, 1890-1961): 일본의 문예평론가. 이치카와 쇼이치(市川正一)등과 함께 『무산계급(無産階級)』을 창간했다. 프롤레타리아 문학운동에 참여했으며 전후에는 일본펜클럽 부회장, 예술원 회원 등을 역임했다.

190 소마 다이조(相馬泰三, 1885-1952): 일본의 소설가. 히로쓰 가즈오(広津和郎)등과 함께 동인지 『기적(奇蹟)』을 창간했다. 1914년 『시골의사의 아이(田舎医師の子)』로 문단에서 인정받았다. 만년에는 가타 고우지(加太こうじ)와 함께 가미시바이(紙芝居) 제작에 열중했다.

예에 대해 신문비평적인 말, 즉 '독자에게 아양을 떨고 있다'라고 말하고 있다. 누가, 어떤 작품이 독자에게 아양을 떨고 있는가. 아양을 떨었다고 하는데 아양 떤 작품은 절대적으로 가치가 없는 것인가? 아양을 떨지 않았으면 아무리 조무래기 문단소설이라 하더라도 가치가 있는 것인가? 대답할 수 있다면 앞으로의 두 페이지에 대해서도 내답해보길 바란다.

2

일례를 들어 하세가와 신의 『하쿠라이킨챠쿠키리(舶来巾着切)』는 어떤 점에서 '독자에게 아양을 떨고 있다'고 하는가? 독자에게 아양을 떨어서 저런 소매치기 이야기를 썼다는 말인가? 독자가 기뻐할 거라 생각해서 저런 소재를 찾았을 거라 생각하는가? 저런 작품과 문단의 역대 신문소설, 통속소설이 어떻게 가치가 다르다 말하는가? 좀더 구체적으로 설명해주기 바란다.

반대로 설명해보자. '아양떤다'라는 것은 막부말 영화, 난투하는 영화가 인기가 있으니 이를 추종하고 모방해 보잘 것 없는 작품을 쓰는 것을 '아양떤다'고 하는 것이다. 이런 의미 외에 작품을 쓸 때 '독자에게 아양을 떨어서' 작품을 쓸 것인가, 쓰지 않을 것인가, 조금이라도 작품을 써본 적이 있는 인간이라면 이게 말이 안된다는 것을 쉽게 알 수 있다. 초등학교 1학년생 같은 생각을 하고 있는 무리들아.

스스로 의미를 가지지 않고 난투 장면으로 작품을 쓸 수 있다고 생각하는가? 독자도 난투 장면이 좋겠지만 작가 역시 좋아한다. 스스로 이건 써보고 싶다고 생각해서 쓰는 게 아니라 독자만을 생각한다면 원고용지에 손이 갈 것인가. 그 정도로 극단이 아니더라도 자기가 흥미 없는 소재로 좋은 작품, 적어도 독자의 흥미를 끌 작품을 쓸 수 있을 것인가? 『주신구라(忠臣蔵)』[191]라면 소설과는 상황이 달라서 배우가 좀 못해도 인기를 끈다고 한다. 대중문예를 애독하는 사람이 많다면 그에 비례해서 그런 독자와 같은 흥미를 지닌 작가도 많이 배출될 것이다. 이걸 다시 한번 반대로 설명하면 '독자에게 아양 떨어' 독자에게 인기를 얻겠다는 것만을 생각해서 쓴 소설이란 대체 어떤 것인가. 예시가 있다면 알려주길 바란다. 작가의 흥미 없이 독자에게 인기 끌 것만을 생각해서 크게 흥행해 100쇄를 찍은 소설이 있다면 예를 들어 주시오. 전혀 모르는 사람이면 모를까 소설도 써본 소마 다이조 등이 한마디로 '아양 떤다' 운운하다니 바보같은 소리도 좀 쉬어가면서 하는 게 좋다.

3

대체 대중작가라고 한마디로 말하면 어디부터 어디까지 범위의 사람들을 말하는 것인가? 우리 동인(同人) 11명은 그 중 선두에 선 사람들이겠으나, 그 이전과 이후의 사람들을 어느 선까지 대중작가라고 지칭할 것인가? 전이든 후든 비슷한 사람과 작품만 있는데 그

---

191 아코(赤穂)의 낭인 47명이 죽은 주군의 복수를 위해 오랜 시간을 감내한 결과 복수에 성공했다는 이야기. 주군을 위한 충신의 복수라는 주제가 당시의 대중들에게 큰 인기를 끌었으며 조루리와 가부키, 고단 등 다양한 장르에서 재생산되었다. 주신구라는 이들의 총칭.

게 조금이라도 구별이 가는가? 대중작가라고 할만한 시기의 시라이 교지 작품과 발빈소설(撥鬢小說)이라고 불린 무라카미 나미로쿠(村上 浪六)의 소설은 같은가 다른가? 구별하여 말하는 것인가 구별하지 않고 말하는 것인가? 하세가와 신, 요시카와 에이지, 마에다 쇼잔도 비슷한 것인가 조금은 다른 점이 있는 것인가, 아니면 크게 다른 것인가? 그런 점까지 생각은 해보고 '이양 떤다'고 말하는 것인가? 생각도 하지 않고 신문기자로서 비평한 것인가? 대답할 수 있겠는가? 소마와 아오노.

구별할 수 없다고 말하는 사람이라면 그렇게 답해주길 바란다. 얼마나 명료하게 다른지 설명해 주겠다. 구별하고 있다고 말하는 거라면 한마디로 '대중작가는 아양 떨고 있다'고 하는 실언을 취소하라. 우리 동인 이외의 사람을 말하는 거라고 단서를 붙일 것인가? 관찰력이 부족하다든가, 너무 예전 것이라든가, 문장력이 떨어진다든가, 그런 비평이라면 얼마든지 듣겠다. '아양 떤다'고까지 하니 너희들의 몰이해와 안이함을 보여준 것뿐이다. 불만이 있으면 언제든 와라.

4

하지만 논리라는 것은 말하면 더 할 수도 있는 것이다. '아양 떤다'고 불린다면 아양을 떨어도 좋은 것이다. 독자에게 인기를 끌고 독자를 기쁘게 하자. 가능한 재미있는 소설을 쓰고 싶다고 생각할 수 있다. 만일 이런 마음가짐으로 대중적 작품을 써서 그대로의 작품이 완성되었다고 해보자. 하지만 이걸 한마디로 나쁘다고 잘라 말하는 것이 타당한가. 너희들의 논리가 훌륭한가, 나의 논리가 훌륭한가.

세상에는 다양한 견해가 있고 장점이 있으면 단점이 있는 법인데 한 마디로 문단소설이면 절대적으로 좋고 대중작품이면 절대적으로 하등한 것이라고 생각하다니. 인생은 그렇게 간단히 정리되지 않는다.

소마 다이조, 너에게 가치의 표준을 알려주마. 세상 모든 것이 '핀'인지 '기리'인지[192]의 문제이다. 문단소설의 핀은 예술적 가치가 충분히 있음과 동시에 그 기리는 대중문예가 지니는 가치조차도 없는 것이다. 대중문예의 핀은 500페이지를 하룻밤에 읽게 만드는 매력이 있으나 그 기리는 고단의 속기에도 미치지 못하는 것이다. 그리고 문단소설과 대중문예의 핀은 각각 개별적인 종류의 것으로 두 개를 비교해 가치판단을 하는 것은 잘못된 일이다. 어느 것이든 사람들과 그들의 인생에 필요한 것이다. 문단소설은 그런 방식으로 해나가면 된다. 대중문예는 대중문예로서 다른 길을 걸어가는 것이다. 그걸로 되는 거다.

만일 탐정소설이 인생을 고민한다면 그건 탐정소설로서 사도(邪道)에 해당한다. 인생을 고민하고 인간을 고민하는 소설은 어디까지나 문단의 사람들에게 맡겨두면 된다. 그런 걸 생각할 바에 대중작가는 미소 짓게 하거나 가슴 울리는 감동적인 소설을 계속해서 새로운 형태로 써나가면 된다. 인간에게는 술도, 쌀도, 과자도, 차도 필요하다. 아침부터 밤까지 인생을 고민하는 일만이 인간으로서 가장 좋은 생활이라고 누가 단언할 수 있단 말인가.

---

192 핀은 포르투갈어로 점을 의미하며 주사위의 1, 혹은 모든 것의 시작을 의미한다. 기리는 마지막 혹은 최저를 의미하는 일본어 기리(切り)에서 나왔다. 핀과 기리가 함께 쓰이면 일의 시작과 끝, 최고와 최저를 지칭하는 의미로 쓰인다.

5

고민하게 하고 영혼을 울리고 성찰하게 하는 소설도, 값비싼 찻잔
도, 페르시아의 양탄자도 사람들에게 많은 사랑을 받은 예술품은 모
두 훌륭하다. 그와 동시에 사람들을 같이 웃게 하고, 손에 땀을 쥐게
하고, 괴기함에 몸서리치게 하고, 만인에게 흥미를 유발시키는 것도
마찬가지의 힘을 지니고 있다. 그런 것들은 인생을 유쾌하게 만들고
시간을 잊게 만든다. 이건 적어도 인간에게 좋은 일이다.

좀더 그런 견해에서 논리를 풀어보자면, 많은 사람들에게 흥미를
유발시키는 것은 작가의 편협한 가치관으로 만들어진 인생을 사람들
에게 고민거리로 던져주는 소설보다 훨씬 더 착한 일이다. 스트린드
베리의 저 심각한 소설을 읽고 사람들은 자신의 생활을 어떻게 하였
는가? 나로서는 저런 작품은 인생에 없는 편이 인간에게 좋다고 생각
한다. (실제로 저런 것을 칭찬하는 녀석들은 인생의 저능아 수준이다.)

예술은 본래 유쾌한 것이다. 인간을 아름답게, 용감하게, 재밌게,
즐겁게 만드는 것이 목적인 것이다. 이것이 19세기에 들어 왜곡된
것이다. (이건 나의 지론인데 여기서는 이 이상 말할 필요는 없을 것이다.)
그걸 그대로 점잔 뺀 얼굴만 하고 있으면 가치가 있다고 생각해 재
미도 없는 것에 전념한 것이 일본의 자연주의 조무래기들이다. 그
이후로 일본의 문예는 문학 애호가들 외에는 거리를 두게 된 것이
다. 그것을 일반인의 손에 돌려주려는 것이 대중문예이다. 현재는
나의 생각을 뒷받침할 만한 작품은 없으나, 문단의 쇠퇴와 통속소설
의 발전은 좀 더 일본의 문단을 자유롭게 만들 것이다. 그 선구자와
같은 것이 대중작가이다. 만일 내가 이대로 계속 대중물만 써나간다
면 이런 태도를 굽히지 않을 것이다.

하시즈메 겐(橋爪健)[193]에게 '인생적 의의'를 냉소로 돌려준다

1

소마, 아오노 두 명에게 전하는 문장은 이걸로 끝난 것이 아니다. 하지만 두명에게 말하려는 나의 논의는 두명 이외의 사람에게도 말할 수 있는 것이다.(그렇다. 실제로 아무리 대중문예에 대해 문단인은 옳지 않다고해도 모두가 비슷한 것만 말하는 것은 아니지 않은가?) 지금부터 쓰는 논도 하시즈메에게 전하는 것임과 동시에 앞선 두명에게 전하는 속편이기도 하다.

하시즈메는 두 명에 비하면 꽤나 '통속적인 것의 가치'를 알고 있다. 하지만 나에게는 아직 충분하다고 여겨지지는 않는다. 첫째, '흥미성의 독립적 존재가치'를 인정하지 않는 것이다. 흥미성에 '인생적 의미'를 부여하지 않으면 가치를 인정할 수 없다는 논법이다. 둘째, '인생적 의의 즉 예술적 가치'를 생각하는 것이다. 나에게 말하라면, 이런 생각은 둘 다 잘못된 것이다.

문예의 사(士)는 항상 문예를 인생에서 가장 존귀한 것이라 생각한다. 대부분의 오류는 모두 여기에서 기인한다. 하시즈메도 역시 같은 오류에 빠져 '인생의 의의가 곧 예술적 가치'라고 생각하고 있다. 자네에게 묻겠다. 자네는 '예심조서(豫審調書)'에서 인생적 무언

---

193 하시즈메 겐(橋爪健, 1900-1964): 일본의 시인, 소설가, 평론가. 시집 『합장의 봄(合掌の春)』을 1922년에 펴냈고 1924년에는 『담담(ダムダム)』 창간에도 참여했다. 기존문단 타파를 외치며 1927년 『문예공론(文芸公論)』 창간을 주도했다.

가를, 바꿔 말해 인생적 의의를 구하는가. 예심조서나 연인의 편지에서 인생적 의의를 구하는가. 이 둘은 자네의 논리에 따르면, 예술적 가치가 있는 것인가 없는 것인가? 자네의 문장을 인용하자면, "이상의 것", "그것이 전하는 무엇이든 괜찮은가? 그렇다고 나는 단언한다", "그것들이 사실로서 지니고 있는 인생의 의의를 문예는 무형에서부터 창조하는 것이다"라고 말하고 있는 이상, 명확히 '예심조서'는 인생의 의의를 지니고 있으니 예술적 가치가 있다는 말이다. 머리가 좀 어떻게 된 것 같은 논의인데, 이걸 운운하는 것은 쓸데없는 일이므로 제쳐두겠다. 예술은 필시 인생을 위하지 않으면 안 된다는 생각을 내일부터, 당장 지금부터 버려라.

알기 쉽게 설명해 줄까? 여기 바나나 한 개를 그린 그림이 있다. 이건 극히 예술적이다. 훌륭한 작품이다. 하지만 이 바나나에 인생의 의의가 있는가? 바나나에 인생의 의의가 없다고 해서 이 작품의 가치를 무시하는 것이 가능한가? 여기에 노자키노쓰레히키(野崎の連れ引き)[194]라는 음악이 있다. 여기에는 인생이 하나도 없으나 샤미센의 음악적 가치를 인생이 없다고 하여 경멸해버릴 것인가? 문예도 역시 마찬가지인 것이다.

2

하시즈메는 이 '인생적' 견지에서 보면 탐정소설에는 그것이 없다는 말을 하고 있지만, 탐정소설은 인간의 추리력으로 만족을 주고

---

194 샤미센의 합주로 구성된 연주곡으로 보이나 실체를 확인할 수는 없다.

신기한 트릭으로 흥미를 유발하면 그걸로 충분한 것이다. 인생소설과 탐정소설은 전혀 다른 것이다. 셜록 홈즈에게 만약 인생의 의의를 구하고자 한다면 톨스토이 소설에 탐정적 흥미를 구하는 것과 마찬가지로 어리석은 일이다.

하지만 만약 하시즈메가 '홈즈가 더욱 인생의 의의를 가지고 있었다면 좋았을 거다'고 말한다면 내일부터 나는 너를 경멸할 것이다. 그런 일은 불가능한 것으로 인생의 의의는 조금도 홈즈의 가치가 될 수 없고 만일 작가가 그런 것을 생각해서 쓴다면 독자는 그 페이지부터 지루함을 느끼게 될 것이다. 코난 도일의 『로스트월드』[195]에 조금의 '인생의 의의'는 없더라도 그 과학적 상상력이 독자를 매료시키기에 충분하다면 그것은 그걸로 충분한 가치를 지닌 것이다.

더 불행한 일은 자네가 "일시적인 유행에 지나지 않을 것이다"와 비슷한 말을 하고 있는데, '불후의 문예'라는 걸 생각하고 있는 거라면 좋은 웃음거리이다. 『로스트월드』는 분명 10년 후에는 쓸모없어질 것이다. 도일이 쓴 『미래의 전쟁』은 오늘날 이미 누구도 읽지 않는다. 하지만 그의 『50만년 후의 세계』를 읽고 받은 흥미와 자극은 『겐지 이야기(源氏物語)』[196]에도 『폭풍의 언덕』에도 없는 것이다. 그걸로 되는 거다. 누가 카페에 가서 영양학 학설과 일치한 음식을 주

---

195 1911년 간행된 코난 도일의 SF 작품. 남아메리카 아마존강 오지에 중생대의 공룡이나 제4기의 원시인들이 현대까지 살아남아 있다는 설정. 탐정소설로 유명한 도일의 이색적 SF 소설.

196 11세기 초에 무라사키 시키부(紫式部)에 의해 창작된 장편소설. 주인공 히카루겐지(光源氏)의 일생과 그 일족의 인생 70여년으로 구성되어 있다. 후세에는 『겐지』 등으로 약칭하여 부르기도 했다. 일본 왕조문화의 최전성기를 궁정귀족의 생활을 중심으로 면밀히 묘사했다.

문하는가? 카페는 하룻밤의 환락을 제공하는 장소로 좋은 것이다. 하룻밤의 환락, 한 잔의 커피라고 말하며 정치, 산업과 비교해 카페의 과감하지 않음을 논하다니. 하시즈메 겐이여, 네가 바보라고 불릴 뿐이다.

인생적 의의가 없더라도 예술적 가치가 있는 것은 얼마든지 있다. 영양적 의의가 없더라도 자극적 가치가 있는 음식도 얼마든지 있다. 같은 맥락에서 예술적 가치가 없더라도 인생적 의의가 많은 것도 얼마든지 있다. 그것을 모두 하나로 간단하게 단언해버리는 것은 자네와 같은 청년에게는 매우 위험한 일이다. 『아라비안나이트』는『돈키호테』보다 인생의 의의가 없더라도 흥미라는 점에서 아이들이 훨씬 더 재밌게 읽는다. 그걸로 되는 거다. 구태여 흥미가 넘치는 곳에 웃기지도 재밌지도 않은 '인생의 의의'를 넣지 말라. 하룻밤에 천 페이지를 읽게 만드는 작품이 지니는 흥미는 흥미 그 자체로 대단한 존재이며 훌륭한 가치인 것이다. 질렸다면 또 다음 흥밋거리를 발견하면 된다. 문단인 다수가 지니고 있는, 발견하는 '인생의 의의'처럼 아는 체 하는 시건방진 것이 대체 인간에게, 우리에게 무엇을 전해준단 말인가. 착각하고 자만하는 것도 그쯤 하는 게 좋다.

3

하시즈메, 아오노, 소마, 그리고 또 많은 대중문예 비평가들이여. 순수하게 훌륭한 '흥미'는 순수한 회화, 좋은 음악, 좋은 조각과 같이, 접시 한 장, 옷감 하나에 조그마한 '인생의 의의'같은 게 없더라도, 훌륭한 가치를 지닌 것이다. 너희들이 만일 아침부터 밤까지 '인생의 의의' 외에 가치가 없다고 한다면, 이상한 비평과 졸렬한 소설을 쓰지 말고 『성경』과 『논어』를 가지고 산 속으로 들어가길 바란다.

　좀 더 말해볼까? 톨스토이의 소설에서 '인생의 의의'에 대해 우리
가 무엇을 느끼는가 라고 말한다면, 인생의 의의에 대한 톨스토이의
견해, 관찰로 인한 '흥미'에 지나지 않는 것이다. 우는 것은 고통인
데 우는 일에 흥미를 가지고 여자는 연극을 본다. 거기에 '느낌', '동
화(同化)'하는 것보다 우는 것에 '흥미'를 느끼는 편이 많은 것이다.
그러니 『사카야(酒屋)』[197]를 보고 울었다면서 돌아오는 길에는 운전
수와 부적절한 만남을 가지는 것도 가능한 것이다. 유사 이래 몇 천
명의 성인이 '인생의 의의'를 엄숙하게 설명했다 하더라도 다른 사람
은 그것을 '흥미'로서 취할 뿐인 것이다.

　각자의 '인생의 의의'는 각자의 생활 이외에는 결코 존재하지 않
는다. 거기에 좋은 참고서를 주고 지도하려고 하는 자만을 부리는
것이 너희들 문단소설가 무리들이다. 너희가 쓴 것은 너희들에게만
의의가 있다. 다른 사람에게는 '의의'가 아니라 '흥미'일 뿐이다. 자
만심을 버려라. 무슨 인생의 의의를 생각하지 않더라도 가토 기요마
사(加藤淸正)[198]에게는 16살 때부터 사람을 죽이기만 한 것으로 충분
한 것이다. 신란(親鸞)[199]은 아침부터 밤까지 70년간 인생을 생각했으

---

197 『사카야』는 조루리와 가부키로 상연된 『하데스가타 온나마이기누(艶容女舞衣)』
　　(1773)의 통칭이다. 『사카야』는 실화를 바탕으로 한시치(半七)와 하급유녀 미노야
　　산카쓰(美濃屋三勝)의 연애와 동반자살 사건을 소재로 한다.
198 가토 기요마사(加藤淸正, 1562-1611): 일본 전국시대의 무장. 도요토미 히데요시
　　(豊臣秀吉)의 신하. 시즈카타케 칠본창(賤ヶ岳七本槍) 중 한 명. 임진왜란 때 선봉
　　으로 출병했으며 세키가하라 전투(関ヶ原の戦い)에서는 동군에 붙었다.
199 신란(親鸞, 1173-1263): 가마쿠라 시대 초기의 승려. 정토진종의 개조. 히에이잔
　　(比叡山)에서 천태종(天台宗) 등을 공부하고 29세에 호넨(法然)에게 사사하여 이후

니 그걸로 된 거다. '인생의 의의'가 없는 문예는 가치가 없다는 둥, 고리타분한 말을 하지 말라. 훨씬 옛날부터 그렇지 않다는 건 모두 알고 있다. 2시간 잠깐 본 뒤로 영원히 볼 수 없는 '영화'라 할지라도 신선하고 힘 있고 매력이 있다면 그건 그걸로 괜찮은 것이다. 인생의 의의가 없으면 빨리 쇠퇴한다는 둥 말하는데, 『성경』이 쇠퇴하지 않고 의의가 있다고 해서 「지하철 샘(地下鉄サム)」[200]이나 『아르센 루팡』 정도로 재미있는가? 가정과 약속을 혼동하고, 일과 마작을 동일시하는 바보야. 문예의 세계도 종류가 여러 가지이다. 바로 맞은편에서 '인생'을 내세우며 점유하고 있는 양으로 작품의 가치를 정하려고 하다니 —— 나는 언제든 '인생의 의의'를 생각하는 것의 가치없음을 설명하고 있으나, 하시즈메여 —— 문예도, 세상도 넓고 복잡하다. 좀더 자신의 생활을 생각해보라. 문예보다도 생활이다. 오늘날의 생활에 가장 적합한 것이 오늘날 가장 좋은 문예이다. 19세기 문예론을 지금 시기에 사용하는 것을 그만두어라. 우리들은 오늘날 생존하고 내일을 생활하려는 존재들이다. 자신의 생활을 정확히 보고 뭔가를 말하라. 오늘날 가장 좋은 것은 지금 가장 힘이 강한 것이다. 예전에 그것은 종교였다. 오늘날 그것은 대중문예이다. 아마도 그렇게 말해도 좋을 것이다.

타력교(他力教)에 귀의했다.

[200] 존스턴 매컬리(Johnston McCulley, 1883-1958)의 소설. 뉴욕시 지하철을 무대로 활동하는 소매치기 샘을 주인공으로 한 연작소설.

다니자키 세이지(谷崎精二)[201]에게 통속 비통속을 설명하다

1

『문예춘추』2월호에 실린 구메 마사오(久米正雄)의 논, 『개조』3월 호에 실린 다니자키 준이치로(谷崎潤一郎)의 설, 두 사람 모두 통속의 가치를 인정하고 또 역설한다는 점에서, 우리가 말하려고 하는 바와 같은 맥락의 일부분이라 할 수 있다. 그런데『도쿄니치니치신문』2월 18일부터 4일에 걸쳐 연재된 다니자키 세이지의「문예시평(文芸時 評)」은 구메 마사오의 설을 이야기하면서 나아가서는 비(非)통속 편에 서서 가장 오래된 문예관을 토로하는 것이라 한번 반론하지 않으면 안되겠다.

다니자키가 말하길, "통속소설의 가치를 주장하는 것에는 두 종류 가 있다. 하나는 통속이 비통속과 본질적으로 동일한 가치를 가지 며, 순수한 예술소설은 결국 통속소설로 다시 쓰여진다는 것이다."

누가 이런 쓸모없는 설을 말했다는 것인가? 까부는 데도 정도가 있다.

예술이 표현인 이상 '다시 쓰기'라는 것은 그 작품이 고유성을 지 니면 지닐수록 절대로 불가능한 것으로—— 설명하고 있는 중에도 어처구니가 없다.

---

201 다니자키 세이지(谷崎精二, 1890-1971): 일본의 소설가이자 영문학자. 다니자키 준이치로(谷崎潤一郎)의 동생. 제3차『와세다문학(早稲田文学)』편집주간을 역임 하고 이후 모교인 와세다대학에서 교수로 활동하였으며, 에드거 앨런 포의 모든 소설을 번역했다.

그리고 반복해서 말한 바와 같이, 통속물의 가치는 비통속적 작품의 일반화가 아니라 전혀 별개의 것이라는 점을 모르면서 통속문예론을 입에 담는 일은 삼가줬으면 한다. 탐정소설은 누군가의 예술작품의 통속화가 아니라 그 독자적인 가치를 지닌다. 그리고 반대로 말하자면, 어떤 대예술가가 나타나더라도 코난 도일의 과학소설은 스트린드베리의 소설과 같은 효과를 주도록 다시 쓰는 것이 불가능하다.

이렇게 전혀 별개인 것을 모르고, 예컨대 가토 다케오, 나카무라 무라오 정도의 통속소설——나는 이걸 저급 문단소설이라고 부르고 싶다——을 통속소설의 대표 정도로 생각한 채, 현재의 많은 일반 문단소설을 인생최대의 가치를 가지고 있다고 믿는 문학자가 신흥 대중문예에 대해 뭔가 말을 하면, 반드시 위의 경우처럼 아주 오래된 개념적인 것을 말하게 된다.

이렇게 다른 것에 대한 멸시를 정당화하고 자기 작품의 시시함을 알아채지 못하면서 '통속소설은 범위가 넓지만 많이 읽히는 만큼 많이 잊혀진다'라고 다니자키가 말하면, 나는 웃으면서 '문단소설은 범위도 좁고 하품이 나와서 금방 싫어진다'고 말할 수밖에 없다.

2

두 번째 설, '독자가 적은 예술소설은 존재가치가 낮다'라는 것에 대해 다니자키는 여러 말을 하고 있다. 하지만 다니자키는 결국 이 두 가지 설 외에는 통속, 비통속론이 없다고 말하는 사람이라서 내 반박이 너무 계몽적이 될 수 밖에 없어서 재미가 없다.

첫 번째로 든 '다시쓰기론'에 대해 많이 말하는 것 자체가 바보같은 일이었는데, 역시 이 두 번째 설에 대해서도 마찬가지이다. 그는 말한다.

"독자의 정신생활에 좋은 감화를 주는 일 없이 읽혀진다고 해서 그것이 문학자의 수치는 아니다".

이것 이외의 입장을 그는 조금도 취하고 있지 않다. 하지만 이것은 사실이다. 좋은 작가는 소수의 좋은 독자를 가지면 그걸로 충분한 것이다. 그렇다고 해서 다수에게 읽히는 작가를 경멸할 필요도 이유도 없다. 냉정히 말하면 '수치를 느끼지 않는 문단작가는 몇이나 계신지요'라고 묻고 싶다.

다니자키의 문학에 대한 첫 번째 오류는 지금의 문단소설 이외에 문학이 없다고 생각하는 것이다. 그리고 자신의 정당한 가치를 모르고 최고의 문학론을 내세우며 막 피어나는 대중문예를 위협하는 것이다.

'문학을 통해 진정한 인생의 모습을'

이라든가

'인생의 올바른 비평과 관조(観照)를 문학에 구하려는 열의'

라든가, 이런 말을 부끄럼도 없이 다른 사람에게 말할 수 있는 소설을 쓰고 있는 문단 사람이 많았다면, 대중문예처럼 흥미중심문학은 나타나지 않았을 것이다. 문단에 대한 정나미 떨어지는 말을 하는 사람도 없었을 것이다. 그리고 문단은 더욱 활발히 정열적으로 불타오르고 작가는 피로감을 느끼지도 않고 걸작을 많이 배출했을 것이다.

하지만 얼마나 엇나가고 말았는가, 통속물에 대해서는 근엄한 얼굴로 부끄러움도 없이 얼마나 우롱했던가. 문학은 보다 종류가 많고, 좀 더 넓은 것이다. '인생의 옳은 비평과 관조'란 종교인도 철학자도 과학자도 가지고 있다. 문학자는 그것을 문학적으로 표현하는 방면의 사람들로 결코 너희들이 독점할 수 있는 것이 아니다.

아니, 독점할 수 없는 것뿐 아니라, 누구든 이렇게 크고 불가능한 것을 말하지 말라, 인생의 옳은 비평이라니——그런 것이 인간의 힘으로 할수 있는 일인가? 그것만이라도 생각해보길 바란다.

그런 것을 구하려는 열의가 풍부한 사람이 고급 독자라고 다니자키는 설명하고 있지만——자네보다 우리가 중학생이던 때에야말로 얼마나 인생에 대해 정열적이었던가? 하지만 그렇게 닥치는대로 읽었던 시대를 지나 지금 이런 말을 하는 나 자신이 과연 저급한 독자인가?

또한 소설비평도 하고, 하이쿠도 잘 짓지만, 인생적 정열은 별로 없는 독자가 있다면 그걸 저급이라고 말할 수 있는가? 뭐든 한마디로 재빨리 정리해버리는 사람들——이런 사람들이 쓰는 소설을 어떻게 '인생의 옳은' 것이라 할 것인가.

3

하지만 다니자키도 '고급 소수독자를 가진 좋은 작가'를 인정함과 동시에 구메가 말하는 '개성의 보편 타당한 힘'도 인정하며, 그것을 '좋은 의미의 통속성'으로 해석해 "아주 오래전부터 세계적 대작가는 그것을 가지고 있었다"고 말한다.

구메가 말하는 '개성의 보편타당한 힘'이라는 것에 대해, 나는 이론이 있지만 그건 별도로 다루기로 하고, 다니자키는 이것을 인정하면서 더욱 그것을 '심화하고 정련'할 것을 요구한다. 여기까지 오면 나로서는 다니자키가 뭘 말하려고 하는지 정말 모르겠다.

왜냐하면 '개성의 보편타당한 힘'이라는 것 중에는 작가의 견해와 동시에, 그 소재와 구상도 들어가있기 때문이다. 그것을 다니자키는 '타당함'과 '개성'으로 개별화해서 '타당함'이 없어도 '개성'이 있으면 된다고 하고 있다. 내 생각으로는 '비타당적 개성'보다 '타당적 개성' 쪽이 더 좋다고 보기 때문에, 동일한 심화와 정련이 포함되었다고 한다면, 신변잡기 소설보다도 『햄릿』의 비극 쪽이 '보편 타당'할 것 이다. 옛날의 대작가들은 신변잡기 말고는 소재를 취할 수 없는 협 소한 인간이 아니었다. 보다 로맨틱하고 큰 소재를 취해 타당함을 발휘해 스스로의 큰 개성을 살려나간 것이다.

　기탄없이 말하자면, 다니자키는 '통속'이라는 것에 대해 전혀 이해 가 없다. 일례를 들어 그는, "햄릿이 예술가라면 단순하고 짧은 자신 의 생활기록을 통해 대문호 셰익스피어보다 나은 작품을 썼을지도 모른다"라고 말하고 있다. 얼마나 '통속'에 대해 몰이해한지 이 한마 디로 충분하다. 분명 그것이 햄릿에게는 같은 가치임에 틀림없다. 하지만 단순한 '생활기록'과 셰익스피어의 희곡화된 장면, 오필리 아[202], 클로디어스[203]의 활약 중 어느 쪽이 '많은 사람들을 기쁘게 하는 가?' 작품가치로서 동일하다고 말한다면 한명이라도 적게 읽힌 편이 좋다고 말한 이유가 성립하지 않는다. 문예에서 통속미의 문제는 다 니자키가 자신의 그 완고한 머리로는 도저히 이해할 수 없는 것이다.

---

202 셰익스피어의 희곡 『햄릿』에 등장하는 비극적인 여주인공. 자신의 아버지가 햄 릿에게 살해당하자 강물에 몸을 던져 스스로 목숨을 끊었다.

203 『햄릿』에 등장하는 인물로 햄릿의 삼촌. 햄릿의 아버지이자 자신의 형인 왕을 독살한 뒤 왕위에 오르고 형의 아내인 거트루드와 재혼한다.

4

다시 한번. 내 입장을 밝혀 두면——.

나는 오늘날의 대중소설을 완전하다고 보지 않음과 동시에 문단 사람들이 쓰는 많은 소설이 대중물의 어떤 것보다 훌륭하다고도 생각하지 않는다.

하나 더, 스스로 좋은 작품을 쓸 수 없는 주제에 무조건 문단소설은 높고 대중소설은 낮다는 말을 하지 말라는 것.

마지막으로, 예술소설과 통속물은 전혀 별개라는 것. 예술소설——문단소설은 '인생과 인간'을 주된 가치로 하고 있으나, 통속적이고 대중적인 작품은 괴기, 기지, 추리, 구조, 상상 등에도 가치를 두고, 반드시 '인생'만을 취급하지 않더라도, 그런 종류의 것을 문장으로 쓰는 것을 통해 훌륭한 문예가 된다고 생각하고 있다는 점.

이상의 3가지를 제대로 이해하고 있다면 앞서 두 번에 걸쳐 반박한 것과 같은 말은 할 수 없을 것이다. 구메처럼 훌륭한 이해력을 갖춘 사람마저도 문예에는 '인생'이 없으면 가치가 없으며 성립조차 될 수 없다고 생각하니, 심히 불쾌한 일이다.

예컨대 누구도 앨런 포의 작품을 비예술이라고는 하지 않을 것이다. 하지만 그 안에 어떤 인생이 대조로 그려지고 있는가? 포가 인생을 그리고자 해서 저런 기괴한 소재를 작품에 썼는가? 아니면 저런 기괴를 쓰려고 해서 쓴 것인가? 그리고 그 기괴함에 매료되었다면 —— 그럼에도 일본의 웃긴 이야기가 더 낫다고 말할 셈인가?

현재의 대중문예는 아직 졸렬하다고 말하는 거라면 좋다. 나는 언제든 이 의견에 찬성하며 여기 동인들을 마음대로 공격해도 좋다. 하지만 앞서 말한 세 가지에 대한 이해도 없이, 갑자기 인생이 없다는 둥, 인간이 들어있지 않다는 둥, 이렇게 하는 것은 너무 멍청하다. 우리는 그런 것을 쓰려고 한 적도 없다. 게다가 너희들이 쓰는 인생보다도 좀더 넓고 재미있는 인생을 알고 있다. 대체 뭐라는 거냐 이 빌어먹을 놈들아, 너희들의 소설을 통해 알게 될 인생같은 건 이미 예전부터 알던 것이다. 우리의 문예는 그런 게 아니다. 그렇게 조금 겉만 아는 인생에 질릴 대로 질려서 좀더 재밌는 것을 쓰려고 하는 것이다.

불만 있으면 나와라. ―― 자 나와 봐라.

우노 고지(宇野浩二)에게 문예의 분야를 설명하다

1

『불동조(不同調)』[204] 6월호에서 우노는, "대중문예 같은 건 오니(鬼)[205]에게 잡아먹혀 버려라"고 말했다. 심각하게 골빈 대머리가 있구나 싶었다. 그가 말하길, "어떤 건지 아마 누구도 알 수 없듯이 나도 극히 모호하여――"라고―― 그럼 우노도 '대중문예'에 대해 말할 자격이 없으며 나 또한 그렇게 모호한 것에 대해 반박할 필요도 없으

---

204 『불동조』는 1925년 나카무라 무라오의 주도로 신초사에서 창간한 문예잡지이다. 1929년에 폐간되었으며, 후속 잡지로 『근대생활(近代生活)』이 창간되었다. 『불동조』는 신인생파 문학을 표방했는데 나카무라 무라오는 「인생을 위한 예술(人生のための芸術)」이라는 글을 게재하기도 했다.

205 인간에게 위해를 가하는 상상 속의 괴물, 요괴. 형상과 내용은 시대에 따라 다르나 일반적인 형태는 키가 큰 남자로 적청흑황의 피부를 가지거나 뿔이 있고 호랑이 가죽으로 만든 훈도시를 차고 있는 경우가 많음.

나——그럼 이번 호에는 쓸 게 없어진다.

"무책임하게 대충 읽었을 뿐이지만—— 독자에게 감명을 주는가 주지 않는가가 문학의 가치이다"에서, 꼬리가 잡혔으니 이렇게는 말할 수 있겠다.

'무책임하게 아무거나 읽어서 어떤 작품에서 감명을 얻을 수 있겠는가'

하지만 이건 말꼬리잡기의 문제일 뿐이니, 좀 더——다음 행을 보면,

"읽은 뒤에 아무것도 남질 않는다. 유명한 작가의 작품도 무명작가의 것도 마찬가지이다"

여기서부터 조금씩 우노의 우둔한 문학관이 작동한다. 한마디 덧붙일 필요가 있는 이유이다.

2

"읽은 뒤에 아무것도 남질 않는다"라고 말하는 것은 문단소설에는 치명적인 비평이다. 그것은 아무런 내용이 없다는 것이 작품으로서 무가치하다는 것을 말해주기 때문이다. 그래서 우노는 명확하게,

"감명을 받았는지 아닌지가 문학의 가치이다"라고 단언한다. 하지만 내가 말하자면 다르다.

그런 문학도 있다. 분명 그건 좋은 문학일 것이다. 하지만 만일 그 '감명'을 공리적으로 생각해, 삼류문학의 감명이 독자에게 오히려 피해를 입혔다고 가정하면, 피해를 입힌 문학의 가치는 어떻게 되는 것인가?

내가 항상 말하는 입장이 있다. 한 번 더 그것을 반복하자면, 『성

경』으로 구원받은 사람이 많은 것은 틀림없다. 하지만 『성경』 때문
에 40년 동안 여자를 모르고 41년째부터 여자를 알게 되어서 파산한
남자가 있다면, 『성경』 말고 '대중문예'를 주는 편이 그에게는 행복
일지도 모른다. 이건 감명의 결과라는 측면에서 본 비평으로 문학과
『성경』의 본질적 가치에는 영향을 주지 않으므로 이런 말을 하지 못
할 이유도 없다.

둘째로 소위 대문학(大文学)은 19세기를 최고점으로 해서 조금씩
쇠퇴해가고 있다. 이제는 '인생의 감명을 표방하는 문학'을 사람들이
더 이상 요구하지 않는다고 말하고 싶다. 일본 문단을 보면 알 수
있다. 미야지마 신자부로(宮島新三郎)[206]의 이야기를 들어보라. 영국도
통속문학 전성기라고 한다. 프랑스 역시 샤레본(洒落本) 같은 것이
유행하고 있으며 이른바 '19세기 풍 문학'은 세계에서 사라지고 있다.

인간의 생활을 보라. 사람들이 구하고 있는 것은 향락뿐이다. 아
무리 소리쳐도 우리의 생활은 우리 아버지 세대의 생활보다 훨씬 사
치스러워졌다. 사람들은 휴양과 향락 시간을 원한다. 일하는 시간은
8시간으로 정해졌다. 프롤레타리아가 무슨 이유를 들든 결국 그들
도 부르주아가 되고 싶은 것이다.

3

세계는 변하고 있다. 19세기 풍의 '심각함'과 '인생'은 이제 견디기

---

206 미야지마 신자부로(宮島新三郎, 1892-1934): 일본의 영문학자이자 문예평론가.
와세다대학 교수. 영미 신흥문학을 소개하거나 번역했으며, 저작으로 『예술개조
의 서곡(芸術改造の序曲)』등이 있다.

어려운 고통이 되어 우리에게 외면당했다. 아무것도 남지 않는 심심풀이가 되더라도 문예는 이런 시대에 분명 존재하며 전혀 무가치한 것이라고 할 수 없다. 지루함을 떨친다는 것이 인생에서 중요한 역할을 하기 때문이다. 하지만 이런 말은 조금 궤변의 모양새를 하고 있다. 만일 정면에서 내가 우노에게 반박을 한다면,

'문예 분야에는 이런 것도 있어야 한다'

한 마디로 정리할 수 있다. 문학은 다종다양하며 어떤 것에 한정된다고 할 수 없다. 호소다 다미키(細田民樹)[207]는『아사히신문』에서 "지금도 소세키(漱石) 풍의 놀이를 하고 있는 문학이 있다. 좀더 현실을 보지 않으면──"이라고 말하고 있는데, 바보 같은 말이다. 소세키 풍의 작품만 있어서는 안되지만, 그런 것도 있는 게 좋다. '대중문예'도 있는 게 더욱 좋다.

아쿠타가와와 다니자키가『개조』에서 논쟁하고 있는데[208], 아쿠타가와가 말하는 '너무나 문학적'인 것도 물론 좋지만, 다니자키가 말하는 '소설은 구상이 중요하다'는 말도 너무 좋다. 만일 나쁜 것이 있다면 그것의 모방인 5류 정도의 작품이다.

아무리 아쿠타가와의 예술관이 맞다고 해도, 가장 졸렬한 작품은

---

207 호소다 다미키(細田民樹, 1892-1972): 일본의 소설가. 1924년에 병역체험에 기반한 군대비판소설『어느 병졸의 기록(或兵卒の記録)』으로 반향을 일으켰다. 프롤레타리아 문학의 길을 걸었으며『진리의 봄(真理の春)』연재도중에 집필금지를 당하기도 했다.

208 아쿠타가와 류노스케와 다니자키 준이치로의 문학과 관련한 논쟁. 논점은 이야기의 구조와 재미가 소설의 예술성에 어느 정도 영향력을 지니는지에 대한 것. 아쿠타가와는「문예적인, 너무나 문예적인(文芸的な、余りに文芸的な)」이라는 글을 시리즈로 신문에 연재해 다니자키의 구조론에 대항했다.

'대중문예'의 일류작품보다는 가치가 낮다. 우노가,

"줄거리는 꽤나 파란만장하고 유쾌한 이야기이지만── 재료가 천편일률적이다."

라고 비난하고 있는 말이 이 상황에 딱 들어맞는다. 처음 그 이야기를 쓴 사람은 매우 좋으나 그것을 모방하고 있는 것이 나쁜 것인데, 그게 오늘날 '대중문예'에 많은 것뿐이다.

"예외적인 두셋의 작가"

라고 말하는데, 대중문예가는 에미 스이인(江見水蔭)[209] 노인까지 넣어도 30명 밖에 없다. 30명 중, 두셋의 예외가 있다면 대단한 일이다. 문단의 작가들은 300명 정도 된다. 그 중에서 대체 존경할만한 사람이 몇 명이나 있는가?

다른 사람이 모방하는 것은 이 '예외적인 두셋의 작가'의 죄가 아니다. 그리고 '대중문예'를 논한다면 이 두셋의 작가를 논하는 것이 지당하다. 가장 가치가 있는 대표 두셋을 '예외'로 해두고 '대중문예'를 논하다니 근본적으로 의미가 없는 일이다.

4

'꽤나 다른 유쾌한 이야기'

그걸로 충분하다. 창시자는 훌륭한 사람이다. 어떤 감명이 남지 않더라도 읽어 보고,

---

[209] 에미 스이인(江見水蔭, 1869–1934): 메이지부터 쇼와 전기에 활동한 소설가. 1892년에 강수사(江水社)를 결성했다. 『마누라 죽이기(女房殺し)』, 『도로미즈시미즈(泥水淸水)』 등으로 호평을 얻었다. 『자기중심 메이지문단사(自己中心明治文壇史)』를 펴내기도 했다.

'아 재밌었다'

문학도 또 너무 좋다. 분명 이건 3페이지만에 하품이 나오는 문단 소설보다는 유쾌한 존재이다. 문예는 '예술을 위한 문예'도 있고 '선전을 위한 것'도 있으며 '가정소설'도 좋고 '탐정물'도 재미있다. 허버트 조지 웰스도 좋고, 잭 런던도 좋고, 시엔키에비치도 쥘 르나르[210]도 체홉[211]도 사이카쿠(西鶴)[212]도 바킨(馬琴)[213]도 잇쿠(一九)[214]도 모두 존재해서 좋은 것이다.

오늘날 이른바 '대중문예'는 그 수에서 말하자면 '기분 좋게 하는 문예'이고, '오락을 위한 읽을거리'이며, '첩이나 식모분들에게도 좋고, 은단이나 담배와 비슷한 역할'을 하여 좋은 것이다.

---

210 쥘 르나르(Jules Renard, 1864-1910): 프랑스의 시인이자 소설가. 『피가로』지에서 5년간 신문기자 생활을 하며 시와 소설을 썼다. 1894년 『홍당무』를 발표하여 일약 명성을 떨치게 되었다. 이 소설은 곧 희곡으로 각색되어 파리에서 상연되자마자 대단한 호평을 받았을 뿐만 아니라 세계 여러 나라 말로 번역되었다.

211 안톤 체호프(Антон Павлович Чехов, 1860-1904): 러시아의 소설가 겸 극작가. 『지루한 이야기』, 『사할린섬』 외 수많은 작품을 써 사회에 큰 반향을 불러일으켰다. 객관주의 문학론을 주장하였고 시대의 변화와 요구에 대한 올바른 목소리를 전달하기 위해 저술활동을 벌였다.

212 이하라 사이카쿠(井原西鶴, 1642-1693): 에도 전기의 하이진(俳人)이면서 우키요조시(浮世草子) 작가. 오사카의 상인 출신으로 단린하이카이(談林俳諧)를 배웠다. 「호색일대남(好色一代男)」, 「호색일대녀(好色一代女)」, 『무도전래기(武道伝来記)』, 『세켄무네산요((世間胸算用)』와 같은 우키요조시 장르의 소설이 유명하다.

213 교쿠테이 바킨(曲亭馬琴, 1767-1848): 에도시대의 게사쿠샤(戯作者). 산토 교덴(山東京伝)의 문하였으며 28년간 걸린 대작 『난소사토미 팔견전(南総里見八犬伝)』으로 유명하다. 이외에도 『진세쓰유미하리즈키(椿説弓張月)』, 『근세설미소년록(近世説美少年録)』과 같은 요미혼(読本) 장르의 작품을 많이 남겼다.

214 짓펜샤 잇쿠(十返舍一九, 1765-1831): 에도시대의 게사쿠샤(戯作者). 오사카에서 조루리 작가로 활동하다 이후 에도로 상경하여 다양한 작품을 집필했다. 그 중에서도 골계본(滑稽本) 장르에서 두각을 나타냈다.

소년에게는 요시카와 에이지의 『신주천마협(神州天馬俠)』[215]이 우노 고지의 『동화(童話)』보다 확실히 더 재미있을 것이다. 그리고 어른도 스즈키 미에키치(鈴木三重吉)[216]의 이른바 '고상한 동화'보다도 황당무계한 『신주천마협』을 선호하는 성향을 가진다. 양자의 가치 판단은 문학자에게 맡겨주어도 좋다. 요구에 맞는 읽을거리를 만들어준다는 것은 인생에서 결코 부끄러워할 일이 아니다. 성찰해야 할 것은 독단이다. 이것만이 좋다고 단정하는 일이다. 그리고 『신주천마협』을 재미없게 모방하는 일이다. 그런 모방을 하는 사람이 많다는 게 문제이다.

5

또 우노가 말하길,

"고단시(講談師)보다 하나도 나은 게 없다"

이건 우노의 지식 부족이다. 하나가 아니라 둘이라도 나은 게 있다. 적어도 우리 동인 11인만이라도 어떠한 점이든 고단시보다 떨어지는 부분이 있다면 언제든 상대해주겠다,

'황당무계한 자객, 협객'도 고단시보다는 심하지 않다. 이런 비평은 우노에게,

"어쩌다 읽어서", "다 읽으면 잊어버린다"고 하니까, 고단이랑 헷

---

215 요시카와 에이지의 소년향 장편모험소설. 소년검사들이 가문부흥을 위해 싸우는 모습을 그림. 1925년부터 1928년까지 『소년 구락부(少年俱樂部)』에 연재되었으며 영화, 드라마의 소재로도 자주 쓰였다.

216 스즈키 미에키치(1882-1936): 히로시마 출신의 소설가, 아동문학가. 일본 아동 문화운동의 아버지로 평가받는다.

갈린 게 아닌가라고 말해두고 싶다.

시작이라 말해두는데, 우노도 '막말물(幕末物)'에는 할 말이 없다고 쓰고 있다. 다음호부터 대중작품 비평을 할 예정이라 가장 먼저 쓰는 것이지만——

『아사히신문』 석간에 연재되는 기무라 기(木村毅)[217]의 『시마바라 미소년록(島原美少年録)』은 우노의 이 비평을 그대로 직용해도 된다. 기무라는 잡학(雜学)이긴 하지만 성실하고 소박하여 그것만으로도 내가 인정하는 남자이다. 지금 와서 대중물 같은 걸 쓰는 게——그런 졸렬할 작품을 쓰는 게——필요하지 않은 인간이다.

그것도——같은 졸렬함이라 해도 뭔가 새로운 맛이 첨가된 졸렬함이라면 좋은데, 곤도 이사미(近藤勇)[218]가 나오다니——아니 나온다는 것만으로도 놀랄 정도인데 전혀 역사적 사실을 무시한다. 무시했기 때문에 재밌냐고 하면 재밌다기보다는 구상의 허술함을 느끼게 해 내가 삼사 년도 전에 했던 다치마와리의 설명을 새삼스레 처음인 것처럼 집어넣기도 한다——구상, 문장, 소재에서 취할 만한 것이 없다. 이게 만일 신진인 무명작가라면 쓴 웃음을 지으면서 넘길 수 있다. 적어도 페이비언 협회(Fabian Society)의 회원이면서 메이지 문명 연구자이고 요시노 사쿠조(吉野作造)의 기수(旗持)이기도

---

217 기무라 기(木村毅, 1894-1979): 일본의 문예평론가이자 소설가. 일본 페이비언 협회와 일본노농당(日本労農党)에도 참가했다. 메이지문화 연구회의 동인으로 메이지문화와 문학연구 및 대중소설사 연구 등에 업적을 세웠다.

218 곤도 이사미(近藤勇, 1834-1868): 막말의 무사. 곤도 슈스케(近藤周助)의 양자가 되어 천연이심류(天然理心流)를 배웠다. 막말 동란기에 교토로 와 신센구미(新選組)를 결성하고 부장과 국장을 역임하며 존양운동(尊攘運動)을 기치로 내세웠다. 메이지유신 때 신정부군에 사로잡혀 처형되었다.

한 자네가 쓸 것은 아니다.

6

마지막으로 하고 싶은 말은,

'대중을 향상시키는 일을 지금 기대하기 힘들다'

라는 말이다. 이 정도로 문학자에게 불손한 말은 없다. 인간은 신에
의해 창조되었고 하늘은 땅을 위해 존재한다고 인간들은 오래전부
터 믿었다. 그래서 종교인이 가장 큰 세력을 차지하기도 했다. 이
미몽(迷夢)이 깨짐과 동시에 인간에게 정신(精神)이 생겼다. 이것이
다른 동물과 달리 인간이 위대한 점이라고 주장하는 관념론자가 나
타났다. 철학자는 인간 이상의 존재인 것처럼 행세했다. 하지만 그
들이 매년 사람을 늘리고 책을 펴내고 말을 만들어서, 인간은 종교
에 충실하고 철학을 실행하고 훌륭한 성인이 되었는가?

거꾸로 종교가 스러지고 철학이 쇠퇴하고 문학이 대신하게 되었
다. 그런데 다시 그들은 그 '정신적' 오만으로 실업가보다, 군인보
다, 조로(女郎)[219]보다, 종업원보다 자신들이 훨씬 더 훌륭한 존재라
고 믿고 있다.

하지만 문학자들이여. 너희들과 너희들의 자손은 자신이 가장 고급
의 조로보다 분명 하급의 존재라는 것을 알아야만 한다. '밤이면 밤마
다 달은 비쳐들지만(夜な夜な月はうつれども)'이라고 흥얼거린 조로는
문단 2류 소설가보다 훨씬 '정신적'으로 훌륭하다. 물질적으로도 우

---

[219] 젊은 여성을 지칭하는 단어로 일반적인 여성을 가리키는 경우도 있으나 여기서는
유녀, 창녀의 의미를 포함한다.

수하다. 너희들이 당시에 있었다면 비교도 되지 않을 정도이다.

문학으로 인간을 향상시킨다는 꿈을 꾸지 마라. 다만 쓴다면 자신만을 위해 써라. 재밌어서 쓰는 것도 좋다. 참회를 위해 쓰는 것도 좋다. 동료를 위해 쓰는 것도 좋다. 다만 만약 지금 쓰고 있는 것이 세상의 이치와 사람의 마음을 위한 것이라 믿고 쓰는 거라면, 돈키호테 같은 너에게 말하마. 단언컨대 너에게 결코 문학은 생겨나지 않는다.

'대중문예'라고 부르기 시작한지 고작 이삼년이 지났을 뿐이다. 앞으로가 진짜라고 할 수 있다. 하지만 우노는 두셋의 예외를 인정하고 있다. 이삼년의 육성으로 두셋이 인정받는 거라면 나는 그걸로 성공이라고 말하고 싶다.

여러 문예를 하면서 각각 그 분야의 일류가 되어라. 정치소설, 가정소설, 소년소설, 연애소설, 역사소설, 과학소설, 농민소설, 화류소설, 뭐든지 일류는 좋은 것이다. 문예를 하면서 말기 자연주의소설만 있다고 생각하지 말아라. '대중문예'의 대두는 문단이 너무나 봉건제에 함몰된 것에 반항한다. 일본의 문운(文運)을 백화난만(百花爛漫)하게 하라. 우노의 머리는 너무나 허전하다.

나오키 산주고 대중문화 작법

제1장

대중문예의 정의(定義)

　본래 사물이 진행 중이어서 아직 완성되지 않은 상태에서는 그에 대한 정의를 내리기 힘들다. 현재 발달, 진행되고 있는 과정에 있지만 아직 충분히 발달했다고는 할 수 없는 대중문예에 대해 현재의 상태로 정의를 내린다면, 이는 내릴 수는 있어도 바로 불만족스러운 것이 되어버린다.

　그러나 만일 대중문예의 미래를 상상하며 이렇게 될 거야, 라고 한다면, 현재와 미래를 포함하여 하나의 정의를 내릴 수 없는 것도 아니다. 이렇게 정의를 내리기 위해서는 현재와 미래 외에도 대중문예가 걸어온 과거의 길을 되돌아볼 필요도 있다. 나는 여기서부터 이 강의를 시작하고 싶다.

　현재 대중문예라는 이름으로 불리고 있는 작품 및 작가는 대지진 후 현저하게 증가하였고 대중문예라는 명칭도 대지진 이후에 널리 사용되어왔다. 물론 대지진 이전에 전혀 사용되지 않았던 것은 아니지만, 종래의 틀을 깬 시대소설은 그리 많지 않았다. 기껏해야 손가락으로 셀 수 있을 정도로 나카자토 가이잔의 『대보살 고개』(『미야코신문(都新聞)』)[1], 구니에다 시로의 『쓰타카즈라키 소노카케하시(蔦葛

1　1884년에 석간지로 간행되어 1942년 『국민신문(國民新聞)』과 병합되어 『도쿄신

木曾栈)』[2](고단 잡지), 시라이 교지(白井喬二)의 『신변오월초지(神変呉越草紙)』(『닌조 구락부(人情俱樂部)』), 오사라기 지로의 『구라마 덴구(鞍馬天狗)』(『포켓(ポケット)』[3]) 정도에 지나지 않는다.

현재 이 작가들은 대중작가로서 일류의 명성을 얻었지만, 당시에는 거의 아는 사람이 없었고 독서층에서는 물론 일반인들에게도 환영받지 못했다.

대지진 후에 플라톤사(プラトン社)로부터 『고락(苦樂)』이 나오며 고단물을 일축하고 새로운 흥미 중심 문예를 게재하는 등 새로운 분위기가 크게 생겨났다. 그리하여 신문사 관계자들은 이런 작품에 신고단(新講談)[4]이라는 이름을 붙였고, 『문예춘추(文藝春秋)』, 『신소설(新小說)』 사람들은 요미모노(讀物) 문예[5]라는 이름으로 불렀다.

그중에 시라이 교지가 대중문예라는 명칭을 입에 올리면서부터 이 명칭은 일반화되어 오늘날까지 통용되게 되었다. 글자의 의미가 올바른지를 말하면 대중이란 승려를 지칭한 말이지만, 대지진 전에 가토 가즈오(加藤一夫)[6] 등 민중예술, 즉 현재 프롤레타리아 예술론의 전

문(東京新聞)』이 됨.

2 『쓰타카즈라키소노카케하시(蔦葛木曾栈)』. 1922년부터 1926년까지 연재된 구니에다 시로의 소설로 일종의 복수극이다.

3 1918년 9월부터 1927년 3월까지 간행된 대중잡지로 오락 본위의 읽을거리를 실었는데, 오사라기 지로, 구니에다 시로 등이 다양한 필명으로 여기에 많은 작품을 발표했다.

4 성립 당시 대중문학은 '쓰여진 고단(書き講談)', '신고단(新講談)', '요미모노 문예(読物文芸)', '대중문예(大衆文芸)', '대중문학(大衆文学)' 등으로 호칭이 바뀌어 왔다. 기본적으로 근세 이후의 서민 문예의 전통을 부활시키려 하는 의도가 호칭에서도 드러난다. '고단'에 대해서는 37쪽 주82를 참고하기를 바란다.

5 신문이나 잡지 등에 실린 흥미 위주의 기사나 소설.

신(前身)에 의해 종종 외쳤던 적이 있기 때문에, 혼동을 피하기 위해 숙어인 '민중'을 대신하여 새롭게 '대중'이라는 글자를 사용한 것이지, 민중도 대중도 '많은 사람들(多衆)'이라는 의미에서는 어떤 차이도 없다.

이쯤에서 일찍이 대지진 전에 가토 가즈오(加藤一夫) 등에 의해서 처음 제창된 민중예술과는 어떻게 다른가라는 점을 밝혀 둘 필요가 있다고 생각한다. 그 당시 제창된 민중예술이라는 것은 로맹 롤랑[7]이 주창한 '민중의 예술'을 우리나라에 수입한 것이다. 이들의 주장은 민중을 위한 예술을 만들어야 한다는 데 있었다. 그 예술들은 민중 자체에서 생산되던가, 아니면 민중에게서 나오지 않더라도 그것이 민중을 위해 쓰여진 예술이어야 한다는 것이다. 즉 그들에 의해 긍정된, 그리고 그 후 발달하여 오늘날의 프롤레타리아 예술론이 된 민중예술이라는 것을 목적 의식으로 가지고 있었다. 그런데 현재 우리가 문제 삼고 있는 대중문예라는 것은 어떤 목적 의식적인 것이 아니라 통속적인 것이다. 궁극적으로는 같을 수도 있지만 출발점을 달리하고 있는 것으로 정의에 대한 해석의 차이에 지나지 않는다. 즉 현재와 같이 정의를 내린다면 대중문예란 대지진 이후에 나타나는 흥미 중심의 역사물·시대물 소설이라고 할 수 있다.

그러나 현재의 대중문예는 다소 그 범위를 넘어서 대중이라는 문

---

6 가토 가즈오(加藤一夫, 1887-1951): 민중예술론을 주창한 시인. 1934년 검거된 후 전향.
7 로맹 롤랑(Romain Rolland, 1866-1944): 대하소설 『장 크리스토프』로 1915년 노벨상을 수상한 프랑스의 작가. 국제주의 입장에서 민족주의 및 애국주의를 비판하였다.

자 그대로 탐정소설도 그 안에 포함되고, 나아가 문단인 이외의, 예술소설 이외의 신구일체(新旧一切)의 작품까지도 포함되기도 한다.

다만 아직도 통속소설의 이름은 남아 있지만 이는 통속적 현대소설을 지칭한 것으로 대중문예도 같은 신문에 실리면서 새로운 시대의 것만을 통속소설 또는 신문소설이라고 칭하고 있는 등 그 구별이 매우 애매하다.

예를 들어 나카무라 무라오(中村武羅夫), 가토 다케오(加藤武雄)는 통속소설가이지만 구니에다 시로가 현대물을 써도 그는 대중작가이고, 미카미 오토키치(三上於菟吉)가 현대물과 시대물 두 가지만 쓰면 통속작가 혹은 대중작가로 불린다. 또 마사키 후조큐(正木不如丘)는 현대물밖에 쓰지 않지만 대중작가이다. 이 모든 것이 문단 관계자의 상식에 의해 이루어진 구별이기 때문에 엄밀한 의미에서의 구별은 불가능하다.

그러므로 나는 이 강의에서 다른 소설 작법이 있다고 말하고 싶다. 보통의 소설작법이 예술소설, 문단소설을 설파한다면, 대중문예 안에는 그 밖의 일체, 즉 과학소설, 목적소설, 역사소설, 소년·소녀소설, 탐정소설 등을 포함하여 대중이라는 문자 그대로의 정의에 적합한 소설들이 포함되어야 한다고 믿는다.

따라서 이 모두를 포함하여 대중문예의 정의를 내린다면,

'대중문예란 표현을 평이하게 하고 흥미를 중심으로 하되 그것만으로도 가치 있는 것, 혹은 거기에 인생에 대한 해설이나 인간 생활상의 문제를 다루는 것'

이라고 말하고 싶다.

제2장

대중문예의 의의

 이상의 정의에 따라 대중문예의 의의를 설명하고자 한다. 이는 종종 예술소설과 가치를 비교하기 때문이기도 하고, 대중문예 자체의 사명에 대해서도 알아두어야 하기 때문이다.

 문제를 조금 멀리 가져가 보자. 인간은 일찍이 태양이 우리들의 주위에 출몰하고 있다고 믿고 인류를 우주의 중심으로 생각하던 시절이 있었다.

 또 신의 아들, 부처의 후예라고 믿으며 종교에 대한 열정이 인간의 중심이 되어 종교가는 인간 최고의 존재로서 존경받았다. 십자군이 자주 일어났으며 황제는 스스로를 부처라고 칭하던 시대가 있었다.

 그러나 이윽고 종교에 대한 열정은 식었고 인간이 이지적으로 눈떴을 때 인간의 정신생활을 지휘하는 것은 철학이라고 믿기 시작했다. 동서양의 많은 철학자들은 인간이여, 이렇게 행하여라, 이렇게 말하여라, 이렇게 생각하여라, 라며 많은 철학적 진리를 보여주었다. 하지만 그것에 의해서도 인간은 구원받지 못했다.

 그 다음으로 인간의 감정과 이성에게 호소한 것은 문학이다. 문학은 종교처럼 비이성적이지 않고, 철학처럼 이지적이면서도 감정을 흔들고 이성을 부드럽게 어루만지며 정신생활의 리더가 되었다. 그렇다면 톨스토이[8], 도스토예프스키[9]의 진지한 문예작품에 의해 인간은 구원받았을까?

글자 하나 읽지 않고 머리로 사고하지 않으며 하루 종일 밭과 공장에서 땀 흘려 일하는 자들이 천하고, 심오한 철학적 진리를 자신의 서재에서 생각하는 소수의 엘리트들만이 고귀하다는 사고방식은 중대한 오류 중 하나이다. 정신생활만이 인간의 유일한 삶인 것은 아니다. 정신생활만이 고귀하고 물질적 생활이 천하다는 생각은 명백한 오류이다. 하지만 인간은 다른 동물들과 달리 사색하는 힘을 가지고 있기 때문에 종종 이를 과도하게 존경해 왔고, 현재까지도 일부의 사람들은 그렇게 하고 있는 것이다.

이 오류를 고치기 위한 운동 중 하나가 사회운동이다. 인간 전체의 생활을 좋게 하는 것은 문학보다 직접적인 사회운동이 훨씬 유효하다는 것을 발견했기 때문이다. 문학은 오히려 사회운동에 이용되기에 이르렀다.

사색에 대한 이런 과도한 존중이 예술소설의 병폐가 되고 있다. 아무리 저급하거나 천박하더라도 사색만을 존중하고 흥미로운 것을 제외하는 일만이 정신생활에서 귀중한 것으로 여겨졌다.

사색의 고귀함은 독서인이 그로 인해 감격할 때뿐이다. 아무런 감격도 주지 않는 진부하고 상투적인 것들이 너무 많이 그려져 과거

---

8 레프 톨스토이(Leo Tolstoy, 1828-1910): 러시아와 서양문학을 대표하는 세계적인 대문호이자 도덕적·종교적 사색가. 『전쟁과 평화』, 『안나 카레니나』 등 세계적 명작을 발표했다.
9 표도르 도스토예프스키(Fyodor Mikhailovich Dostoevsky, 1821-1881): 톨스토이와 함께 러시아를 대표하는 세계적 대문호. 인간 내면과 심리를 예리하게 파고든 『죄와 벌』, 『카라마조프의 형제들』 등 세계적 명작들을 발표했다.

문학은 이미 감동을 잃어버렸다. 과연 톨스토이나 도스토예프스키 작품이 현재의 사람들에게 옛날만큼 감동을 안겨줄까.

정신생활만을 존중하고 물질생활을 천하다고 보는 것이 잘못된 생각임을 이미 나는 언급했다. 왜냐하면 물질생활이야말로 정신생활의 근저이기 때문이다. 물질생활과 정신생활 중 어느 쪽이 더 고귀한가 하는 것이 아니다. 물질적 생활이 안정되어야 비로소 정신적 활동을 충분히 할 수 있는 것이다. 그 물질적 생활은 현재 어떤가. 자본주의 사회의 모순으로 인해 대중의 물질생활은 점점 극단적으로 빈곤해지고 있다. 보라, 현재 사회는 점점 더 혼란스러워지고 있지 않은가. 한편으로 과학의 비정상적인 진보와 교통기관의 발달에 의해 생활도 사회도 사상도 시시각각 변혁되어 가고, 옛날과 같은 상태에서 반세기, 한 세기를 보내는 유장함을 허용하지 않게 되었다.

사회는 어떻게 될까? 사상은 어떻게 결말날까? 오늘날 이에 대해 명쾌하게 대답할 수 있는 사람이 있을까? 자신이 서 있는 토대가 움직이고 있다. 여성은 봉건적 정조를 저버리고 이를 대신할 도덕을 찾지 못한다. 남자는 헌 옷을 벗었지만 새 옷이 뭔지 모른다. 사회는 일대 혁명을 일으키려고 하지만 두 세력들은 대등하게 서로 힘을 겨루고 있는 것이다.

이제 유럽 문명은 침체했고, 미국 자본주의 재즈 문명의 홍수가 세계인들을 물에 빠지게 만들고 있다. 또한 사람들은 깊이 있는 것을 개탄할 것이다. 게다가 개탄하면서도 그들은 세계에 범람하는 미국 문화의 물결에 휩쓸려 떠내려가버린다. 라디오와 재즈와 영화가 넘쳐난다. 사람들은 이것들에 감염되어 갈 곳을 잃어버렸다.

점점 빨라지고 있는 삶에 대한 현기증은 사람들이 깊이 사색에 잠

길 여유를 주지 않는다. 사람들은 나도 모르게 생활고에서 벗어나려고 순간적인 향락을 찾는다. 거리에는 영화가 있다. 빨간 등, 파란 등의 카페가 있다. 거리의 가게에서는 라디오가 우리를 부르고 있다. 이제 세계에는 미증유의 속도와 혼란이 도래했다. 이 문제들은 곧 직접적인 사회운동이 해결해 줄 것이다.

하지만 여기서 나는 문예로 눈을 돌리겠다. 문학은 이 혼란스러움을 견디지 못하고 당혹스러워한다. 다른 예술과 달리 문예는 시대를 배경으로 시대 의식을 파악해야 하는 것인 만큼, 또 종래에는 인간의 영원한 감정을 그리려고 단순히 인간의 감정에만 몰입했던 만큼, 외부의 급격한 변화로부터 오는 사상적, 감정적 동요에 대해 어떻게 손댈지 모르는 듯하다. 바꿔 말하면 문학사에서 새롭게 나타난 하나의 문예가 완성기·난숙기에 이르기 위해서는 반세기 동안 혹은 한 세기 동안 나름대로 문명이 지속될 필요가 있다. 우리 사회는 급격한 변화에 압도되어 하나의 형식으로 문명을 만들어낼 여유가 없다. 따라서 종래와 같이 인간의 영원성을 깊이 응시하여 영혼의 밑바닥을 붙잡으려는 문학은 독자에게 받아들여지지 않을 뿐만 아니라, 외부 세계는 그리려는 사람에게도 너무 소란스러워지고 있다. 미국이 좋은 예이다. 미국의 자본주의는 건국 이래 실로 급속히 발전해 왔다. 현재 미국에서는 예술이라고 부를 만한 것이 없다.

19세기 말부터 20세기에 걸쳐 등장한 대문호들인 톨스토이, 도스토예프스키, 입센 등의 문예 작품이 이미 현재 독자들에게 자극적이지 않게 되었음을 거듭 밝혔다. 사람들은 이제 문예 작품을 읽음으로써 생활을 나아지게 하려는 희망을 잃은 것이다. 민중은 이 계속되는 물질적 삶의 고뇌에서 벗어나기 위해 향락적인 것을 추구한다. 그 추구에 문학적 욕구가 깃들면 사람들은 통속적 문예의 출현을 원하게 된다. 이런 이유로 통속적인 문예, 대중문예가 발생하고 융성하게 된다.

이 경우 물론 과학의 발달과 연결되지만, 특히 문예 작품에서 주의해야 할 것은 인쇄술의 발달 및 보급, 그에 따른 일반 독자의 수준 향상 및 독서력 보급이다. 이것이 대중문예 발달의 중요한 원인임은 물론이다.

예술적 소설의 쇠퇴와 대중문예의 발전은 전 세계 어디서나 예를 찾을 수 있다. 프랑스에서는 이제 세련된 문학이 전성기를 맞고 있고, 앞에서 말했듯이 미국에서는 예술소설이 전무하다고 해도 좋을 정도이다. 독일에서도 여러분이 마루젠(丸善)[10]에 가면 한눈에 알 수 있듯이 황색책(黃色本)[11]이라는 녀석이 유행하고 있다. 영국에서는 대중문예가 전성기이다. 신흥 러시아조차 당국이 그토록 문예를 장려하고 있음에도 불구하고 아직 새로운 시대의 톨스토이도, 도스토예프스키도 출현하고 있지 않은 듯하다. 엔뽄(円本)[12]의 범람 때문에 일본에서 예술소설이 막다른 골목에 이르렀다는 것은 천박한 사고방식으로, 일본 역시도 세계적 조류에 휩쓸려 같은 원인으로 예술소설이 침체됐다고 보는 것이 옳다. 만약 엔뽄 때문에 침체되었다면, 독자는 그 정도의 욕구밖에 없다는 것이 되고, 그게 독자의 욕구라면 이는 실로 하찮은 것이므로, 한편으로 작가는 자신의 예술적 무력함을 자각하고 소설 쓰는 것을 그만두면 된다. 하지만 독자는 결

---

10 일본의 대형 서점이자 출판사.
11 옐로우 페이퍼, 즉 대중의 호기심만을 자극하는 저속한 책 등을 의미한다.
12 한 권에 일 엔인 전집류를 일컫는다. 전집류의 보급, 문학의 대중화 등에 기여했다는 평가를 받는다.

코 그런 욕구에 만족하지 않는다. 분명 광범위한 독자층은 예술소설에 맞지 않고 오히려 열렬히 대중문예를 바란다는 사실이 증명되고 있다. 일본의 특수한 사정에 대해서는 나중에 이야기하겠다.

그러나 내가 예술소설의 쇠퇴라고 한 것은 결코 멸망을 의미하지 않는다. 대체로 사물과 예술에도 시대적 변천이 있다. 예를 들어 조각은 그 어떤 시대보다도 그리스 시대에 가장 발달해 있었다. 아울러 조각이라는 형태의 예술은 현재에도 망하지 않고 남아 있다. 다른 예를 들면 현재 미국에는 순수 회화가 존재하지 않으며, 회화는 포스터 그림으로 그려지고 있을 뿐이다. 이런 의미에서 나는 여기서 예술소설의 쇠퇴를 말했다.

이제 마지막으로 특히 일본 문예사에 관해 한마디 하겠다. 이는 일본 대중문예의 발달에서 중대한 요인 중 하나이기 때문이다. 나는 이 장의 첫머리에서 인간이 정신생활을 너무 중하게 여긴다고 말했다. 일본은 세계 문명으로부터 뒤쳐진 채 발달하였기에 분주하게 세계 문명을 수입하였고, 그 바람에 제대로 소화하지 못한 부분들이 남았다. 특히 이상의 것들이 변태적으로 일본 문예 발달에 장애를 일으켰다. 반복하자면 일본에서는 독자에게 아무런 감동도 주지 못하는 진부하고 상투적인 것들이 너무 많이 그려졌다. 즉 메이지 말기부터 다이쇼, 그리고 현재에 걸친 자연주의 문학의 수입, 권력의 남용, 이에 뒤따른 극단적인 이상 사건에 대한 경멸, 흥미 위주의 것에 대한 부정 때문에 일본 문예는 기형적으로 발달하였다. 그 잔재가 지금도 남아 있어 이번에는 오히려 일본 근대 문예의 취재 활동이 막다른 골목에 다다랐고, 세계적인 문예 쇠퇴와 함께 예술소설의 부진을 초래하였다. 이는 또한 일본 대중문예 발달의 한 원인이 된다.

한편으로는 서양문예를 수입하기 바빴기 때문에 충분한 여유가 없었던 것에서도 기인하지만, 다른 한편으로 일본에는 예술소설 이외의 다른 종류의 문예가 극히 적은 것이 결국 대중문예의 발달을 초래한 원인이었던 것이다.

서양의 예를 들어보면 입지(立志) 소설로는 뮤록[13]의『존 핼리팩스 젠틀맨』, 소년소설로는 스티븐슨[14]의『보물섬』, 아미치스[15]의『쿠오레』[16], 말로[17]의『집 없는 소녀』[18]. 과학소설로는 웰스의 여러 작품, 모험소설 풍의 읽을거리로는 해거드[19]의 작품, 트웨인[20]의『허클베리 핀의 모험』과『톰 소여의 모험』, 가정소설로는『검은말 이야기(黑馬物語)』[21], 파라[22]의『세 가정』, 호손[23]의『주홍글씨』[24], 목적소설로는

---

13 디나 마리아 뮤록 크레이그(Dinah Maria Mulock Craik, 1826-1887): 영국의 작가.

14 로버트 루이스 스티븐슨(Robert Louis Stevenson, 1850-1894): 스코틀랜드 출신의 소설가.『보물섬』,『지킬 박사와 하이드』등의 명작을 남겼다.

15 에드몬드 데 아미치스(Edmondo De Amicis, 1846-1908): 이탈리아의 아동문학자이자 신문기자. 이탈리아 독립전쟁에 참전했으며, 1886년『쿠오레』를 발표하였다.

16 에드몬드 데 아미치스가 쓴 소설. 많은 나라에 번역된 작품으로 주인공 엔리코가 학교생활에서 벌어지는 일들에 대해 예리하게 관찰, 기록하는 방식으로 쓰여진 소년소녀 문학.

17 엑토르 말로(Hector Malot, 1830-1907): 프랑스의 소설가이자 비평가.『집 없는 아이』,『사랑의 소녀』,『집 없는 소녀』등 가정이나 젊은이를 위한 소설을 많이 썼다.

18 엑토르 말로가 쓴 소설. 고아가 된 뻬린느가 유일하게 남은 혈육인 할아버지를 찾아 나서며 일어나는 우정, 사랑, 모험을 그린 소년소녀 문학.

19 헨리 라이더 해거드(Henry Rider Haggard, 1856-1925): 아프리카를 무대로 한『솔로몬왕의 금광』(1885) 등의 모험소설을 남긴 영국의 소설가.

20 마크 트웨인(Mark Twain, 1835-1910): 새뮤얼 랭혼 클레먼스(Samuel Langhorne Clemens)의 필명. 미국 문학의 아버지로도 불리는 작가.『톰 소여의 모험』,『허클베리 핀의 모험』등 미국적이고 자유로운 영혼에 대한 찬가적 작품을 많이 남겼다.

『톰 아저씨의 오두막』[25], 역사소설로는 시엔키에비치의 『쿠오바디스(어디로 가는가)』와 디킨스의 『두 도시 이야기』[26], 전기(傳奇) 소설로는 『아라비안 나이트』, 고리키[27]의 『타라스 불바』, 『로빈슨크루소』 등이 있다. 그 외에 『이상한 나라 순회기』[28]와 램[29]의 『셰익스피어 이야기』, 페넬롱[30]의 『틸레마크의 모험』, 올컷[31]의 『작은 아씨들』, 킹즐리[32]의 『히타피아』, 뒤마[33]의 『검은 튤립』, 탐정소설로는

---

21 영국 여성 소설가 안나 슈웰(Anna Sewel, 1820-1878)이 1877년 발표한 동물 이야기로 원제는 *Black Beauty*이다. 블랙 뷰티라 일컬어지는 아름다운 말이 여러 운명을 겪다가 마지막에 착한 주인을 만나게 되는 이야기이며 동물 애호 운동에도 영향을 주었다. 본문 뒤에서는 『검은 말』로도 지칭한다.

22 프레데릭 윌리엄 파라(Frederic William Farra, 1831-1903): 영국의 신학자, 문학자. 인도 뭄베이에서 태어나 런던 및 캠브리지 대학에서 수학하였고, 캔터베리 대성당의 수석 사제를 역임하기도 하였다.

23 너새니얼 호손(Nathaniel Hawthorne, 1804-1864): 미국의 소설가, 외교관.

24 『주홍글씨(The Scarlet Letter)』는 너새니얼 호손이 1850년 발표한 소설로 죄와 인간의 위선에 대한 주제를 다루고 있다.

25 미국 작가 스토(Harriet Beecher Stowe, 1811-1896)가 1852년 발표한 소설로서 흑인노예의 비참한 생활을 묘사한 소설.

26 영국 작가 찰스 디킨스(Charles John Huffam Dickens, 1812-1870)의 대표작 중 하나로 프랑스대혁명을 배경으로 혁명의 이면을 그려낸 작품.

27 막심 고리키(Макси́м Го́рький, 1868-1936): 사회주의 리얼리즘 문학을 대표하는 러시아 소설가.

28 국내 각지를 돌아다니며 여행하는 형식의 가벼운 지리 서적. 저자는 주유자(周遊子)로 되어 있으나 내용으로 볼 때 이시이 겐도(石井研堂, 1865-1943)로 추정된다.

29 찰스 램(Charles Lamb, 1775-1834): 영국의 작가이자 에세이스트. 『에리아 수필』은 수필문학의 걸작으로 평가받는다. 『셰익스피어 이야기』는 누나인 메리 램과의 공저이다.

30 프랑소와 페넬롱(François Fénelon, 1651-1715): 프랑스의 성직자. 왕가의 교사가 되어 교재로 저작한 『틸레마크의 모험』은 고전주의 걸작의 하나로 평가받는다.

31 루이자 메이 올컷(Louisa May Alcott, 1832-1888): 미국의 소설가로서 자전적 소설인 『작은 아씨들』이 대표작.

유명한 르블랑[34]의 아르센 뤼팽 시리즈와 코난 도일의 셜록 홈즈 시리즈, 그리고 체스터턴[35], 플레처[36] 등. 이상과 같은 걸작 문예 작품들이 적어도 메이지 이후 일본에는 전무하다고 해도 좋다. 그러나 문단소설의 침체를 못마땅해하며 위와 같은 문예 작품을 절실하게 요구하는 것은 일본 독자들도 별반 다르지 않다. 아니, 그 기형적인 발전 때문에 오히려 조장된 감이 있다.

이리하여 대중문예는 대지진 이후 일본에서 엄청나게 발전해 왔다. 그러나 이는 아직 발전의 첫 단계에 지나지 않는다. 현재는 그 일부분이 발전한 것에 불과하다. 대중문예의 발전은 이제부터이다. 시대물, 현대물, 소년·소녀소설, 탐정소설, 모험소설, 전기소설 등 대중문예는 점점 더 광범위하게, 점점 더 깊이 대중 독자들 사이로 퍼져나가고 있다. 점점 더 혼란스럽고 빨라지며 대중의 빈곤이 극심해지는 가운데, 오락적이고 계몽적인 대중문예는 앞으로 더 발전하고 주목받을 것이다. 게다가 대중문예에서는 흥미 그 자체만 있고

---

32 찰스 킹즐리(Charles Kingsley, 1819-1875): 영국의 소설가이자 성공회 사제로서 기독교 사회주의 운동가이기도 하다.

33 알렉상드르 뒤마(Alexandre Dumas, 1802-1870):『삼총사』,『몽테크리스토 백작』등으로 유명한 프랑스 문학자.『검은 튤립』은 1850년 뒤마가 발표한 소설이다.

34 모리스 마리 에밀 르블랑(Maurice Marie Émile Leblanc, 1864-1941): 루팡 시리즈로 유명한 프랑스의 범죄소설가, 추리소설가.

35 길버트 키스 체스터턴(Gilbert Keith Chesterton, 1874-1936): 20세기 가장 영향력 있는 영국 작가 중 한 명.

36 존 스미스 플레처(John Fletcher, 1579-1625): 영국의 극작가. 당시에는 셰익스피어와 어깨를 나란히 할 정도로 영향력이 강한 극작가였으나, 지금은 많이 잊혀져 엘리자베스 여왕 시대 초기부터 왕정복고기로의 이행기에 있었던 한 명의 극작가 정도로만 알려져 있다.

아무런 목적이 없는 작품이라 해도 독립적으로 성립한다는 것을 주의해야만 한다.

이상 나는 대중문예의 의의에 대해 말했다. 다음 강의에는 일본 대중문예의 역사적 발달과정부터 강의를 계속하고자 한다.

제3장

대중문예의 역사

이 장에서는 일본 대중문예가 어떤 역사적 과정을 거쳐 발전해 왔는지에 대해 이야기하고자 한다.

과연 일본에는 고대부터 대중문예라 불러도 좋을 문예작품이 존재했던 것일까. 내 생각에는 『다케토리 이야기(竹取物語)』[37]나 『우지 이야기(宇治物語)』[38] 등을 당시의 통속소설로 보아도 아무런 문제가 없을 것 같다. 이런 식으로 본다면(또 이런 시각에서 내가 옳다고 생각하지만), 각 시대의 사회적 조건에 의해 가령 그 독자 범위가 한정되고 오늘날 혹은 앞으로 광대한 독자층을 갖는 것이 불가능할지라도, 어쨌든 내가 처음 말한 의미에서 흥미 위주의 통속적인 문예작품은 훨씬 오래전부터 일본에도 있기는 했다.

하지만 너무 오래된 시대의 일을 여기서 이러쿵저러쿵 말하는 것도 이 강좌의 목적은 아니라고 생각하기 때문에, 이 강좌에 필요한 한에서 근대에 접근해있는 에도시대의 통속적 읽을거리에 대한 고찰을 진행하겠다.

---

37 다케토리 모노가타리(竹取物語). 현존하는 일본에서 가장 오래된 이야기 중 하나로 대나무 이야기라는 뜻. 가구야 공주 이야기라고도 불린다.
38 13세기에 쓰여졌다고 추정되는 일본 설화 이야기집. 「혹부리 영감」 등 유명한 이야기가 수록되어 있다.

에도시대의, 이른바 대중문예는 다음의 열 종류로 나눌 수 있다고 생각한다.

1. 군담물: 나니와 전기(難波戰記), 아마쿠사 군기(天草軍記)
2. 정담, 도적물: 네즈미코조(鼠小僧), 시로키야(白木屋), 오오카 판결(大岡裁き) 유형
3. 협객물: 덴포수호전(天保水滸伝), 간토협객전(関東侠客伝)
4. 복수물: 일명무용전(一名武勇伝), 이가고에(伊賀越), 이와미 주타로(岩見重太郎)
5. 가문물: 다테 소동(伊達騷動), 소마 다이사쿠(相馬大作), 에치고 소동(越後騷動)
6. 인정물, 샤레본: 우메고요미(梅ごよみ) 유형
7. 전기물(伝奇物): 팔견전(八犬伝), 신토수호전(神稲水滸伝)
8. 괴담물: 요쓰야 괴담(四谷怪談), 이노 다케오(稲生武太夫), 나베시마 고양이 소동(鍋島猫騷動)
9. 교훈물: 시오바라 다스케(塩原太助) 유형
10. 게사쿠(戱作): 핫쇼진(八笑人) 유형

이 에도시대의 통속소설류를 관찰해보면, 물론 당시 막부의 봉건적 지배의 영향 아래 있었기 때문이기도 하지만, 다음과 같은 점들이 이 작품들을 관통하는 특징으로 꼽힌다.

첫째, 위 작품들은 당시 대체로 무비판적이었다.
둘째, 어떤 하나의 틀을 그대로 따른다.

셋째, 대체로 권선징악을 목적으로 한다. 때문에 종종 사실이 극
단적으로 왜곡되거나 과장되어 있고, 역사적 사실에 대한
연구가 턱없이 부족했다.

넷째, 공상적 상상력이 너무 빈약해서 말도 안 되는 것이라는 점.
예를 들면, 그나마 에도시대의 분위기가 나는 10번의 「게사
쿠(戲作)」역시 에도 사람들 중 극히 좁은 범위의 사람들을
그리고 있는 것에 지나지 않는다.

이러한 결점 때문이기도 하고, 또한 막부 말기부터 메이지 시대까지
의 정변 때문이기도 하지만, 에도시대 민중의 문예는 막부 말기에 이
르러 마침내 타락하여 볼품없게 되었다.

그렇다면 메이지 시대가 되면서 대중적인 문예로서 가장 먼저 나타
난 것은 무엇일까? 아니, 나타나지 않을 수 없었던 것은 무엇인가?

페리 제독 일본 상륙, 막부의 붕괴, 메이지 유신과 개항을 겪으며
비로소 일본은 수백 년간의 게으르고 안일한 잠에서 깨어났다. 속속
서양 문물이 수입됐고, 봉건적 쇄국의 껍질을 깬 일본은 순식간에
그 풍모를 드러내기 시작했다. 끝내 완수하지 못했지만, 일본 자본
주의는 뒤늦게나마 서양 선진국과 경쟁하며 융성한 발전의 계기를
마련하기 시작하였다. 지금과는 달리 그 무렵 일본의 신흥세력인 부
르주아는 봉건적 잔존물에 맞서 무엇을 얻으려 했을까? 소위 자유,
평등! 그리고 자유민권을 외치며 그들은 의회제도를 획득하려 했고,
그 이유로 고귀한 민중의 피가 흐르고 곳곳에서 봉기가 일어났다.

반동적 잔존 세력의 필사적인 반항에도 불구하고, 진보적 사조와
함께 서양 선진국들의 물질문명 및 정신문명이 더욱 수입된 것도 이

피비린내 나는 시대였다. 당연히 서양의 문예 작품들도 뒤따라 수입되어 번역되었다. 당시 정치적 풍조의 당연한 결과이지만, 진보적인 사람들에 의해 수입된 그 문예 작품들은 자유의 사상을 담은 것이 주를 이루었다. 자유사상을 선전하려는 의지 아래 이 작품들이 먼저 수입되어 번역된 것도 당연하다. 이러한 선전소설 및 목적소설의 번역은 근대 일본 대중문예의, 아니 문학 일반의 선구를 이루었다. 문학사적으로 볼 때, 가령 이것들이 문학적인 어떠한 공적도 갖추지 못할 정도의 비예술적 가치의 열등한 것이었다고 해도…

톨스토이의 『전쟁과 평화』는 그 당시 『자유의 깃발, 미련의 칼바람』이라는 제목으로 번역되었다. 그 외에 주된 몇 가지를 꼽아보면,

쓰보우치 쇼요(坪內逍遙)[39]가 번역한 리턴의 『개권비분개세사전(開卷悲憤慨世士伝)』, 세키 나오히코(関直彦)[40]의 『춘앵전(春鶯囀)』, 이노우에 쓰토무(井上勤)[41]가 번역한 쥘 베른의 『가인의 혈루(佳人の血涙)』, 모어[42]의 『유토피아』, 오이시 다카노리(大石高徳)가 번역한 『몽리서이야기(蒙里西物語)』, 『공화삼색기(共和三色旗)』 등이 있다.

위와 같이 수많은 외국소설이 번역됨으로써 에도시대부터 있던 소

---

39 쓰보우치 쇼요(坪內逍遙, 1859-1935): 일본 근대문학의 창시자 중 한 명인 문학가. 근대일본문학 성립의 선구자이며 연극 개량 운동에도 커다란 영향을 끼쳤다. 『소설신수』, 『당세서생기질』 등의 작품을 남겼다.
40 세키 나오히코(関直彦, 1857-1934): 일본의 저널리스트, 정치가, 변호사.
41 이노우에 쓰토무(井上勤, 1850-1928): 일본의 번역가, 평론가.
42 토머스 모어(Sir Thomas More, 1478-1535): 영국의 법률가, 저수라, 사상가, 정치가이자 기독교 성인으로서 성 토머스 모어라고도 불린다. 스콜라주의적 인문주의자로서 1516년에 출간한 『유토피아』에서 이상적인 정치체제를 가진 상상의 섬나라 '유토피아'를 언급한다.

설류에서 부족했던 것을 외국문학 안에서 발견했고, 외국소설의 재미를 절실히 느낀 독자들이 이번에는 스스로 창작욕에 사로잡혀 글을 쓰기 시작하였다.

중요한 것만 꼽아보면,

도카이 산시(東海散士)[43]의 『가인의 기우(佳人之奇遇)』와 『동양의 가인(東洋之佳人)』, 야노 류케이(矢野竜渓)[44]의 『경국미담(経国美談)』과 『우키조 이야기(浮城物語)』, 스에히로 뎃초(末広鉄腸)[45]의 『설중매(雪中梅)』와 『화간앵(花間鶯)』, 기노시타 나오에(木下尚江)[46]의 『양인의 자백(良人の自白)』과 『불기둥(火の柱)』, 우치다 로안(内田魯庵)[47]의 『사회백면상(社会百面相)』 등이 있다.

이들은 대체로 번역소설과 마찬가지로 정치, 사회, 교훈 또는 입지에 관한 선전소설이었다.

이후 시대의 진보와 함께 서양 문명은 마침내 우리 국민에게 소화되어 정신적 피가 되고 살이 되기 시작했다. 따라서 번역소설도 점점 융성해져 선전소설에 국한되지 않고 보다 넓고 일반적이며 변태적이지 않은 정상적 발전을 이루었다.

---

43 도카이 산시(東海散士, 1853-1992): 일본의 정치가, 소설가, 군인. 1885년 국권신장론을 기조로 한 내셔널리즘 소설 『가인의 기우』를 발표했나.
44 야노 류케이(矢野竜渓, 1851-1931): 일본의 작가, 저널리스트, 정치가.
45 스에히로 뎃초(末広鉄腸, 1849-1896): 반정부적 정치가, 신문기자, 국회의원, 정치소설가.
46 기노시타 나오에(木下尚江, 1869-1937): 일본의 사회운동가, 작가.
47 우치다 로안(内田魯庵, 1868-1929): 일본 메이지기의 평론가, 번역가, 소설가. 1892년 도스토예프스키의 『죄와 벌』, 1905년 톨스토이의 『부활』 번역으로도 유명하며, 오락적인 문학을 비판하며 소설이 사회적인 것을 반영할 것을 주장하였다.

처음에는 무엇보다 대중이 좋아하고 이해하기 쉬운 종류의 것들이 번역되기 시작했다. 바로 탐정소설과 모험소설이다. 당초에 탐정소설이나 모험소설은 선전문학의 역자들에 의해 번역되었다.

주요 예를 들자.

모리타 시켄(森田思軒)의 『탐정 유베르(探偵ユーベル)』와 『간일발(間一髪)』, 하라 호이쓰안(原抱一庵)[48]의 『여자 탐정(女探偵)』, 도쿠토미 로카(德富蘆花)[49]의 『외교 기담(外交奇譚)』, 구로이와 루이코(黒岩涙香)의 『인외경(人外境)』 등.

왜 당시 탐정소설이 일반에게 인기를 끌었느냐 하면, 아마도 당시에는 자유민권이 주창되었던 직후이자 칼을 숨긴 지팡이가 횡행하던 시대였기 때문에 자연히 일반의 분위기가 그런 풍조에 영향을 받았기 때문일 것 같다. 그 때문에 사람들의 마음에 탐정적인 흥미가 강하게 일어났고, 그런 흥미와 정서에 사람들이 적응하며 탐정소설이 유행했던 것 같다.

현재를 탐정소설 유행의 제2기라고 한다면, 당시는 그야말로 제1기에 해당한다고 할 수 있다. 번역소설이 성대하게 유행하는 동시에 탐정소설의 창작도 성행하였다.

예를 들어 『오차노미즈 부인 살인(お茶の水婦人殺し)』, 『대악승(大悪僧)』, 『권총 강도 시미즈 사다키치(ピストル強盗清水定吉)』, 『구촌오부(九寸五分)』, 『인과화족(因果華族)』 등이다.

---

[48] 하라 호이쓰안(原抱一庵, 1866-1904): 일본의 소설가, 번역가.
[49] 도쿠토미 로카(德富蘆花, 1868-1927): 일본의 자연주의 소설가로서 『불여귀』, 『자연과 인생』 등의 작품을 썼다.

하지만 이 창작 탐정소설들은 말도 안 될 정도로 수준이 떨어졌다. 즉 신문기사 속의 사건을 소설로 재구성한 것으로, 예를 들면 최근 설교 강도(説教強盜)[50]처럼 당시 세상을 뒤흔들었던 권총 강도 시미즈 사다키치(清水定吉)[51]나 번개 소승 사카모토 게이지로(坂本慶次郎)[52] 등은 금세 탐정소설이 되었다. 탐정소설을 창작한다기보다는 차라리 신문기사의 소설화라고 하는 편이 타당할 것 같다. 그뿐만 아니라 사실을 흥미롭게 만들기 위해 어떤 소설에나 한결같이 고무신을 신은 형사와 두건을 쓴 도둑이 등장하고, 당시 색악(色惡)으로 불리던 간음 사건이 배경으로 나타났다.

위와 같이 수준이 낮은 탐정소설은 곧 인기가 시들해졌고, 그 대신 모험소설이 득세하기 시작했다.

여기서 모험소설이란 어른과 아이 여하를 막론하고 흥미롭게 애독할 수 있는 모험담 또는 탐험담이라고 불러야 할 종류의 것을 말한다. 이 탐험소설, 또는 모험담이라는 것은 일본에서는 전혀 없었던 종류로서 소설 그 자체도, 사건 그 자체도 당시 사람들에게 미지의 것이자 경험하지 못한 것이었으며 공상조차 하지 못했던 것이다. 바꿔 말하면, 당시 일본 문예에 있어서 완전히 새로운 경지이자 개척지였던 것이다. 마땅히 당시의 새로운 문학을 이해하고 신봉하는, 주로 젊고 새로운 기예를 추구하는 사람들은 모두 그쪽으로 달려갔다.

---

50 1920년대 말, 강도범 쓰마키 마쓰키치(妻木松吉)가 도쿄 등에서 범죄를 일으키며 피해자에게 설교를 하였기에 '설교 강도'라 불리며 화제가 되었다.
51 시미즈 사다키치(清水定吉, 1837–1887): 일본 최초의 권총강도범.
52 메이지 시대의 강도범. 빠른 다리로 하루에 48리를 도망가고, 범행의 행동범위도 넓어서 '번개 소승'이라 불렸다.

『지하 여행』, 『해저 여행』, 『35일간의 공중 여행』 등 당시 사람들의 호기심을 자극하고 공상력을 즐길 수 있는 충분한 읽을거리가 등장했다.

모리타 시켄은 『다이토호 항해일기(大東号航海日記)』·『대반괴(大叛魁)』·『15소년(十五少年)』을 썼고,

마쓰이 쇼요(松居松葉)[53]는 『둔기옹 모험담(鈍機翁冒險譚)』을 발표했으며,

기쿠치 유호(菊池幽芳)는 『대보굴(大宝窟)』·『두 여왕(二人女王)』,

고다 로한(幸田露伴)[54]은 『대빙해(大氷海)』를,

사쿠라이 오손(桜井鴎村)[55]은 『용감한 세 소년(三勇少年)』·『썩은 나무배(朽木舟)』·『결사소년(決死少年)』을,

그리고,

오시카와 슌로(押川春浪)는 『무협함대(武俠艦隊)』·『해저군함(海底軍艦)』·『공중비행정(空中飛行艇)』을 발표해 사람들의 갈채를 받았다.

그 외,

스탠리[56]의 『아프리카 탐험기(アフリカ探險記)』, 쿡 선장[57]의 『세계

---

53 마쓰이 쇼요(松居松葉, 1870-1933): 일본의 문학자로 쇼와 초기에는 그의 작품이 상연되지 않은 달이 없다는 말이 돌 정도로 다작하였다.

54 고다 로한(幸田露伴, 1867-1947): 일본의 소설가로서 의고전주의(擬古典主義)의 영향을 받은 대표 작가이자, 일본 근대문학을 대표하는 작가 중 한 명이다.

55 사쿠라이 오손(桜井鴎村, 1872-1929): 일본의 번역가, 아동문학자, 교육가.

56 헨리 모턴 스탠리(Sir Henry Morton Stanley, 1841-1904): 영국의 탐험가이자 언론인으로 아프리카 탐험과 리빙스턴을 구조한 것으로 유명하다.

57 제임스 쿡(James Cook, 1728-1779): 영국 해군의 장교이자 해양 탐험가. 통칭 캡틴 쿡(쿡 선장)이라 불렸다. 세계최초로 세계일주를 하였고, 총 3번의 태평양 항해를 통해 호주, 하와이 등을 발견하고 자필의 항해일지를 남겼으며, 뉴질랜드

삼주항실기(世界三週航実記)』, 『로빈슨크루소』, 『이상한 나라 순회기(不思議の国巡廻記)』, 『아라비안나이트』 등이 번역됐다.

이렇듯 모험 혹은 탐험소설의 발달은 당시 소년문학에 큰 자극을 주었고 소년문학이 제창되었다.

오자키 고요(尾崎紅葉)[58]는 『협리아(侠里児)』를 쓰고,

이와야 사자나미(巌谷小波)[59]는 『황금환(黄金丸)』을 발표,

가와카미 비잔(川上眉山)[60]은 『보물산(宝の山)』을,

쓰치다 스이잔(土田翠山)은 『소영웅(小英雄)』을,

요사노 뎃칸(与謝野鉄幹)[61]은 『소자객(小刺客)』을,

구로이와 루이코(黒岩涙香)에 의해 『암굴왕(巌窟王)』 『레미제라블』이 번역되었다.

시대물로서는

도야마 주잔(外山ゝ山)[62]의 『영험 왕자의 복수(霊験王子の仇討, 햄릿)』, 『서양 가부키 요열무사(西洋歌舞伎葉列武士)』가 나왔고,

무라카미 나미로쿠(村上浪六)는 『초승달 지로키치(三日月次郎吉)』,

섬 해도 등을 작성하기도 했다.

58 오자키 고요(尾崎紅葉, 1868-1903): 일본의 소설가로 본명은 오자키 도쿠타로(尾崎徳太郎). 대표작은 『금색야차(金色夜叉)』.

59 이와야 사자나미(巌谷小波, 1870-1933): 메이지, 다이쇼 시기의 작가. 일본 아동문학의 선구자로 평가받고 있다.

60 가와카미 비잔(川上眉山, 1869-1908): 메이지 시대의 소설가. 아름다운 문장으로 유명하며 40세에 자살로 생을 마감했다.

61 요사노 뎃칸(与謝野鉄幹, 1873-1935): 일본의 가인(歌人)으로 게이오 대학의 교수를 역임하였다.

62 도야마 주잔(土田翠山, 1848-1900): 주잔은 호로 본명은 도야마 마사카즈(外山正一). 도쿄제국대학 교수, 총장, 문부대신 등을 역임하였다.

『당세오인남(当世五人男)』, 『오카자키 준페이(岡崎俊平)』, 『이즈쓰 메노스케(井筒女之助)』 등 걸작을 속속 발표했으며,

쓰카하라 주시엔(塚原渋柿園)은 『모가미가와(最上川)』를,

무라이 겐사이(村井弦斎)는 『벚꽃의 궁궐(桜の御所)』을 호치 신문(報知新聞)에 쓰고, 그 밖에 『기누가사 성(衣笠城)』, 『고유미 궁궐(小弓御所)』을 썼다.

뿐만 아니라 신문소설도 점차 성행하여,

연애물로서는

도쿠토미 로카의 『불여귀(不如帰)』가 저술되었고,

오자키 고요의 『금색야차(金色夜叉)』가 1897년에 나와 세상을 떠들썩하게 하였다.

또한 무라이 겐사이의 『히데지마(日出島)』가 나오고,

기쿠치 유호는 1900년 『오사카 마이니치신문(大阪毎日新聞)』에 『나의 죄(己が罪)』를 써서 세상 사람들을 울렸으며,

고스기 덴가이(小杉天外)[63]는 『마풍연풍(魔風恋風)』을 1903년 요미우리 신문(読売新聞)에 연재했으며 오쿠라 도로(大倉桃郎)[64]는 『비파가(琵琶歌)』를 썼다.

동시에 고단(講談)은 1878년에 나온 『모란등롱(牡丹燈籠)』을 시작으로 계속해서 신문에 연재되었다.

---

63 고스기 덴가이(小杉天外, 1865-1952): 프랑스 자연주의 사상의 영향을 받은 일본 작가.

64 오쿠라 도로(大倉桃郎, 1879-1944): 일본의 소설가. 러일전쟁에 출정 중 『오사카 아사히신문(大阪朝日新聞)』에 응모한 소설 『비파가(琵琶歌)』가 입선. 소년소녀 소설 및 역사소설로 활약.

이상과 같이 통속소설은 1897년경을 절정으로 하여 미증유의 발전을 이루었고, 더 나아가 백화요란(百花撩乱)의 장관을 이루어 오늘날의 대중문예가 번성하는 것 이상이었다. 오늘날 대중문예의 중요한 일부분인 소년문학은 볼품없이 쇠퇴하였다. 이 당시 문단과 대지진 이전이나 대중문예 발흥 이전의 문단을 비교해 보면, 그 후 얼마나 문단소설이 존경받았고 그 외의 문학이 경멸당하면서 쇠퇴했는지를 일목요연하게 알 수 있다. 예를 들어 소년문학만 해도 그 분야에 발을 디딘 소설가는 한 명뿐이었다.

　　이러한 문단소설 편중의 나쁜 경향은 어떤 원인으로부터 발생하여 어떻게 조장된 것일까.

　　우리는 이제 일본에서 보기 드문 네 명의 문예비평가의 등장을 돌이켜보아야 한다. 즉 다카야마 조규(高山樗牛)[65], 모리 오가이(森鴎外), 쓰보우치 쇼요(坪内逍遥), 시마무라 호게쓰(島村抱月)[66]이다. 당시 일본에는 앞서 말한 것처럼 통속소설 이외에 문예는 전무했다. 이 네 명의 평론가는 한목소리로 문학의 정통성을 논하고, 순수 문예의 필요성을 주장하며 당당한 문학론을 역설하였다. 그들이 말하는 바는 옳았다. 그들은 문예를 정도(正道)로 돌려놓으려고 시도했다. 그리하여 그들의 문학론은 마침내 문단에서 압도적인 세력을 차지하기에 이르렀고, 세상의 문학자들이 이번에는 모조리 통속소설

65　다카야마 조규(高山樗牛, 1871-1902): 일본의 문예평론가, 사상가. 일본과 중국 고전에 대한 지식을 바탕으로 서양의 사상을 받아들였고, 아름다운 문장으로 유명하여 문호로 불린다.

66　시마무라 호게쓰(島村抱月, 1871-1918): 일본의 문예평론가, 연출가, 소설가. 신극 운동(新劇運動)의 선구자 중 한 명이다.

을 버리고 그들 밑으로 달려갔다. 이후 통속소설에 발을 디딘 사람은 지금까지 통속소설을 익숙하게 써 온 노인들만으로, 1897년 이전부터 써 온 방식을 그대로 유지하며 점차 사라져가는 통속문예의 명맥을 유지하고 있을 뿐이었다.

네 명의 뛰어난 평론가들(조규, 오가이, 호게쓰, 쇼요)이 주창한 것은 참으로 옳았다. 그러나 이번에는 그 문학론이 반동적으로 문단소설 편중 경향을 키워 문예를 문단소설의 일종으로 국한시키려는 노력에 이르렀다. 일본에서 자연주의 문학운동이 점차 활발해지자 이 경향은 더욱 촉진되었고, 자연주의 문학자가 아니면 작가가 아니라는 소리까지 듣게 되었다. 이후 문예 풍조는 인도주의파, 신이지파(新理智派)[67]로 그 사상의 색깔이 바뀌었으나, 결국 그들은 문단소설 이외의 통속문예를 도외시하였고, 따라서 통속문예에 대한 젊은 작가들의 관심과 노력은 완전히 사라지고 말았다. 이렇게 해서 대지진 이전의 대중문예는 침체가 극에 달했다.

물론 오늘날 대중문예의 융성은 필연적이어서 대중적 사회가 되지 않더라도 새로운 통속문예는 당연히 일어났을 거라고 말할 수도 있다.

여기서 이야기는 대지진 이후로 넘어간다. 대지진 이후에도 혼다 비젠(本田美禅), 오카모토 기도(岡本綺堂)[68], 마에다 쇼잔(前田曙山), 에미스이인(江見水蔭), 와타나베 모쿠젠(渡辺黙禅)[69], 이하라 세이세이엔(伊

---

67 1910년 전후에 유행한 자연주의에 저항하는 형태로 등장한 문학사조. 처음부터 테마를 결정하여 소설을 전개하는 테마 소설, 고전을 소재로 한 소설 등을 지향하였으며, 감정보다는 이성을 중시하는 작품이 특징적이다. 아쿠타가와 류노스케, 구메 마사오, 기구치 간 등이 이에 속하는 작가들이다.
68 오카모토 기도(岡本綺堂, 1872-1939): 일본의 소설가, 극작가.

原青々園)[70], 마쓰다 다케노시마비(松田竹嶋人) 같은 사람들이 통속소설을 계속해서 발표하고 있었다. 이들은 이른바 겐유사파(硯友社派)[71]의 잔존자들이어서 문단 소설가로서는 낙오한 패거리였기에 유감스럽게도 새로운 대중문예를 부흥시키는 자들이라고는 말할 수 없다.

새로운 대중문예의 부흥 이후 첫 작품으로 꼽아야 할 것은 대지진 이전인 1913년에 도쿄 미야코 신문(東京都新聞)에 연재된 나카자토 가이잔(中里介山)의 『대보살 고개(大菩薩峠)』이다. 오늘날에는 대중문예의 전형 중 하나로까지 추앙받고 있는 작품이지만, 발표 당시는 물론이고 1923년경까지 대중에게 인정받지 못했던 작품이다. 그 외에 구니에다 시로는 고단 잡지에 『쓰타카즈라키소노카케하시(蔓葛木曾桟)』를 썼고, 시라이 교지는 잡지 『닌조 구락부』에 『인술기래야(忍術己来也)』[72]를, 오사라기 지로는 『포켓』에 『구라마 덴구(鞍馬天狗)』를 썼다. 하지만 그들도 거의 사람들의 주목을 받지 못했다.

1919-20년경 나는 『주조(主潮)』라는 잡지를 편집하고 있었는데, 거기에서 『대보살 고개』와 고토 주가이(後藤宙外)[73]가 오사카 아사히

---

69 와타나베 모쿠젠(渡辺黙禅, 1870-1945): 종래의 고단물을 닮은 옛 형식의 작품을 가진 일본의 소설가.

70 이하라 세이세이엔(伊原青々園, 1870-1941): 세이세이엔은 필명으로 본명은 이하라 도시오(伊原敏郎).

71 1885년 오자키 고요가 주축이 되어 만들어진 문학결사. 겐유사는 당시 주축이었던 정치소설을 비판하며 오락주의 및 예술주의, 사실주의 등을 주창하였다. 오자키 고요, 야마다 비묘, 가와카미 비잔 등이 참여하였으며, 근대문체의 확립에 큰 영향을 끼쳤다.

72 공격 인술에 능통한 '고라이야(己来也)'와 수비 인술에 능통한 '게무리도리 구다리 에몬(烟取下衛門)'의 두 번에 걸친 인술 대결을 그린 작품.

73 고토 주가이(後藤宙外, 1867-1938): 메이지 후기부터 쇼와 초기에 걸쳐 활약한

신문(大阪朝日新聞)에 쓴 소설을 비교하며 『대보살 고개』의 우수함을 칭찬한 적이 있었다. 하지만 이 또한 일반인들에게 인정받지 못했다(이하, 자기 자랑처럼 들릴지 모르겠지만 사실이니까 어쩔 수 없는 일이라고 생각한다). 그 후 나는 춘추사(春秋社)에 들어갔고 회사와 싸우고 나왔을 때 『대보살 고개』를 선물로 남겼다.

『고락(苦樂)』이 발행되면서 내가 편집을 맡았다. 그때 나는 이 잡지에 통속소설을 써달라고 유명한 문단 사람들에게 말했고 나 역시도 썼다. 그 후부터 대중문예의 기운이 서서히 움직이기 시작했다고 해도 좋을 것이다. 하세가와 신, 히라야마 로코, 하지 세이지, 무라마쓰 쇼후, 오사라기 지로, 요시카와 에이지 등이 속속 등장하며 새로운 대중문예를 제공하였고, 광범위한 독자들이 이에 응하기 시작했다.

새롭게 나타난 대중문예가 이전의 대중문예와 다른 점은 여러 가지일 것이다.

즉 인물에게 인간성을 부여한 것, 이야기가 사실다워졌다는 것, 글에 신선미가 더해진 것 등이지만, 역시 비판적 성격은 거의 없다고 해야 할 것이다.

대지진 후에 일어난 프롤레타리아 문예가 크게 번성하며 오늘날 프롤레타리아 문예 이론의 논의가 활발해진 것과 마찬가지로, 장래가 기대되는 대중 문예 역시 바야흐로 그 이론을 확립해야 할 때가 된 것은 아닐까. 신문지상에서도 종종 대중문예가 문제가 되는 것을 볼 수 있다. 미래 발전 전망을 세우기 위해서라도 우리는 대중문예 이론을 확실하게 정립할 필요가 있다고 생각한다.

소설가, 평론가.

하지만 나는 여기서 오사라기 지로의 생각을, 혹은 대중문학에 관한 이런저런 이론을 때로는 반박하거나 때로는 찬성하며 논의를 벌이려는 것이 아니다. 단지 이런 과정을 거쳐 일어난 현재의 일본 대중문예는 이렇게 나아가야만 한다, 또는 이렇게 진행되어갈 것이다, 라는 것을 이 장의 결론으로서 서술하는 것에 그치고자 한다. 모든 것은 원인이 있어서 일어나고, 스스로가 가진 최대한도까지 발전할 수 있는 법이다. 거듭 말했듯이 대중문예 또한 일반적으로는 세계적 자본주의 사조의 물결을 타고 생겨났고, 특수하게는 일본 자연주의 문예운동의 변칙적 발전에 가로막혀 지체되었다가 최근에 와서 다시 새롭게 일어난 것이다. 그 일은 제2장 대중문예의 의의에서 꽤나 상세하게 말했기에 여기서는 더 이상 언급하지 않겠다. 이와 같은 필연적 결과로 문학의 한 부문 안에 탄생한 대중문예는 따라서 예술소설과는 성질을 달리하는 광범위한 독자층을 포괄하기 때문에 계급적 특수성을 피하려 해도 완전히 피할 수는 없는 것이 아닌가, 라는 생각도 든다. 물론 현재 흥미 위주의, 즉 사건 진행이 가진 재미만으로 성립된 대중문예도 존재할 수 있다. 그러나 오사라기 씨가 말하는 것처럼 현재의 자본주의적 저널리즘이 만들어 낸, 이른바 '대중'이 그 역사적 필연의 길을 밟아 계급의 특수성을 자각하게 될 때(실제로 그렇게 되고 있는 것 같지만), 계급적 분리의 속도가 가속화되는 것은 당연하다. 작가 자신 역시 사회생활을 하는 이상, 그들 스스로 어떤 색깔을 띨 수밖에 없지 않을까. 즉 작가들 개개인의 양심에 따라 각각의 대중작가가 그리는 작품 자체도 변해갈 터이다. 하지만 대중작가가 대중작가인 이상, 그 작품이 어디까지나 문단적이지 않고 대중적·통속적 문예 작품이어야 한다는 사실에는 변함이 없다.

일본 대중문예는 그 범위가 아직도 극히 좁고, 곡괭이가 닿지 않은 미채굴 분야가 금광을 간직한 채 우리 발밑에 광범위하게 놓여 있음을 알아야 한다. 이를 개척해 나가는 것이야말로 대중문예 작가의 임무이며 대중문예를 더욱 발전시켜야 하는 이유라고 생각한다.

그래서 나는 이 장의 마지막 부분에서 대중문예의 분류 방법에 관해 약간의 의견을 말하려고 한다. 그럼으로써 여러분에게 대중문예 분야이면서 일본 대중작가들이 전혀 손대지 않은 광맥을 알릴 수 있기 때문이다. 그것들이야말로 대중문예를 지향하는 여러분들에 의해 반드시 개척되어야 할 옥토이다.

만약 일본의 과거 작품만을 가지고 분류한다면 먼저 '군기물(軍記物)' 『겐페이 성쇠기(源平盛衰記)』나 『나니와 전기(難波戰記)』, 현재의 예를 들면 『미일전쟁 미래기(日米戰争未来記)』라든가, 세쓰코(津子) 왕비[74]의 애독서라고 하는 『진군(進軍)』 등이 대중문예의 한 분야를 차지해도 좋을 것이다.

둘째, '백랑물' 또는 '정담물'이라고도 불러야 할 『네즈미코조』나 오오카 에치젠노카미(大岡越前守)[75] 관계물. 셋째 '협객물'. 넷째 '복수물'. 다섯째 '집안 소동(お家騷動)'. 여섯째 '괴담물', 일곱 번째 '전기물', 여덟 번째 '교훈물', 아홉 번째 '인정물' 즉 연애소설의 종류, 열

---

74 야스히토신노히 세쓰코(雍仁親王妃勢津子, 1909-1995): 다이쇼 천황의 제2황자 지치부노미야 야스히토신노(秩父宮雍仁親王)의 비(妃). 결혼 전 이름은 마쓰다이라 세쓰코(松平節子).

75 오오카 다다스케(大岡忠相, 1677-1751): 오오카 에치젠노카미(大岡越前守). 다다쓰케(忠相) 공(公)이라고 불린다. 에도시대 중기의 유능한 관료로 항상 서민의 삶을 생각하고 백성을 위한 정책을 펼쳤다고 알려져 있다.

번째로 '게사쿠물'. 이들은 모두 대중문예 안에 포함되어도 무방하다.

이상의 분류법은 내가 에도시대의 통속소설을 분류하는 방법을 적용해 본 것인데, 이를 현재의 단어와 분류법으로 말하면, 첫째 '탐정소설', 둘째 '모험소설', 셋째 '소년·소녀소설', 넷째 '선전소설'(이 안에는 정치, 종교, 사상 등 작품의 목적에 따라 선전·유포하려는 것들 일체가 포함된다). 다섯째 '역사소설', 여섯째 '전기소설'(이 둘의 차이에 대해서는 뒤에서 상세히 언급하겠다).

일곱 번째 '스포츠 소설'(이 안에 해양 또는 산악 문예를 포함시켜도 무방하다). 여덟 번째 '입지소설' 또는 '수양(修養)·교훈소설'. 아홉 번째 '화류소설'. 열 번째 '게사쿠 및 풍자소설'. 열한 번째 '연애소설', 열두 번째 '실화소설(實譚小説)', 열세 번째 '괴이소설', 열네 번째 '전쟁소설', 열다섯 번째 '영웅소설', 열여섯 번째 '과학소설'. 이런 식으로 분류해 나가면 '경마소설', '카페소설', '영화소설'…이라는 식으로 어떻게든 분류할 수 있다.

하지만 만약 내용적으로 본다면, 딱 둘로 나눌 수 있다. 그 하나는 흥미 위주의 오락적인 것으로서 사건의 반전 및 변화를 둘러싼 재미로만 읽혀지는 것, 다른 하나는 물론 그러한 점도 충분히 고려되어 있지만 순문학의 목적인 인간·인생·사회 등에 대한 탐구와 해석을 포함하는 것이다.

그래서 나는 다음과 같이 분류하는 것이 좋지 않을까 생각한다.

1. 시대물
2. 소년물
3. 과학물

4. 애욕소설

5. 괴기물(넓은 의미의 탐정소설)

6. 목적 또는 선전소설

7. 유머소설

1. 시대물

시대물은 전기소설과 역사소설로 분류된다.

전기물이란 시대물로서 이른바 대중소설로 일컬어지는 것이다. 주로 사건의 갈등 및 반전을 소재로 한 것으로 흥미 위주이며 다소 역사적 허구를 섞어도 무방한 종류이다.

현대 일본 대중작가들의 작품 대부분은 여기에 속한다고 단언할 수 있다.

역사소설이라 불리는 것은 역사적인 사실에 대한 고증적 연구가 충분히 이루어진 것으로, 역사적 사실은 조금도 왜곡하지 않은 채 새로운 해석을 내린 작품이다. 메레지코프스키의『신들의 죽음』, 플로베르의『살람보(サランボ)』등을 예로 들 수 있다.

2. 소년물

주로 상상력을 기반으로 한 일체의 작품, 부분적으로 어른들이 가진 요소까지 포함하여 이렇게 부르며, 괴기·모험·탐험 소설 등을 포함한다. 예를 들어『다케토리 이야기(竹取物語)』,『서유기(西遊記)』,『아라비안나이트』, 스티븐슨의『보물섬』, 아미치스의『쿠오레』, 말로의『집 없는 소녀』, 트웨인의『허클베리 핀의 모험』과『톰 소여의 모험』,『로빈슨크루소』,『이상한 나라 순회기』등.

일본에서는 이런 종류의 창작에 거의 손을 대지 않았다고 해도 무방하다. 훌륭한 소년문학은 어른들의 문학작품을 만들어낼 수 있는 기반이자 충분한 공상력이 없다면 쓰기 어려운 것이다. 이를 단순히 어린이들의 읽을거리로서 경멸해버릴 이유는 조금도 없다. 이 정도의 이론조차 이해하지 못한 채 일단 이를 버려버린 문단 소설이 점점 좁은 길로 접어드는 것도 당연한 일이다.

현재 소년·소녀소설은 하나의 전환기에 있는 것처럼 보인다. 공상력은 일찍이 어린이들이 좋아하던 것이다. 이를 기반으로 한 과학적 탐험담은 현재 빠르게 발전하며 멈출 줄 모르는 과학 지식에 의해 새롭게 쓰여야 할 때가 왔다. 이 전환기 소년문학은 과학과 공상이 어떻게 절묘하게 결합하느냐에 의해 성공 여부가 결정된다고 본다. 오래된 모든 것은 새로운 것의 재료가 될 수 있다. 만약 현재 일본 문학계에 가장 필요한 소설을 찾는다면, 나는 첫 번째로 소년문학을 꼽는 데 주저하지 않을 것이다.

소녀소설에서도 마찬가지다. 현재의 소녀소설 작가들이 동성애와 오래된 센티멘탈리즘 외에는 아무것도 그릴 수 없는 때에 어른들을 위한 애욕생활의 세계는 사상적으로나 경제적으로 급속히 변화하고 있다. 이런 중대한 위기를 맞이하여 현재의 소녀소설 작가들은 과연 어떻게 생각하고 있는지, 소녀소설 작가 여러분에게 묻고 싶다.

3. 과학소설

과학소설로 불리는 종류의 작품 예가 일본에는 전혀 없다. 외국에 예를 든다면 해거드의 탐험담, 웰스의 작품들을 들 수 있다. 요즘의 예로는 테아 폰 하르보우[76] 여사의 『메트로폴리스』 등이다. 이런 종류의 소설은 과학이 진보·발전한 오늘날 일본에서도 당연히 창작되어야 할 작품들이다. 나는 현대의 진보란 과학의 발전 이외에는 아무것도 있을 수 없다고 생각한다. 정신문명이나 예술적 작품들은 퇴폐해가고 있다. 적어도 과학과 비교할 때는 퇴보하고 있다고 말할 수 있다. 이와 관련하여 아직까지 일본에서 과학소설이 나타나지 않았다는 것은 일본인들이 얼마나 과학에 대해 이해하고 있지 못하는지를 보여준다. 동시에 향후 과학소설의 영역에 많은 발달의 여지가 남아 있음을 가리키는 것이기도 하다.

과학은 단순히 기계에 대한 경이로움과 같은 좁은 의미의 단어가 아니다. 내 의견으로는 인간의 삶은 자연적 윤리 작용보다 과학적 윤리 작용에 지배되는 경향이 있다. 과학은 반드시 인간이 요구하는 행복을 실현하는 방향으로만 나아가지 않는다. 인간은 자연적 인격 작용으로 인구의 증식과 음식의 증가를 원한다. 이 자연적 윤리 작용의 명령이 과학을 지배하면 일 년 중 쌀을 세 번 수확할 수 있어야 한다. 그런데 과학의 발견이 있을 때마다 한 가지 경향만 눈덩이처럼 번지고 커진다. 예를 들면 텔레비전의 발명에 이르기까지 향락적 방면에서는 훌륭한 발달을 보였다. 그런데 향락적 과학의 발달은 인구 증식이라든가 음식 문제라든가 하는 것과는 대체로 모순된 결과를 초래한다. 즉 인간적 삶은 인간의 자연적 욕망의 윤리 작용보다 과학적 윤리 작용에 지배되는 것이다. 이 과학 문명의 왜곡된 길을

---

76 테아 폰 하르보우(Thea von Harbou, 1888~1954): 독일의 영화 각본가, 소설가, 영화 감독, 배우. 그녀가 1927년 발표한 소설 『메트로폴리스』는 프리츠 랑 감독의 영화 〈메트로폴리스〉의 원작이기도 하다.

정당하게 되돌리기 위해서라도 과학소설은 이미 훌륭한 사명을 갖고 있다고 할 수 있다.

4. 애욕소설

현재까지의 가정소설은 주로 연애소설이었다. 대부분의 문학은 연애 사건을 포함하고 있기 때문에 모든 문학은 연애소설이라고도 할 수 있는데, 특히 애욕을 다룬 소설을 대중문예의 한 부문으로 나누어도 좋다고 생각한다.

다만 향후 작가가 특히 연애를 다룰 경우 주의해야 할 것은 연애를 과학적으로 고찰하는 일이다. 정신적 연애와 육체적 연애라는 오래된 두 가지 구별을 신봉하는 것으로는 새로운 연애소설을 쓸 수 없다. 나의 의견을 말하자면 연애는 여덟 가지로 분류할 수 있을 것 같다. 참고를 위해서 이하 연애에 대해 잠시 이야기하자.

① 사춘기적 연애. 이 시기의 연애는 그저 무턱대고 맹목적인 열정을 드러낼 뿐 무비판적이며 상대를 선택할 여유 따위도 없다. 길거리에서 최초로 만난 이성이 연인이 된다. 물론 연애는 본질적으로 그런 것이지만, 특히 이 사춘기의 연애는 열정적이고 무비판적이다.

② 모성적 연애. 자각이 없는 대다수의 일본 여성의 연애는 모두 이 종류에 속한다. 연애는 그 자체로서는 독립되어 있지 않다. 아이를 갖고 싶은 것이 무의식적으로 작용하여 이성을 원하는 것이 연애이다. 이런 연애는 아이만 생기면 모든 일에 인내하며 따른다.

③ 성욕적 연애. 이는 어떤 사람들에게는 연애가 아니라고 할 수도 있지만, 연애에서 이런 마음이 전혀 없다고도 말할 수 없으니까, 이를

연애 속에 넣어도 된다고 생각한다.

④ 영웅 숭배적 연애. 반드시 그 사람을 독점하려는 것이 아니라 그 사람에게 호의를 베풀기를 바라는 마음, 활동 배우에 대한 팬들의 마음, 유명 인사에게 교제를 요구하는 남녀의 연애심리가 등이 여기에 속한다.

⑤ 사교적 연애. 거의 사교와 같은 것으로 대단히 유희적인 연애이다. 음악회에 갈 때, 경마를 볼 때, 무도회에 갈 때의 상대와 같은, 가벼운 휴대용 지팡이 같은 연애이다.

⑥ 동지적 연애. 콜론타이[77] 여사의 소설에서 나올 법한 가장 새로운 형태의 연애이며, 무엇보다 정치적·사상적으로 일치된 의견에 의해 동지로 맺어져 있어야 한다. 이는 러시아의 젊은 세대 사이에서 필연적으로 생겨난 것으로, 최근 일본에서도 하야시 후사오(林房雄)[78] 등이 언급하며 유행하였지만 본래는 그렇게 경솔하고 피상적인 것이 아닐 것이다.

5. 유머소설

무릇 유머는 현상을 보는 시각에 있다. 인생 곳곳에 끊이지 않는 무수한 비극적 현상을 희극적으로 본 것이 유머소설이다. 따라서 수요는 항상 있지만 작가가 매우 드물다. 유머소설 작가가 드문 이유는

---

77 알렉산드라 콜론타이(Alexandra Mikhailovna Kollontai, 1872-1952): 혁명적 연애관을 주장한 러시아의 혁명가, 소설가. 세계 최초의 여성 외교관이기도 하며, 『붉은 사람』은 그녀의 대표 소설이다.
78 하야시 후사오(林房雄, 1903-1975): 일본의 소설가, 문예평론가. 프롤레타리아 문학자로서 출발하였으나, 이후 전향하여 『대동아전쟁 긍정론』 등을 썼다.

이중의 불리함이 존재하기 때문이다. 하나는 다른 사람들로부터 반감을 얻기 쉽다는 점이고, 다른 하나는 작법상 매우 어려운 점이 있다는 것이다. 교양 있는 사람들이 이해할 수 있게 쓰면 교양 없는 사람들에게는 재미나 풍자가 이해되지 않을 우려가 있고, 그 사람들에게 맞추면 이번에는 교양 있는 사람들에게 서투르다며 경멸당하게 된다. 게다가 일본에서 기형적인 자연주의 문학이 발달하면서 작품에 나타나는 유머를 극단적으로 경멸한 것도 유머 작가들이 적은 이유이자 뛰어난 유머소설이 적은 중요한 원인이다. 현재 유머소설 작가로서는 오이즈미 고쿠세키(大泉黒石)[79], 사사키 구니(佐々木邦) 두 사람을 제외하면 전무하다고 해도 좋을 것이다. 내 생각에 나쓰메 소세키(夏目漱石)[80]의 『도련님』이나 『나는 고양이로소이다』는 훌륭한 유머소설이다.

오늘날 세상에 유머소설로 떠들썩한 대부분의 작품은 저급한 말장난이거나 뻔뻔하고 억지스런 유머로 왜곡된 대화, 억지로 웃기려고 만들어진 것들뿐이다. 이런 것들만이 유머소설로 여겨지는 현 상황에 대해 우리는 완전히 다시 생각해봐야 한다.

하지만 물론 유머에는 언어와 대화의 자연스러운 재미가 중대한 역할을 한다. 외국 유머소설이 번역되더라도 재미가 반쯤 사라지는 것은 그 때문이다. 예를 들어 개조사(改造社)의 세계대중문학 전집에 번역되어 있고 영화로도 일본에 수입되어 독자 여러분도 알고 있겠지만, 미국에서 놀라운 판매량을 보이는 아니타 루스[81]의 『신사는 금

---

79 오이즈미 고쿠세키(大泉黒石, 1893-1957): 일본의 작가, 러시아문학자. 아나키스트적 사상을 담은 『노자(老子)』, 『인간폐업(人間廃業)』 등은 베스트셀러가 된다.
80 나쓰메 소세키(夏目漱石, 1867-1916): 일본 근대문학을 대표하는 국민작가. 『나는 고양이로소이다』, 『그 후』, 『마음』 등의 대표작을 남긴 일본 최고의 문호.

발을 좋아해』라는 유머소설도 원서로 읽으면 재미있고 세련된 대화가 곳곳에서 발견돼 흥미롭다. 하지만 번역에서는 그 맛이 완전히 없어져 원서와는 비교할 수 없을 정도로 재미없어지는 것도 그 때문이다. 또한 에도시대의 기뵤시(黄表紙)[82]가 현재의 말로 번역되어도 마찬가지로 재미가 없어진다.

이와 같이 유머소설에서는 말이 중요하기 때문에 보통의 재능만으로는 쓸 수 없다. 특별한 재능이 필요한 것이다. 서투른 익살과 억지스러운 재미에서 한 발짝 벗어난 작가의 유머소설이 나온다면 대단한 일이다. 그러나 마치 만화가가 정도를 걷는 화가들에게 궤도 밖의 존재로 여겨지듯이, 유머 소설가도 보통의 소설가, 소위 예술 소설가들로부터 왕왕 학대받는 경향이 있다.

정치적 풍자, 사회에 대한 풍자소설도 당연히 유머소설의 부류에 속하지만 한편으로는 소설 안에 넣어도 좋을 듯하다.

6. 목적소설

또는 '선전소설'. 앞서 나는 대중문예를 내용적으로 분류하면 흥미 위주의 오락적인 것(혹은 사건의 변화나 반전의 흥미에 의해 독자를 끌어들이려는 것)과, 이는 물론이거니와 소위 예술소설처럼 인간 및 사회 등에 대해 탐구하고 해석하는 것(다르게 말하면 어떤 사상을 담고자 하는

---

81 아니타 루스(Anita Loos, 1888-1981): 미국의 소설가, 극작가, 시나리오 작가. 헐리우드 최초의 여성 시나리오 작가로 알려져 있다.

82 에도시대의 오락물인 구사조시(草双紙)의 하나. 에도의 화제가 된 사건에 대한 고전적인 패러디, 지적이고 넌센스한 재미와 현실세계에 기반한 사실성이라는 양면성을 그 내용적 특징으로 갖는다.

것), 이 두 가지로 귀착시킬 수 있다고 설명했다. 목적소설, 선전소설로 부를 수 있는 것은 바로 후자에 속하는 소설이다. 그중에는 매우 정치적이고 종교적이며 사상적인 내용을 가지고, 그 작품에 의해 작가의 사상을 선전·유포하고자 하는 일체의 것들이 포함된다.

메이지 시대 우리나라에 해외문예가 수입되었을 당시 번역되고 제작된 일체의 통속적 소설이 당시 자유민권 사상의 영향을 받아 그 정치적 사회적 사상을 적극적으로 유포하고 선전할 목적으로 쓰인 선전소설이자, 혹은 입지적, 교훈적인 선전소설이었다. 쓰보우치 씨가 번역한 리턴의『개권비분개세사전(開卷悲憤慨世士伝)』, 이노우에 쓰토무가 번역한 모어의『양정부담(良政府談)』, 창작으로는 도카이 산시의『가인의 기우』, 야노 류케이의『경국미담』등이 모두 그렇다.

외국의 예를 들자면 뮤록의『존 핼리팩스 젠틀맨』등은 입지적 목적소설이고, 호손의『주홍글씨』는 종교적·교훈적 목적소설이라고 할 수 있다.『톰 아저씨의 오두막』은 미국 노예해방을 그린 선전소설이고, 빅토르 위고의『레미제라블』은 역사적 소설이자 프랑스대혁명을 쓴 정치사회적 선전소설이다. 시엔키에비치의『쿠오바디스』등의 역사소설도 사람들이 종교에 독실했던 당시에는 종교적 선전소설이었다. 톨스토이의『전쟁과 평화』가 메이지 시대에 우리나라로 번역된 것도 그것이 당시 사회상태에 대한 정치적 사회적 날카로운 비판을 담고 있었기 때문이며,『부활』등이 당시 제정러시아 정부의 역린을 건드려 불태웠음에도 불구하고 사람들의 마음을 사로잡을 수 있었던 것도 정치사회에 대한 선전적 요소를 충분히 갖추고 있었기 때문이다. 톨스토이의 작품은 사회적 목적소설이자 그의 철학과 종교를 바탕으로 쓰여졌기 때문에 철학적 종교적 의미에서 선전소설이기도 했다.

대지진 후부터 대중문예와 어깨를 나란히 하며 맹렬하게 발흥해
온 당시의 민중문학, 즉 오늘날의 프롤레타리아 문학도 프롤레타리아
적 혁명 사상을 민중 사이에 널리 선전하려는 의식적인 선전소설이
다. 외국에서는 이런 소설이 상당히 넓고 깊게 민중 안에 뿌리를 내리
고 있다. 러시아의 막심 고리키, 프랑스의 로맹 롤랑, 앙리 바르뷔
스[83], 미국의 업튼 싱클레어[84] 등의 작품들이 그렇다. 그 밖에 통속물로
는 우메하라 호쿠메이(梅原北明)[85]가 번역한 윌리엄스[86]의 『러시아 대
혁명사』, 존 리드[87]의 『세계를 뒤흔든 열흘』 등을 들 수 있다. 이것들
은 일본에서도 비교적 널리 읽히고 있는 것 같지만, 일본의 프롤레타
리아 문학은 오히려 아직 충분히 민중화되지 않은 것 같다. 일본 프롤
레타리아 문학도 이런 의미에서는 전환기에 있다고 할 수 있을 것이
다. 프롤레타리아 문학이 문단적 대중과는 거리가 먼 협소한 범위의
독자층에 머물러 있고, 그 협소한 영역을 벗어나지 못하고 있다는
것은 프롤레타리아 문학의 본래 목적에 반하는 것이라는 생각이 든

---

83 앙리 바르뷔스(Henri Barbusse, 1873-1935): 프랑스의 소설가이자 상징파 말기
  의 시인. 그의 대표작 중 하나인 『지옥』은 인간 본능과 하층민의 비참함을 묘사한
  소설로 높게 평가받는다.
84 업튼 싱클레어(Upton Sinclair, 1878-1968): 미국의 작가. 1927년작 『Oil』은 영
  화 〈데어 윌 비 블러드〉의 원작이다.
85 우메하라 호쿠메이(梅原北明, 1901-1946): 일본의 작가이자 편집자. 쇼와 초기의
  '에로 그로 넌센스' 문화를 대표하는 출판인이다.
86 앨버트 리스 윌리엄스(Albert Rhys Williams, 1883-1962): 미국의 언론인, 작가.
  러시아의 1917년 10월 혁명의 참여자이자 목격자로서 이를 다룬 회고록이 유명하다.
87 존 리드(John Reed, 1887-1920): 미국의 기자이자 사회주의 운동가. 러시아 혁
  명을 다룬 르포르타주 『세계를 뒤흔든 열흘』이 대표작이다.

다. 프롤레타리아 문학파 사람들은 자위적인 영역에서 스스로를 해방하여 더 넓은 문학적 대로 위에서 더 많은 독자층을 사로잡기 위해 눈을 돌려야 한다. 최근 하야시 후사오 군 등이 이에 대해 논하면서 '대중화' 문제가 대두되었다는 점은 주목할 만한 일이다.

종교가 민중의 열정이고 철학이 민중의 지침인 시대에는 종교적, 철학적 목적소설이 쓰였다. 민중의 목소리가 사회의 변혁을 이끄는 지금이야말로 혁명적 선전소설이 융성해질 것이다.

그 밖에 전쟁소설이라고도 불리는 일군의 통속소설이 있다. 일본의 과거 작품을 꼽아보자면, 『겐페이 성쇠기』, 『나니와 전기』 등의 전기물(戰記物), 러일전쟁 당시로 말하자면 『육탄(肉彈)』이나 『이 일전(此の一戰)』 등, 현재로 말하면 『미일전쟁 미래기』나 『진군(進軍)』과 같은 종류의 소설들이다. 이 소설들은 전쟁 및 군국주의를 적극적으로 선전·고취하므로 당연히 선전소설 부문에 포함되어야 할 것이다.

7. 괴기소설

나는 여기에 넓은 의미에서의 탐정소설, 이른바 괴기소설이라고 불리는 것도 포함시킨다. 둘 다 공상적 의혹, 공포스러운 호기심을 부추기는 것이기 때문이다. 과학적 지식이 인간사회 및 우주의 모든 불가사의를 풀 수 있을 때까지 인간의 삶을 위협하는 것에 대한 인간 심리의 공상적 의혹과 공포심은 인간을 유혹할 것이다. 또한 인간사회로부터 모든 범죄가 사라질 때까지 탐정·괴기에 대한 호기심은 보다 과학적으로 깊이를 더하면서도 인간에게 엄청난 매력으로 남아 있을 것이다. 인간은 현재로서는 결코 완전무결하지 않다. 예를 들어 시각은 종종 착각을 일으킨다. 착각인 줄 알면서도 어떤 심리적 상태에서는 그로 인해 두려움을 느끼게 된다. 일찍이 괴기스러웠던 것이 과학에 의해 극복되고 나면, 괴기는 점점 미묘하고 복잡하며 치밀하게 과학의 틈새로부터 불쑥 나타나게 된다. 한편, 범죄는 점점 교묘해지고 새로운 방법으로 구성되어 간다. 더구나 현재의 왜곡된 사회에서 한편으로는 막대한 부가 끝없이 축적되는 동시에 다른 한편으로는 빈곤이 점점 심화되고 광범위하게 확대되어 간다. 이런 때에 범죄는 사회적으로 끊이지 않는다.

에드거 앨런 포의 소설은 예술소설의 부류에 포함되어야 하지만 그 소재는 주로 괴기스러운 이야기를 다루고 있다. 일본의 예를 들면, 에도가와 란포(江戸川乱歩)의 경향이 그러하다. 탐정소설에 이르러서는 점점 과학적 지식과의 결합이 중요하다. 범죄가 점점 과학적으로 교묘하게 이루어짐과 동시에 수사 또한 과학적으로 치밀하게 이루어진다. 르블랑, 도일로부터 현재에 이르는 탐정소설을 음미해 보라. 그것이 어떻게 과학을 반영하고 있는가?

때문에 괴기소설을 쓰려는 여러분들은 무엇보다도 과학적 지식을, 그리고 과학과 결합한 특이하고 풍부한 공상력을 함양해야만 한다.

이상, 나는 개괄적으로 일본 대중문예 발달사 및 각각의 종류를 설명하였다. 문학은 이제 세계적인 전환기에 이르렀다. 부르주아 문학으로부터 프롤레타리아 문학으로의 전환 등 보다 광범위한 의미에서 그러하다. 이 둘을 합친 것이라는 의미가 아니다. 좀 더 종합적이고 구성적인 것으로의 전환이라는 의미이다. 프롤레타리아 문학자들도 얼마간 과학적인 사고를 할 것이다. 그러나 내가 말하는 것은 훨씬 더 넓은 의미에서의 과학적 지식, 자연과학·사회과학 전반에 걸친 지식을 포괄하는 것이다. 경제·정치 및 그 외 모든 사회 현상, 인간 지식의 전부를 문학자가 자신의 것으로 했을 때, 비로소 19세기에 전성기를 맞았으며 이후 점차 쇠퇴해갔던 문학이 다시 힘차게 발아하고 꽃을 피울 것이다.

내가 이상을 주장하는 데는 애초에 다음 세 가지 근거가 있다.

1. 소련에서와 같은 언론의 절대적 권위 및 무비판적 수용에 대한 비판
2. 사상도 없고 반성도 없으면서도 무서운 실행력과 생활력을 전파해 가는 아메리카니즘적 재즈 문명에 대한 비판

이상의 두 가지는 당면한 세계의 양대 조류이다. 마지막으로,

3. 자연적·인간적 작용으로서 과학 문명의 발전 경로에 대한 정당한 비판이 문학에 의해 이루어져야 한다는 것

즉, 전 세계의 거리가 좁혀지고 전 세계의 사상이 국제적으로 변하면서 전세계 학문의 영역이 점점 더 접근해 가고 있는 오늘날, 그 각각의 에센스를 뽑아내 이해하고 전문화하여 왜곡된 방향을 바로 잡는 것은 문학자들의 종합적 지식과 비판에 기댈 수밖에 없다. 이러한 임무를 완수할 수 있는 문학은 보다 구성적이고 종합적이어야 한다. 이런 의미에서 나는 장래의 소설이 사회적 소설이라고 단언하는 것에 거리낌이 없다.

만일 이를 문학사적으로 관찰한다면, 과거 인류가 아직 종교에 열정을 갖고 있을 당시 문학이 종교와 결부되었고 그 후에는 문학이 철학과 결부되었던 것처럼, 혹은 문학자의 인생관에 의해 인류를 구

하고자 했던 것처럼, 오늘날 우리의 열정은 사회제도의 변혁으로 불타고 있다. 사회제도 변혁과 문학이 결합되는 것은 역사적으로 필연적인 일이다. 다음 시대에 문학이 과학과 결합할 것이라는 것 역시 필연적인 과정이 아닐까.

제4장

문장에 대하여

이제부터 드디어 본론으로 들어갈 것이다. 이 장에서는 일반적으로 대중문예에서 어떤 문장이 적당할 것인가에 대해 논할 생각이다.

대중문예에서 문장은 서술이 명석하고 이해하기 쉬운 것을 첫 번째 조건으로 한다. 즉 '말하듯이 쓰기'를 기본 원칙으로 한다. 가능한 한 예술상의 기교적인 개인성을 드러내지 않도록 노력해야 한다. 왜냐하면 기교 표현의 개인성이 깊어지면 깊어질수록 일반인들은 이해하기 어려워지기 때문이다. 예술이 언어의 표현에 있는 이상, 예술가로서는 기교상의 개성이 당연히 드러나지만, 소위 예술소설과는 달리 대중문예는 일반 대중을 지향하는 것이기에 표현상의 개인적 특성이 너무 깊게 나타나는 일은 피해야 한다. 이는 예로부터도 예술가에 의해 주장되어 온 것으로 프랑스 시인 레미 드 구르몽[88] 역시 '말하듯이 써야 한다'라고 주장한다.

따라서 예술소설과 대중소설의 분기점은 소재의 여하에 있는 것이 아니라 오히려 그 문장에 있다. 예를 들어 에드가 앨런 포의 몇 가지 기괴한 이야기는 곧 대중적으로 흥미를 끌었지만, 그 문장은 어

---

[88] 레미 드 구르몽(Remy de Gourmont, 1858-1915): 프랑스의 시인, 소설가. 상징주의 문학의 대표 문학가 중 하나로서 「낙엽」이라는 시가 대표적이다.

디까지나 개성을 발휘한 훌륭한 예술소설이다. 따라서 포의 문학적 지위는 예술작가이지 결코 통속작가가 아니다. 시험 삼아 일본에서 현재 가장 특이한 글을 쓰는 예술작가로 유명한 요코미쓰 리이치(橫光利一)[89] 군의 글을 인용해둔다. 다음에 제시할 대중작가들의 글과 비교하면 재미있을 것 같다.

나폴레옹의 배에는 이제 백선(白癬)[90]이 지름 6촌을 넘어 퍼져 있었다. 모서리를 없앤 둥근 지도의 윤곽은 한가로운 구름처럼 아름답고 신비한 선을 그리며 일그러져 있다. 침략당한 피부의 안쪽은 건조하고 하얀 가루가 전면에 가득 차 있고, 거칠고 넓은 사막 같은 색 안에서 약간 가느다란 잔털이 여기저기 옛날의 격렬했던 싸움을 이야기하며 말라붙어 자라고 있었다. 하지만 그 싸움의 둘레선에는 수천만의 백선이 보라색의 참호를 쌓고 있었다. 참호 안에는 고름 분비물이 고여 있다. 거기서 백선 군단은 편모(鞭毛)[91]를 흔들며 종횡으로 어지럽게 겹쳐져, 각기 옆으로 분열하면서 두 배의 무리가 되어 기름진 잔털의 숲속을 파먹고 있었다.

프리드랜드 평원에서는 아침 해가 뜨자 나폴레옹의 주력군이 니에멘 강을 횡단해 러시아 진영으로 향하고 있었다. 그러나 이제 그들은 연전연승의 영광의 정점에서, 과거에 모조리 살육했던 핏빛 때문에 미쳐 있었다.

---

89 요코미쓰 리이치(1898-1947): 일본의 소설가, 문학비평가. 가와바타 야스나리와 함께 신감각파 문학을 대표하는 작가이다. 소설『기계』는 일본 모더니즘을 대표하며, 『순수소설론』에서는 기존의 문학적 방법에서 벗어난 새로운 문학을 주창하였다.
90 피부 진균이 침투하여 발생하는 피부병. 피부 색깔이 변하고 살갗이나 털이 떨어져 나가면서 피부 얼룩을 남긴다.
91 세포 일부가 분화하며 발생한 털.

나폴레옹은 강가의 언덕 위에서 군사들을 바라보고 있었다. 기병과 보병과 포병 등 군복색 찬란한 수십만의 미치광이 대군이 숲속에서 삼색 구름을 이루며 층층이 진군했다. 연속되는 포차(砲車) 바퀴 자국이 울려퍼지는 강변 같았다. 아침에 빛나는 총검의 파도는 공중에 무지개를 흩뿌렸다. 밤털 말의 평원은 미치광이를 싣고 굽이굽이 검은 지평선을 만들며 파도처럼 몰락으로 넘쳐났다.

『나폴레옹과 백선(ナポレオンと田虫)』

산 위의 벽돌 속에서 갑자기 한 무리의 간호사들이 쏟아져 나왔다.
"안녕히 계세요."
"안녕히 계세요."
"안녕히 계세요."
퇴원하는 사람의 뒤를 쫓아, 그녀들은 햇빛에 빛나는 언덕길을 하얀 망토처럼 뛰쳐나왔다. 그녀들은 장미 화단 안을 돌아 문앞 광장에서 한 송이 꽃 같은 고리를 만들었다.
"안녕히 계세요."
"안녕히 계세요."
"안녕히 계세요."
잔디밭 위에는 일광욕을 하고 있는 하얗고 활기찬 환자들이 언덕을 이루며 과실처럼 겹겹이 누워 있었다.
그는 환자들의 환상 안을 부드럽게 걸어 복도로 왔다. 긴 복도에 붙어 있는 방들의 창문으로 절망에 찬 한 줄기 눈빛이 차갑게 그에게 다가왔다.
그는 아내의 병실 문을 열었다. 아내의 얼굴은 꽃잎에 휘감긴 공기처럼 애처로운 명랑함을 띠며 잠들어 있었다.

『화원의 사상(花園の思想)』

그래서 대중문예의 문장은? 굳이 말한다면 난잡한 문장을 써서는 안 된다. 가령 지금 가까이에 있는 2월 7일 석간신문에서 세 가지 예를 들어보겠다. 여러분도 음미하며 비교해보길 바란다.

네 명의 무사가 모여 촛대의 불빛을 에워싸고 있었는데, 멋진 이마를 가진 무사 한 명만이 둥그런 진영에서 빠져나와 장지 쪽으로 파고들었기 때문에 진영 한 곳에 빈 곳이 생겼고, 거기서 비쳐나오는 불빛이 장지 쪽에 닿아 그곳을 파고들고 있는 그 사무라이의 허리에서 빛나고 있었다. 허리에 붙어 있는 작은 칼집이 희뿌옇게 빛나 보이는 것은 거기에 촛대의 불빛이 머물러 있기 때문일 것이다, 라고 무사는 앓듯이 말했다.

"그분이 질질 기어가신다. 젊은 무사 쪽으로 기어가신다. 어깨가 드러났다. …… 훨씬 앞쪽에 젊은 무사가 있다. …… 그렇다. 하얀 얼굴! 굳게 다문 입! 젊은 무사는 상반신을 움츠리고 있다! 노려지고 있는 나비 같다! 속옷이 흐트러지기 시작했다. 질질 기어갈 때마다 속옷 깃이 등 뒤로 당겨진다! 발목이 상아처럼 뻗어 있다. …… 좌우의 어깨가 드러났다. 상아 구슬을 반으로 쪼개어 엎어놓은 것 같은 매끄럽고 하얀 어깨다! …… 화염이 다다미 위를 스쳤다! 그분이 감고 있던 허리띠 끝이다! …… 점점 거리가 좁혀지기 시작했다. 그래도 다섯 자는 될 것이다. ……" ……

"나는 너 하나로 정했어! 이런 일은 지금까지 없었어! 그건 혼자 정하고 싶을 정도로 내 취향에 맞는 남자를 찾지 못했기 때문이야... 넌 내겐 신비하게 보여! 아름다운 얼굴이나 모습에는 어울리지 않게 엄숙하고 맑은 마음을 가지고 있지. 그래서 내 마음에 드는 거야. 반드시 너의 그 마음을 씹어먹어 버릴 테다! …… 넌 '영원한 남성' 같아. 때문에 나는 먹고 싶어! 그리해서 너를 바꾸고 싶어!" 여자의 말이 멈췄을 때, 그 멋진 이마를 가진 무사가 떨리는 목소리로 계속해서 말했다.

"지금 젊은 무사가 오른손을 들어 허리로 가져갔다. 그 손은 허리띠를 쓰다듬기 시작했다. 하지만 저 눈은 뭐라 말하면 좋을까! 슬픔의 눈물이 고여 있고, 분노의 불꽃이 타오르고 있다. …… 그러나 저 앉은 모습은 뭐라 말하면 좋을까. 뒤로 물러나려고 하면서도 같은 곳에서 움직이지 않는다. …… 드디어 거리는 석 자 정도가 되었다. 그분이 기어가셨기 때문이다!"

세 명의 아름다운 동료 무사들은 그런 무사의 뒷모습을 겁에 질려 지켜봤다.

"곧 저 남자는 괴로워하며 기절하겠지."

"자, 함께 손을 뻗자." "쓰러지지 않게 받쳐주자."

──그때 여자의 목소리가 웃었다.

이는 도쿄 아사히 신문에 연재되고 있는 구니에다 시로의 『여자 연기술사(娘煙術師)』의 한 구절이다. 이 문장은 매우 '난잡'하고 빙빙 에두르는 거친 문장이 아닐까? 좀 더 명쾌한 표현을 할 수 없는 걸까? 같은 말을 몇 번이나 끈질기게 반복하는 불필요하고 장황한 형용사가 곳곳에서 사용되고 있다. 문장이 부자연스럽고 생기가 없기에 템포도 없다. 유감스럽지만 그야말로 나쁜 문장의 예다. 그럼 다음으로──

긴 용변을 마치고 뒷간에서 나온 노부나가는 자연스럽게 주위의 신하들을 향해 말하기 시작했다.

"누군가 내 칼집에 난 상처 수를 맞혀보아라. 맞힌 자에게는 이 칼을 주겠다."

라는 문제를 냈다. 물론 응시자 중에는 란마루도 있었다. 이 시험은 매우 불공평하였다. 시험관이 문제를 누설했다고는 할 수 없지만, 수험자 중 한 명을 편애한 출제였다고 할 수 있다. 노부나가 정도의 대장부도 동성애에 눈이 멀어 가끔 이런 테스트를 하는 건가, 라고 생각하면, 뭐라 말할 수 없는 친밀감을 느끼게 된다.

주위의 신하들은 앞다퉈 답안을 제출했다. 이것도 꽤 우스운 이야 기다. 전혀 근거도 없이 몇 개라고 말하는 것이기에 맞을 리도 없고, 맞더라도 우연히 맞춘 것이다. 점을 치는 것과 같다고 말하고 싶지 만, 점이라 해도 점쟁이가 말하는 것에는 나름의 근거가 있으니 이 답안은 우선 점 이상으로 어림짐작이다.

묻는 사람도 묻는 사람이지만, 대답하는 사람도 동문서답을 넘어 어림짐작에 잠시 열을 올렸다.

노부나가는 회심의 웃음을 띠면서

"음, 그리고" 하며 차례차례 답안을 재촉하고 있었다. 하지만 마음 속으로는 이 칼을 란마루에게 줄 때의 만족과 란마루의 기쁨을 예상 하며 매우 행복해했다.

그런데 란마루는 끝까지 입을 다물고 대답하려 하지 않았다.

이는 같은 날 석간 『호치 신문(報知新聞)』에 실린 야다 소운(矢田挿 雲)[92]의 『태합기(太閤記)』 구절 중 일부다. 이 문장은 어떤가? 확실히 알기 쉬운 문장이다. 게다가 해학미마저 엿보인다. 유머가 풍부하고

---

92 야다 소운(矢田挿雲, 1882-1961): 일본의 소설가, 가인. 대표작으로는 도요토미 히데요시를 그린 시대극 『태합기(太閤記)』를 꼽을 수 있다.

경쾌한 문장으로서 대중문예에 요구되는 좋은 문장인 것이다.

마지막으로 같은『호치 신문』에 실린 요시카와 에이지의『에도 삼국지(江戸三国志)』로부터 인용해 보자.

겨우 그 목욕탕의 문이 열렸습니다. 불그스레하고 엷은 노란색 천 아래 두세 켤레의 나막신이 가지런히 놓여 있었습니다. 소금을 쌓아놓은 젖은 돌에 부드러운 봄의 햇살이 비치는 정오 무렵이 되자, 목욕탕 뒷문 안으로 들어가는 18, 19살 정도의 청년이 나타났습니다.

담홍색으로 물들인 옷에 가느다란 두 자루의 검을 찬 채 머리카락은 상투를 틀어 묶었고 앞머리에는 보라색 천이 덮여 있었다. 그 위로 또 파란 삿갓을 써서 얼굴을 감싸고, 유녀에게 수줍음을 타는 듯이 안쪽의 별채로 제비처럼 몸을 숨깁니다.

그곳의 작은 방에는 초기 우키요에(浮世絵) 화가가 햇살 아래 단청(丹青)을 칠한 듯 바래진 오쿠니가부키(お国歌舞伎)[93] 그림 두 장이 병풍처럼 둘러쳐져 있었고, 바닥에는 겐잔(乾山)[94]의 수묵화, 향로에는 향기로운 연기가 가늘게 피어오르고 있었습니다.

"오, 오초구나. 오늘은 안 올까 했는데."

문득 보니 병풍 그늘에 유젠(友禅) 염색[95]을 한 이불을 덮고, 머리맡에 담뱃대를 끌어다 놓고 검고 두꺼운 명주를 덧댄 솜옷을 입은 남자가 있습니다.

---

93 에도 초기(1600년경)의 무녀인 오쿠니가 창시한 가부키 연극. 이국적 풍속이나 남장한 젊은 여성의 군무(群舞) 등이 들어갔다고 한다.

94 오가타 겐잔(尾形乾山, 1663-1743): 에도시대의 화가.

95 비단 등에 화려한 채색으로 인물·꽃·새 등의 무늬를 선명하게 물들이는 것.

니혼자에몬(日本左衛門)[96]입니다. ── 불쑥 일어나 "목욕을 하고 올 테니 기다려 주게"라며 수건을 듭니다.

"예. 천천히 하세요."

오초는 생긋 웃으면서 하카마를 입은 젊은이 모습으로 마누라처럼 주위의 물건을 정리합니다.

이 목욕탕의 정원에는 나무도 꽤 많기에 별채 건물도 안방에서는 보이지 않습니다. 수건을 든 니혼자에몬은 가벼운 나막신 소리를 내며 멀어져 갔고, 맞은편에서 수증기를 피워올리고 있는 목욕탕 안으로 사라졌습니다.

이를 툇마루 끝에서 보고 있던 오초는 그의 모습이 사라지자 눈빛이 변하며 방 구석구석을 둘러보았습니다.

(중략)

── 그래! 이 틈이다.

그녀의 눈동자에 그렇게 말하는 듯한 의지가 험상스레 보이는 듯하더니, 오초의 손은 재빨리 그것을 원래대로 싸서 자신의 소매 안에 넣으려고 합니다.

그런데 갑자기 툇마루의 장지가 열렸습니다.

"어?"

"앗…" 오초는 당황하여 벽장 안에 그것을 넣고, 아무렇지도 않은 얼굴을 하며 눈을 들었는데, 니혼자에몬이 아닙니다..

"이 녀석 안 되겠네, 방을 잘못 찾았군. 헤헤헤, 취해서 그만 실수했으니 미안하구려."

물론 이 목욕탕의 손님일 겁니다. 거짓 웃음을 눈가에 짓는 이

---

96 니혼자에몬(日本左衛門, 1719-1747): 에도시대 중기의 낭인인 하마지마 쇼베에(濱島庄兵衛)의 다른 이름.

깐깐한 상인은 꾸벅꾸벅 머리를 숙이면서 툇마루 끝으로 모습을 감추었습니다.

하지만 상인이 떠난 후에도 오초의 가슴은 계속 두근거림이 가라앉지 않는지, 속눈썹이 짙은 눈을 크게 뜬 채,

"아, 다행이다."

라며 잠시 두근거리는 가슴을 진정시켰습니다.

이렇게 어떤 때는 여자 모습으로, 어떤 때는 젊은 남자 모습으로 사랑에 기대어 그에게 다가가고 있습니다만, 만약 지금의 거동을 저 날카로운 니혼자에몬에게 잠시라도 보였다가는 그녀의 운명도 오래도록 무사할 수 없습니다.

매우 알기 쉬운 문장이다. 야다 소운의 문장처럼 유머나 해학의 맛은 없지만, 정면에서 간단명료하게 그려내는 표현에는 작가 특유의 정통성과 촉촉한 부드러움을 지니고 있다. 대중문예 문장법의 좋은 본보기 중 하나이다.

일반 사람들이 좋아하는 것은 요컨대 문장의 '명랑함'이요, '명쾌함'이다. 대중문예의 첫 번째 사명이 어려운 사상이나 논란을 해설하고 사건의 흥미를 통해 독자를 끌어당기면서 설명하는 것이라면, 글은 최대한 '말하듯이 써야 한다'라는 원칙을 어겨서는 안 된다.

예술소설의 예를 들어보면, 기쿠치 간의 작품이 일반 사람들에게 인기 있는 이유 중 하나는 분명 그의 명쾌하고 적확한, 군더더기 없는 문장이 주는 힘에 있다. 만약 어려운 문장과 명쾌한 문장의 가치를 비교하는 사람이 있다면, 이는 아무런 쓸모가 없는 일을 하는 바보의 극치일 것이다. 왜냐하면 좋은 문장이란 어려운 표현, 난해한 형용사를 사용한 문장만을 가리키는 것이 절대 아니기 때문이다. 말

하듯이 쓰는 것은 언뜻 보기에 가장 쉬워 보이지만, 사실은 반대로 가장 어려운 일임을 여러분도 알 것이다.

마지막으로 또 한 가지 주의해야 할 것은 평이한 문장이 자기 문장의 특색을 없애버리는 것을 의미하지 않는다는 점이다. 야다 군의 글에 독특한 명쾌함이 있다면, 요시카와 군에게도 그 자신의 명쾌함이 있다. 좋은 문장가의 글에는 감추려 해도 숨길 수 없는 특색이 저절로 그 문장에 나타난다. 요점은 명쾌해야 한다는 것이다. 하지만 이는 일반론이며, 소설에서 그 문장만을 떼어내어 내용과 별개의 것으로 논하는 것은 불가능하다. 분류한 대중문예의 각론에서 내용과 문장을 종합하여 상세히 논하고자 하니, 여기서는 이 정도에서 마치겠다.

제5장

시대소설

시대소설은 역사소설과 대중소설로 분류해 생각해야 한다는 것은 앞에서 간단히 설명했다.

즉 전기물(伝記物) 또는 시대물(髷物), 이른바 현재 대중소설이라고 불리는 것은 정확한 시대적 고증이 전혀 없고, 엄밀한 역사적 사실에 기초를 두고 쓰여 있지도 않다. 때문에 역사적으로나 풍속적으로 무의미하고 무가치하다.

그런데 설령 사건 자체는 전설(伝說) 위에 두더라도 고증학적 지식에 따라 당시 풍속, 역사가 정확하게 그려져 그 시대의 분위기를 보여주는 작품이라면, 이를 역사소설이라고 불러도 될 것 같다.

예를 들어 메레지코프스키의 『신들의 죽음』은 종교소설인 동시에 훌륭한 역사소설이며, 그와 반대로 앤서니 호프[97]의 『젠다 성의 포로』 등은 대중소설에 들어가야 되는 것처럼——

이 구별은 강의가 진행됨에 따라 점점 명료해질 것이다.

---

[97] 앤서니 호프(Anthony Hope, 1863-1933): 영국의 소설가. 『젠다 성의 포로』로 많은 인기를 누렸으며, 주로 대중소설을 많이 발표하였다.

1. 역사소설에 대하여

돌이켜보면, 종래 일본에는 역사소설로 인정받을 만한 것이 하나도 없다. 이른바 ○○이야기라고 불리는 군기물(軍記物)들은 사건의 추이를 이야기할 뿐, 그 사건의 진실 자체에 대한 통찰이 전혀 없다. 또한 소설로서의 구성이 전혀 되어 있지 않다.

한참 후대로 와도 에도시대 작가들이 쓴 것, 메이지 시대의 각 대중작가, 예를 들면 겐사이, 주시엔, 나미로쿠 등 달인들의 작품, 나아가 현재 빛나는 대중작가 여러분들의 소설. 이것들을 보아도 알 수 있듯이 서양 역사소설의 표준에서 살펴보면 역사소설이라 할 수 있는 수준에 도달한 작품이 일본에는 전혀 없다.

역사소설의 첫 번째 조건은 역사소설이 대중소설과 달리 엄정한 사실 위에 서 있어야 한다는 것이다. 역사적 사실 위에 서서 자신이 그려내고자 하는 적당한 세계를 그 역사적 사실 속에서 발견하려고 노력하는 것, 거기에서 역사소설을 쓰려는 대중작가의 좋은 의도가 드러난다.

예를 들면,

쓰보우치 쇼요 씨의 『오동나무 한 잎(桐一葉)』, 또는 『호토토기스 고조노라쿠게쓰(杜手鳥孤城落月)』라든가

그 외,

마야마 세이카 씨의 유신(維新) 이야기 작품 『교토 어구입묵자(京都御構入墨者)』・『조에이와 겐보쿠(長英と玄朴)』・『태풍시대(颶風時代)』 등이 있다. 이 작품들은 역사가로서의 전문적 지식과 고증이 충분히 이루어져 있고, 이를 기반으로 하여 사실을 조금도 왜곡하지 않은 채 문학자

로서의 올바른 해석을 덧붙였다.

반면, 현재 만연하는 대중작가들의 작품은 역사상의 실재 인물, 예를 들면 곤도 이사미의 이름을 편의상 빌려와 역사적 사실을 왜곡하고 멋대로 편리한 사건을 창조하여 유령 주인공을 자유자재로 조종하는 등, 역사소설로서 용서받지 못할 것들이 적혀 있는 경우가 적지 않다. 이런 식이라면 극단적으로 말해 소재를 굳이 역사에서 얻을 필요 없이 현대소설을 쓰면 충분할 것이다. 아니 오히려 그러는 편이 훨씬 편하다. 요컨대 역사를 다루는 의미가 없는 셈이다.

그렇다면 소설에서 역사적 소재를 선택한다는 것은 무엇을 의미하는가? 간단히 말하자면 어떤 재미가 있을까, 라는 것이 다음 문제가 된다. 즉, 소재를 시대로부터 얻는 것은 한편으로는 사람들의 회고적 흥미를 불러일으키는 동시에 다른 한편으로는 현대에 일어나고 있는 사실이 자연스레 흥미를 끌 때이다. 이렇듯 이미 옛날에 있었던 사실을 가져와 현대의 사건에 연결하는 것이야말로 역사소설이 가진 재미이다. 또는 한 사건 안의 관계자에게 현대인과 같은 심리를 발견하려는 데에서 흥미로운 점이 있다. 즉 역사소설은 이를 적당한 사건에서 발견하여 역사가의 연구가 허용되는 범위 내에서는 사실에 입각하고, 역사가의 연구범위 밖에서는 인간성의 발전과 연결하며 자신의 독창성을 발휘하고 전개해야 한다. 따라서 역사소설을 쓰려는 대중작가는 전문 역사가와 동등한 혹은 그 이상의 전문적 지식, 바꾸어 말하면 당시의 시대사조, 현재와 다른 당시의 지리적 사실·풍속·습관·언어·복장·식음료의 자세한 부분에 이르기까지의 고증적 지식이 필요하다. 현재의 태만하고 안일한 대중문예가(라고 해서 기분 나쁘다면), 자연주의 이후의 일본 작가(라고 해서 기분 나쁘다면), 일본의 전통적 문인 기질, 말하자면 학구적 연구를 경멸하는 문학자들에게는 절실한 노력이 요구된다.

그러나 대중작가 중에서 현재 대중문예의 싸구려 협소함을 벗어나 앞으로 나아가기를 원하는 사람이 있다면, 이러한 역사소설로 나아갈 수밖에 없다. 아니, 이 정도의 마음가짐은 현재 혹은 미래의 대중작가가 당연히 가져야만 하는 것이다.

물론 역사학자가 연구할 수 있는 범위에서 적는다는 것은 학계의 정설을 훼손하지 않겠다는 뜻이지, 거기에 얽매이라는 뜻이 아니다. 역사가는 역사적 사실에 대한 절대 권위자가 아니다. 그러므로 역사학자의 손길이 닿지 않는 범위 밖으로 나가서 그 바깥을 자연스럽게 느끼게 할 수 있다면, 이러한 사실의 연장 및 사실 너머의 상상력은 허용되어야 한다. 또한 일련의 사건에서 역사적인 인물을 배제하거나 역사적 사실을 훼손하지 않는 한, 흥미 또는 사건의 갈등을 위해 전설 혹은 이름만 남아 있고 사실이 불분명한 인물 등을 활약하게 만드는 것도 있을 수 있다. 이는 소설 자체의 역사적 분위기를 흐트러뜨리지 않는 범위 내에서, 사실을 왜곡하지 않는 한 최대한도로 허용되어도 괜찮다.

지금까지 나는 진정한 대중작가의 일반적 교양으로서의 학구적 연구, 고증적 지식의 필요를 소리 높여 외쳤으나, 역사적 지식을 함양하는 일은 일본에서 매우 어려운 일이다. 여러분이 만약 아시카가(足利) 시대[98] 이전의 역사소설을 쓰려고 한다면, 여러분은 수많은 흥

---

[98] 무로마치 막부가 일본을 통일하던 1336년부터 전국시대가 거의 끝나가던 1573년까지의 시기를 일컫는다.

미로운 소재가 있음에도 불구하고 거기에 역사적 광휘를 부여하는 언어, 주택, 의복, 음식, 습관 등에 관한 전기적 사료가 거의 없다는 점에 놀랄 것이다. 당시 상류사회의 자료는 그나마 상당히 남아 있어 이를 통해 어느 정도 알 수 있지만, 평민 생활에 대한 사료는 훨씬 적다는 것을 통감하게 될 것이다. 일본의 사학자 대부분이 관료였기 때문에 당시 정치적 중심에 관계된 사항 등이 상당히 남아 있음에도 불구하고, 전반적으로 여전히 부족한 부분이 많다. 이는 시대를 거슬러 올라감에 따라 더욱 심해지고 단순해진다.

그렇다면 이러한 역사적 사실들을 알기 위해서는 무엇을 하는 편이 가장 좋은가? 일본 음식사, 일본 주택사, 일본 여행사 등과 여러 종류의 일본 복장사 등 주로 에마키(絵巻物)에 의지하는 것이 당시 풍속을 알기에 가장 편리한 방법 같다. 역사 풍속을 확인할 때, 문서보다는 에마키에 의지하는 것이 편리한 이유는 계급의 상하에 걸쳐 현저한 특징이 에마키에 잘 나타나 있기 때문이다.

시대 분위기를 그려낸다는 점에서 외형적 재료가 부족한 것은 일본 역사소설이 발달하지 못한 강력한 원인이다. 예를 들면 몇몇 중국의 고사(古事)마저 소설로 그린, 정력적으로 학문을 좋아한 작가 바킨(馬琴)조차도 일본의 역사적 풍속에 대해서는 심각한 지식 부족을 드러낸다.

그러나 각고의 노력을 한 후에도 여전히 불분명한 점이 있고, 그 불명확한 점이 시대를 드러내는 데 필요한 것이라면, 이 경우에는 역사소설가로서의 공상이 작가의 뜻대로 발휘되어도 괜찮을 것이다.

나는 메레지코프스키의 작품 중에서 그 예를 들겠다. 『신들의 죽음』, 일명 '배교자 줄리앙'은 기독교와 헬레니즘이 투쟁하던 4세기

로마의 역사적 사실을 그린 작품이다. 작가는 자신의 심오한 철학적·
문명사적 지식을 경주하며 상세하게 묘사를 한다. 예를 들면, 메레지코
프스키는 '지중해의 해안에 있는 시리아의 상업 도시, 대(大)안티오키
아[99] 만(灣)에 있는 셀레우키아[100]의 지저분하고 가난한 마을의 변두리'
를 이렇게 묘사하고 있다.

…… 집들은 우리(檻) 같은 것을 난잡하게 쌓아올려, 바깥쪽에서
점토로 마구 발라 굳힌 것에 불과했다. 그중에는 마치 지저분한 거
적 같은 낡은 양탄자로 길에 접한 쪽을 가리고 있는 집도 있었다.
…… 반나체의 노예들은 배 안에서 판자를 따라 짐을 실어내리고
있었다. 그들의 머리는 모두 반쯤 깎였고, 그 사이로 이끼 자국이
보였다. 다수의 사람들은 얼굴 한 면에 검게 그을린 쇠로 낙인이 찍
혀 있었다. Cave Furem을 줄인 라틴어의 C와 F로, 그 의미는 도적
을 주의하라는 것이었다. …… 대장간에서 망치로 철판을 치는 소리
가 귀를 찢을 듯 들리고, 불그림자가 붉게 드리워진 용광로에서는
연기가 소용돌이치며 피어올랐다. 그 옆에서는 빵을 굽는 벌거벗은
노예가 머리부터 발끝까지 하얀 가루를 뒤집어쓰고 불기운 때문에
붉게 충열된 눈으로 빵을 아궁이 속에 넣고 있다. 풀과 가죽 냄새를
물씬 풍기며 문을 연 구두점에서는 주인이 엉거주춤하게 웅크리고
등불의 불빛으로 구두를 꿰매면서 목청 높여 이 지방의 노래를 부르
고 있었다. …… 창부가 있는 집의 문 위에는 프리아포스 신에게 바
쳐진 외설적인 그림이 그려진 등이 켜져 있고, 입구를 가린 천을 들

---

99 안티오키아(Antiochia): 영어로는 안티오크(Antioch)라고도 부른다.
100 튀르키예 남부에 있는 도시 실리프케(Silifke)의 옛 이름.

출 때마다 내부의 모습이 보였다. 마치 마구간처럼 작고 비좁은 방들이 즐비하고, 입구에는 일일이 값이 적혀 있었다. 숨 막힐 듯한 어둠 속에서 여자의 나체가 하얗게 보였다. ……

이 소설의 서두에 카파도키아[101]의 카이세리[102] 부근의 작은 '싸구려 음식점 타베르나'의 모습은 다음과 같이 그려져 있다.

…… 그것은 초가지붕의 허름한 집으로 뒤쪽에는 지저분한 외양간으로 새나 거위를 넣는 우리 같은 것이 붙어 있다. 내부는 두 칸으로 나뉘어 있었다. 한쪽은 평민실이고 다른 한쪽은 신분이 높은 손님을 위해 준비되어 있었다. 나뉘어 있다고 해도 단지 막대를 두 개 세우고 거기에다 장막 대신 포르투나테의 낡고 색바랜 상의를 친 것에 지나지 않았다. 이 두 개의 막대 …… 는 과거에는 금박을 입혔지만, 지금은 이미 오래전부터 여기저기 금이 가거나 벗겨져 있다.
천으로 구분된 정갈한 쪽의 방에는 은그릇과 몇 개의 잔을 놓은 탁자를 앞에 두고, 이 집에 단 하나밖에 없는 폭이 좁은 찢어진 침대 위에 로마군 제16연대 제9중대장 마르쿠스 스쿠지로가 누워 있었다. …… 같은 침대의 발치 쪽에 어려운 듯이 공손한 모습을 하고 앉아 있던 자는 제8백인대장 푸블리우스 아크부르스라는 천식 환자에 불그레한 얼굴을 한 비만한 남자로, 정수리가 반들반들 벗겨진 머리에 얼마 안 되는 희끗희끗한 털을 뒤쪽에서 양쪽 구레나룻에 걸쳐 쓰다듬고 있었다. 조금 떨어진 마루 위에서는 열두 명의 로마 병사가 주

---

101 카파도키아는 튀르키예의 아나톨리아 지방에 있는 지역을 지칭한다.
102 카파도키아 지역에 있는 도시.

사위를 가지고 놀고 있다.

여기서 병사들의 묘사가 나오는데, 후반에 나오는 로마군과 페르시아군의 전쟁은 매우 흥미롭다. 페르시아군은 전투 코끼리라는 것을 이용하고 있다.

코끼리 군단은 귀가 먹먹해질 듯한 포효를 지르고 긴 코를 휘감으며 살이 두껍고 축축한 붉은 입을 크게 벌렸다. 그럴 때마다 후추와 향료를 섞은 술 때문에 광기에 사로잡힌 괴물의 숨소리가 로마 병사들의 얼굴을 후끈 덮쳤다. 이것은 페르시아인이 전투 전에 코끼리를 취하게 하는 데 이용하는 특별 음료다. 진흙으로 붉게 칠하고 거기에 뾰족한 강철을 씌워 길게 만든 송곳니는 말의 옆구리를 뚫고, 긴 코는 군사들을 공중으로 높이 감아올려 대지에 내동댕이치는 것이었다. …… 등에는 가죽으로 만든 초소가 굵은 가죽끈으로 묶여 있었고, 그 안에서 네 명의 사수가 송진과 마(麻) 실타래를 채운 불화살을 쏘았다. 이를 상대하는 로마군의 방어는 가볍게 무장한 트라키아 사수, 파플라고니아인 투석수, 그리고 벨리테스라고 부르는 납을 넣은 투창을 잘 쓰는 일리리아[103] 부대가 맞선다. 그들은 코끼리의 눈을 노려 창을 던진다. 코끼리는 광분한다. 누각 같은 초소를 묶고 있는 가죽끈을 끊는다. 사수는 지상으로 내동댕이쳐진다. 그리고 거대한 괴물의 발밑에 짓밟힌다.

---

[103] 일리리아는 고대의 발칸 반도 서부 및 이탈리아 반도 연안의 남동부에 거주하던 인도유럽인 민족.

페르시아군에는 철기대(鉄騎隊)니 전차대니 하는 무서운 것이 있다. 철기대라는 것은 온몸을 비늘 같은 강철 비늘로 덮고 있어, 눈과 입을 제외한 부분은 거의 불사신이라고 할 정도로 중무장한 기사들이다. 게다가 이 기사들은 굵은 쇠사슬로 서로 묶어 한 무리가 되어 공격한다. 전차대는 전차(戰車)의 차축이나 바퀴에 날카로운 낫을 매어 다리가 가는 얼룩말에게 끌게 하여 공격한다. 낫에 닿은 로마 병사는 마치 나뭇잎처럼 잘려 버린다. 이런 무서운 무기에 대한 로마군의 공격 방법, 방패부대의 방어전, 황제가 낙타를 타고 도망치는 모습 등 당시의 잔인한 전쟁이 생생하게 그려져 있다.

앞서 언급한 하층사회 묘사에 비해 상류사회의 생활은 콘스탄티누스 황제가 수염을 깎는 한 장면을 보면 충분하다. 그러니 또 한 번의 장황한 인용을 허락해 주셨으면 한다.

이발사는 마치 신비의 의식이라도 치르는 듯한 얼굴을 하고 있었다. 양쪽에는 지금 제국 내에서 위세를 떨치고 있는 시종장 에우세비우스를 비롯하여 여러 그릇과 도료와 수건, 소금 등을 받쳐 든 수많은 침소 하인들이 늘어서 있었다. 그 외에 부채질을 하는 두 소년이 대기하고 있다. 황제가 수염을 깎는 동안 그들은 여섯 개의 날개를 가진 천사 모양의 얇고 폭이 넓은 은부채로 황제에게 부채질을 한다.

이발사는 겨우 오른쪽 뺨의 면도를 끝내고 왼쪽 편을 시작했다. 아프로디테의 거품이라고 불리는, 아라비아의 향수가 들어간 비누를 정성스럽게 바르면서 …… 황제의 아침 화장은 끝이 다가왔다. 그는 작은 솔을 가지고 금색 선이 세공된 작은 상자에서 약간의 볼연지를 떼어냈다. 그것은 성자의 유해를 담는 상자의 모형이라고도 할 수 있는 형태로 뚜껑에는 십자가가 달려 있었다. 콘스탄티우스는 신앙

심이 깊어서 보석 달린 십자가와 그리스도의 머리글자 등이 온갖 자질구레한 도구들에 달려 있었다. 그가 사용하는 분은 '플루프시마'라고 하여 자개(紫貝)를 끓여 장미빛 거품을 정제한 특별 고가품이었다. 보라색 칸이라고 불리는 방에는 '펜타빌기온'이라는, 위에 탑 다섯 개가 나란히 늘어선 이색적 찬장 안에 황제의 의상이 들어 있었는데, 환관들이 이 방에서 황제의 제복을 가져왔다. 거의 접을 수 없을 정도로 뻣뻣한, 금이나 보석으로 치장되어 무거운 옷으로, 그 위에는 날개 달린 사자나 뱀 등이 자수정으로 수놓아져 있었다. …… 황제는 대리석 복도를 따라 넓은 방으로 갔다. 궁중의 위병들은 길이가 네 자나 되는 장창을 세우고, 마치 조각처럼 엄숙하게 두 줄로 나란히 서 있었다. 예식 담당관이 들고 가는 것은 금으로 장식된 비단으로 만든 콘스탄티누스 대제의 깃발이다. 깃발은 그리스도의 머리글자를 빛내며 가볍게 스치는 소리를 냈다. 다른 신하는 행렬 앞을 달리면서 손을 흔들어 경건한 정적을 명했다.

그 외에 그리폰 장식이 있는 신전이나 유명한 목욕탕 등의 묘사는 모두 상세하게 이루어진다. 또 귀족 자제들이 금욕주의에 기초한 교육을 받으며 단단한 잠자리에서 자는 습관, 현대인만큼 나체가 되는 것을 부끄러워하지 않는 로마인의 풍속 등, 당시 생활 모습이 생생하게 떠오른다.

작가 메레지코프스키가 이처럼 당시의 분위기를 방불케 하는 글을 쓸 수 있었던 이유는 그가 남유럽 지방을 여행한 경험을 가지고 있었다는 데서 비롯되었겠지만, 그의 학구적 태도와 심오한 고증적 지식은 실로 감탄할 만하다. 메레지코프스키를 20세기 역사소설의 대가로 하는 이유도 여기에 있다. 메레지코프스키는 철학자이자 종교인이다. 또한 시인으로서의 감성과 소설가로서의 훌륭한 능력도 가지고 있지만, 1895년에 고대 로마를 그려내기에는 그것만으로는 충분하지 않다. 역사소설로서의 『신들의 죽음』을 불후의 명작으로 만든 것은 실로 정확한 그의 역사과학에 대한 지식이다.

원래 역사소설은 예술적 소설이지 결코 교과서 풍의 무미건조한 기술이 아니다. 하지만 역사적 사실을 무시한 역사소설은 독자들에게 얼마나 바보 같게 느껴지겠는가. 극단적인 예를 들면, 만약 곤도 이사미가 충실한 근왕지사이고, 하마구리고몬 전투(蛤御門の戰)[104]에서 전사한다는 식의 소설이 쓰여졌다면 어땠을까. 독자는 반드시 실망할 것이다. 연극의 경우라면 관객은 들끓을 것이 틀림없다. 이렇게 간단하고 잘 알려진 사실의 경우는 금방 알아차리지만, 많은 사이비 역사소설들이 크든 작든 이런 부류라는 것을 쉽게 알 수 없다. 대중문예가 경멸받는 것은 이런 황당무계가 화근인 것이 아닐까.

문학에 뜻을 둔 자들은 모름지기 종래의 전통적인 악습을 버리고, '천재'의 표면적 모방에 시간을 허비하기보다 과학을 연구해야 한다. 역사소설을 쓰는 자는 소설가이자 사학자여야 한다.

머지않아 일본에서도 진정한 역사소설이 나올 것이다. 앞에서 언급한 미야마 세이카의 유신물 등에는 그러한 의도가 나타나 있다.

예를 들면, 『태풍 시대』의 제3막에서는 1862년 12월 13일 시나가와 역참의 유곽 도조사가미(土蔵相模)에서 이토 슌스케(伊藤俊輔)와

---

[104] 1864년 조슈 번 군대가 막부에 맞서 교토를 공격하며 일어난 전투. 곤도 이사미는 신센구미의 국장으로서 조슈 번의 근왕지사들을 암살하는 데 큰 역할을 담당했다. 곤도는 이후 관군에게 참수당했다.

시지 분타(志道聞多)[105]의 대화 장면, 소탄(燒弾) 음모의 상의 등, 실제로 있을 법한 일들이 나온다. 특히 풍속에 관해서는 정곡을 찌르고 있다. '도조사가미는 그 무렵 시나가와 제일의 기생집이라고 할 정도였고, 근왕의 뜻을 받드는 사람들, 특히 조슈의 지사(志士)들이 놀러 오는 집이었다. 위치는 역참의 중간 즈음으로 에도에서 가면 오른쪽에 있다' 등의 문장은 역사적·지리적 고증을 거치지 않았다면 말할 수 없는 것이다.

이런 것에 대한 지식은 현재 정리된 서적이 없어서 작가의 독자적인 연구에 의지해야 한다. 세간의 민간 역사에서 일본 사학자의 가치는 제로이다. 지극히 초보적인 참고서를 말하자면, 복장, 풍속에서는 『역세복식고(歷世服飾考)』, 『정장잡기(貞丈雜記)』, 『근세풍속류취(近世風俗類聚)』 등이고, 음식에서는 우쓰노미야 고쿠류(宇都宮黒滝) 씨의 『일본식물사(日本食物史)』, 여행은 철도성의 『일본여행기(日本旅行記)』, 요시다 도조(吉田十三) 씨의 같은 제목의 책이 있다. 전쟁에 관해서는 참모본부의 『일본전술사(日本戰術史)』, 지리역사의 증간 『일본병제사(日本兵制史)』, 주택에서는 『일본 민가 연구(日本民家の研究)』, 무도에서는 야마다 지로키치(山田次朗吉)[106] 씨의 『일본 검도사(日本剣道史)』(검도사는 최근에 나도 간행했다), 『무술총서(武術叢書)』, 『검도학(剣道学)』 등. 전문적으로 간다면 『성곽의 연구(城かくの研究)』, 『성 아

---

105 시지 분타(志道聞多, 1836-1915): 일본의 정치가 이노우에 카오루. 조슈(長州) 번사(藩士) 분타(聞多) 가에 양자로 들어가 한 때 시지 분타라고 불림. 여러 대신을 역임하며 정재계에 커다란 영향을 행사했다.

106 야마다 지로키치(山田次朗吉, 1863-1930): 일본의 검술가. 검도 연구 및 저술활동을 하며 『일본검도사(日本剣道史)』가 대표 저서이다.

래 마을 연구(城下町の硏究)』, 『무가시대의 연구(武家時代の硏究)』 등
도쿠가와 시대의 것은 무수히 많지만 다음 장에서 소개하겠다.

2. 대중물에 대하여

시대소설의 또 다른 종류, 이른바 대중문예로 불리는 것에 대해서
——.

이는 그 밖에 시대물, 신고단 등으로도 불리는데, 이러한 통속적
인 명칭들이 붙어 있는 것처럼 결국 통속적인 소설을 가리킨다.

말하자면, 대중물은 현재의 예술소설−문단소설이 흥미롭지 못한
것에 대한 반동으로 생겨나 그리고 독서계급의 욕구에 편승한 것이
다. 따라서 흥미 위주이고 어디까지나 오락적일 뿐, 예술적 문학관
의 입장에서는 비평할 수 없는 것이자 무가치한 거나 다름없는 저급
한 소설의 종류라고 해도 무방하다. 이른바 소설의 요소로서의 심리
과정, 사회 사료, 성격, 사상 수수께끼의 묘사에 관해서는 읽는 사람
도 쓰는 사람도 기대하지 않으니 예술적 비평이 적용될 수 없는 것
도 당연한 일이다.

그러니까 엉터리 사건도 있고 황당한 인물도 나오며 오로지 사건
의 격변과 반전만을 계속 반복하면서 흥미를 이어가는 것 외에는 아
무것도 발견할 수 없다.

이러한 경향에 맞서 오사라기 지로 등은 대중물에 보다 예술적인
것, 소설적인 것을 주려고 노력하여 효과를 거두고 있으며, 그 밖에
도 점차 이러한 경향의 작품들이 나타나고 있는 것 같기에, 곧 대중

문예가 소설로서 평가받을 때도 가까워진 것 같다.

현재의 대중문예에 관해서 나는 지금 흥미 위주, 오락 위주 등이라고 한마디로 정리했지만, 이 의미를 조금 깊이 생각해 보면 다음 두 가지로 구별된다.

즉, 연애와 칼싸움. 이 두 가지의 교차가 엮어내는 이야기여서 이 두 가지 요소 말고는 아무것도 없다. 어떤 대중물을 보더라도 그 소재가 위의 두 요소로 한정되어 있는 이상, 거의 모든 점에서 제약을 받게 된다. 그러니 어느 것을 읽든 비슷한 사건과 인물이여서 결국 독자들이 기피하는 것도 당연한 일이다.

그런데 대중문예(혹은 시대영화·검객영화)가 기피되면서도 여전히 달콤한 연애와 칼싸움을 중심으로 그 명맥을 유지하고 있는 것은 어째서일까? 생각하건대 인간에게는 항상 이러한 양가적인, 기괴하고 그로테스크한, 모반적이고 혁명적인, 그리고 영웅적인 것을 요구하는 경향 및 본능이 있는 것은 아닐까. 특히 일본의 문단소설이 자연주의의 재앙을 받아, 잘못된 극히 제한된 방향으로 돌진하며 이런 요소들을 배제하고 말았기 때문에 대중문예에서 이에 대한 갈망이 더욱 깊어진 것은 아닐까.

그리고 또 하나, 일본인에게는 일종의 전통적인 칼싸움을 특히 좋아하는 경향이 있다. 그 두드러진 예는 특히 가부키 극에서 찾아볼 수 있다. 전세계 연극 중에서 단순히 사람을 죽이는 것만으로 독립적인 극을 만드는 연극은 가부키극 외에는 없을 것이다. 예를 들면
——

『단시치 구로베의 나가마치우라 살인(団七九郎兵衛の長町裏の殺場)』이라든가,

『니키 단조의 칼부림(仁木弾正の刃傷場)』 또는,

『복수 쓰즈레노니시키(敵討襤褸錦)』 등의 대작.

이상의 극은 두 사람 혹은 세 사람이 단지 서로 베고 죽일 뿐, 달리 극을 구성하는 그 무엇도 찾아낼 수 없다. 물론 거기에는 가부키극 특유의 형식미와 감각이 있지만, 그 밖에 일본인들이 살인과 유혈에 특별한 흥미를 갖고 있다는 점도 대중소설 발달의 한 원인이라 할 수 있다.

회화로 말한다면, 요시토시(芳年)[107]의 매우 잔인한 그림이 한때 크게 유행했던 것을 생각해봐도, 일본인이라는 인종이 단순히 호전적이고 참혹한 국민이라는 표면적인 시각이 아니라, 우리는 칼싸움에 대한 일종의 특별한 전통적 감각을 가지고 있다고 강조하고 싶을 정도이다.

아니, 중국인이라든가, 그 밖의 외국인들이 행하는 학살·고문·사형 등은 일본인에게는 도저히 견딜 수 없는 참혹함이다. 이런 실행적인 면에서 일본인은 오히려 비교적 담백한 것 같다. 그런데 예술에서는 세계에서도 독특한 칼부림 살인의 형식과 감각을 창조한 것이다.

이런 의미에서 칼싸움을 한마디로 하등하다거나 반동적이라고 대충 치부하는 것에 나는 반대한다. 가부키 극에서 이 정도까지 발달·완성된 형식미와 특수한 감각을 맛보지 않고는 칼부림이라는 하나의 요소가 어떻게 이 정도까지 대중소설을 발달시켰는지 생각하기란 도저히 불가능할 것이다.

---

107 쓰키오카 요시토시(月岡芳年, 1839-1892): 막부 말부터 메이지 중기까지 활약한 우키요에 화가.

일반적으로 예술적이냐 비예술적이냐를 제쳐두고, 소설을 팔리게 하려면, 즉 통속적으로 재미있게 하려면, 어떤 요소를 구비해야 하는가, 라는 문제로 되돌아가 생각해 보자.

첫째는 물론 성욕——에로티시즘이다. 성욕을 검열이 허용하는 범위 내에서 충분히 센세이셔널하게 취급하는, 즉 소위 에로틱하고 감각적으로 묘사해야 한다. 그러면서도 철학, 사상, 도덕 등을 설명해야 한다. 여기에 칼싸움을 가미하면, 일본인들이 가장 선호하는 것이 된다. 대중문예를 쓰려면 이 호흡만 알아두면 반드시 먹힐 것이다. 물론 작가의 예술적 양심은 이를 용납하지 않겠지만, 직업으로, 장사로, 작품의 상품가치만을 노릴 때는 일단 명심해 두는 것이 좋을 것이다.

이런 의미에서 대중문예를 보고 다시 한 번 깊이 생각해 볼 때, 소위 '눈물 흘리게 하는' 것을 더하는 것이 중요하다. 예술적 작품이든 통속적 작품이든 예술적인 작품 가치는 두 번째 문제로, 인기있고 잘 팔린 소설을 보면, 모두 부녀자뿐 아니라 마음 약한 남자도 눈물을 자아냈던 작품들이다. 『금색야차』와 『불여귀』가 쓰인 시대의 작품이 특히 그렇다. 그 작품들은 특히 '울리기'로 성공했다. 하지만 지금은 그런 식의 이미 낡아버린 '울리는 방법'으로는 사람들이 관심을 가져주지 않을 것이다. 미래에 유행하게 될 '눈물'은 비록 같은 눈물일지라도 밝고 명랑하고 경쾌하며 유머가 풍부해야 한다. 그러한 「울리는 방법」이 앞으로 독서 계급의 기대를 채워주는 기쁨의 샘이 될 것이다.

마지막으로 템포의 문제이다. 현재는 모든 의미에서 속도를 요구하고 있다. 전철보다 자동차, 자동차보다 비행기로, 그 외에도 과학

의 발달은 텔레비전의 완성까지 속도를 높이고 있다. 인간은 과학에 쫓겨 생활의 템포를 올리고 있다. 이는 당연히 예술에도 영향을 준다. 예술도 그 내용과 형식 모두에 템포가 요구되고 있다. 가타오카 뎃페이(片岡鉄兵)[108] 군의 『살아있는 인형(生ける人形)』(물론 소설 그 자체도 현재에 적합한 작품이지만)을 신쓰키지(新築地) 극단이 연출한 레뷰[109] 형식의 극화가 대단한 인기를 끈 것도 템포와 명쾌함 때문이었다. 이참에 말하면, 기쿠치 간 군의 『도쿄행진곡(東京行進曲)』이 영화화되어 외국영화를 능가하는 인기를 끌었던 것도 그 밝음 혹은 밝은 애수 때문이다. 대중문예도 이제 템포를 가져야 한다. 템포를 빠르게 한다고 해서 무턱대고 빠르게 하라는 것이 아니다. 완급을 조절하고, 전체적으로 볼 때 장면의 질리지 않는 변화와 경쾌한 속도로 질주하는 상쾌함을 독자에게 주어야 한다는 것이다.

지금까지 언급했듯이 소위 대중문예에서 현재 가장 결핍되어 있는 것은 분명함과 눈물이다. 연애와 칼싸움, 거기에 지금 강의한 것과 같은 요소들을 교묘하게 엮어낸다면, 현재 그대로도 대중물은 영속성을 갖게 될 것이다. 하지만 물론 그런 마음가짐만으로는 문학적 예술적 작품으로서 발전할 수 없다. 단지 직업상의, 상품 가치의 면에서 말하자면 일반에게 받아들여질 것이다.

이왕 나온 김에 한층 상업적인 말을 하자면, 이른바 프롤레타리아 문예의 대중화라는 문제에서도 노동자 계급은 표면적으로 본다면 프롤레타리아의 근본 문제, 다른 말로 하면 일반 대중 자신의 문제라는

---

108 가타오카 뎃페이(片岡鉄兵, 1894-1944): 다이쇼, 쇼와 전기의 소설가.
109 춤, 노래, 곡예 등 다양한 요소를 결합한 쇼.

본질적인 문제를 문학에서 구하려고 하지 않는다. 교화 정도가 낮고, 기타 여러 생활상의 사정 때문에 그들은 오히려 오락적인 읽을거리를 찾고 있다. 대개 독서를 자신의 교양을 위해서, 향상을 위해서 하는 것이라고 생각하는 사람도 없지 않다. 그러나 매우 많은 사람들은 독서를 오락으로 생각하기 쉽다. 자신이 요구해야 하는 것이 무엇인지 모르고, 다른 세계를 보고 싶어 하고 자신의 삶을 위로하며 잊으려고 하기 때문에 전혀 무관한 책을 읽으려는 경향은 점차 강해지고 있다. 뭐라 해도 탐정소설은 생활에 하등 기여하는 것이 없는데도 불구하고 일반이 강하게 요구하고 있고 세계적으로도 유행하고 있다. 이는 주목해야만 하는 사실이다. 이러한 유행에 대한 주목, 그리고 그에 합당한 핵심도 반드시 상업적으로는 알아야 할 것이다.

동시에 이런 무수한 사람들의 요구를 올바른 방향으로 이끌기 위해서는 프롤레타리아 쪽 사람들은 그 소재를 매우 감미로운 껍질로 쌀 필요가 있지 않을까. 그런 일을 하는 것은 비계급적이라니 뭐라느니 하면서 비웃어서는 안 된다.

예를 들어 백성의 봉기 등을 쓰는 것도 매우 좋다. 현재 노동쟁의에 대한 세부적인 사항은 아마 현대물로 쓸 수 없는 지점이 적지 않을 것이다. 그런데 봉기라면 꽤 상세하게 써도 무방하다.

본래 일본의 검열은 영화도 그렇고 문학도 그렇지만, 현대물에는 엄격하고 시대물이 되면 매우 느슨하다. 현대물로 번안해서는 절대 안 되는, 허가가 내려지지 않은 것이라도 시대물이라고 하면 당연히 아무렇지 않게 통용된다.

프롤레타리아 작가가 앞으로 이런 방면에 주목한다면 좋은 대중을 독자로 삼을 수 있고, 따라서 상품가치도 생기니 일거양득이다.

다음과 같은 참고서를 독파한다면 오늘날 프롤레타리아 작가뿐만 아니라 온갖 작가, 대중문예 작가가 개척해 나가야 할, 또 그렇게 하지 않으면 안 되는 무수한 소재들이, 처참하고 통쾌한 사실들이 도처에 널려 있음을 알게 될 것이다.

고쿠쇼 이와오(黑正巖)[110] 씨의 『백성 봉기 연구(百姓一揆の研究)』나 『일본농민사(日本農民史)』, 『일본노예사(日本奴隷史)』 등을 참고서로 꼽을 수 있다.

대중문예 작가가 개척해야 할 풍부한 자원 중 하나는 여기에 있다.

그런데 중도에 독자 여러분께 실례지만, 이 강좌도 이미 반을 넘었고 바쁘기 때문이라고 해도 필자의 태만을 사과드린다. 계획한 분류에 따라 장황하게 적을 만한 지면도 없고, 나는 이 더운 날씨에 여러분을 괴롭히며 흐지부지 끝내버리는 무책임한 사람이 아니다.

그러니 중요한 것만 강의하고 나머지는 다른 분들의 강의를 참고하기 바란다. 대중소설이라고 해도 이 역시 소설이고, 소설 쓰는 법에서 근본적인 변화가 있을 리 없다. 특히 대중문예로서 필수불가결한 점은 빠뜨리지 않고, 그 대신 별로 중요하지 않다고 생각되는 점은 건너뛰어 템포를 빠르게 하여 재미있고 유익하게 남는 강의를 여러분과 함께 계속하고자 한다. 애독해주시기를 희망하는 바이다. 그럼 바로 계속하자.

일본뿐만 아니라 외국 대중문예에서도 역시 시대물이 많다. 적어도 지금까지는 시대물이 득세하고 있다. 그러나 일본의 대중문예와 다른 점은 대부분이 사실에 기초를 두고 있다는 점이다. 『윌리엄 텔』

---

110 고쿠쇼 이와오(黑正巖, 1895-1949): 일본의 경제학자, 농업사가, 농촌사회사 학자.

이든,『폼페이 최후의 날』이든, 또는『쿠오바디스』든 모두 그렇다.

또 취재의 판도가 매우 광범하고 고대로부터 가장 근대에 이르는 역사적 사실을 소재로 하고 있다는 점은 일본 대중작가의 취재를 에도막부 말기에 한정하는 것과 천양지차이다. 이 점은 장차 대중문예 작가의 알아두어야 할 점이다.

외국의 대중문예 중에는 상당히 공상적인, 사건 위주인, 바꿔말하면 오락 위주의 것도 있지만, 그 모두가 어느 정도는 사실에 기초를 두고 있다는 점에서 오는 '사실다움'의 재미가 있다. 이 재미는 일본의 일반 대중문예에서는 발견할 수 없는 장점이다. 이 점에서 볼 때 일본의 대중작가들은 모두 사건의 재미, 공상적 취미를 역사상의 인물과 연결시키는 기교가 매우 졸렬하기 때문에 이 장점——'사실다움'을 갖는 것이 불가능하다.

이는 도대체 무엇에서 기인하는가, 라고 하면, 말할 것도 없이 역사적 지식의 부족으로부터 왔다고 볼 수밖에 없다. 앞에서 말한 '역사소설'만큼의 엄밀함을 굳이 강요하진 않겠지만, 적어도 좀 더 역사적 사실을 고증하고 연구할 필요가 충분하다고 믿는다.

그중에서도 가장 중요한 대중문예의 요소가 되고 있는 '검술' 및 '인술(忍術)'에 대해서조차 정말로 조사해서 쓰는 대중문예 작가는 거의 없다고 해도 무방하다.

'검술'의 참고서는 앞에서 언급해뒀기 때문에 다시 말하지 않겠지만, '인술'의 참고서로 세간에 상당히 유포되어 있는『정인기(正忍記)』한 권조차 읽지 않은 듯한 대중문예 작가가 널려있다는 것이 놀랍다. 그렇지 않다면 저런 어처구니없는 인술은 쓸 수 없었을 것이다. 대중물이 칼싸움 위주이면서도 검술에 대한 지식도 없이, 사람을 베거나

베이는 자의 순간적 심리조차 쓰지 않은 채, 장래의 대중문예를 쓰려고 하는 것은 이상하고 무리한 이야기라고 해야 할 것이다.

서로 검을 겨루는 묘사의 변천을 보면, 에도시대 문학의 검투 묘사는 이른바

'정정발지 허허실실 운운(丁々発止、虛々実々の云々)' 하는 식이었다.

그게 조금 더 발전하여

'왼쪽 어깨부터 오른쪽 허리를 향해 베면 피를 뿜으며 쓰러졌다'와 같은 문장으로까지 변화해왔다. 이하 두세 가지 예를 들어보자.

여러분은 이런 싸움의 묘사를 여러분 스스로의 눈으로, 내가 말하는 여러 가지 점들을 참고하여 비판·연구해 주었으면 한다──.

그때 쨍 칼소리가 났다.

한 무사가 머리 위를 겨누고, 다른 무사가 몸통을 노리며 동시에 하노스케에게 덤벼든 것을 간발의 차로 몸을 틀어 피하며, 그중 한 사람을 비스듬히 베어 쓰러트리고, 다른 한 사람의 칼을 받아냈다.

받았을 때는 이미 베고 있었다.

다른 유파에서 말하는 '제비베기(燕返し)'[111]. 일도류(一刀流)로 말하면 '금시조 왕검좌(金翅鳥王劍座)'──그것으로 잘라 버린 것이다.

금시조는 한쪽 날개가 구만팔천리에 달하며, 해상에 나가 용을 잡아먹는다──그 엄청난 기백에 따라 이름 붙인 것으로 '오점지 차제(五点之次第)'. 더 자세히 말하면 적의 칼을 공중으로 튕겨 자신의 칼로 적의 몸을 베는 기술이다. 세 명의 적을 죽였다──.

---

111 몸을 급하게 반전시키는 것이라는 의미로 여기서는 그런 동작의 검술을 지칭한다.

상인은 하노스케를 밀치려고 했다. 그러나 하노스케는 목덜미를 잡고 휙 땅으로 밀어붙였다.

갑자기 무사가 칼을 뽑았다. 하노스케는 홀쩍 뒤로 물러났다. 칼은 상인의 목을 베었다. 헉, 하고 상인이 비명을 질렀다.

"아차"하며 무사는 칼을 집어넣었다.

이것은 구니에다 시로 군의 『하치가타케의 마신(八ヶ嶽の魔神)』중 결투의 한 구절이다.

다음의 간단한 문장은 오사라기 지로 군의 『구라마 덴구』에서 발췌한 것이다——.

곤도 이사미는 고테쓰(虎徹), 나카하라 도미사부로(中原富三郎)는 스케히로(助広), 칼도 칼이지만 칼은 든 사람도 사람이다. 칼끝을 상대 눈에 겨눈 채 가만히 서로 노려보았다.

마찬가지로 오사라기 군의 「아코 낭사(赤穂浪士)」의 한 구절——.

이윽고 세 사람은 잔디 한가운데로 나아갔다.

눈과 눈이 마주친다. 그 찰나에 안개 낀 허공에 세 자루의 검이 조용히 그 몸을 드러냈다.

살갗에 스며드는 듯한 고요함이 흐르는 소리를 내며 들려왔다. 서로 파고들 틈을 엿보는 민첩한 생물처럼 칼끝은 어두운 허공에 기어들어 희미하게 흔들린다. 촘촘한 파도처럼 서로에게서 올라오는가 하면, 기분 나쁜 눈을 응시한 채 서로 노려보며 정지한다.

갑자기 그중 하나가 창백하게 번득이며 한일자로 베고 들어온다. 그제야 칼날 부딪치는 소리가 나면서 달군 쇠 냄새가 어둠 속으로

흩어졌다. 쿵 하고 땅을 울리며 아이자와가 땅에 쓰러졌다. 초조해진 이와세가 베며 들어왔다. 바로 눈앞에 육박해 있던 적의 얼굴이 하얀 목을 드러내며 휘어지는 것이 보였다. 바로 그 찰나에 이와세는 하늘을 가르며 거침없이 오른쪽 팔에 불 같은 일격을 당했다. 일어섰을 때, 자신의 손에 이미 칼을 없다는 것을 알았다.

그럼, 인구에 회자되고 있는 나카자토 가이잔 군의 『대보살 고개』중에서 인용해 보자──.

　류노스케 특유의, 검끝으로 상대의 눈을 노리는 자세입니다. 얼굴이 하얗게 가라앉아 있기 때문에 마음속 감정은 더욱 알 수 없고, 호흡 상태는 여느 때와 같아 목검 끝이 흔들려 보입니다.
　류노스케가 이 자세를 취하자 후미노조는 꺼림칙해도 눈을 노리는 자세를 취합니다. 살집 좋은 얼굴이 살짝 붉어지고, 맑은 눈으로 류노스케의 하얗게 빛나는 눈을 정면으로 마주합니다. 이쪽도 고겐잇토류(甲源一刀流)에서 유명한 사람이라, 마주 서도 둘 사이에 큰 차이가 보이지 않습니다.
　……
　그러던 중에 조금씩 후미노조의 호흡이 거칠어집니다. 류노스케의 얼굴색이 창백함을 더합니다. 양쪽 구레나룻 부근에서는 땀이 뚝뚝 떨어집니다. 지금이야말로 무승부 신호를 보내려는 순간, 지금까지 조용했던 후미노조의 목검 끝이 할미새의 꼬리처럼 움직이기 시작했습니다. 잇신사이(一心斎)는 목구멍까지 나온 무승부 신호를 삼키며 류노스케의 눈빛을 보니, 무서울 정도로 험악하게 변해 있습니다. 후미노조를 보니, 이 또한 사람을 죽일 수 있을 것 같이 험악하게 변해 있어, 잇신사이는 서둘러 자리에 있던 헨미 도시야스(逸見

利恭) 쪽을 돌아봅니다.

......

잇신사이는 초조했습니다. 노련한 안목으로 보면 이는 보통의 시합을 넘어 진검승부의 경지에 달해 있습니다. 신사 앞의 큰 삼나무가 둘로 갈라져 두 사람 사이로 쓰러지거나 심판이 몸으로 끼어들거나 하지 않으면, 자욱하게 피어오른 이 살기를 지울 수 없을 겁니다. 이제 조금도 유예하기 어렵다고 보았기 때문에,

"무승부!"

이는 잇신사이의 독단으로 그는 이 승부를 위험에서 구하기 위해 쇠부채를 두 자루의 칼 사이로 내밀었으나, 이게 늦었는지 그가 빨랐는지,

"찌르기"

후미노조의 양손 찌르기는 참으로 대담하고 맹렬했습니다. 오백여 명의 검객들이 일제히 간담이 서늘해졌을 때, 의외로 후미노조의 몸은 빙글빙글 돌면서 내던져진 것처럼 고겐잇토류의 자리로 뛰어들어 헨미 도시야스 앞에 엎어지고 말았습니다.

쓰쿠에 류노스케는 목검을 든 채 광장 한복판에 우뚝 서 있습니다.

이노우에 신카이의 칼은 검날 밑이 부러져 저쪽으로 날아가고, 멋진 칼솜씨로 시마다의 칼을 어깨에 맞아 처절한 절규를 남기고 눈 위로 쓰러집니다. 그 사이 등 뒤로 돌아온 오카다 야이치가 양손으로 잡은 칼을 머리 위로 들어 내려칩니다. 시마다 도라노스케는 가토 지카라를 벤 칼을 그대로 몸을 숙여 비스듬히 뒤로 당겨 내리칩니다. 지금까지 본 적 없는 인간을 복부에서 상하로 나눈 몸통 베기입니다.

또한 마지막으로 대중문예가 아닌 특이한 예를 문단의 귀재 요코

미쓰 리이치 군의 작품 『명월(名月)』에서 들어보겠다. 『명월』은 그 전체가 이미 이시카와 고에몬의 미친 검 그 자체와 같은 모습과 심리를 그린 좋은 단편이다.

고헤(小兵衛)의 옆구리를 스승의 칼집이 푹 찔렀다. 고헤는 배를 누른 채 얼굴을 찡그리며 멈춰섰다. 그러나 간신히 큰 소리만은 내지 않고 작게 말했다.

"스승님, 너무 심한 것만은 하지 말아주세요."

"그래, 그래. 하지만 이쪽에 틈을 내려고 하면 그쪽에 틈이 생기는구나. 알겠느냐."

"예."

"이래 봬도 아직 네 마음은 다 보인다. 하지만, 고헤. 각오는 되었는가."

"무슨 각오 말씀이십니까?"

"각오는 각오지. 난 지금 미친 게 틀림없어. 그렇다면 네 목숨도 위태로워."

'스승님'이라고 말한 고헤의 목소리는 떨리기 시작했다.

"넌 도망치려고 하는구나. 도망치면 네 발은 움직이지 않을 거다."

"스승님."

"하하하, 너는 또 날 죽이려고 왔구나."

"스승님. 그런 말씀은 더 이상 하지 마세요."

"좋아, 좋아. 자, 오거라."

두 사람은 잠시 말없이 걸어갔다. 그러나 고헤는 자신의 마음이 손에 잡히듯 스승의 등 뒤에 비친다고 생각하니, 흔들리는 자신의 마음이 마치 남의 마음처럼 느껴졌다.

"스승님."

"왜 그러느냐"

"저는 이제 무서워서 걸을 수가 없습니다."

"바보 같은 놈. 넌 날 죽이면 돼. 그냥 죽여라. 사양하지 마라. 나는 머지않아 태합(太閤) 놈에게 당할 거다."

"스승님."

"태합에게 죽임을 당할 바에야 지금 너에게 죽임을 당하는 것이 낫다. 알겠느냐. 죽여라."

"선생님, 저를 여기서 죽여주세요."

"음, 네가 나를 죽이지 않는다면 난 지금 당장 널 죽일 거다."

그러자 고헤의 얼굴이 달빛 속에서 갑자기 대담무쌍하게 변했다. 그는 스승의 뒷모습을 바라보면서, 그 등을 벨 기회를 노렸다. 어느새 두 사람은 잠든 후시미의 거리로 들어섰다.

고헤는 갑자기 맥이 풀리자 이마의 땀이 입안으로 흘러들어왔다. 순간 앞에서 걷는 고에몬의 뒷모습도 그와 함께 후 하고 한숨을 내쉬었다. 그 사이에 다시 스승은 팔랑팔랑 몸을 좌우로 흔들렸다. "아, 미쳤다." 고헤가 마음을 다잡으려 할 때, 갑자기 오싹한 한기가 느껴졌다. 그러자 그의 한쪽 팔은 몸통에서 떨어져 길 위에 있었다.

"당했다"라고 생각한 그는 옆으로 물러서며 인형사 집 덧문을 박차고 마당 안으로 달려갔다. 그러나 나는 새처럼 따라온 고에몬의 칼이 고베에의 귀를 스쳤다. 그는 마당에 늘어선 인형들 속에서 바람처럼 날뛰고 있는 고에몬의 모습을 힐끗 보았다.

아전인수처럼 들릴지 모르겠지만, 굳이 자화자찬을 늘어놓자면 졸작 『유비근원대살기(由比根元大殺記)』(현재 『주간아사히(週刊朝)』 연재 중)에 나오는 싸움은 지금까지의 대중문예의 흔한 싸움과는 약간 느낌이 다르다. 거기서는 내면적으로도 외형적으로도 '검술'의 정도(正道)에 걸맞은 묘사를 하려고 주의했기에, 만약 독자 여러분이 흥미를 가지고 있다면 읽어 주었으면 좋겠다는 것을 덧붙인다.

문단 작가들은 '조사한 문학'을 경멸하는 경향이 있지만, 대중문예에서 조사한 지식을 경멸해서는 장래 대중문예의 발전을 거의 기대할 수 없다고 본다. 적어도 대중문예에서는 '가능한 한 조사하고, 이를 표면에 드러나지 않게 사실답게 그려내는 것'이 가장 중요하다. 이 표준에 따라 앞의 몇 가지 예를 비교·연구하기 바란다.

아니, 대중문예뿐만 아니라 모든 문예는 앞으로 더욱 종합으로 되어갈 것이다. 단순히 자신의 생활을 파고들어 쓰는 것만이 아니라, 다른 세계를 본 지식을 가지고 쓰지 않으면 소설을 쓸 수 없게 될 때가 올 것이다. 인간의 개인적인 정신생활은 19세기 말에서 20세기 초에 발달이 멈춘 느낌이다. 그 이후의 인간 생활은 과학의 발달로 인한 외면적 생활에 끌려가는 모습이다. 우리의 개인적 욕망과 요구가 어떻게 사회적·과학적 외면 생활에 압박받고 영향을 받는지는 여러분이 스스로의 삶을 한번 되돌아보면 일목요연할 것이다.

이런 의미에서 개인적이고 작가적인 구상력에만 의존하지 말고, 넓은 세상으로부터, 독서로부터, 사실로부터 얻은 과학적 지식의 구상을 빌려 문학을 창조하는 일이 중요하다. 이런 노력이 없다면 장래의 문예는 도저히 19세기 후반의 문예에서 빠져나올 수 없을 것이다.

현재 외국의 대중소설을 예를 들어 고찰해보자. 예를 들면──

코난 도일의 몇몇 탐정소설 및 환상소설, 예를 들어 『잃어버린 세계』나 『안개의 나라』 등은 도일의 깊은 과학적 조예로 이루어진 환상소설이며, 유명한 H. G. 웰스는 소설가로서의 기반 안에 과학자로서의 자신의 식견을 자랑하고 있다. 예를 들면, 『타임머신』, 『모리안 박사의 섬』, 『달에 간 최초의 인간들』 같은 작품들에서부터 『눈먼 자들의 나라』, 『잠든 자가 깨어날 때』, 『보이지 않는 왕, 신』 같은 사회비판 소설에 이르기까지, 웰스의 작품들이 웅변적으로 그의 폭넓은 지식과 능력을 보여주고 있다. 특히 이 『문화사대계(文化史大系)』 같은 작품은 그의 광범한 과학적 지식이 있었기에 비로소 완성될 수 있었던 것이라 할 수 있다. 아마도 웰스는 앞으로도 대중문예의 최일선에 설 사람이 아닐까 싶다. 그 밖에 라이더 해거드, 라인하트[112], 오르치[113] 등의 작품 은 일본 대중문예 작가들이 배워야 할 많은 장점을 갖추고 있다.

해거드는 이미 일본에서도 충분히 알려져 있지만, 다른 한 사람 오르치는 '빨강 별꽃' 시리즈, 라인하트는 『일곱 별의 거리』, 『나선 계단』 등의 작품이 대표작이다. 이들은 여러 가지 의미에서 최근의 과학적 지식을 흡수하고 있으며, 특히 해거드 같은 작가는 공상적이 면서도 학술적 풍모도 드러내기에 우리 대중문예 작가들이 참고할 만한 작가이다.

현재 일본의 탐정 작가를 돌아봐도 순수 작가 이외에 의사나 과학 자가 비교적 다수 포함되어 있는 이유는 역시 그 방면의 지식 없이 는 탐정소설을 쓸 수 없기 때문이다.

자신의 생활을 그저 관찰하는 것만으로는(물론 경험이 필요하지만), 그 이상의 과학적 지식을 갖추지 않고서는 좋은 작품이 나올 수 없다.

---

112 메리 로버츠 라인하트(Mary Roberts Rinehart, 1876-1958): 미국의 아가사 크리 스티라고 불릴 정도로 유명한 추리소설가, 미스테리소설가.
113 에무스카 바로네스 오르치(Baroness Emmuska Orczy, 1865-1947): 헝가리에서 태어나 영국에서 소설과 희곡을 집필한 여성 작가.

잭 런던의 작품들 『바다 늑대』나 『야성의 외침』, 『흰 송곳니』, 『버닝 데이라이트』 등도 풍부한 경험에 충분한 학술적 연구 결과가 가미되어 있다.

마지막으로 일본 작가의 스케일이 작다는 것은 부끄러워해야 할 현상이다. 어떤 작가는 심경소설에 틀어박혀 있고, 어떤 작가는 너무 편한, 그래서 저급한 대중문예를 쓰는 것으로 만족한다.

외국 작가는 결코 그렇지 않다. 버나드 쇼[114]든 웰스든 도일이든 모두 다양한 소설을 쓰고 있다. 그래서 그들의 스케일은 훨씬 장대하다.

미카미 오토키치가 하루에 몇 장을 휘갈겨 쓴다든가, 나카자토 가이잔의 『대보살 고개』가 엄청난 대작이라든가, 그런 소심한 것으로는 안된다. 일본 문단 작가는 좀 더 웅대한 스케일의 통속소설을 써야 한다.

요점은 작은 것에 안주하지 말고 공부하면서 소설을 위한 예비지식을 풍부하게 쌓으라는 것이다. 현재로서는 일본의 문단도 불안하기 짝이 없다.

그러면 모든 종류의 문예를—— 여기서는 특히 대중문예로 한정하겠다. 시대소설, 탐정소설, 연애소설, 소년·소녀소설 등, 내가 첫 강의에서 분류한 모든 종류를 일괄하여 장래의 대중문예가 어떤 방향으로 나아갈 것인가. 그 방향을 나에게 예언하라고 한다면, 나는 "모든 것을 대표하여 '과학적 경향'으로 나아갈 거다"라고 단호하게 대답하겠다. 문예의 미래는 과학적 문예의 방향으로 나아갈 수밖에 없다.

---

114 버나드 쇼(George Bernard Shaw, 1856-1950): 아일랜드의 극작가 겸 소설가. 1925년 노벨문학상을 수상했다.

이렇게 고찰해 올 때 다음 강의에서 무엇을 먼저 강의해야 하는지에 대한 문제도 저절로 해결된다.

즉 나는 다음 강의에서 우선 '과학소설'을 강의하고자 한다. 그리고 나서, 다른 종류의 모든 것을 일괄적으로 강의하는 것이 올바른 순서라고 생각하기 때문이다.

제6장

과학소설

앞의 결론에서 나는 여러분들과 함께 다음과 같은 점을 살펴보았다. 미래는 과학의 것이다. 모든 소설은 미래에 점점 더 과학적 경향을 띠게 될 것이고, 또 필연적으로 그렇게 되어야 한다. 그렇다면 '과학소설'이란?

아직까지 일본에는 '과학소설'이라고 부를 만한 것은 존재하지 않는다. 현재 일본의 대중문예에서 가장 압도적인 효과를 거두고 있는 것은 여러분들도 눈앞에서 보고 있듯이 탐정소설의 유행이다. 이는 비단 일본만의 현상이 아니다. 이미 과학소설이 어엿하게 존재하고, 독자 대중을 만족시키고 있는 서양의 여러 나라에서도 일본과 마찬가지로 '탐정소설'은 전성기를 맞고 있다. 요컨대 '탐정소설'이 두드러지게 유행하는 것은 근래의 대중문예계에서는 세계적인 현상이다.

그렇다면 최근 '탐정소설'이 유행하는 현상은 대체 어떻게 해석해야 할까. 여기서부터 문제를 생각해보자. 가장 가까운 곳에서 출발하여 '과학소설'로 나아가겠다.

우선, 독자 대중의 탐정소설 욕구는 다음과 같은 점에서 근본적으로 생각할 수 있지 않을까.

지금까지의 문학에서 인간의 감정생활, 다르게 말하면 개인 생활을 그리는 것은 이미 충분히 다 나온 듯한 감이 든다. 똑같이 이를 주제로 하는 문학 및 소설은 더 이상 새롭게 나타날 수도 없고 독자의 흥미를 끌지도 못할 것이다. 왜냐하면 시대는 19세기에서 20세기로 나아갔지만, 인간의 감정생활은 이전부터 본질적으로는 무엇 하나 새로운 것을 만들지 않았기 때문이다. 물론 새로운 의미를 담고 있는 참신한 주창은 지금도 활발하게 나오고 있다. 그러나 그것들은 요컨대 경제적, 사회적, 정치적 이론을 다분히 포함하고 있는 것에 지나지 않는 것이다. 경제적, 사회적 또는 정치적 견지에서 관찰할 때는 분명히 중대한 의미를 갖는 것이겠지만, 감정적 견지에서 볼 때는 본질적으로 옛날과 다르지 않다.

그러나 역시 이런 점에서는 19세기 문학의 경우와는 상당히 다르다. 개인의 생활에 인간의 사회생활을 종속시키고 있던 19세기 문학, 즉 개인생활을 주제로 하여 이를 설명하고 해석하고자 시도한 19세기 문학은, 소설과 개인생활이 사회적 집단생활로 인해 왜곡되고, 개인생활보다 사회적 생활이 더 중요시되는 20세기 현재의 문학·소설과는 당연히 달라야 한다. 물론 19세기 문학에서도 그런 경향이 나타나고 있었다. 그리고 본래 인간의 생활 혁명은 점차적으로 행해지는 것으로 결코 정치변혁과 같이 갑자기 바뀌는 것이 아니다. 때문에 앞에서 말한 경향이 지난 세기에 더 희박했던 것은 당연하다. 또한 개인생활이 기본을 이루고 있었던 점에서 오늘날 사회적 생활에 개인적 생활이 종속되어 있는 것과는 전혀 다르다.

그렇다면 현재의 사회적 집단생활이란 어떤 것이고, 그 집단생활에서는 무엇이 기본을 이루고 있는가. 이야말로 중요한 문제이다. 현재 인간의 진보는 사상이나 철학의 진보를 의미하지 않는다. 과학적 설비가 얼마나 완비되어 있는가, 그것이 현재 인간의 진보와 같은 의미가 되었다는 것을 여러분도 알 것이다. 과학의 진보, 이것이야말로 현재 생활의 기본이다. 오늘날 인간의 사회적 생활에서 개인의 사상 감정은 대부분 과학적 진보에 기초한, 어지러울 정도로 빠른 사회 변화에 의해 끌려가고 있다. 이처럼 개인 생활이 완전히 사회생활에 종속되어 있는 오늘날, 새삼스레 19세기 문학에 흥분하거나 위로받을 까닭은 어디에도 없을 것이다.

이러한 과도기적 시대의 문학·소설의 문제는 어떤 방향에서, 어디에서 해결의 길을 찾아야 하는가. 그리고 그 이전에, 이런 기간에 길러지는 문예, 새롭게 나타나는 소설, 독자 대중이 절실히 요구하는 소설은 무엇이어야 할까.

자, 문제는 여기까지 왔다. 그러면 그런 문예는? 당연히 이지적이고 과학적이어야 한다. '탐정소설'이 근래에 융성한 이유는, 그리고 또 그것이 장래 어떤 방향으로 나아가야 하는지는 근본적으로 위와 같은 점에서 찾아야 한다. 템포가 빠르고 자극적이며, 현재의 개인적 생활·감정생활을 건드리지 않고 그 번잡스러움에 사로잡게끔 오락적인 것, 그러한 소설에 대한 요구가 근대과학에 대한 흥미와 결합될 때, 거기에서 '과학소설'이라는 것이 주창되는 것은 당연한 귀결이다. 따라서 '탐정소설'은 그 방향으로 향하는 하나의 전제로서, 그리고 마침내는 점차 과학적 방향으로 나아가야 하는 것으로서 융성하고 유행했다고 보아야 할 것이다.

일본을 문학사적으로 관찰해봐도 마찬가지다. 일본에서는 일찍이 '과학소설'이 '탐정소설'과 병행하여 발전해 왔다. 앞서 총론에서 꼽았던 것처럼 모리타 시켄을 비롯해 여러 사람이 '탐정소설'을 번역했을 무렵, 이미 스티븐슨의 『보물섬』, 베른의 『해저 이만리』, 그 밖에

『달나라 여행』 등이 널리 읽혔다. 쇄국 때문에 과학이 뒤떨어진 일본 사람들은 새로운 과학적 지식에 눈이 휘둥그레지며 그 책들을 탐독했다. 이후 구로이와 루이코는 웰스를 번안했고, 기쿠치 유호는 해거드의 모험담을 번안하기도 했다.

이처럼 '과학소설'은 '탐정소설'과 함께 순조롭게 발전해 왔으나 충분히 성과를 보기도 전에 한바탕 좌절을 겪었고, 한때 쇠락할 수밖에 없었다. 바로 일본의 기형적인 자연주의 문학사조의 발달 때문이다. 그리하여 '과학소설', '탐정소설'은 문예의 영역에서 추방되고 말았다.

그동안 서양의 여러 나라에서는 '탐정소설'과 병행하여 과학적 괴기소설 혹은 환상소설——라인하트, 해거드의 작품과 같은 것들——이 성행하였는데, 동시에 다른 한편으로는 순수한 과학소설로서 H. G. 웰스, 잭 런던, 코난 도일 등의 작품이 독서계급의 거센 요구를 충족시켜줬다.

이처럼 일본에서는 과학이 충분히 대중적 지식이 되지 못했다. 그럼에도 불구하고 과학의 놀라운 진보와 수입은 결국 일본의 독자층이 다시 과학에 관한 지식을 요구하게 만들었다. 이러한 외국 풍조는 이윽고 다시 수입되었고, '탐정소설'은 마침내 지금 여러분이 보는 것처럼 융성하기에 이르렀다. 그러나 과학소설은 안타깝게도 여전히 미발달 상태로 남아 있다. 하지만 당연히 '과학소설'도 장래 주목받아 마땅하며, 그런 경향으로 향하고 있다고 말할 수 있다.

하지만 그게 어려운 이유, 특히 일본에서 어려운 이유는 누누이 말했지만 '과학소설'이 매우 풍부한 지식과 공상력을 필요로 하기 때문이다. 일본 국민에게 일반적으로 과학적 지식이 부족한 것은 물론

이지만, 특히 오늘날의 우리 문학자들 중에 과학적 지식을 깊이 연구하고자 하는 기특한 생각을 가진 이는 전무하고, 현재와 같은 나무늘보에게 주문하는 것이 오히려 무리라고 해야 할 상태이다. 이는 분명 우려스러운 일이다. 왜냐하면, 장래의 문학자들은 가만히 앉아서 모든 지식을 외면하고 자신과 자신의 주위를 바라보며 좁은 세계를 그리는 것만으로는 아무것도 할 수 없기 때문이다. 정치도, 경제도, 과학도, 사회도 포함해서 전문적인 지식을 마스터하고, 그것들을 종합함으로써 작가로서의 하나의 훌륭한 식견을 창조하지 않고서는, 장래의 인쇄술에 의한 예술 및 문예는 근대과학의 힘을 빌린 라디오나 영화에 압도될 것이다.

따라서 장래가 촉망되는 젊은 사람들은 '과학소설'을 미래의 종합적인 문학의 발생으로 이어지는 필연적인 하나의 과정으로서, 혹은 거쳐야만 하는 하나의 단계로서 인식하고 충분히 주목할 필요가 있다. 그와 동시에 만일 여러분이 이렇게 생각한다면, 여러분은 현대 문학자의 태만에 저항하고 그것을 문학자의 부끄러움으로 여기며 결연히 맞서야 한다.

현재 존재하고 있는 '과학소설'은 다음 세 가지 경향에 따라 분류할 수 있다.

첫 번째는 현재의 과학 지식을 바탕으로 그것을 기괴한 형태로 하나의 사건에 연결시켜 그린 것이다. 예를 들면——

아서 코난 도일의 『로스트 월드』 같은 것이다. 이미 영화화도 되어 있기에 독자 여러분도 아시다시피, 『로스트 월드』는 사람의 발길이 닿지 않은 남미의 내지에 이전 시대의 동물인 공룡, 익룡, 유인원 등이 서식하고 있는 고지대를 탐험하는 이야기로, 과학적 지식이 풍부한 공상력을 더해 창조된 작품이다. 탐험대가 귀환해 런던에서 보고회를 개최하자 실물 표본으로 꺼낸 익룡 새끼가 순식간에 회장 천장의 높은 창문을 통해 날아가고 청중들이 난리를 치는 등 대중적 흥미도 충분히 갖추고 있다.

또는 쥘 베른의 『달나라 여행』이나 『해저 여행』 등의 작품들도 이런 종류에 속한다. 그 외에 헨리 라이더 해거드의 작품들에서 보이는 것처럼, 지리학적 기초에 서서 풍속적 지식, 동식물학적 지식을 덧붙여 아프리카 내지의 괴기를 그린 작품도 마찬가지이다.

즉 현대 과학의 지식을 기초로 하여 상상할 수 있는 하늘, 바다, 지하, 지상의 온갖 불가사의를 흥미롭게 그린 작품들을 포함하는 것으로서 다분히 낭만적인 경향을 가지는 종류이다.

두 번째는 과학적 지식에 기초를 두고 있는 것은 물론이거니와, 거기에 다분히 사회적 의의를 아울러 담고 있는 종류의 작품이다.

그 적절한 예로는 잭 런던의 작품들, 예를 들면 『야성의 외침』 같은 작품이다.

『야성의 외침』은 한 마리의 개를 주인공으로 한 소설로, 처음에는 부자들에게 사랑을 받으며 길러지다가 사람에게 도둑맞아 팔리고 학대받으며 북알래스카의 황량한 얼음밭에서 썰매를 끌거나, 혹은 애견가의 사랑을 받으며 사람의 감정에 단련되는 등, 문화와 야만 사이에서 방황하다가 마침내 천성적 야수성이 깨어나 늑대 무리의 대장이 되는 독특한 이야기이다. 런던은 또 『비포 아담(Before Adam)』이라는 작품에서 인간의 원시생활을 묘사해 반짐승 같은 생활을 통해 근대의 과잉된 문화로부터의 도피를 암시하고 있다.

그 외에 위와 같은 점을 기본으로 하고 있다는 점은 틀림없지만,

흥미 위주로 쓰인 것. 예를 들면——

버로스[115]의 '타잔' 시리즈, 스티븐슨의 『블랙 앤 화이트』, 『지킬 박사와 하이드』와 같은 작품도 이 종류에 포함되어야 한다고 생각 한다.

마지막 경향으로서 다음과 같은 것이 존재한다.

즉 H. G. 웰스의 작품들에 의해 대표되는 것. 예를 들면 『타임머 신』에서 웰스는 순식간에 수십만 년을 왕복하는 기계를 그렸고, 『잠 자는 자가 깨어날 때』에서 기계에 사로잡힌 사회를 암시적으로 쓰고 있다.

이런 종류의 '과학소설'은 지금의 과학이 미래에 어떻게 발달해 갈 것인지, 심연한 과학적 지식에의 심취와 풍부한 공상력을 통해 미래 사회의 과학적 발달을 그려낸 내용을 포함한다. 다시 말하면 가장 순수한 과학소설을 가리킨다.

이상과 같은 세 가지 경향을 우리는 지금 나오고 있는 '과학소설' 에서 볼 수 있다. 다만 현재로서는 아직 이 모든 것이 단순히 오락적 인 흥미만을 포함하고 있어 그 수준을 벗어나는 작품이 거의 없는 실정이다. 그러나 '과학소설'은 더욱 발전해야 하고, 또 가까운 장래 에 더욱 융성을 볼 것이 틀림없다.

나는 다음과 같이 단언할 수 있다. 즉 과학의 올바른 발전 방향이 뛰어난 문학에 의해 과학적으로 종합되고 통일되어 암시되며, 정당 하고 명확하게 과학이 진보되어야 할 방향을 제시할 때, 그때야말로

---

115 에드가 라이스 버로스(Edgar Rice Burroughs, 1875-1950): 어드벤처, SF, 판타 지 소설의 시조 중 하나라고 평가받는 미국의 소설가.

이런 종합적 문학은 스스로 사회혁명의 의의와 임무를 충분히 그 어깨에 짊어질 수 있을 것이라고.

왜 그럴까? 오늘날 과학의 빠른 발달 속도를 보라. 갈 곳을 모르는 과학의 가속도적 발달은 일반인이 상상조차 할 수 없는 수준이다. 장래, 문학이 갖는 중대한 하나의 의의와 임무는 과학의 발달을 독자 대중에게 설명하고 지시하는 데 있다. 에디슨 한 사람의 두뇌에 의해 인류사회의 과학적 진보가 얼마나 발전했는가? 다르게 말하면 한 사람에 의해 인류사가 얼마나 진보했는가를 생각할 때, 마르크스주의자나 혹은 그에 반대하는 보수주의자들이 주창하는 오늘날의 학설들이 근본적으로 파괴되리라는 것은 꼭 공상만은 아닐 것이다. 과학의 발달에 따라 필연적으로 초래되는 방대한 기계산업화가 그 결과로 다수의 실업자를 낳는 것은 당연한 일이 아닌가. 그것이 현재 사회문제의 근본이 되고 있는 이상, 그것을 해결하려면 기계 더 나아가 과학 자체를 부정하거나, 또는 과학을 보다 충분히 발달시키거나, 그 둘 중 어느 하나 외에는 방법이 없다. 하지만 사회정책으로는 결코 이를 근본적으로 해결할 수 없다. 과학을 부정하는 것은 현재의 문명을 부정하고 원시로 돌아갈 것을 요구하는 것이며, 따라서 인류 진보의 의미를 전체적으로 인정하지 않고 역사의 수레바퀴를 과거로 되돌리려는 공상가의 사고방식에 지나지 않는다. 단하나의 정당한 길은 인류의 진보를 촉진하는 것, 즉 과학을 보다 완벽하게 발달시키기 위해 실제로 노력하는 것 외에는 방법이 없다는 결론에 도달한다.

보라. 과학은 표면적으로는 서서히, 그러나 보이지 않는 가속도로 발달하고 있다.

일례로 건축을 예로 들어 고찰해보자. 건축재료는 이미 천연재료를 사용하지 않고 인공재료를 많이 사용하기에 이르렀다. 목조건축 이외의 건축은 대부분 인공재료만으로 건조되며, 게다가 이 인공재료들은 천연 석재에 비해 훨씬 저렴하고 견고하다. 이러한 발달의 추세는 무수히 있고, 그저 똑같이 장석류(長石類)[116]를 연구하기만 해도 보다 저렴한 재료가 발견되고 있다. 이런 발전이 완성되었을 때, 우리의 사회생활은 대체 어떻게 될까. 우리가 미국으로부터의 통신을 라디오로 받듯이, 과학의 진보는 평당 십 엔의 건축비로 지을 수 있는 가옥을 인류에게 제공해 주리라는 것은 결코 상상하기 어렵지 않다.

또한 세계 굴지의 생산품으로 유명한 대만의 천연생산품 장뇌(樟腦)[117]는 이제 독일의 과학적(인공적) 생산품 장뇌에게 시장을 빼앗기려고 한다.

그 밖의 무수한 예는 모두 결코 공상이 아니다. 아니, 이제 공상이 아니게 되었다. 인공적 생산품이 천연품을 압도하여 우리 생활에 침입하기 시작한 것은 근 20년 만의 일이다. 이렇듯 무한한 과학적 발명이 현실화되어 우리의 삶에 점점 더 직접적으로 영향을 미쳐 올 때 과연 우리의, 인류의 생활은 대체 어떤 식으로 개조되고 변혁되는 것일까. 적당한 문학적 형식으로 일반 독자 대중에게 이를 보고하고, 설명하고, 암시하고, 지적하는 것은 문학자로서 결코 무의미한 일이 아니라고 믿는다. 무의미하기는커녕 대단히 의미 있는 문학가의 임무 중 하나일 것이다. 이런 의미에서 나는 '과학소설'을 이미

---

116 가장 흔한 광물 중 하나로 일반적으로는 흰색이거나 투명하다.
117 휘발성의 무색 반투명한 결정체.

제창했던 바이다.

적어도 나 혼자만의 생각으로는 오늘날의 프롤레타리아 문학자들이 그들 프롤레타리아트의, 모든 민중의 비참하기 짝이 없는 삶을 그리는 동시에 과학의 발달이 장래에 어떻게 그들을 구할 것인지, 그들의 삶을 밝게 할 것인지를 그리는 것도 필요하다고 생각한다.

그러면 내가 '과학소설'로서 요구하는 것은 현재 쓰이고 있는 과학소설의 세 종류 중 어디에 속할까? 환상소설 같은 작품, 괴기함을 추구하는 작품, 즉 첫 번째 종류에 속하는 다분히 낭만적인 작품도 아니고, 인류사회의 과학적 진보에 대해 의혹을 갖거나 부정하는 경향의 사고방식을 가진 채 야만과 원시를 매혹적으로 그리는 두 번째 종류도 내가 요구하는 '과학소설'이 아니다. 오히려 나는 과학이 사회생활에 기여하는 바를 정당하게 표현하는 '과학소설'을 요구한다.

물론 오락적 요소는 어느 정도 갖추고 있어야 하지만, 과학에 의한 미래 인류 사회의 밝은 모습을 그려내는 '과학소설', 환언하자면 세 번째 종류에 속하는 것, 아니 그보다 더 높은 수준에 이른 과학소설을 나는 주장하는 것이다. 좀 더 적극적으로 말한다면, 미래의 과학소설은 과학적 진보에 대해, 미래 인류의 문화에 대해 더 긍정적이어야 할 것이다. '과학소설'로서 이 장에서 내가 특히 강조하고 주안점을 두는 것은 바로 그 위와 같은 부분이다. 그리고 그런 의미의 '과학소설'이야말로 순수한 '과학소설'이고, 또한 진정으로 미래의 종합적 문학으로 가는 하나의 과정으로서 정통적인 '과학소설'이라고 생각한다.

참고문헌에 대해서. 일본에는 앞에서 말했듯이 '과학소설'이라 부를 수 있는 것이 전혀 없었으니 참고문헌으로 꼽을 것도 없다. 때문에 앞의 세 가지 분류를 따라 주요 외국작품을 꼽아보겠다. 아직 우리나라에 번역되지 않은 것도 많기 때문에 작품들의 제목은 내가 임의로 붙인 것임을 덧붙여둔다.

[첫 번째 종류에 속하는 것.]

1) 코난 도일. A.C. Doyle

- *The Lost World*. 잃어버린 세계
- *The Poison Belt*. 독의 띠
- *Captain of the "Pole-Star."* 북극성호의 선장
- *The Land of Mist*. 안개의 나라
- *The Doings of Raffles Haw*. 래플 호우 행상기

2) 쥘 베른 Jules Berne

- *From Earth to the Moon*. 달나라 여행
- *Twenty Thousand Leagues under the Sea*. 해저6만리[118]
- *Journey to the Center of Earth*. 땅속 여행
- *The Mysterious Island*. 미스테리한 섬

[두 번째 종류에 속하는 것]

1) 잭 런던. Jack London

- *Before Adam*. 아담 이전으로
- *The Call of the Wild*. 야생의 외침

---

118 나오키의 오타인 듯.

- *Iron Heel.* 철의 발뒤꿈치
- *Star-Rover.* 스타 로버

2) 파우루즈. E. R. Burroughs

- *Tarzan of the Apes.* 유인원 타잔
- *The Return of Tarzan.* 타잔의 귀환
- *The Beast of Tarzan.* 맹수 타잔
- *The Son of Tarzan.* 타잔 2세

그 외, 여러 종류의 '타잔 이야기' 있음.

3) 사무엘 버틀러. Samuel Butler

- *Erewhon.* 에레혼
- nowhere를 역으로 엮은 것에서 그의 역설적 이상향을 제시
  하고 있다.
- *Erewhon Revisited.* 에른혼 재방문기

[마지막 종류에 속하는 것.]

1) 웰즈. Herbert George Wells

- *Time Machine.* 시간 기계
- *The Food of God.* 신들의 양식
- *In the Days of the Comet.* 혹성 시대
- *First Man in the Moon.* 달에 간 최초의 인간
- *The Island of Dr. Morean.* 모리안 박사의 섬
- *War in the World.* 세계전쟁

- *War in the Air.* 공중전

- *The Wonderful Visit* 이상한 방문

- *The Invisible Man.* 보이지 않는 사람

- *The Sleeper Awakes.* 자고 있는 자가 눈뜰 때

- *Tales of Space and Time.* 공간과 시간 이야기

2) 에드워드 벨라미. Edward Bellamy

- *Looking Backward.* 태고를 돌아보며

제7장

탐정소설

 '탐정소설'의 역사에 대해서는 총론에서 충분히 언급해 두었고, 또 그 존재 이유——어떻게 발전해 왔고, 왜 현재에 유행하는지, 혹은 장래 어떠한 방향으로 진행될 것인지——에 대해 다루었다. 바꿔 말하자면 '탐정소설'은 과거에서 미래로 이어지는 문학사에서 어떤 역할을 하는 연결고리인가에 대해 앞 장에서 상세히 강의하였다.

 그러니 이에 대해서는 또다시 귀중한 페이지를 낭비하지 않겠다. '탐정소설'은 그 특징으로 어떤 것을 담고 있어야 하는지로 넘어가자.

 첫째, 그 이야기가 자연스러워야 한다. '탐정소설'에서 자연스럽다는 것은 그 부자연스러움이나 과장이 지극히 현실적이어야 한다는 것이다. 즉 독자에게 자연스럽고 그럴듯하게 느껴져야 한다. 물론 이는 과학적이어야 한다는 의미도 내포하고 있다. 즉 탐정소설의 첫 번째 특징은 '풍부한 현실성'이다. 범죄의 동기, 수사의 단서가 아무리 사소하고 공상적일지라도 그것이 현실성 있게 독자에게 다가가야 한다.

 둘째, 서스펜스가 그 특징이다. 어떻게 될까, 범인은 누구일까 하는 기대와 불안감을 끊임없이 독자들에게 안겨주도록 짜여 있어야 한다. 범인을 의외의 곳에서 발견하는 것도 좋은 방법이다(두제[119]의 『스미르노 박사의 일기』). 모든 등장인물을 범인처럼 보이게 해서 독자를 방황하게 만드는 것도 좋다(반 다인[120]의 『그리스가의 참극』). 차례차례 실타래를 풀도록 계속해서 생각하게 만드는 인물을 창조해 내고, 그 인물을 통해 진짜 범인을 숨기는 것도 좋다(르블랑의 『호랑이 송곳니』). 어쨌든 요점은 독자에게 서스펜스를 제공할 필요가 있다는 것이다.

그러기 위해서는 트릭이 필요하다. 복선에 복선을 겹쳐 서로 엉켜 독자는 오리무중에 빠진다. 하나가 엉키면 다른 것이 조금 풀리고, 또 그 위에 복선이 겹친다. 이런 식으로 항상 어떤 부분의 기대와 그 기대에 이어지는 불안, 즉 서스펜스를 갖게 하기 위해서는 트릭이 중요한 역할을 한다. 르블랑의 탐정소설을 보면 바로 알 수 있다. 말할 것도 없이 트릭은 충분한 현실성을 갖추고 있어야 한다. 따라서 세 번째 특징으로 '풀리지 않는 트릭'를 들 수 있다.

위와 같은 점들을 탐정소설의 특징으로 꼽을 수 있다. '탐정소설'은 대중문예의 한 분야로서도 생각할 수 있지만, 또한 그 자체가 '탐정소설'로서의 독립적인 분야를 전개하고 있다. 즉 다음 세 가지 종류로 나누어 생각하면 좋을 것 같다.

본격적 '탐정소설', 문학적 또는 예술적 '탐정소설' 및 대중 문예적 '탐정소설'.

본격적 '탐정소설' 속에 포함되는 것은, 오래된 것으로는 코난 도일의 탐정 작품, 새로운 것으로는 현재 인기의 정점에 있는 반 다인,

---

119 S. 아우구스트 두제(Samuel August Duse, 1873-1933): 스웨덴의 추리소설가.
120 S.S. 반 다인(S.S. Van Dine, 1888-1939): 미국의 추리소설가. 추리소설을 작가와 독자가 벌이는 지적 게임으로 여기며 독자 참여형 추리물을 주장했다.

또는 월리스[121] 같은 사람의 작품을 들 수 있을 것이다.

문학적인 것으로는 체스터턴의 '브라운 시리즈' 등을 들 수 있고, 대중문예적 '탐정소설'로는 르블랑의 작품이 대표적이다.

하지만 일반적으로 '탐정 소설'이 나아갈 길을 말하자면, 여러 번 말했지만 장래는 더욱 과학적이 되어 갈 것이라는 점이다. 과학의 진보만이 앞으로의 세계에 새로운 현실성을 만들어 낼 것이고, 따라서 트릭에도 점차 과학이 응용될 것은 당연하다. 과학의 끊임없는 진보만이 탐정소설을 항상 새롭게 만들 수 있다. 예를 들어 살인광선, 고주파 전파의 이용, 텔레비전, 텔레복스와 같은 새로운 과학적 발명이 미래의 '탐정소설'에 사용될 것이다. 탐정소설은 이를 통해서만 더욱 밝은 미래를 가지게 될 거라고 생각한다.

마지막으로 탐정소설에서 일본과 외국의 차이점에 대해 한마디 하겠다.

일본 작가들은 '탐정소설'을 쓰는 데 여러 가지 어려움이 따를 것이다.

이는 첫째, 일본 가옥의 구조가 외국과 달리 개방적이라는 점이다. 이는 범죄를 수행하는 것 등에서 매우 어려운 조건이다.

둘째, 일본의 경찰 제도가 세계에서도 비교할 수 없을 정도로 완전하다는 점이다. 때문에 완전히 엉터리로 쓸 수가 없다. 진실미가 없어져 버리는 것이다. 예컨대 미국의 시카고나 뉴욕 등 대도시 암

---

121 에드거 월리스(Richard Horatio Edgar Wallace, 1875-1932): 잉글랜드의 작가로 1933년 영화 〈킹콩〉의 각본가로도 알려져 있다. 그리니치에서 태어나 다양한 직업을 경험 후 육군에 입대하여 보어 전쟁에 종군, 남아공 통신 기자를 거쳐 귀국 후에 스릴러 작가로 데뷔하였다.

흑가는 경찰의 손길이 거의 닿지 않을 정도다. 여러분은 외국영화에 총격전이 뛰어난 영화가 많다는 것을 알고 있을 것이다. 하지만 일본에서는 경찰과 무뢰한이 기관총으로 맞서는 것은 상상도 할 수 없는 일이다. 이런 총격전을 바로 일본에 이식해서 영화를 만들어봤자 바보 같은 영화가 될 뿐이다.

셋째, 외국의 '탐정소설'에서 사립탐정이 활약하는 것은 경찰 제도가 불완전한 데 바탕을 두고 있다. 그래서 외국이라면 실제로 있을 수 있는 현상이지만 일본에서는 사립탐정 등이 사회적으로 인정받지 못했다. 경찰 제도가 완비돼 있어 그럴 여지가 없기 때문이다. 예를 들어 외국에서는 경감도, 탐정도, 형사도 디텍티브라는 말로 대표된다. 이런 점에서 우리와는 사정이 매우 다르다.

이러한 여러 조건 때문에 일본에서는 '탐정소설'이 매우 쓰기 어려운 상태에 놓여 있다. 일본에 좋은 본격 '탐정소설'이 적은 것도 이런 이유 때문일 것이다.

내친김에 이번 장에서 오늘날 유행하고 있는 '실화물'에 대해 이야기해보자.

일반적으로 실화는 반(反)문학적 요소 중 하나지만, 이 또한 외국의 유행으로부터 영향을 받은 결과이다. 우리는 여기서도 외국과 일본의 차이를 고려해야 한다.

'실화'는 외국에서 유행하기 시작했는데, 특히 미국에서 가장 성행하고 있다. 여기에 어떠한 이유가 있는가 하면, 미국의 생활(사회생활과 개인생활)은 실로 소설 이상이기 때문이다. 그 다종다양함과 모든 점에서 센세이셔널한 점은 놀랄 만하다.

일례로 업튼 싱클레어의 소설을 읽었다면 미국 대도시 시정의 부패가 도쿄 시정의 부패와는 비교할 수 없을 정도로 심각하고, 또 태머니 홀[122] 등의 책동이 얼마나 심각하고 계획적인지는 엉터리인데다 바로 꼬리가 밟히는 우리 다나카(田中) 수상[123]과 정우회(政友会)[124]의 바보같음은 문제가 되지 않을 정도로 엄청난 것임을 독자 여러분은 알고 있을 것이다.

위와 같이 외국의 '실화'와 일본의 '실화'는 하늘과 땅만큼 차이가 있다. 일본의 '실화'는 외국의 '실화'만큼 독자들에게 흥미를 주지 못한다. 때문에 '실화'의 유행은 특히 일본에서는 일시적인 것으로 결코 영속성을 갖지 못한다고 해야 할 것이다.

'괴기소설'에 대해서는 앞장 '과학소설' 속에 포함시켜 그 첫 번째 종류로 설명했으니 이 장에서는 생략했음을 말해 둔다.

---

122 태머니 홀(Tammany Hall)은 1786년에 설립되어 뉴욕에 강력한 영향력을 행사한 정치 기구이다.

123 다나카 기이치(田中義一, 1864-1929): 일본의 육군 군인이자 정치가. 제26대 내각총리대신(수상)을 역임하였다.

124 입헌정우회(立憲政友会). 일본 메이지 시기부터 쇼와 초기에 걸쳐 입헌민주당과 더불어 최대 정당 중 하나.

제8장

소년소설과 가정소설

총론에서 말해 두었듯이 '소년소설'은 성인물로 분류되는 일체를 포함하고 있으며, 거기에 영웅과 공상과 경이가 들어간 것이다. 따라서 그것은 탐정소설일 수도 있고 모험소설일 수도 있고 영웅적일 수도 있다. 다만 작가는 어디까지나 소년·소녀가 읽는다는 점을 염두해두어야 한다. 어른이 읽어도 되는 '소년·소녀소설'이라고 생각해서는 안 된다. 왜냐하면 소년, 소녀의 읽을거리여야만 작품이 존재가치를 가지기 때문이다. 잡지『붉은 새(赤い鳥)』의 스즈키 미에키치(鈴木三重吉) 군의 동화가 실패한 것도, 위와 같은 점에서 착오가 있었기 때문이며, 그 결과, 어른이 읽기 위한 동화로서의 '소년·소녀문학'은 딜레마에 빠져버렸다.

때문에 '소년·소녀소설'의 문장에 대해서 말하자면,

1. 논리를 뺄 것
2. 템포를 빠르게 할 것
3. 지문이 적을 것

이라는 세 가지 원칙을 준수 준비해야 한다. '소년·소녀소설'은 반드시 소년, 소녀가 읽기 위해 쓰여야 한다.

예컨대 입지소설로 『존 핼리팩스 젠틀맨』 같은 작품이 대표적이다.

여기에 '가정소설'이라고 불리는 문예의 한 범주가 있다. '가정소설'의 의미는 일본과 외국이 반드시 같지는 않다. 외국에서는 어엿하게 '가정소설'이 존재한다. 『검은 말』, 『집 없는 아이』, 『쿠오레』, 『세 가정』 등은 이 범주에 속한다.

그런데 우리나라에서는 신문소설이 '가정소설'로 불렸다. 신문소설이기만 하면 설령 그게 연애소설이든 뭐든 '가정소설'로 여겨져 왔다. 일본에서는 '가정소설'이 일정한 개념을 갖고 있지 않았던 것이다. 이는 바로잡아져야 한다. 따라서 외국을 본받아 올바르게 인식한다면 일체의 '가정소설'은 장래에 '소년·소녀소설'로서 요구될 것이라고 생각한다. 즉 지금까지 '가정소설'이라고 불리던 종류의 작품들, 디킨스의 소설이나 그 밖에 앞에서 언급한 작품들은 '소년·소녀소설' 안에 포함되어야 한다. 그중에는 '유머소설', '모험소설', '탐정소설' 등 모든 어른 소설의 종류가 포함되며, 그것이 소년, 소녀의 읽을거리로서 쓰여져야 한다.

다만 오늘날 남아 있는 문제는 이들 '가정소설'을 포함한 모든 '소년·소녀 문학'이 19세기 이후 걸작을 내놓지 못하고 있다는 점이다. 이는 무엇을 의미하는 것일까. 첫째는 시대의 진보와 변천이 소년, 소녀까지 지배하여 그들의 사상과 정서를 빠르게 변화시키고 있다는 점이다. 현재의 소년, 소녀는 결코 한 세기 전 소년·소녀의 감정 및 사상을 가지고 있지 않다. 그들은 더 과학적이고, 더 자극적이며, 더 향락적인 욕구를 가지고 있다. 그들은 항상 새로운 무언가를 찾는다. 이는 도시의 소년, 소녀일수록 더욱 그렇다. 그러나 둘째, 그들에게 어떤 방향을 제시해주어야 할 문학자 자신이 이미 빠른 세태의 변화 속에서 헤매고 있다. 그들은 새롭고 올바른 도덕성을 제시하지 못한다. 자본주의의 성숙과 함께 세상은 갈수록 방향을 잃어버린 채, 무도덕하게 흐트러지고 있다. 지금의 '소년·소녀문학'은 다른 모든 문학 이상으로 위기에 처해 있음을 생각해야 한다. 이는 장래의 문학이 가져야 할 중대한 사명 중 하나이다. 문학자는 먼저 스스로를 올바르게 인식해야 한다. 자신의 위치를 분명히 알아야 한다. 그 방향에 관해서는, '과학소설'에서 자세히 말해 두었다.

어쨌든 미증유의 과도기적 시대에 소년·소녀 소설은 모든 문학과 마찬가지로 지금 일대 전환기에 서 있다는 점을 생각해야만 한다.

제9장

유머소설

'유머소설'의 요구는 무엇보다 독서가 오락이라는 관점에서 나온다. 이런 견지는 근래 들어 점점 강해졌다. 그 외에는 아무 이유가 없다. 인생을 탐구한다든가 풍자적이다든가 하는 등 어떤 인생의 의미를 가질 필요가 없는 것이다. 대중소설이 흥미만으로 존재할 수 있는 것과 같은 이유다. 이렇게 말하면 몰리에르[125]의 유명한 희곡이라든가 세르반테스의 『돈키호테』 등은 유머 문학이 아니라는 설이 나오는데, 물론 나는 그런 것들을 '유머 문학'이라고 생각하지 않는다.

인생을 희극적으로 표현한 것만으로도 충분하다. 유머는 철두철미하게 유머여야 한다. 예를 들어 몰리에르의 작품은 읽고 난 뒤 인생의 앙금이 남는다. '유머소설'은 읽고 나면 남는 게 없다. 그래서 '유머소설'은 그 나라만의 독특한 것이어야 하고, 작가 자신에게도 웬만한 사물에 대한 특수한 신경(민감성)이 필요하다. 몰리에르의 풍자, 셰익스피어의 말장난은 번역할 수 있을 것이다. 하지만 『우키요부로(浮世風呂)』[126] 등은 번역하고 나면 대부분의 맛이 사라져 버린

---

125 몰리에르(Molière, 1622-1673): 프랑스의 배우이자 극작가 장바티스트 포클랭의 통칭.
126 시키테이 산바(式亭三馬, 1776-1822)가 적은 골계본(滑稽本). 당시의 서민 생활을 목욕탕을 무대로 적은, 라쿠고의 화술을 도입한 대화가 특징 중 하나이다.

다. 따라서 문학적으로도 영구적인 가치가 매우 적은 것밖에 나오지 않는다. 언어의 뉘앙스라든가 그 나라 언어가 가진 특유의 말장난 같은 것이 '유머소설'에서는 상당히 필요한데, 이를 번역할 수는 없다. 따라서 일반성도 없는 것이다.

예를 들어 최근 유행한 속어 중에 '싫지 않으세요?'라는 말이 있다. 이 말은 능숙하게 사용할 때 사람을 웃길 수 있다. 동시에 그 유행이 시들해질 때, 그 말은 가치 없는 말, 빈정대는 말 외에는 아무것도 아니게 된다.

또, 예를 들면 오늘날 『다케토리 이야기』를 '유머소설'이라고 한다고 해도 이를 받아들이는 사람은 없을 것이다. 하지만 『다케토리 이야기』는 당시 '유머소설'이었음이 틀림없다. 그 당시의 유머를 오늘날에는 이해할 수 없게 된 것이다. 그 시대의 풍속이나 결점, 특징 등을 지나치게 과장한 작품은 풍속의 변화와 함께 망하게 된다.

이상과 같이 불완전하게 보급되는 '유머소설'이 요구되면서도 그 생명이 짧기 때문에, 오늘날과 같이 동요하는 시대에는 진짜 유머작가도 거의 나타나기 어렵지 않을까?

오늘날 대표적인 작품이라면 역시 아니타 루스의 『신사는 금발을 좋아해』 정도인데, 이 작품은 매우 미국적인 풍속, 특히 근대 여성을 과장한 내용으로 미국과 미국인을 아는 사람에게만 재미있게 읽힌다. 물론 오늘날 일본뿐만 아니라 여러 나라가 미국화되고 있다는 점에서 볼 때, 아메리카니즘은 일본인뿐만 아니라 전 세계인들에게도 친숙해지기 쉽기 때문에 어느 지점까지는 보급이 용이할 것이다. 하지만 번역에 의해 가치가 반감되는 것은 어쩔 수 없다.

그 외에 미국에는 『촬영소 이야기』를 쓴 옥타버스 로이 코헨[127]이나 근대적 유머 작가 도널드 오그던 스튜워트[128]가 있고, 영국에는 유명한 우드하우스[129]가 있다. 캐나다의 리콕[130]도 유행 작가다. 독자 여러분은 그들을 참조하길 바란다.

---

127 옥타버스 로이 코헨(Octavus Roy Cohen, 1891-1959): 20세기 초 미국의 작가.

128 도널드 오그던 스튜어트(Donald Ogden Stewart, 1894-1980): 미국의 극작가, 소설가.

129 P. G. 우드하우스(Sir Pelham Grenville Wodehouse, 1881-1975): 20세기 가장 유명한 영국의 유머 작가.

130 스티븐 리콕(Stephen Leacock, 1869-): 캐나다의 유머 작가. 영국 햄프셔 지방 의 스완모어에서 태어나 캐나다 온타리오주로 이민을 갔다.

제10장

애욕소설

앞서 총론에서 나는 연애를 여덟 가지로 나누어 놓았지만, 나중에 보면 여섯 가지밖에 거론되지 않았다. 그래서 좀 더 자세히 내 생각을 말해보겠다.

첫째, '사춘기적 연애'이다. 예를 들어 괴테의 『젊은 베르테르의 슬픔』 등이 여기에 속한다. 현실의 경우 그렇게 순수하게 오래가지 않겠지만, 보통 적어도 스무 살 정도까지의 맹목적이고 열렬한, 그러면서도 성욕적이라기보다 감정적이고 순정적인 연애이다. 투르게네프의 『첫사랑』 등도 여기에 속한다. 이미 이성을 알아버린 남녀에게서는 이제 이런 감정을 다시 볼 수 없다.

둘째, '모성적 연애'는 옛 일본 여성들이 가진 연애 도덕의 유일한 기준이었다. 기쿠치 유호 등의 '가정소설' 속 여주인공은 모두 여기에 속한다. 이는 일본 여성의 노예적 삶을 단적으로 드러내는 것이다. 오늘날에도 여전히 이 낡은 껍질은 고귀한 것처럼 여성 및 남성의 머리속에 달라붙어 있다. 쓰루미 유스케(鶴見祐輔)[131] 군의 『어머니(母)』 등에는 이러한 연애 관념이 상당히 들어있는 것 같다. 하지만 젊은 여성들의 변화된 생활은 점차 이런 틀에서 벗어나려 하고

---

131 쓰루미 유스케(鶴見祐輔, 1885-1973): 일본의 관료, 정치가, 저술가.

있다. 이 연애는 무엇보다도 남편을 원하고, 남편이 생기면 전적으로 복종한다. 결혼 후 여성으로서의 일은 엄마로서 아이를 키우는 것뿐이다. 하지만 생활고는 이미 경제적으로 남편을 신뢰하기 힘들게 만들었다. 한편 여성은 자신의 직업을 찾아서 스스로 생활하는 길을 남성의 손에서 **빼앗아** 왔다. 이러한 결과는 새로운 연애와 결혼의 길을 그녀들에게 제시하고 있는 것이다. '모성적 연애'는 하나의 아름다운 추억이 되고 있다.

셋째는 '성욕적 연애'이다. 이성의 체취를 알게 된 사람은 반드시 이런 연애감정을 많든 적든 가질 것이다. 여자를 보는 것이 이미 간음이라는 말은 이런 의미에서 옳다. 신은 성욕을 가리는 아름다운 베일로서 연애 감정을 인간에게 주었을 것이다. 하지만 선악과를 한 번 입에 댄 인간은 이를 역이용했다. 인간의 적나라한 감정은 조금이라도 아름다운 이성을 만나면 성욕을 갖게 만든다. 사실주의 소설은 대개 이런 연애를 해부하고 있다.

넷째, '존경적, 숭배적 연애'이다. 이 자체는 매우 아련하고 덧없는 것이다. 저명한 작가를 동경하거나, 미국 영화배우에게 편지를 보내는 등의 연애 심리이다. 이것은 어떤 기회가 있으면 다른 연애로 전환된다. 그 예는 영화 등에도 자주 보이고 실제로도 자주 보인다.

다섯째는 '사교적 연애'이다. 이는 또 다른 의미에서 가벼운 연애이다. 지극히 유희적인 연애이며, 피상적이기는 하지만 근대적이라는 점에서는 가장 모던하고 새로운 연애의 일종이다. 춤 상대, 경마 구경 상대, 음악회나 산책 상대 등이다. 근대인들이 가장 요구하고 있는 연애 관계로 특히 미국 영화 등에서 얼마든지 볼 수 있다.

여섯 번째는 이것이야말로 진정으로 새로운 사랑인데, 더 깊고 사상적인 점에서 나오는 연애 관계이다. 같은 사상 아래 함께 일하고, 함께 살고, 함께 사상을 위해 싸우는, 그런 뜻에서 이성 간의 동지 같으면서도 열렬한 연애 관계이다. 바깥에서 보면 몹시 딱딱하고 답답한 것 같지만 본인끼리는 그야말로 자유롭고 올바른 연애이다. 이것이야말로 여성을 남성과 동등하게 한 사람의 완전한 인간으로 인정하는 것이다. 소련의 법률이라든가, 혹은 콜론타이 여사의 이야기나 리베진스키의 『일주일』, 고리키의 『어머니』 등을 읽어보면 잘 이해할 수 있을 것이다. 이 연애는 우선 소련의 젊은 세대로부터 필연적으로 생겨났다. 나는 이를 '동지적 연애'라고 부른다.

나머지 두 가지는, 어째서인지 실려있지 않았는데——

일곱 번째는 '친구적 연애'이다. 이는 내가 주장하는 바인데, 실제로도 있을 수 있고 이미 예렌부르크[132]의 『잔 네이의 사랑』에서도 그려지고 있다. 가령 사상이나 주장은 달리하더라도 정신적으로나 육체적으로 서로 허용해 나가려는 연애 관계이다. 나는 이것이야말로 진짜 자유가 아닐까 생각한다.

여덟 번째는 '권태적 연애'로 이는 생활에 권태를 느끼기 시작한 중년기 남녀의, 또는 데카당스적이라고도 할 수 있는 연애 심리이다. 도쿠다 슈세이(德田秋声)[133] 씨와 같은, 또는 유한부인의 청년 학생에 대한, 상당히 유희적이며 열렬하지만 사랑이 식으면 흔적도 없

---

132 일리아 예렌부르크(Ilya Grigoryevich Ehrenburg, 1891-1967): 소련의 작가. 풍자적이며 그로테스크한 걸작 『훌리오 후레니토의 편력』(1922년)이 대표작이다.
133 도쿠다 슈세이(德田秋声, 1872-1943): 일본의 자연주의 소설가. 일본 근대문학을 대표하는 작가 중 한 명이다. 오자키 고요(尾崎紅葉)의 문하생이 되어 1896년 데뷔작을 발표하였다. 서민 생활과 여성 묘사에 탁월했다.

이 사라지는 경우가 많은 연애이다. 즉 중년기 남녀가 생활에서 자극을 추구하는 종류의 연애이다.

이러한 여덟 가지 연애 중 '모성적 연애' 외에는 모두 잘못된 배덕으로서 배척되거나 두려움의 대상이 되고, 혹은 경멸받거나 입에 담는 것조차 금지되어 있다. 그러나 현실적으로는 존재했다. 단지 '동지적 연애', '친구 같은 연애', '사교적 연애'에 이르러서는 새 시대의 산물이 된 것이다.

'애욕소설'은 낡은 틀과 인습을 타파하고 나와야 한다. 왜냐하면 세상은 19세기와는 완전히 달라졌기 때문이다. 지금까지 그늘에 숨어 있던 연애 관계는 점점 노골적으로 표면에 나타났고, 전에 없던 새로운 연애의 형태를 창조했다. '애욕소설'이야말로 이를 반영하고 시대의 첨단적 신경과 새로운 풍속을 그려낼 사명을 띠고 있는 것이다. 애욕소설이야말로 각 시대의 풍속사이자 그 시대를 수놓는 화려한 색채여야 한다.

그렇다면 새로운 '애욕소설'은 새로운 '연애 심리'를, 새로운 연애 기교를, 새로운 형태의 여자를 그 안에서 창조해야 한다. 근대의 '애욕소설'은 이러한 의미에서 순수하게 도시적이라고 할 수 있다. 하지만 '도시적'이라는 것은 긴자의 거리를 걷는 스틱 걸[134]을, 단발의 여자를 무비판적으로 그려야 한다는 의미가 아니다. 물론 스틱 걸도 그려야 하지만, 그것을 좀 더 현실로 가져와서 좀더 사회적·경제적 뿌리로부터 해부하여 그려야 한다. 현재 우리는 좀더 현실성을 가진 여성을, 좀더 새로운 형태의 여성을 알고 있을 터이다. 이를 해부하

---

134 요금을 받고 남자의 이야기 상대가 되어 산책 등의 데이트를 하는 여성.

고 거기에 올바른 방향을 부여해야 한다. 이는 결코 낡은 형태로 물러나게 하는 것이 아니다. 우리는 내가 꼽은 여덟 가지 연애를 긍정해야 하는 것과 마찬가지로 모든 새로운 형태의 여성을 대담하게 긍정해야 한다. 이를 제시할 수 있도록 새로운 연애 도덕을 부여하며 그려나가야 한다.

예를 들어 『라 개린느』와 같은, 막달렌의 『여자』 같은, 또는 콜론타이 여사의 연애 이야기 『붉은 사랑』이나 『연애의 길』 같은 것을 읽어보라.

또한, 예를 들면 미국 영화에 나오는 여자의 생활은 결코 미국 여자의 실제 생활 그대로가 아니다. 영화상의 창작인 것이다. 그러나 영화상의 창작은 곧바로 실생활에 영향을 미친다. 즉 미국의 생활을 순수한 형태로 영화가 창작하고 그것이 역으로 실생활에 반작용을 일으키는 스크린상의 풍속이 이제 미국 여성의 생활 위에 실제화되고 있는 것이다.

이런 의미에서 새로운 '애욕소설'은 항상 그 시대 풍속과 유행의 선두에 서 있을 각오로 써야 한다. '애욕소설'은 시대의 쇼윈도를 장식하는, 언제나 새롭고 그렇기 때문에 가장 아름다운 유행 옷이어야 한다.

결론

생각해 보면 이 작은 페이지 수 안에 '대중문예작법'을 충분히 담는 것은 불가능한 일이었다. 예시조차도 충분히 들 여유가 없었던 점을 유감스럽게 생각한다. 우리는 종종걸음으로 여기까지 왔다. 그러나 대체적으로 훑어볼 수는 있었다. 불만스러운 점은 다음 기회로 미루고 일단 붓을 놓지 않으면 안 된다.

결론적으로 나는 여러분에게 다음 사항을 말하겠다.

첫째, 현대 인류는 모든 의미에서 무서울 정도로 중대한 전환기·변혁기에 서 있다. 하지만 그 너머에는 지금 위대한 문화의 시대와 창의(創意)가 열리려 하고 있고 또 열려야 할 때이다. 그것은 우리의 임무이자 동시에 보다 젊은, 앞날이 창창한 독자 여러분의 무거운 임무이다.

둘째, 이러한 때에 문예는 그 일환으로서 새로운 문학의 시대를 앞두고 진통을 겪고 있다. 이 시기에 대중문예는 문예의 임무 중 하나를 짊어지고 태어나 성장하고 있는 것이다. 대중문예는 어떤 방향으로 나아가야 하는가. 이에 답하노라, 보다 '과학'의 방향으로.

셋째, 돌이켜보면 우리 문단은 너무 좁고 답답하며 한쪽으로 치우쳐 있어서, 임기응변마저 침체되어 있었다. 때문에 소설의 종류 또한 매우 적고 빈약했다. 대중문예는 이 단조로움을 깨며 방대한 독자층에게 환영받고 있다.

그리고 마지막으로, 과학의 급속한 진보와 사상적 혼란(아메리카니즘과 볼셰비즘의 무비판적 흡수) 속에서 지금, 장래의 문예야말로 이 것들을 올바르게 인식하고 지도하며 방향을 제시하도록 운명지어져 있다는 것을 뼈저리게 느낀다.

요점은 좀더 많은 종류의, 좀더 뛰어난 문예 작품이 창조되기를 간절히 바란다는 것이다.

기타 수필들

새해의 감상

굶어 죽는 예술가

히로쓰 가즈오(広津和郎)[1] 군이 "순문학을 할 거면 굶어 죽을 각오로 덤벼라"는 식의 이야기를 썼던 것에 대해 상당히 동감하는 사람들이 있다. 문학자가 문학을 위해 굶어 죽는다는 것은 폭탄 삼용사[2]와도 비교할 만한 일이며, 그 장렬함이란 귀신도 울게 만들 정도이지만, 다른 한편에서 보자면 너무 멍청해서 말도 안 되는 일이기도 하다.

굶어 죽는다든가 굶어 죽을 각오라든가 하는 것은 센티멘탈의 일종이라, 겉으로는 장렬해 보이지만 내실의 무능력과 안이함을 드러내는 것에 불과한 말이다. 물론 히로쓰 군은 이 말을 일종의 비유로 쓴 것이니, 진정 순문학을 위해 작가적 소질이 부족한 사람이 굶어 죽을 만큼 분투한다면 어떻게 비평할지 모르겠지만, 순문학을 위해 싸운다는 것이 곧 생활과 싸우는 것에만 중점을 두는 것이라 생각한다면 큰 착각이다.

---

1 히로쓰 가즈오(広津和郎, 1891-1968): 평론에서 출발하여 소설가가 된 작가. 와세다대학 영문과를 졸업하고 번역 분야에서도 활약하였다. 허무적 인생을 그린 『신경병 시대(神経病時代)』(1917)로 호평을 받았고 비평과 문학 논쟁으로 주목을 받았다.

2 1932년 제1차 상하이(上海)사변에서 적진으로 돌진하여 자폭함으로써 돌격의 길을 열었던 독립공병 제18대대 구루메(久留米) 부대의 일등병 에시타 다케지(江下武二), 기타가와 스스무(北川丞), 사쿠에 이노스케(作江伊之助) 세 사람을 일컫는 말로 육탄 삼용사라고도 했다.

순문학이 생활적으로 혜택이 없기 때문에 생활과 싸운다──즉 굶어 죽을 각오를 한다는 말인데, 사실 순문학을 위해 정진한다는 것은 자기의 내적 생활과 싸운다는 것이라 해도 전혀 문제가 없다.

순문학이 빈궁하다는 것은, 지금의 순문학이 부당하게 대접받고 있기 때문이 아니라 걸작이 나오지 않기 때문이다. 조금만 괜찮은 작품을 쓴다면 가지이 모토지로(梶井基次郎)[3] 군이든 후카다 규야(深田久弥)[4] 군이든 가무라 이소타(嘉村磯多)[5] 군이든, 곧바로 그만큼은 ──물질적으로야 어쨌든 명성으로는 보답을 받는다.

문제는 그 다음 물질적으로 보답을 받느냐 못 받느냐하는 문제인데, 예를 들어 가지이 군의 작품이 발표된 것 말고도 여러 편이 있음에도 불구하고 어느 출판사도 상대해 주지 않는다거나, 한 장에 5엔 정도의 값어치가 있는데 1엔밖에 안 준다든가 그런 일이 있으면 새삼 부당하다며 소리를 높일 수도 있겠지만, 가지이 군 정도면 어디에서든 기꺼이 실어주고, 게다가 상당한 고료를 지불하고 있으니──만약 그래도 가지이 군이 가난하다면 그것은 그의 병과 한 달에 오십

---

3 가지이 모토지로(梶井基次郎, 1901-1932): 오사카 출신 소설가. 도쿄제국대학 영
   문과에 입학하였는데 이미 폐결핵에 걸려 심신의 병에 대한 자각과 건강 회복의
   바람을 예민한 감각으로 표현하였다. 대표작에『레몬(檸檬)』등이 있으며 죽음의
   예감과 냉정한 자기 응시로 예술파 작가로서 평가가 높다.
4 후카다 규야(深田久弥/彌, 1903-1971): 이시카와현(石川県) 출신의 문필가이자
   등산가. 산을 좋아하여 요미우리문학상(読売文学賞)을 수상한『일본 백 개의 명산
   (日本百名山)』(1964)으로 잘 알려졌으며, 등산 중 뇌졸중으로 사망하였다.
5 가무라 이소타(嘉村磯多, 1897-1933): 야마구치현(山口県) 출신 소설가로 인생의
   문제와 종교에 구원, 불교적 가르침에 경도되었다. 1918년 결혼하고 자식을 두었
   으나 불륜을 일으켜 이혼한다. 이 경험을 고백한 작품들로 주목받고,『도상(途上)』
   (1932)을 통해 문단에서 지위를 확립한다.

장 이상 못 쓰는 능력 탓이지, 저널리즘은 죄가 없다.

또 만약 가지이 군 이하의 사람이라면, 가지이 군 정도의 수준에 이르기까지 한두 작품 더 써 봤자 당연히 문학으로 생활할 수가 있겠는가 말이다. 문학이 그렇게 손쉬운 생활수단으로 통용될만한 나라는 전세계 어디를 가도 없을 것이다. 지금 없을 뿐 아니라 과거에도 없었다.

또 만약 가지이 군 이상의 문단적 이력을 가지고 있으면서도 순문학으로 벌어먹고 살 수 없다고 외치는 사람이 있다면, 시험 삼아 지금까지 무슨 작품을 썼고, 얼마나 걸작인데 어느 정도로 편집자가 그를 냉대하는지, 어떠한 명작이 있는데 대체 게재해 주지를 않는 것인지——즉 얼마나 노력해서 얼마나 명작을 썼으며 얼마나 부탁하고 돌아다녀도 게재되지 않는지 묻고 싶다. 아니면 술이라도 마시고 대가들의 뒷담화라도 하고 있다가 출판사가 의뢰를 하러 오면, 있을지 없는지 모를 머리를 쥐어짜서 평균점이 될까 말까 한 작품이나 쓰고, 그 다음에 순문학을 위해 운운하는 것인가?——한점 양심의 가책도 없이 "나는 순문학을 위해 한숨도 못 쉬고 분투하고 있다"고 말할 수 있는 사람이 대체 몇 명이나 될지 물어보고 싶다.

상투적 감상

마루야마 사다오(丸山定夫)[6] 씨가 얼마 전 에노모토 일좌(榎本一座)[7]

---

6 마루야마 사다오(丸山定夫, 1901~1945): 쓰키지 소극장(築地小劇場) 초창기 멤버로 신극 발전에 공헌하여 높이 평가받은 배우이다. 1932년 아내의 요양비를 벌고

에 들어간 원인에 관하여 그가 굶어 죽을 위기에 놓인 상태였다고 묘사했으며, 호소다 겐키치(細田源吉)[8] 군도 프롤레타리아 작가가 이와 비슷한 사정에 놓였다고 썼다. 순문학이 '굶어죽을 각오'라고 외칠 때 이러한 사람들은 사실 이미 그 상황에 빠져 있었던 것이다.

그래서 이 문제에 관하여 생각할 수 있는 것은, 굶어 죽을 선상에서 아홉 발짝쯤 멀찍이 뒤쪽에 있으면서, 순문학으로는 먹고살 수 없다며 불평하고 비명을 질러대는 인간들에게, 과연 굶어 죽을 각오가 가당하기나 한 노릇인지. 그리고 굶어 죽을 각오만으로 좋은 문학은 창작할 수 없다는 사실. 마지막으로 현대 사회에서 굶어 죽는다는 식의 경제 사정으로 자기자신을 몰아넣은 것이 장렬한 자세라고 믿는 허술하고 사회에 대한 부족한 인식이, 순문학으로 하여금 굶어 죽게 만드는 원인이라는 사실이다.

굶어 죽어라는 말은 '가난을 각오하라'는 의미이겠지만, 현대 사회에서 단순히 문학만을 가지고 생활의 수단으로 삼고——즉 따로 직업을 가지지 않은 채 경제 생활의 기초를 문학 창작에 놓고, 그다음 처자식과 함께 굶어 죽을 각오를 하고 정진한다는 식——내 입장에서 말하자면 너무 낡고 허술한 인식의 부족이다. 경제생활에 대

자 에노켄 일좌(エノケン一座)로 들어가 화제가 되었으며, 이듬해부터 P.C.L.(지금의 도호[東宝])로 옮겨 영화배우가 되었다.

7 일본의 희극왕이라고 불린 에노모토 겐이치(榎本健一, 1904-1970)의 애칭 에노켄을 딴 것으로, 정확한 이름은 에노켄 일좌(エノケン一座)가 맞다.

8 호소다 겐키치(細田源吉, 1891-1974): 도쿄 출신으로 와세다대학 영문과 졸업. 자적적 작품을 속속 간행하여 1920년대 중반 작가의 지위를 확립하였는데, 이후 프롤레타리아 작가로 활동한다. 1932년 전향 이후에는 역사소설이나 종교소설로 경도되었다.

하여 이런 사고방식밖에 갖지 못하니, 점점 순문학은 이러한 작가들에 의해 창작될 때마다 사회생활로부터 더 멀어지는 것이다.

굶어 죽을 각오를 하고, 그렇게 해서 문학이 나아진다면 불만이 없지만, 그 때문에 생활이 번거로워지지 않고 문학에 현대의 작가들이 몰두할 수 있다는 말인가? 과연 그런가? 오늘날에는 굶어 죽을 각오, 가난을 각오하고 정진하라는 것은 지극히 상투적이고 중학생 같은 흥분과 센티멘털리즘, 어린아이 같은 히로이즘을 포함한 말에 불과하며, 시대착오라고 하기에도 너무 심한 지경이다. 물론 문학에 정진하라는 의미가 과장된 말로, 문자 그대로 굶어 죽으라는 뜻이야 아니겠지만, 그런들 히로쓰가 말한 가난한 생활을 긍정하고 있는 듯한 태도는, 삶의 태도로 봐도 어리석고 지극히 낡아빠진 것이다. 경제 생활이 안정되지 않고 어느 정도의 사치도 하지 못하면, 현대 사회에 어필할 수 있는 문학이 탄생한다는 말인가? 가난을 긍정하는 작가의 작품에서 새 시대로 길을 개척할 수 있는 작품이 탄생할 것인가? 필경 소설적인, 그러니까 문단소설적인 소설만을 높이 본다면, 처자식을 굶겨 죽이고 정진하는 것 또한 일종의 작가적 태도일 수 있겠지만, 그러한 문학자는 이미 지금까지 나온 작가들 외에는 세 명 정도만 더 있으면 충분하다.

사치도 좀 부리고, 좋은 생활을 하며, 좋은 작품을 쓴다──그것은 불가능한 일이라는 것인가? 이러한 마음가짐은 과연 나쁜 것인가? 이에 관하여 좀 더 생각해 봐야 한다.

갓포레[9] 문구라도 벽에 붙여둬라

지난 호까지는 작년 말에 쓴 것인데, 그에 이어서 정월 10일에 쓰려다 앞의 내용에 뭐라고 썼는지 잊어버리고 말았다.

어쨌든 오늘날 우리 사회에서 유일하면서 최대의 문제는, 어떻게 가난에서 탈출해야 하는가 하는 일이다. 이 사회 상태에서 일본식 문인 기질의, 문사(文士) 청부적인 태도를 도덕적이라 생각하여 가난을 긍정하는데, 이러한 작가에게 새 시대의 의지를 볼 수 있을 것인가? 이러한 태도를 가진 작가의 작품이 우리 사회에서 환영받지 못하는 것은 너무도 당연한 이야기이다.

정치, 외교, 경제, 사회, 농촌, 군사 등에 관해서도 아무것도 모르면서 자기 신변, 상투적 일에만 몰두하는 문학이 다시 한 번 환영받기를 바란다면, 시대를 1930년 이전으로 되돌려야 한다. 1930년 이전에 나타난 6점짜리 정도의 신변문단 소설의 흐름을 여태 존중한다면 이제 사멸할 것임은 너무 당연하다.

그래도 사회는 문학에 대해 관대한 편이다. 다니자키 준이치로(谷崎潤一郎) 씨의 『갈대 베기(蘆刈)』[10]는 소겐샤(創元社)에서 한 권에 10엔이라는 비싼 가격으로 간행되었다. 좋은 작품이라면 이러한 대우를 받는 것도 가능한 사회이다. 그것이 다니자키 씨의 명성 때문만이라고 하지 마라. 다니자키 씨 이상 가는 명작을 쓰고 나서 불평을

---

9 19세기부터 크게 유행한 속요, 속곡을 말하며 가사에 '갓포레, 갓포레'가 들어가는 것이 특징이고 우스꽝스러운 춤을 곁들인 것이다.

10 다니자키가 1932년 발표한 소설로, 노(能)의 「갈대 베기(蘆刈)」를 모티프로 하고 있으며 탐미적 연애소설이자 여성찬미의 취향이 담긴 작품이다.

말하는 게 어떻겠는가?

　탄압을 받고 있는 프롤레타리아 문학 중에 스이 하지메(須井一)[11] 군이 써서 발표한 『기요미즈도기 풍경(淸水燒風景)』[12]이 개조사(改造社)에서 발행되었다. 순문학하는 사람들 중에 한 권에 300장에나 이르는 창작소설집을 낸 사람이 있던가? 그만한 정열과 정력만 가지고 있다면, 지금의 우리 사회는 아직 순문학에 대해 관대하기 때문에, 저널리즘은 한 권 10엔의 책조차 간행해 주고, 겨우 소설을 쓰기 시작한 스이 군의 창작품마저 간행해 주는 것이다. 대체 어디에서 순문학이 부당하게 냉대를 받고 있다는 말인가? 순문학자 스스로 제 할 일은 하지 않고 세상을 저주하다니 오만하기 짝이 없다.

　7점짜리 정도 되는 작품만 쓰면 후카다 규야 군이든, 가무라 이소타 군이든 죽은 가지이 모토지로 군이든, 즉시 간행해 줄 만큼 관대하다. 스스로 열정을 잃고 제대로 된 작품도 쓰지 못하면서 저널리스트가 의뢰하러 와 주지 않기 때문이라고 불평불만을 토로하는 짓 따위는, 가슴에 손을 얹고 곰곰 생각해 보는 게 좋을 것이다.

　동인잡지 사십 몇 종인지 육십 몇 종인지, 이들이 고료 생활을 못하는 것은 당연하며, 한 잡지 당 열 명씩만 활동한다고 쳐도 사백 명이나 되는 신진작가를 먹여줄 나라는 아마 세계 어디에도 없을 것이다.

11　소설가이자 노동운동가 가가 고지(加賀耿二, 1899-1974)의 별명이 스이 하지메이며, 본명은 다니구치 젠타로(谷口善太郎)이다. 교토 기요미즈도기의 도공이 되어 노동조합을 만들었으며 투옥과 감금, 체포 등의 탄압을 받으면서 『기요미즈도기 풍경』, 『솜(棉)』과 같은 대표적 소설을 발표하였다.

12　표제작인 장편 「기요미즈도기 풍경」 외에 다섯 편의 중편이 같이 실려 있는 책으로 1932년에 간행되었다. 세계적 대공황과 금융 긴축에 따른 산업합리화를 배경으로 가마 소유자인 자본가에 대한 직인 노동자들의 투쟁을 그린 작품이다.

우리가 외국 작가들의 현존 작품을 읽어도, 기껏해야 한 나라에 열 명 전후일 것이다. 문예가로서 한 나라에 열 명 정도의 대가들이 있다면 국민들도 정신적으로 부족함이나 부자유스러움이 없을 것이다. 일본어라는 좁은 언어로 쓰인 일본문학에, 문예가협회에만도 이백 명 가까운 문인이 있다니, 정말 성스러운 세상에 분수에 넘친 경사다. 문학이라는 것은 채소가게와 다른 것이니, 열 명의 일류 작가 외에 삼류나 사류 작가는 필요가 없다.

필요 없는 문학을 창작하면서 세상을 저주하는 모리배들이 굶어 죽을 각오 같은 게 가능하다면 어디 해 보라.

술이나 마시고 빈둥빈둥대면서 저널리즘 쪽에서 고개 수그리고 찾아오지 않는다며 불평을 하다니 —— 최근 세상살이가 그렇게 만만하지 않게 되었단 말이다. '첫째도 써라, 둘째도 써라, 셋째도 써라'라고 갓포레 속요 문구라도 벽에 붙여 둬라.

1933년 1월

문학의 지위와 국가 시설

　현재 일본의 출판물 중에 수위를 차지하는 것은 문학 출판물이다. 그리고 전세계 중 문학 출판물 수에 있어서는 일본의 문학서가 프랑스에 이어 제2위이다.

　일본 관헌들이 두려워하는 적화사상을 담은 소설은, 공기 중에 떠돌아다니며 전염되는 것도 아니고, 러시아에서 팜플렛이 반포되어 일반에게 퍼지는 것도 아니며, 거의 그 태반이 출판물에 의한 것이다.

　관헌은 그에 대해 유일한 수단으로 출판물 단속을 통해 발매 금지, 발행 정지 등을 실시하는데, 사실상 문학자들에 대해서는 적극적인 어떠한 방법도 쓰지 않는다.

　문부성은 그 단속에 대한 주무적 지위에 있지만, 사상 단속에 관하여 소설가를 한 번이라도, 한 사람이라도 불러들인 적은 없으며, 이번에 만들어진 정신문화연구소[13]만 하더라도 문학자는 한 명도 들어가 있지 않다.

　나야 요시다 구마지(吉田熊次)[14] 씨 같은 사람을 상대할 생각은 전

13　오쿠라 구니히코(大倉邦彦, 1882-1971)가 '일본 문화의 정수를 발양하고 나아가 세계문화에 공헌'하고자 '인류 문화의 보편적 의의에 통효함과 더불어 깊이 우리 나라의 정신 문화를 정밀히 연구'하는 것을 목적으로 1932년에 창립한 오쿠라 정신문화연구소(大倉精神文化研究所)를 말한다.

14　요시다 구마지(吉田熊次, 1874-1964): 교육학자. 도쿄제국대학 철학과를 졸업하고 윤리학, 교육학을 연구하였으며 독일, 프랑스 유학 후 도쿄대학 교수가 되어,

혀 없으므로 들어오라고 해도 들어가지도 않겠지만, 날마다 달마다 간행되는 신문, 잡지에 실리는 우리 소설이 얼마나 많은 사람들에게 읽힐 것인가를 생각할 때, 이에 대해서 아무런 방법도 강구하지 않는다는 것이 우리로서는 상상도 못할 불가사의다.

문부성은 그 안에 미술전람회를 가지고 있고, 미술가에 대해 서훈(敍勳)도 하고 있지만, 미술전람회에 의해 사상이 선도되는 것도 아니고, 문학자가 미술가보다 하등한 존재라고도 여겨지지 않기 때문에, 왜 미술원은 있고 문예원은 없는 것인지 참으로 묘한 일이다.

어쩌면 현재 정치가라는 자들 대부분은 취미로 한시나 하이쿠(俳句)[15] 정도는 하겠지만, 클레망소[16]나 로이드 조지[17]에게 소설 저작이 있다고 하면, 그들은 그것을 경멸할 정도의 머리밖에 없을 것이다.

이런 정치가들 밑에서 일본문학은 아무런 공권력을 빌지도 않고 여기까지 발달해 왔다는 말인가? 그들이 압박은 가했을지언정 아무런 원조도 해주지 않았다는 사실이 얼마나 문학자들을 분노케 하는가? 현재 문학자로서 좌경적 사상을 긍정하지 않는 사람은 아마 한 명도 없을 것이다.

수신교과서 편집에 중심적 역할을 담당하였고, 국민정신문화연구소 연구부장 등을 역임하였다.

15 5·7·5 세 구의 17음절로 이루어진 세계에서 가장 짧은 정형시라 일컬어지는 단시.

16 조르주 클레망소(Georges Clemenceau, 1841-1929): 프랑스 정치가, 언론인, 의사. 제1차 세계대전에서 프랑스를 승리로 이끌고 파리강화회의 때 전권대표로 참석하여 베르사유조약을 강행한 인물이다.

17 데이비드 로이드 조지(David Lloyd George, 1863-1945): 북웨일즈 출신의 영국 정치가로 사무변호사에서 출발하여 하원, 재무장관을 거쳐 영국의 복지국가의 기초를 구축한 인물이다. 제1차 세계대전 때 군수장관, 이후 총리로서 총력전을 지도하고 전후 처리까지 관여하였다.

그러한 까닭에 관권을 존중하는 일본인들은 종종 문학자의 지위를 부당하게 취급하고, 문학자 스스로도 비천한 위치에 안주하던 시기가 꽤나 길었으며, 지금도 그런 분위기가 남아 있다.

온갖 종류의 예술가가 서훈을 받고 있음에도 불구하고, 오로지 문학적 저술에 대해 아무런 국가적 표창도 받지 못하는 것은 문학자뿐이다. 그것이 어떠한 결과로 이어졌는지는 지금 우리가 경험하고 있는 바이며, 앞으로도 어떻게 될지 잘 모르겠다.

문예원을 만들어봤자 경비가 드는 것도 아니고, 그것이 생김으로써 문학자들이 자중하게 되었을 때 어떤 일들이 벌어질까? 정치가가 정말로 국민사상을 이해하고 있다면 한 권 내서 오륙 백 권밖에 팔리지 않는 정신문화연구소의 인간들보다, 백만 부의 발행 부수를 갖는 잡지나 신문에 글을 쓰는 문학자들을 우선시해야 한다.

대중작가 자계의 해

1932년 대중작가들에 의한 양적인 작품 생산은 압도적이었다.

시라이 교지(白井喬二) 군이나 오사라기 지로(大佛次郎) 군, 구니에다 시로(国枝史郎) 군이 『닌조 구락부(人情俱楽部)』나 『포켓(ポケット)』 같은 저급 잡지에 작품을 실은 지 15년 가까이, 내가 『고락(苦楽)』의 편집을 하면서 나오키 산주산(直木三十三)[18]이라는 익명 하에 「원수갚기 열 종류(仇討十種)」를 연재하기 시작하고서 딱 십 년째이다.

누구 한 사람 우리의 작품을 칭찬하는 비평가도 없고, 서로의 얼굴조차 모르며, 교유적 파벌도 없고 문단적 편의에도 따르지 않으며, 제각기 고독하게 어찌어찌 여기까지 와서 이 정도의 양적인 발달만큼은 이루기는 했지만, 나는 이제 돌아보지 않으면 안 될 시기가 되었다는 것을 느낀다.

에도가와 란포(江戸川乱歩) 군이 일 년 동안 집필 중지를 실행했다는 것은, 지극히 현명한 처사이다. 나는 대중작가 중에 그러한 사람이 있다는 것을 남의 일 같지 않게 바라보고 있다.

어떤 사람은 문장에만 공을 들인 듯한 아니꼬운 모습만 보이고, 내용적인 진보는 조금도 드러내지 못하며, 어떤 사람은 지쳐버려서

---

18 나오키는 필명으로 나이를 사용했는데, 서른 두 살에 산주니(三十二), 서른 세 살에 산주산(三十三)이라고 하는 식이었다. 서른 다섯 살 이후로 산주고라는 이름으로 고정했다고 한다.

빛나는 부분이라고는 전혀 보이지 않는 작품을 그저 타력에만 의존해서 쓰고, 어떤 사람은 진보나 변화를 망각한 듯 속된 인기만 기웃거린다. 그러다 보니 대중들은 싫증을 내고, 어떤 사람은 일종의 낡은 인정만을 반복하고 그 밖의 내용은 쓰지 못하며, 전체적으로 이론을 드러낼 정도의 여유도 없으며 머리도 없고, 재산을 축적해도 여전히 작품의 진보보다는 다작에 분주하고——그러한 것이야 그래도 괜찮고 여기에 더하여 비난하려고 하면, 또 충분히 비난할 수도 있는 일이다.

다수의 독자들은 어쩌면 너무 진보한 나머지 변화가 없는 작품을 대중작가에게 바랄지도 모르지만, 작가로서 스스로 충분히 믿을 수 있는가? 소수의 진보적 독자들에게서 경멸받고 마음 편할 수 있는가? 지쳐있으면서도 여전히 형편없는 작품을 쓰고 있다는 사실이 얼마나 위태로운 일인지 이제 돌아봐도 좋을 때일 것이다.

『시사신보(時事新報)』 및 『니치니치신문(日日新聞)』[19]에서 대중작품에 비판과 비난이 일어난 것은 당연한 현상이며, 어쩌면 이런 유의 비평이 올해 조금 더 빈번해질 것이며, 그렇게 되어야 마땅한 일인데, 대중들이 지지하는 힘을 믿고 여전히 반성하지 않거나 아니면 소수의 비평가들이 해대는 비난이 그리 두려운 것인가? 올해는 마침내 그 사실이 명백해질 것이다.

문단 사람들 대부분은 대중소설을 읽지 않고 잘 모르면서 비평하

---

19 『도쿄니치니치신문(東京日日新聞)』을 말하며, 1872년 3월 29일 도쿄 최초의 일간지로 창간되었다. 1920년대에 도쿄 5대 신문의 하나로 꼽혔고 점차 『아사히신문(朝日新聞)』과 2강 체제를 이루게 되며 1936년에는 『시사신보』를 병합하였다. 1943년 『마이니치신문(每日新聞)』으로 통일되었다.

기 때문에 잘 맞기도 하고 맞지 않기도 한다. 만약 상당히 견식 있는 사람이 엄정하게 비평한다면 매달 발표되는 작품들 중에 어느 정도나 합격점에 이르는 것이 있을까?

나는 내가 쓰지도 않는 이 잡지의 「대중문예란」에 대해 내가 쓰고 있기라도 하듯 여러 가지 말을 들었는데, 올해부터는 「유머란」에서 어쩌면 매달 발표되는 작품들에 대해 비평을 쓸 경우가 생길지도 모르겠다. 그것은 남을 위해서가 아니라 나를 위해서라고 생각하기 때문이다. 나 스스로 1932년의 내 작품을 돌아볼 때 여러 가지로 반성하게 되고, 드물지만 간혹 영재가 배출되는 대중 문단을 호락호락 쇠퇴시키고 싶지 않기 때문이다.

『문예춘추(文藝春秋)』 1933년 1월

삽화

특히 통속소설에서 삽화는 필요한 것이라 생각한다.

삽화를 위한 노력에서 품을 덜 들이는 경우, 예를 들어 시대 고증, 건축, 집기 등이 나올 때 삽화가 있으면 그 묘사를 맡겨버리는 약삭빠른 방법도 생각할 수 있다. 연구를 제대로 한 전문가의 삽화가 오히려 자세할지도 모른다.

그러나 나는 현재 서양화가들의 삽화에 대해서는 가치를 전혀 인정하지 않는다. 내가 감탄한 것은 와다 산조(和田三造)[20] 씨의 삽화다. 그만한 기교를 지니고 하면 된다. 서양화 반, 자유화 반 정도를 그려보고, 그래도 스스로 반성하듯 돌아보지 않는다면 그 양심을 의심하게 된다. 전문적으로 훈련한 에칭이나 펜화라면 아직 괜찮다 치더라도, 사용에 익숙해지지도 않은 붓으로 그린 서툴고 주저주저한 선을 보고 있노라면, 설령 제국전람회에서 상당한 지위를 얻은 화가라 하더라도 아무런 가치도 인정할 수가 없다. 생활을 위해서 어쩔 수 없이 삽화를 그리게 된 처지라도, 그만한 정열을 가지고 삽화를 연구했으면 한다.

그런데 가끔 본문과 동떨어진 정물화를 그려놓는 경우가 있다. 그

---

20 와다 산조(和田三造, 1883-1967): 효고현(兵庫縣) 출신의 서양화가로 1932년부터 모교인 도쿄미술학교(지금의 도쿄예술대학) 도안과의 교수로 취임하였다. 색채학을 연구하여 1945년 일본색채연구소를 설립하였고, 1958년에는 문화공로자로 서훈받았다.

때 아무리 잘 그리더라도 인물을 움직이게 그리면 몹시 치졸해진다. 그럴 때는 얼마나 고심과 고민을 했는지 알겠기에 동정도 가지만, 오히려 본문에서 동떨어진 정물만 잘 그리는 편이 더 나으며, 또 인물까지 그리려면 충분히 연구를 한 다음 그렸으면 한다. 우선 그리지도 못할 것 같으면 처음부터 일을 받지 않는 편이 낫다. 반대로 만약 우리 같은 소설가가 삽화를 그리고 화가가 소설을 쓴다고 하면, 모두 아마추어니까 문제될 것도 없지만, 삽화에서는 서양화가든 아마추어든 달라지는 게 없다고 단언할 수 있다.

최근에 기무라 쇼하치(木村莊八)[21] 씨가 그린 〈오키치(お吉)〉[22]는 좋았다. 이시이 쓰루조(石井鶴三)[23] 씨도 잘 그린다. 야마모토 유조(山本有三)[24] 씨 소설에 삽화를 그린 가와바타 류시(川端龍子)[25] 씨도 잘 그

---

21 기무라 쇼하치(木村莊八, 1893-1958): 도쿄 출신의 서양화가로 어릴 적 문학에 뜻을 두고 연극에 관심을 가져 비평이나 서양미술서적 등을 번역하였다. 1920년대 후반에『판의 모임(パンの会)』등의 대표작을 발표하였고, 유화 외에도 문학작품의 삽화, 책 장정에도 뛰어난 작품을 많이 남겼다.

22 막부 말기의 예기(芸妓) 사이토 기치(斎藤きち, 1841-1890)를 모델로 한 주이치야 기사부로(十一谷義三郎, 1897-1937)가 1928년 발표한 소설『도진 오키치(唐人お吉)』의 주인공을 말한다.

23 이시이 쓰루조(石井鶴三, 1887-1973): 화가 이시이 데이코(石井鼎湖)의 아들이자 서양화가 이시이 하쿠테이(石井柏亭)의 동생이다. 도쿄미술학교를 졸업하였고 특히 조각에서 지도적 역할을 하고 유화, 수채화, 목판화에서도 활약하였으며, 『미야모토 무사시(宮本武蔵)』등 신문소설 삽화로도 유명하다.

24 야마모토 유조(山本有三, 1887-1974): 도치기현(栃木県) 출신으로 도쿄제국대학 독문과를 졸업하였는데, 재학중『신사조(新思潮)』에 참가하였으며, 사회극으로 신진 극작가로 인정받았다. 점차 역사극으로 이동했고, 인간 심리 갈등 묘사에 탁월하였으며 인도주의적 이상주의 소설로도 유명하다.

25 가와바타 류시(川端龍子, 1885-1966): 젊은 시절부터 서양화를 배웠고 국민신문사에서 일하며 삽화로 이름을 얻었다. 1913년 미국 여행 후에는 일본화로 전향했고, 점차 대담한 표현이 이단시되어 1928년에는 미술원을 탈퇴하였다. 호방하고

리는데, 그의 경우는 좀 비겁했다고 본다. 진정한 정도(正道)로 이 길을 향하는 사람이면 그렇게 걸었으면 좋겠다. 그 점에서 보자면 삽화 내용이 소설에 추종할 것인가 멀어질 것인가 논의할 만한 점이 있는데, 가와바타 씨는 후자 쪽이다. 소설에 대한 삽화의 파악 방식이 외형적인 리얼리즘으로 가는 것인지, 내용적 추상으로 가는 것인지가 문제라고 생각한다.

삽화라는 것이 인정받은 것은 최근의 일이다.

즉 정도의 그림을 그릴 줄 모르는 사람이 삽화를 그리는 상태였으므로, 순문학 문단에 나서지 못하는 자가 대중문예에 종사하는 상태와 비슷했는데, 지금은 그렇지도 않게 되었다. 그리고 지금까지는 일본화 방식의 필치나 방향이었지만, 서양화가 계통에서 진정한 삽화가 나와야 할 것이다. 즉 나카무라 가쿠료(中村岳陵)[26] 씨든 이시이 쓰루조(石井鶴三) 씨든 또 가와바타 류시(川端龍子) 씨, 이토 신스이(伊藤深水)[27] 씨 모두 붓으로 종이에 그렸고, 그 선의 재미가 지금까지 일본화의 좋은 점을 드러내면서 오늘날의 삽화가 된 것인데, 그에 대해 펜화라든가 외국 잡지 삽화에 있는 듯한 그림처럼, 여태 보던 일본화와 다른 것이 서양화가들 안에서 모습을 드러내도 좋을 것 같

동적인 작풍을 피력하였고 1959년 문화훈장을 받는다.

26 나카무라 가쿠료(中村岳陵, 1890-1969): 시즈오카현(静岡県) 출신의 일본화가. 도쿄미술학교 일본화과에서 공부했으며 일본 고전 작품에서 소재를 취한 그림이 많고 1926년에는 일본미술학교의 교수가 된다. 1930년대에는 도회적 풍속을 본 따거나 모더니즘적 경향이 농후한 그림이 많아졌다.

27 이토 신스이(伊東深水, 1898-1972): 일본 전통의 우키요에를 계승한 화가로 일본화와 판화도 많다. 일본화 특유의 부드러운 표현의 미인화가 특히 유명하며, 전후에는 미인화와 더불어 개인 독자적인 제재의 일본화를 그렸다.

다. 이때 서양화가가 익숙치도 않은 붓 같은 것을 사용한다면 찬성할 수 없고, 스스로 잘하는 쪽을 더 연구했으면 좋겠다. 펜화에서는 다나카 료(田中良)[28] 군이 때때로 고심해서 내놓은 그림이 있는데, 얼굴 같은 것은 정형에서 좀 더 벗어나 사실적으로 그렸으면 한다. 쓰치다 바쿠센(土田麦僊)[29] 씨는 때때로 마이코(舞妓)[30] 데생을 발표하는데, 그 방식으로 삽화를 그리면 재미있는 것이 나올 것같다. 마에다 세이손(前田青邨)[31] 씨의 흰고양이와는 또 다른 좋은 그림이 나올 듯하다.

역사적으로 보아 옛날 그림책은 일본에 독특한 것이니, 그런 것이 나와도 좋다. 그런 의미에서 『남국태평기(南国太平記)』도 이시이 씨의 삽화를 잔뜩 넣어서 책을 만들고 싶었는데 생각대로 되지는 않았다.

지금 같은 상태면 소설이야 대중문학으로써 신경을 쓰고 있지만 삽화는 전혀 그렇지 않다. 저런 삽화라면 소설도 신변소설이든 뭐든 상관없어진다. 어쨌든 찬성할 수 없다.

---

28 다나카 료(田中良, 1884~1974): 도쿄 출신으로 도쿄미술학교 서양화과에서 공부하였다. 화가 및 무대미술가로도 유명한데, 1910년대에 제국극장(帝国劇場)의 배경부에서, 1920년대에는 다카라즈카 소녀가극단(宝塚少女歌劇団) 배경부에서 일했으며, 신문소설이나 잡지의 삽화나 그림책도 많다.

29 쓰치다 바쿠센(土田麦僊, 1887~1936): 니가타현(新潟県) 출신의 일본화가. 교토 시립회화전문학교에서 공부하였고, 1918년에는 국화창작협회(国画創作協会)를 결성했으며, 유럽 여행과 협회 해산 후 일본화의 새로운 국면을 여는 작품 활동을 하고 제전(帝展)에 복귀하였으며, 많은 제자를 배출했다.

30 예로부터 연회석에서 가무를 보이는 소녀를 가리키며, 교토 기온(祇園)의 마이코가 특히 유명하다.

31 마에다 세이손(前田青邨, 1885~1977): 기후현(岐阜県) 출신의 일본화가로, 1922년 일본미술원 유학생으로 유럽으로 갔다가 이듬해 귀국하였으며, 독자적으로 일본의 그림을 소화하여 명쾌하고 청신한 화풍으로 주목받았다. 1960년대에는 호류지(法隆寺) 금당벽화 재현묘사 등의 감수를 담당하였다.

반사탑

단편

버나드 쇼가 온다.

H.G.웰스의 일 년 간 세금이 작년 십만 파운드였다.

영국에서 저작을 좀 한다는 사람이 일본으로 돌아와서 어떤 잡지 사가 원고를 부탁하러 갔더니, 한 단어 당 25엔을 주면 쓰겠다고 했 단다. 일본에서는 4백 단어를 쓰면 내 원고료는 5엔이다.

이탈리아 다눈치오가 여행했을 때 갈아신을 신발만 스무 켤레, 우 산은 스무 자루, 트렁크가——시종이——.

일본에서는 순문학을 하려면 굶어 죽을 각오를 해야 한다는 이야 기조차 진지하게 받아들여진다.

펠리시타 부인은 일본인을 지저분한 열등 인종이라고 매도했단다.

버나드 쇼가 오는 것이야 자기 마음이지만——나는 쇼에 대해 아 무래도 일본의 작가가 얼마나 빈궁한지 말고는 하고 싶은 말도 듣고 싶은 말도 없다.

▽

쇼는 예술만을 위한 문학이라면 자신은 한 마디도 쓰고 싶지 않다 고 했다.

일본의 문단 사람들은 예술을 위한 문학이 아니라면 한 마디도 쓰지 않겠다고 잘난 체한다.

▽

사노 마나부(佐野学)[32], 나베야마 사다치카(鍋山貞親)[33]와 같은 사람들이 좌익에서 전향했단다. 제3인터내셔널로부터 지령이 내려와 우익으로 전환한 척만 해 두고 운동을 지속하라고 했다는데, 갑자기 그 전향을 믿는 것이야 아니지만 사람이 마흔을 넘으면 언제까지고 잠행 운동을 지속할 수 없는 것이야 당연하다. 가타야마 센(片山潜)[34]이 고향 신사에 돈을 기부하고 왔다던데 그 적적함을 잘 알 수 있다.

노동자로부터, 또는 처음부터 좌익 이론으로 들어간 사람들이 우익으로 선회하는 것은 괜찮지만, 오른쪽에서 왼쪽으로 달렸다가 다시 최근에 프롤레타리아 문학, 공산 운동이 수그러지는 것을 보고 오른쪽으로 되돌아가려는 녀석들을 보면 그 추태를 그냥 보고 있을

---

32 사노 마나부(佐野学, 1892-1953): 역사학자이며 사회운동가이자 경제학자. 오이타현(大分県)에서 태어나 도쿄제국대학 정치학과에서 공부하며 마르크시즘에 경도되었다. 1922년 일본공산당에 참가하였고 소련으로 도주하였으며 귀국 후 『무산자신문(無産者新聞)』을 창간하였고 투옥, 검거를 거쳐 전향했다.

33 나베야마 사다치카(鍋山貞親, 1901-1979): 후쿠오카현(福岡県) 출신으로며 노동운동을 거쳐 1922년 일본공산당에 입당하였고 1926년에는 중앙위원이 되었다. 1929년 검거되어 무기징역의 판결을 받고 1933년에 사노 마나부와 함께 전향 성명을 냈으며, 전후 반공 이론을 전개했다.

34 가타야마 센(片山潜, 1859-1933): 1884년 미국으로 건너가 11년간 공부했고 1896년 귀국하여 노동조합을 지도했고 일본 최초의 사회주의정당 사회민주당을 1901년 창립하였다. 금고형 이후 출옥하여 1914년 다시 미국으로 가 공산주의자가 되었으며 1922년 일본공산당 설립을 지도하였다.

수가 없다.

가타오카 뎃페이(片岡鉄兵), 곤 도코(今東光)[35](이 사내도 좌익에서 빠져나오고 싶어 더 영리하게 눈속임하려고 중이 되면서까지 속이려고 했다), 교묘하게 위장했던 것이 하야시 후사오(林房雄), 호소다 다미키(細田民樹)와 같은 부류, 이보다 정체를 알 수 없게 빈둥빈둥대는 기무라 기(木村毅)나 다카다 다모쓰(高田保)[36] 쪽이 훨씬 애교가 있다. 한쪽에서 정의로운 얼굴을 하고 좌익으로 달리면서, 동조자가 되지도 못한 채 부인잡지 같은 데서 비싼 고료를 버는 등, 양심이 없는 것도 이런 단계까지 되면 뭐라 더 할 말도 없다.

먹고 살지 못하니 대중문학을?

호소다 겐키치는 내 클래스메이트인데, 최근에 『아사히신문』에 "순문학으로 먹고 살 수 없게 되었기 때문에 대중문학을 쓰려고 한다"고 썼다. 이런 글을 읽으니 '아, 이 인간도 역시 소설을 못 쓰게 된 게 당연하구나' 싶다.

우선 첫 번째로, 프롤레타리아 작가가 한 명도 남김없이 먹고 살지 못하게 되었는가 묻고 싶다. 한 명도 남김없이 탄압당해서 먹고

---

35 곤 도코(今東光, 1898-1977): 요코하마(横浜) 출신의 소설가. 천태종의 승려이며 참의원 의원을 역임하였다. 1920년대에 신감각파 작가로 출발하였고 이후에 출가하여 문단을 오래 떠났다가 복귀했다.

36 다카타 다모쓰(高田保, 1895-1952): 극작가 겸 연출가이고, 소설과 수필도 썼다. 와세다대학 재학 당시부터 신극(新劇) 운동에 참가하였고 1920년대 중반 희곡집을 간행, 신쓰키지(新築地)극단에 참가했다가 전향하여 신파, 신국극을 연출했다. 1932~3년 자전적 소설 『인정 바보(人情馬鹿)』를 썼다.

살지 못하게 된 것이면 하는 수 없지만, 겐키치 정도 되는 작품을 쓰는 모리배들이 먹고 살지 못하게 된 것이면, 그것은 그들 작품이 열등한 탓이거늘—— 그러니까 그들이 대중작품을 쓰겠다는 그 비양심, 무반성, 인식 부족에 기가 찰 따름이다.

하야시 후사오는 가마쿠라에 살며 아내와 댄스를 한다. 대중문학으로 오기 전에 우선 하야시 후사오 이상으로 작품을 발달시켜야 한다. 만약 그 정도까지 쓸 수 없다면, 문학적 재능이 부족한 것이니 포기하는 수밖에 없다. 작가의 소질이 없으면서 자기 밖에서 자기 몰락의 원인을 찾는 사람이므로, 휘발유가 없어서 차가 달리지 못하는 것을 교통 순사 탓이라고 하는 것이나 마찬가지이다.

나도 언젠가 휘발유가 떨어질지 모르지만, 휘발유가 다 떨어지더라도 이런 형편없이 우는 소리를 하지 않을 작정이다. 그냥 다 포기하고 뉴기니아에라도 건너가 버릴 것이다. 그편이 얼마나 인간다운가 말이다.

두 번째로, '먹고 살 수 없게 되었으니 대중문학으로 간다'고? 대중문학만 쓴다면 쉽사리 먹고 살게 되리라 생각하는 그 어수룩함이라니, 이 인간 머리가 어떻게 된 거 아닌가 의심스럽다. 대중문학을 하는 사람 중에도 먹고 살기 힘든 이가 많은데, 우선 그런 마음가짐으로 쓴 대중문학 중에 좋은 작품이 나오겠는가, 안 나오겠는가 말이다. 대중문학은 작가로서의 재능이 프롤레타리아 문학의 찌꺼기 정도면 괜찮다는 따위의 말을 하는데—— 프로 문학에서 제대로 된 작품도 쓰지 못하면서 대중문학에서 먹고 살 만한 작품을 금방 쓸 거라고 생각한다면 도박이나 마찬가지다. 한 편이라도 직접 써 보는 게 좋을 것이다.

일본의 문단 소설가라는 사람들은, 소녀소설이나 모험소설이라고 하면 금방 무시한다. 전력을 다하여 쓰지 않는다. 어쩔 심산인지는 모르겠지만, 나 같은 사람은 그 도덕성을 의심하게 된다. 가타오카 뎃페이 같은 사내는 감옥에 가기 전에 "소녀소설은 용돈벌이다"라고 까지 하면서 그 생활비 대부분을 벌었는데, 왜 외국 작가들이 쓰는 듯한 문학적 작품을 소녀소설에서 쓰지 않는 것인가? 뎃페이가 프롤레타리아 작가라면 왜 프롤레타리아 소녀소설이 있을 수 없다는 말인가? 자기 생활비를 벌면서 그것을 무시하는 듯한 근성을 가진 자는 도저히 이해할 수 없는 대상 중 하나이다.

젊은 작가들에게 대중문학도 안 되면 소녀문학을 써 보는 게 어떻겠냐고 하면 하나같이 씁쓸한 표정을 한다. 언젠가는 알게 되겠지만, 문단 소설만을 문학이라고 믿는 바보들은 참 답이 없다.

먹고 살기 어려운 것이야 어느 사회든 마찬가지다. 쓸모가 없어진 인간들이 대중문학을 쓰면 금방 먹고 살게 될 거라고 생각하는 물러터짐이라니. 그런 물러터진 생각으로 프로 문학을 썼다는 말인가 싶어서 생활에 대한 판단 오류와 인식 부족이 가여워진다.

프롤레타리아 문학의 쇠퇴

프롤레타리아 문학의 극심한 쇠퇴는 당국의 탄압에 의한 것이다. 이렇게 보이기는 하지만 이미 탄압 이전에 순문예 쪽이 현저하게 증가하고 있었다는 사실은, 그 작품 발표 수와 아마추어 잡지가 새로 간행된 것에서도 순문학이 많은 것을 보면 충분히 증명된 것이다.

그리고 실제로 오늘날 그 전선에서 사라진 작가는 고바야시 다키지(小林多喜二)[37], 구보카와 쓰루지로(窪川鶴次郎)[38] 등 두세 명에 불과하다. 그 대신 하야시 후사오, 스이 하지메 같은 사람들이 나왔으며, 그 작가 수도 증가했으면 했지 감소하지는 않았다.

그런데도 쇠망의 모습을 보이는 것은 왜일까? 그들은 생각하는 대로 쓸 수가 없다고 말하지만, 생각하는 대로 쓰지 못하던 것은 예전에도 마찬가지였고, 지금이 예전과 비교해서 옴짝달싹도 하지 못할 형편인 것도 아니다. 열심히 쓰는 사람은 여전히 쓰고 있다.

노동자들 중에서 약간 글쓰기를 할 줄 안다고 해서 곧바로 문필가 업으로 뛰어든 사람이 막다른 한계에 다다르거나, 인텔리 출신이 이론을 조금 알고 있다고 어엿한 작가가 된 양 행세하다가 한계 상황을 맞는 것은 당연하다. 꽥꽥 비명을 질러대기 전에 스스로 폐경이 되었다는 것을 아는 게 낫다.

후지사와 세이조(藤澤清造)[39]를 작가 취급하거나, 나카무라 신지로(中村進治郎)[40]를 신진작가로 만들거나, 고지마 고(小島昂)[41]를 프롤레

---

37 고바야시 다키지(小林多喜二, 1903-1933): 아키타현(秋田県)에서 태어나 어릴 적 홋카이도(北海道)로 이주했으며 노동운동, 프롤레타리아 문학으로 진출하여 노동자 군상을 그린 소설로 주목받고, 1929년 『게 공선(蟹工船)』으로 좌익 문학의 최전선에 선다. 체포되어 고문을 받고 사망하였다.

38 구보카와 쓰루지로(窪川鶴次郎, 1903-1974): 시즈오카시(静岡市) 출신의 문예평론가. 학창 시절부터 시, 소설을 창작, 사타 이네코(佐多稲子)와 결혼했다가 이혼한다. 1930년부터 프롤레타리아 문학의 대표적 이론가로 활약하였으며 1932년 검거되어 전향했지만 이후에도 당분간 공산주의를 견지했다.

39 후지사와 세이조(藤澤清造, 1889-1932): 이시카와현(石川県) 출신으로 18세에 상경하여 기자가 되었다. 1922년에 문단에 등장하였고 소설에 인간의 추악함과 비참함을 그렸는데, 만년에 이르면서 무정부주의적 경향이 강해졌다. 정신장애로 실종을 거듭하다 도쿄 시바공원(芝公園)에서 동사하였다.

40 나카무라 신지로(中村進治郎, 1907-1934): 삽화 디자이너 겸 편집자로 모던 보이

타리아 작가로 만들거나——따로 직업이 없이 문필 작업으로 힘들지만 생활해 본 적이 있는 사람이라면 누구라도 작가라 불러도 된다는 말인가?

그리고, 그처럼 작가 아닌 작가 유사한 사람들이 자기 작품에 대해서는 말하지 않고 저널리즘만 비난하는 것이 가여울 따름이다. 나 같은 사람은 내 작품이 팔리지 않게 되면 언제고 뉴기니아로 떠나버릴 각오를 하고 있다. 좀 더 자기 작품의 가치를 생각한 다음에 다른 사람을 비난하는 게 좋다.

테크노크라시

테크노크라시(기술만능주의)를 한때의 유행 사상이라고 취급해 버리는 사람이 많고, 과학이라는 것에 대해 관심을 갖지 못하는 사람들이야 재미없을지 모르지만, 나는 이쪽 종류의 사상이 다음 시대의 최첨단에 설 것이라고 믿는다.

마르크스 사상은 거의 소멸했다. 지극히 낮은 정도에서 상식이 되어가고 있다. 하지만 마르크스 안에는 기계의 진보에 대한 고찰이 불충분하다는 정도밖에 논해지지 않았다.

의 대명사처럼 인식된 인물이다. 가수 다카와 요시코(高輪芳子, 1915-1932)와 동반자살을 시도했다가 본인만 살아남아 승낙살인으로 기소되었으며, 출소 후 이 사건을 소설화하기도 했다. 수면제 과다 복용으로 자살한다.

41 1959년 간행된 마미야 모스케(間宮茂輔)의 『삼백 명의 작가(三百人の作家)』라는 책에 "예를 들어 이 책에 쓴 고지마 고라는 작가에 관하여 현재 어느 정도의 독자가 기억하고 있을지 생각하면 불안하다'는 기술이 보일 뿐, 상세를 알 수 없는 작가이다.

사회의 상태가 마르크스 사상에 의해 움직이기는 하지만, 그 사상이 승리를 얻기 전에 과학 진보 쪽이 급속도로 진행되어, 부르주아 대 프롤레타리아의 문제와 동시에 머신 대 맨의 문제가 논해지게 될 것이다.

즉 마르크스 사상이 진보하기보다 기계의 진보가 빠를 것이고, 기계의 진보는 자본가 입장에서든 노동자 입장에서든 마르크스 이상으로 긴요한 문제가 될 것이라고 나는 믿는다. 내가 말하려는 '통제적 과학주의'란 이것을 말한다.

두 가지 오류

대중문학에 대해 여러 평론이 등장한 것은 아주 좋은 일이며, 이로써 대중문학이 좋아진다면 나 같은 사람은 떨어져 나가게 된다 해도 만족한다.

그러나 『개조(改造)』의 시노다 다로(篠田太郎)[42] 씨의 논이나 『시사(時事)』의 오치아이 사부로(落合三郎)[43]의 글, 사사키 다카마루(佐々木孝丸)[44] 씨의 평론에도 두 가지 오류가 있다.

---

[42] 시노다 다로(篠田太郎, 1901-1986): 문학사가이자 문학 연구자. 1932년 슌요도 (春陽堂)에서 간행된 『사적 유물론으로 본 근대 일본문학사(史的唯物論より観たる近代日本文学史)』, 1933년 개조사 간행의 『일본문학강좌(日本文学講座) 제11권』의 「사회소설과 사회주의 소설」 부분의 저자이다.

[43] 오치아이 사부로(落合三郎, 1898-1986): 『게이안 태평기 후일담(慶安太平記後日譚)』(塩川書房, 1930), 희곡 『쓰쿠바 비록(筑波秘録)』(南蠻書房, 1930)을 썼으며 본명은 사사키 다카마루(佐々木孝丸)이다.

[44] 사사키 다카마루(佐々木孝丸, 1898-1986): 아테네 프랑세를 졸업하였고 연출가,

그 첫째는, 온갖 대중문학이 '프롤레타리아의 계급 대립적 견해'에서 보는 작품이 아니면 무가치하다는 논리이며, 그 둘째는 유신 혁명을 대중의 동원에 의한 사회혁명이라고 보는 관점이 옳다고 생각하는 논점이다.

이 두 가지는 프롤레타리아의 도그마적 방정식론이며, 누구든 그 저변에 민중이 편을 들어주고, 그것이 마지막 결정을 부여한다는──하나를 외우면 어느 시대라도 이 견해로밖에 이해가 되지 않는 사고방식이다.

첫 번째에 대해서는 대중문학에 여러 종류가 있어도 된다는 한마디면 끝나 버린다. 이 사람들이 요구하는 듯한 작품도 물론 괜찮고, 우리 정도 되는 작품 또한 있어도 된다. 씨네마는 사루토비 사스케(猿飛佐助)[45]만 있어도 곤란하고 '실사'만으로도 곤란하다. 여러 종류가 있기 때문에 재미있는 것이다.

둘째로 유신 혁명에 대중의 의지가 결정을 부여했다는 것은 역사를 몰라도 너무 모르는 것으로, 정치 혁명과 사회 혁명을 한데 섞어서 생각하고, 외국 민중과 일본 백성의 차이를 모르는 것이며, 유신의 역사를 거의 보지 않고 그저 계급적 견해라는 점에서 그냥 떠들어대는 것에 불과하다.

유신 혁명은 하급 무사의 운동이었고 백성, 서민들은 합세하지 않았

배우, 번역가, 극작가로 활동했으며 필명이 오치아이 사부로이다. 전위연극, 좌익 극장을 거쳤으며 희곡과 번안극을 많이 썼으며 에스페란티스토로도 알려져 있다.

45 고단(講談)의 주인공으로 창작된 닌자(忍者)의 이름이다. 1913년 문고로 간행되어 큰 인기를 얻었으며 이후 소설과 영화에서 활약하게 된 가공의 인물이다.

다. 이런 것은 그 원인, 동기, 결과를 보면 금방 알 수 있는 일이며, 어떤 마르크스적 안경을 쓰고 보더라도 없는 것을 발견할 수는 없는 노릇이다. 그것을 프롤레타리아 방정식을 가지고 와서 끼워맞추려고 하는 점에 골계가 있다. 구체적으로 민중에게 어떠한 운동이 있었는지 제시해 보라고 하면 이 사람들은 대체 어떻게 대답을 하려나.

이러한 사람들이 아는 체하는 얼굴로 대중문학을 평가하는 동안에는 우리도 꿈쩍하지 않을 것이다. 그런 것은 백 배, 이백 배 진작 알고 있던 바다.

가무라 이소타의 가치

가무라 씨의 작품을 문단 사람들은 상당히 높이 사지만 나는 전혀 모르겠다. 그 작중 인물 어디에 새로운 시대에 대한 의지, 현재 사회에 대한 의지가 있는지, 일개 우둔한 사내의 생활이 어떻게 성찰되고 묘사되더라도, 그게 어필하던 시절은 이미 과거가 되었다.

이러한 작품은 자연주의 당시에야 가치가 있었지만, 오늘날에는 이미 그 역할이 다하였고, 다음 시대로 가는 작품에 가치를 두어야 할 때이다.

이러한 작품에 대해 왈가왈부할 만큼 현재 문단의 작가들은 무기력하며 이상도 없다. 순문학의 쇠망은 지나칠 정도로 당연하다. 가무라 이소타의 작품이 좋다고 해서 이런 작가가 열 명이나 나온다면 어떻게 되겠는가? 한 사람만 있어도 되는 작품은 결코 일류작이 아니다. 그것을 일류처럼 평판하는 데에 구제할 길 없는 고루함이 있다.

1933년 2월

도쿄성 문학

　나는 이 논리의 기초에 수치를 더 놓고——중학교, 여학교의 애독서 종류와 수, 도서관 통계, 문학 간행서 종류와 간행수, 일본 인구 중 몇 할이 독서를 하는지, 신문, 잡지, 단행본 관계와 그 수 및 독자의 계급, 이런 식으로 논할 작정이었는데, 어디에서 수치를 가져와야 할지 근거가 보이지 않는 바람에 일반론이 되어 버렸다.

　간다 하쿠산(神田伯山)[46] 씨가 만주로 출정군인들을 방문하러 가서 고단(講談)을 했다. 북국(北国) 사단의 병사이야기였다. 하지만 전혀 호응이 좋지 않았다. 그래서 미야모토 무사시(宮本武蔵)가 비비(狒狒) 원숭이를 퇴치한 이야기를 하니 호응을 얻었다. "만주 전체를 다니면서 매일 비비원숭이와 큰뱀 퇴치 이야기만 하고 다녀서 좀 우울해졌습니다"고 했다.

　오쓰지 시로(大辻司郎)[47]가 만담에서 권투 이야기를 했는데 구경할 수 있을 만큼은 알지 못하는 종목이었고, 도쿠카와 무세이(徳川夢声)[48]

46　3대째 간다 하쿠잔(神田伯山, 1872-1932)을 말하며 도쿄 출신의 고단시(講談師). 1904년 스물일곱 살에 3대째 하쿠잔의 이름을 이어받았고, 협객물 고단에 탁월했다.
47　오쓰지 시로(大辻司郎, 1896-1952): 도쿄 출신의 만담가(漫談家). 1916년 영화를 설명하는 변사가 되었으며 진묘한 말투와 특이한 목소리로 인기를 끌었다. 유성영화로 바뀌면서 만담으로 전향했으며 희극배우로 영화에도 출연했고 항공사고로 사망하였다.
48　도쿠카와 무세이(徳川夢声, 1894-1971): 배우 겸 방송예능가. 무성영화 시절 변사를 하다가 유성영화가 출현하자 배우로 활약하게 되며, 라디오에 출연하여 만

가 럭비 이야기를 했는데, 이것도 마찬가지였다고 좌담회에서 이야기를 했다. 이것이 도쿄 한가운데에서 있었던 일이다.

저널리즘이 도쿄와 일본을 한데 뒤섞어 생각하다보니 이처럼 도쿄만의 유행을 득의양양하게 신문, 잡지에 싣고 있는데, 일본 인구의 6할이 농민이라는 것을 모르는 처사이다. 도시라고 하기보다 도쿄 숭배에서 온 착각이며, 이 점 때문에 고단샤 책이 잘 팔리는 것은 당연한 이야기이다.

한때 프롤레타리아 영화가 유행하다 금방 소멸한 것은 검열 탓만이 아니다. 통속적 도덕성과 눈물, 영웅영화 만큼 재미가 없었기 때문이다.

도시 노동자에게는 응용하기 좋아도 일본 농민들에게는 유해무익한 투쟁 전술을 좌익이 이용하여 지주, 소작인들을 궁지로 몰아넣는 것도, 도시와 지방의 인식 부족에서 온 것이지만, 이 병폐가 가장 심한 것이 문단 문학이다. 도쿄에서 생긴 가장 새로운 것을 곧바로 전국민의 생활에 관계하는 것인 양 생각하고, 문학자와 저널리스트 간의 대화를 모든 일본인도 같이 할 것이라고 생각하여, 류단지(龍膽寺)[49]적 문학이 생기는 것인데, 나는 문학자가 지금보다 조금 더 폭넓은 독자에게 호소를 해도 좋다고 믿는다.

담이나 이야기 등에서 독특한 경기를 열었으며 전후에는 라디오 방송, 텔레비전에 출연하여 사회, 대담으로도 대중과 친숙한 인물이다.

49 소설가 류단지 유(龍胆寺雄, 1901-1992)를 일컫는 표현이다. 1928년 『방랑시대(放浪時代)』로 화려하게 등장하였고 모더니즘의 대표작가로 활동하고 1930년대 초반 반(反)프롤레타리아 문학 입장에서 도시 신풍속을 그린 작품을 남겼지만 1933년부터 문단의 표면적 활동에서 물러나게 되었다.

한편으로는 좁고 예술적인 문학의 존재도 물론 존경할 만하다. 그러나 제일류 예술은 될 수 없다. 삼사류 작가들이 얼마나 많고, 좋은 통속작가가 얼마나 없는지 생각할 때, 도쿄에만 집중되어 그 한 작은 구석의 세계에서만 살고 있는 문단 문학자가, 일부 도시인만을 상대로 하여 작품을 쓰는 것에 나는 심히 불만이다.

그리고 직업적 통속작가는 단순히 상품만을, 그러니까 외면적으로 문학에 유사한 것만을——이런 시대에 작가의 기백이 드러나지 않는 듯한 문학을 창작하고 있으니——나오키, 너 같은 녀석은 때때로 쓸데없이 잘난 척하는 주제에 뭐야——그렇게 말하는 것도 당연지사——지금도 곤도 세이쿄(権藤成卿)[50] 옹이 고단하신 『일본농제사론(日本農制史論)』[51]을 읽고 소설을 쓰는 것이 싫어지는 참이다. 여자에게는 추천이 필요하고, 문학에는 공부가 필요한 법. 아무래도 야구 지정석에 칠 일 동안이나 죽치고 있을 때는 아닌 것 같은데——.

1932년 3월

---

50 곤도 세이쿄(権藤成卿, 1868-1937): 농본주의 사상가이자 제도학자. 메이지 정부의 절대 국가주의나 관료주의, 자본주의, 도시주의를 비판하고 농촌을 기반으로 한 봉건제를 이상으로 삼고 공제공존의 공동체와 동양 고유의 원시자치를 주장했다.

51 1931년에 준신샤(純真社)에서 간행된 『일본농제사담(日本農制史談)』을 말한다.

문학은 생활을 쓰는 것이다

문학은 사건을 쓰는 것이 아니다. 생활을 쓰는 것이다.

사회적으로 유사 이래 생활에서 혼란이 발생해도, 사건은 인간이 이상할 때이지 늘상의 모습이 아니다. 이럴 경우 좋은 문학은 태어나지 않는다. 예를 들어 유럽대전이라는 대사건 때에도 그에 비례하는 대문학은 생기지 않았다. 인간의 문학적, 사상적 요구는, 바꿔말하면 정신적 생활이라는 것은, 어떤 이상이다. 영원한 것을 추구하는 생활이며 사건의 이상함에서 오는 자극적 생활, 혹은 이상한 생활이라는 것은 그와 반대되는 것이다.

그처럼 사회적 혼란 상태에서 태어난 사상은 진정 깊은 사상일 수 없다. 깊은 사상이라는 것은 그것이 정상적 태도를 따를 때 비로소 나타나는 것으로, 이럴 때 가장 좋은 문학이 탄생하는 것이다.

파시즘이라는 것은 한계에 다다른 상태를 독재의 힘으로 타파하려는 것이다. 이것은 일종의 비상시 정치형식이므로, 이럴 때 앞에서 말한 것처럼 좋은 문학은 나타나지는 않는다. 만약 나타난다고 해도 그것은 가치가 낮은 문학이다.

문학은 사건을 쓰는 것이 아니라 생활을 쓰는 것이기 때문에, 소위 파시즘 문학이라는 것은 있을 수 없다. 문학자가 군사에 대해 관심을 갖고 군사물을 써도 그것은 파시즘 문학이 아니다. 군사물을 써도 곧바로 파시즘 문학이라고 독단하는 것은 허용되지 않는다. 정반대일 경우도 있는 것이다.

대중문학의 잣대

1

주어진 문제는 '대중문학은 이러해야 한다'이다.

성현들이 인륜의 길을 가르쳐 주시면서 이러해야 한다고 써서 남긴 옛날의 당위부터, 내일은 6시에 일어나야 한다는 현재의 당위까지, 모든 것은 오류로 원칙을 삼는다. 대중문학도 또한 마찬가지라서 이러해야 한다고 단정하면 바로 그 다음 날부터는 변하는 것이 원칙이다. 최상이자 최고의 작품을 가려서 이러해야 한다고 단정해도, 이상을 설파하고 이러해야 한다고 말해도, 단정한다는 것은 곧 변화하는 것을 포함해 버린다. 따라서 말은 단정적이지만 말하는 내용은 대강의 것이라, 순문학 안에서도 문학론의 종류도 많고 다양하며, 더구나 하나의 정론이 없는 것과 마찬가지다. 순문학의 고상한 이론에서조차 그러할진대, 하물며 엉터리 대중문학에 있어서 어찌 잘라 말할 수 있단 말인가.

2

대중문학(시대물)은 현재 두 종류로 나뉘어 있다. 인물, 사건 모두 필연성과 자연성을 가지고, 개성이 있으며, 고증적 지식을 포함하고, 문학적 표현에 뜻을 두며, 더구나 관심을 그 사건 구성에 따라 유지하려는 일파이다. 그리고 다른 하나는 이러한 일체의 속박을 받지 않고 괴이한 구상을 중심으로 하여 모든 것을 그 구성을 위해 구사하고 난무하게 만드는 일파이다.

이 두 파 중 어느 쪽이 대중문학의 주류인지는 단언할 수 없다. 어쩌면 이론적으로는 전자가 후자를 압도할지도 모르겠지만, 후자의 천재적 작품의 가치는 전자의 천재적 작품보다 뛰어날 것이며, 어떠한 『서유기』같은 작품이 나타날지 모르는 일이기 때문이다. 『장발장』과 『서유기』는 서로 용해될 수 없는 두 대중문학의 대표적 틀이라 해도 좋을 것이다.

3

만약 이 두 틀을 긍정한다면, 상반된 두 종류 또한 긍정해야 한다. 한쪽에는 사상이 있고 또 한쪽에는 그것이 없다. 한쪽은 인간과 사회를 그리려고 하고, 또 한쪽은 인간이 공상할 수 있는 괴이한 세계만을 그리려고 한다.

만약 이 두 작품을 그린다고 하면 전자는 대중문학 익히기 제1과 '문장은 평이하고 의사가 통달해야 함을 명심해야 한다'만으로 괜찮지만, 후자는 세계에 유례가 없는 풍부한 어휘를 갖는 한자에 의해 천상과 지하의 세계를 다 드러내야 한다. 그리고 거기에서 위대한 표현, 문학이 생긴다. 이러쿵저러쿵 이치를 따지는 것보다, 문학은 만들어내야 하는 것이며 만약 이론을 가지고 이러이러해야 한다고 말하게 되면, 이상의 일례만 보더라도 심히 곤란하다는 것을 알 수 있고, 그 속을 아무리 해부해 본들 무익하다. 문학은 독창적이어야 하는 것이며 이론에서 생기지 않는다. 아직 발생한 지 십 년밖에 되지 않는 대중문학은, 작품에서 이론을 낳기까지 성장하지는 못했다. 이상과 같이 책망으로부터 방어하고자, 안 써도 될 내용을 써 둔다.

통속 경멸의 변

동인잡지 사람들에게

기증받은 열 몇 종류의 이른바 동인잡지라 불리는 비영리 간행물에 게재된 작품 및 작가에 대해, 대중문학에 뜻을 둔 사람들에게 다음과 같이 말하고 싶다.

그것은 두 가지인데, 그 하나는 "자잘한 일을 하지 말라"는 것이며, 또 하나는 "통속을 경멸하지 말라"는 것이다.

백 페이지 내외의 잡지에 몇 명, 열 몇 명의 작품이니 단편 외에는 실을 수 없다는 항의를 나는 귀담아 듣고 싶지도 않다. 예를 들어 A군의 기교는 30장 내지 50장에 적합한 정도이기 때문에 간신히 파탄 없이 끝났지만, 그 얄팍한 표현으로 500장짜리 작품은 쓸 수 없다.

젊은 동안에는 여러 가지로 기교를 바꿔보는 시도야 좋지만, 30장 만에 호흡이 끊기는 기교를 갖는 것보다 1000장의 문학을 갈무리할 수 있는 힘과 기교를 느끼게 하는 작가가 되는 것도 바람직한 일이다.

일본문학의 가장 중대한 결점은 통속문학 이외의 장르에 뛰어난 장편이 없다는 점이다. 인생의 조각조각을 충분히 빛나게 하는 것도 물론 좋은 작업이지만, 나로서는 오히려 다음 시대에는 이러한 결점을 충족시키기 위해서 인생 전면을 정면으로 다룬 구성과 전문적 지식, 정력적인 분량이 있는 작품이 나오기를 바란다.

이러한 기개가 동인잡지에는 완전히 결여되어 있다. 한 달에 50장씩 1년쯤 연재해도 좋을 텐데, 대부분은 기교적인 화장과 몸짓에 그치며 앰비션을 느끼게 하는 작품은 전혀 없다.

나는 제군 대부분의 선배들 역시 자잘하고 세세한 것에만 빠져 있다는 사실에 몹시 싫증을 느끼는 사람인데, 이러한 야심을 가진 사람은 제군들 중에 한 명도 없는 것인가?

삼류, 사류의 단편을 쓰고 '예술을 위해서'라며 무념과 선망의 눈으로 대중문학을 바라보는 것도 나쁘지 않은 생활이지만, 에드거 월리스 같이 다른 예술가들에게 경멸당하면서도 일주일에 한 권씩 창작해가는 것도 하나의 문학적 생활 방식이다.

오늘날 대중문학이 번성하게 된 것은 그 문학적 가치가 아니라 여태 이러한 문학이 없었기 때문이다. 독자들이라면 일본에 없는 문학을 창작할 때 관심을 느끼지 않겠는가? 문화학원(文化学院)의 여학생들에게 "제군들은 소녀소설을 쓰는 게 좋겠다"고 말했다가 혼났는데, 『소공자』, 『스칼렛 세일즈』[52]가 그렇게 경멸받을 만한 작품이란 말인가?

입지소설 같은 것은 바보 같다고 하지만, 『존 핼리팩스』[53]가 무가치하다는 말인가? 소년소설로서 『보물섬』은 결코 스티븐슨을 오시카와 슌로와 똑같은 작가로 취급할 수 없게 만들며, 가정소설로서 『검은 말』은 월리스보다 낫다.

---

52 러시아 작가 알렉산드르 그린이 1923년 발표한 단편 소설. 원문에는 「진홍 글(深紅の文)」이라고 되어 있는데, 당시 일본에서 번역된 제목인 「진홍 돛(深紅の帆)」의 오기(誤記)로 보인다.

53 영국 소설가 디나 마리아 크레이크(Dinah Maria Craik, 1826-1887)의 소설로 원제는 *John Halifax, Gentleman*(1856)이다.

이러한 내용을 쓰는 일이 왜 경멸할 일인가? 십 년 동안 활약한 중견작가라는 명예로운 이름을 가지고 사류 작품이나 쓰며 신음하기보다는, 내 취향은 좋은 모험소설을 쓰고 자가용 비행기를 타는 쪽이 좋다. 이러한 취향은 나만 가지고 있는 것일까?

언젠가 어떤 사람이 일본에는 삼백 명의 시인이 있는데 대부분 먹고 살지 못한다고 했다. 삼백 명의 시인을 시 창작만으로 먹여 살려주는 나라는 아직 없는 것 같다. 동인잡지의 동인수가 자그만치 2천 명. 이 수치는 천 년 동안 등장했던 문학자들 수보다 많다.

문학으로 생활하지 않는 사람은 괜찮다. 만약 문학으로 생활하면서, 소의 꼬리가 닭의 주둥이만 못하다고 말하는 것이 사내답다고 느낀다면, 새로운 문학을 통속문학에서 개척해 가야 한다. 아무도 천재, 또는 한 세기에 한 명 나올 위대한 예술가가 아니니까——.

과학소설에 관하여

1

나는 현재 소위 대중문학이라는 것을 쓰고 있다. 하지만 만약 남들에게서

"너는 대중작가인가?"

라고 질문을 받으면,

"글쎄, 어떠려나?"

라며 명확한 대답을 회피할 게 틀림없다. 그것은 스스로 그렇게 끝나리라고 믿지 않기 때문이다.

나는 때때로 '통제적 과학주의'라든가 '과학소설' 같은 말을 입에 올리고 글로 쓰기도 했다.

"마흔다섯 살부터 조금씩 쓰려고 생각하고 있다"

이렇게 말한 적도 있다.

나는 지금 요코하마(橫浜) 조금 못 미친 지점에 집을 짓고 있다. 그것은 내 건강이 심하게 안 좋아져서이기도 하지만, 동시에 나는 거기 틀어박혀서 '과학소설'을 쓰고 '통제적 과학주의'의 체계를 세우기 위해서다.

불행히도 어마어마한 비용을 들여야 하는 겨우 마흔여덟 평의 내 집은 일 년이 넘도록 지어지지 않고 있으니, 연구실 같은 게 언제 생길지 알 수 없게 되어버렸지만, 그래도 '과학소설'을 언젠가 쓸 결

심에는 조금도 변함이 없다.

하지만 내가 생각하는 '과학소설'은 나 한 사람의 힘으로는 이루지 못하는 것이다. 따라서 나는 H. G. 웰스처럼 몇 명의 조수를 두고, 내가 주는 연구 항목에 따라 각 사람들이 연구하게끔 시켜서 그 결과를 내 것으로 만들지 않는다면, 무한에 가까운 과학에 대한 내 노력 따위는 미미한 것에 불과하다.

그런데 내가 진정 그 일을 시작하기도 전에 본 잡지로부터

"과학소설을 써 주십시오."

라는 이야기가 들어온 것이다. 이미 몇 가지 준비는 해 두었지만 충분하지는 않았다. 그러나 나는 한 편의 과학소설만 쓰는 것이 아니기 때문에——수십 편 쓸 것이므로 그 중 첫 번째 이야기만은 당장이라도 충분히 쓸 수는 있다. 그래서

"7월 1일 무렵부터라면 쓰겠소."

라고 말해두고, 나는 오늘 그 첫줄부터 쓰기 위해 책을 담은 대형 수트케이스와 함께 여행을 나서기는 했는데...

2

코난 도일, 웰스, 가까이는 헉슬리——이 사람들이 과학소설을 쓴다. 그러나 도일과 웰스는 과학의 괴이한 방면——인간의 호기심에 호소하는 방면, 바꿔말하면 과학의 신비와 경이로움을 통해 독자를 미지의 세계로 유혹해갈 뿐이다.

『타임머신』이라든가 『천만년 뒤』라든가 『블랙 앤 화이트』라든가 『메트로폴리탄』이라든가——그것은 과학적 공상의 괴기스러운 도

약이지, 현재 우리 생활에 대해서는 아무것도 기여하지 못하며, 제재가 과학적인 것이기는 하나 그 취급은 로맨틱해서, 하나의 이성(理性)적 유희에 불과한 과학적 손오공 이야기일 따름이다. 따라서 오늘날 과학이 진보하여 그 신비성이 사라지니 『해저 여행 천 마일』이나 『달세계 탐험기』나 『타임머신』 종류는 터무니없어서 읽고 있을 수가 없다.

헉슬리는 현재 유일한 과학소설 작가인데, 그의 최근작 『멋진 신세계』는 약간 현재 생활과 관련은 되어 있지만, 역시 과학적 공상 하에 그려진 작품이어서 우리의 현재 생활에 직접적으로 무언가 기여하는 힘이 지극히 부족하다.

이러한 사람들의 작품 말고 일본에서는 한 사람도 이러한 지식을 가진 문학자가 없다. 과학을 몰라도 훌륭한 문학자일 수는 있지만, 문학자로서 과학소설을 쓰는 것 또한 부끄러워할 일이 아니다. 나는 과학소설이야말로 내가 앞으로의 일생에 전력을 쏟아부어야 할 것이라는 정열과 결심조차 가지고 있다.

그것은 우선, 다음 시대의 왕은 과학이라고 믿기 때문이고, 인간세계에 진정한 행복을 가져오는 것은 과학 외에 없다고 믿기 때문이며, 또 문학자로서 일본에 지금까지 한 권도 없던 과학소설을 처음 써서 후진들에게 진로를 보여주고 싶기도 하기 때문이다.

그렇다면 어째서 과학이 다음 시대의 왕인가? 왜 과학이 진정한 행복을 가져다주는가? 이에 관해서는—— 물론 본문에서 충분히 말하겠지만, 간단하게 소개해 두려고 하니, 이러한 소설을 처음 읽는 독자들 입장에서 어쩌면 필요할 수 있을 것이고, 해설로서도 쓸모없지는 않을 것이다.

3

나는 지금의 살기 힘든 세상을 좋게 만드는 것은 과학밖에 없다고 믿는다. 비근한 일례를 말하자면, 경제설에서 분배의 공평이라는 제도를 채용해 본들, 그것으로 인해 사회가 근본적으로 행복해질 것인가 하는 의문이다.

현재 사회의 부가 100만큼 있다고 치고, 이를 열 사람에게 나누면 10이 된다. 10이라는 부로 우리는 완전한 생활을 이룰 수 있을 것인가? 사람은 그 이상적인 생활로, 충분한 먹거리와, 각자 자기의 집, 좋아하는 옷, 자동차, 피아노, 시간 등등을 가지고 싶어하는 것이 당연하다. 현재의 러시아처럼 실업자가 없다는 사실만 존재하지, 빵이나 설탕도 모두 부족한 생활은 결코 완전한 행복이 아닐 것이다.

이 100으로부터 부정한 부와 물자를 그 열 배로 하려면 어떻게 해야 할까? 각자가 자기 집을 한 채씩 싸게 지을 수 있기 위해서는 어떻게 하면 좋은가? 그것은 곧바로 대답할 수 있다. 말하자면 무에서 유를 낳는 과학적 발명에 따르면 된다고 말이다.

에디슨이 혼자 발명한 것을 돈으로 계산하면 700억 달러가 된다고 하는데, 이러한 기술은 과학 외에 무엇도 할 수 없다. 그리고 과학은 반드시 에디슨과 같은 대발명가를 필요로 하지 않는다. 에디슨의 십분의 일 정도의 사람들이 열 명 모이면 에디슨의 발명 수와 같아진다. 문학은 우리가 스무 명 모여봤자 한 사람의 톨스토이 작품은 쓸 수 없지만, 과학은 그 점에 있어서 각각의 연구를 가지고 모여도 하나의 발명이 완성된다. 여기에 과학의 강점이 있는 것이다.

그리고 또 과학 앞에 불가능이란 거의 없다. 인간이 생존에 필요한 공상, 그 최대한도의 것들이라면, 과학이 대부분 만들어낼 것이 틀림없다. 바닷속을 잠수한다. 하늘을 난다. 땅속을 달린다. 멀리 있으면서 말을 나눌 수 있고, 얼굴을 볼 수 있다——그러한 공상들을 모조리 과학이 실현시켜 주었다.

그러나 이 놀랄만한 과학에 대하여, 그 힘을 누가 정당하게 인정하고 누가 사회생활을 위해 그것을 통제하려고 하는가? 우리는 비행기가 한 시간에 300킬로를 날아가는 것보다도 건축 재료 가격이 내려가는 편이 분명 행복하다. 그러나 과학은 비행기를 발달시킬 정도의 속도로 건축을 발달시키지는 않는다.

군사비에 경비가 많이 드는 곳에서 비행기가 발달한다. 돈만 들이면 얼마든지 과학은 성장한다. 따라서 영국은 그 예산 중에 4백만 파운드의 과학 장려비를 계상하고 있으며, 러시아와 독일, 프랑스도 모두 여기에 힘을 쏟고 있다. 그런데 일본은 문부성에 학술 장려비로 연간 겨우 12만 엔. 이것이 일본 정부가 과학에 대해 생각하는 보수이다. 바로 이점이 내가 생각하기에 헤아릴 수 없는 불행이다.

얼마나 불행한가? 어떻게 하면 행복해질 수 있는가? 이 소설은 그것을 쓰는 것이 목적이다. 나는 지금부터 참고서를 싸 들고 그 소설 첫 회를 쓰기 위해 여행에 나선다. 7월 1일 무렵부터 독자들이 읽을 수 있을 것이라 생각은 하는데——.

옛날 과학전(科學戰) 이야기

옛날 전투에서 무언가 과학적인 것은 없느냐 하는 질문인데, 과학적이라는 문자를 넓은 의미에서 생각하면, 몽골의 일본 침공 때 다자이후(大宰府)[54] 부근에 구축한 '미즈키(水城)'[55] 같은 것이 그 일종이라 할 수 있을 것이며, 지하야조(千早城)[56]에도 강을 막아서 만든 '수성'이 있어서, 둑을 부수면 산아래 병사들이 견디지 못하고 부수지 않으면 성의 방위와 음료수를 얻기가 힘들어진다. 이처럼 지극히 교묘한 방법을 취하였다.

『다이헤이키(太平記)』[57]에 나오는 호조(北条) 측이 '운제(雲梯)'[58]를 만들어 성벽에 걸고 공격해 들어간 것도 과학전의 일종일 것이며, 같은 싸움에서는 호조 측 세력이 마치 러일전쟁 때 뤼순(旅順)에서 했듯 산허리로 구멍을 파서 공격해 들어가려고 하다가 도중에 중지

---

54 규슈(九州) 전역을 행정하에 두고 외적의 방어와 외교 절충 등의 권한을 부여받은 고대의 관청.
55 후쿠오카현(福岡県) 다자이후시(太宰府市)와 다른 시에 걸쳐 축조된 일본 고대의 성.
56 오사카부(大阪府)에 있던 산성(山城)으로, 14세기에 구스노키 마사시게(楠木正成)가 축성하였다.
57 14세기 전반 성립한 것으로 일컬어지는 군기이야기(軍記物語)로 일본 중세의 내란기, 즉 남북조시대(南北朝時代)를 다룬 역사와 인물, 사건 등을 상세히 다룬 대표적인 고전문학 작품이다.
58 구름에 닿을 듯 높은 사다리라는 뜻으로 옛날, 성을 공격할 때 쓰던 긴 사다리.

했다는 내용이 있다.

그리고 곤고산(金剛山)을 중심으로 한 요새도 근대 과학적 축성법에서 보자면 조금의 결점도 없는 것으로, 앞쪽은 돈다 하야시무라(富田林村)의 에비타니(毛人谷), 왼쪽은 기이미토게(紀伊見峠) 고개의 하타오토리데(旗尾塞) 요새, 후방은 구니미시로(国見城) 성을 외곽으로 삼고, 스무 곳 가까운 요새가 지하야조의 주위에 둘러있다. 아카사카(赤坂)와 지하야 두 성만 있을 것이라고 생각한 사람이 많은데, 넓으며 크기로 보아 그 지리적 요소를 차지하는 점에서 현대의 전술가들이 탄복하는 곳이다.

그리고 구스노키 마사시게(楠木正成)[59]의 이야기가 이어지는데, 그 당시 그만한 전술가가 달리 없다는 점에서 그를 거론할 수밖에 없다. 다카우지(尊氏)[60]가 교토로 공격해 들었을 때 마사시게는 특별한 방패를 제작했다. 그것은 간토(関東)의 기마병들에 대비하기 위한 것으로, 방패 옆에 철로 된 쇳돌과 그에 들어맞는 쇠바퀴가 있어서 연결하면 한 장의 방패가 끝없이 커지는 하나의 큰 방패가 되어 적의 말을 막아내고, 떼어내면 한 장의 작은 방패가 되어 병사가 한 손으로 들고 진격할 수 있는 물건이었다. 그런 것은 꽤나 과학적이라고 해도 좋을

---

59 구스노키 마사시게(楠木正成, ?-1336): 남북조시대를 대표하는 무사. 고다이고천황(後醍醐天皇)의 가마쿠라 막부(鎌倉幕府) 토벌 계획에 참가하여 뛰어난 병법과 지략으로 막부의 대군을 막아냈고, 신정부가 성립하자 중앙정계에서 활약하지만, 아시카가 다카우지(足利尊氏)에게 패하여 자인했다.

60 아시카가 다카우지(足利尊氏, 1305-1358): 무로마치 막부(室町幕府)를 창설하고 초대 쇼군(将軍)에 오른 무사. 고다이고천황과 대립하여 그 과정에서 구스노키 마사시게와 싸워 승리를 거두었으며, 다른 천황을 옹립하고 1352년에는 동생 다다요시(直義)를 죽여 쇼군에게 권력 집중을 이루었다.

것이다.

철포가 전래된 다음 간토 지방에서는 '대나무 다발'이라고 해서 대나무를 다발로 묶은 방패가 생겼는데, 물론 대나무의 둥근 부분으로 탄환을 미끄러뜨리려고 생각한 것이겠지만, 지금의 쇠투구 원리와 비슷하다.

이 시대에 가장 과학적이라고 해도 좋을 것은, 조선 정벌 때 진주성 공격에서 '귀갑차(龜甲車)'를 발명하여 사용한 것이다. 가토(加藤)와 구로다(黑田) 두 가문에서 사용했으므로 어느 쪽이 발명했는지 정확히 모르겠지만, 목조의 견고한 수레로 안에 사람이 타고 성 아래까지 움직여 가서는 성의 돌담을 파서 무너뜨리는 데에 사용했던 것이다. 지금의 전차와 비슷한데 과학이 발달하지 않았기 때문에 전차까지는 아니었지만 발상은 비슷한 것이다.

대중, 작가, 잡지

'대중'이라는 말은, 때로는 위정자, 자본가 이외의 전부를 가리키며 때로는 경제적 하층계급을 가리키는 것 등으로 비교적 명료할 수 있다.

그러나 '대중적'이라는 말은, 그들이 가지는 경제 및 사상의 양면을 포함하기 때문에 심히 사용하기 곤란한데, 사람들에게는 손쉽게 또 가장 많이 사용된다. 특히 문학과 관련된 담론에서 그 개념은 전혀 명확하게 정해져 있지 않다.

유럽에서 문학은 사람들의 생활과 함께 존재한다. 교양이라는 말 안에는 충분한 사상 및 문학의 결합이 있지만, 일본의 '교양 있는 신사'라는 말에는 사상과 문학이 거의 포함되지 않는다. 일본공업구락부(日本工業倶楽部)[61] 및 교순사(交詢社)[62]의 '교양 있는 신사'는 한시와 하이쿠를 정신적인 양식으로 삼으며 조금의 배고픔도 느끼지 않는다.

외국에서 '교양 있는 사람들'이라고 하면 그 경제적 능력과 교양이

---

61 1917년 3월 설립된 실업가(実業家) 단체. 산업과 재정문제를 비롯하여 노동자 문제에도 적극적으로 엄정하게 대처했으며 1931년 노동조합법 제정을 저지했다. 이후 일본경제연맹회가 실업계의 중심에 위치하게 되자 일본공업구락부는 점차 사교 클럽의 색채를 띠게 되었다.

62 1880년 후쿠자와 유키치(福沢諭吉)가 중심이 되어 창설한 관리, 지식인, 상공업자, 지방의 지주들을 아우른 사교 클럽이다. 1800여 명의 회원을 두고 잡지도 간행했으며, 중산계급을 기반으로 하면서 자유당계와 대립했다. 19세기 말부터 관리들은 많이 탈퇴하고 실업가들이 중심이 되었다.

정비례하며, 중류 이상을 곧장 동일한 정신적 지위에 매치할 수 있지만, 일본에서는 서른 명의 공장 직원을 갖는 메리야스 공장에 세 사람의 '벽(壁)소설'[63]을 쓰는 사람이 있고, 교순사에는 자서전을 쓸 수 있는 신사가 한 명도 없다.

유신 당시에 소위 '메이지의 원훈(元勳)[64]'이라 칭해진 사람들은 유럽을 순유하고 그 경탄할 만한 과학 문명과 도시 문명을 충분히 흡수하고 와서 국민을 채찍질했으며, 이 두 가지에 대해 매진하게 만들었다.

그러나 그들은 정신 문명과 농촌을 완전히 망각했던 것이다. 그러다 반세기 뒤에 농촌의 피폐가 드러나고, 한시와 하이쿠만 할 줄 아는 신사가 되었으며, 문학은 정부 및 중상류 계급 사람들에게는 아무런 힘도 빌지 않았고, 정신적으로 기아감을 느끼는 사람들——주로 청년들 손에 의해 개척되어 오늘날까지 발달해왔다. 그리고 여기에서 근대 일본문학의 편협성이 생긴 것이다.

경제적 지위와 정신적 지위의 불일치라는 현상은 '대중' 및 '대중적'이라는 말을 혼동하게 만든다. '대중'이란 경제적으로 하급지위에 있으면 피통치자, 피지배자를 말하지만, '대중적'이란 꼭 이 하층계급을 가리키지 않는다.

고단을 애호하는 다나카 기이치(田中義一), 나니와부시를 좋아하는 도코나미 다케지로(床次竹次郎)[65]는 '대중'이 아니지만 '대중적'이다.

---

63 공장의 벽에 붙이는 소설이라는 의미로, 프롤레타리아 문학이 그 장을 확대하고자 시도한 장르.
64 원훈이란 메이지유신(明治維新)에 큰 공훈이 있던 사람으로 사이고 다카모리(西鄕隆盛), 기도 다카요시(木戶孝允), 오쿠보 도시미치(大久保利通) 등을 말한다.

많은 사람들은 '대중' 안에 두 가지 요소가 있다는 것을 혼동하여 사용한다. 그 하나는 대중이 갖는 '경제적 활동'이며, 또 하나는 '정신적 활동'이다.

대중은 경제적 방면에 대해서는 극히 민감하게——그 생활이 궁핍할 때에는 아무런 사상적 지도도 없이, 또는 잘못된 사상이라도 곧바로 활동을 시작하지만, 생활이 충분할 때는 어떠한 정신적, 사상적 우량을 드러내도 대부분 무관심하다. 다만 지식 계급에 동화되어 그로부터 일종의 보급을 받게 될 때에나 동감한다. 즉 생활상의 …… 하층으로부터 …… 역사는 있지만, 정신적 기아감으로 인해 하층부터 사상 운동이 시작된 역사는 없다.

일본에서도 그것이 이중으로——즉 문학자 및 문학애호가만이 정신적인 교양을 지니고 있고, 그밖의 사람들은 경제적 지위 여하에 상관없이 문화적 요소 안에서 문학 방면만 싹 지우고도 태연하다.

실제 상황에서는, 방송국 조사를 믿는다면, 청취자가 가장 많은 종목은 나니와부시이다. 그리고 그것은 레코드회사가 나니와부시 판매고가 가장 높다고 말하는 것과 일치한다.

즉 대중은, 경제적 방면과 달리 사상적, 문학적 방면에서는 지극히 둔감하고 전통적이며, 상식적이고 범용하며, 나태하고 덜 발달한 것이며, 그저 주어진 것을 읽는 것 말고는 작가에 대해 주문조차 내놓지 않는 상태이다.

---

65 도코나미 다케지로(床次竹二郎, 1867-1935): 사쓰마(薩摩, 지금의 가고시마현[鹿児島県]) 출신의 관료, 정치가. 내무차관, 철도원 총재 등을 거쳐 1914년 정우회(政友会)에서 8차례나 당선되는 중의원 의원이 되었고 1924년에는 정우본당 총재, 반정당 고문을 거쳐 내상(內相)에 이른다.

따라서 최근에 대중과 한 편인 듯한 얼굴을 하고 '대중의 무언의 비판은 두려워할 만한 힘이다. 마지막 심판은 대중이 결정한다'고 말하는 사람은 대중성 중의 경제 방면만을 알고 있고, 정신 방면을 모르는 사람이다. 적어도 이 구별을 생각하지 않는 사람의 말이라고 봐도 된다.

　따라서 '대중적'이라는 것은 반드시 그 경제 상태와 일치하지 않고 개인 안에서 기거한다. 무엇보다 새로운 문학 이외의 학설들에 대해서는 잘 이해하고 있는 신사가, 문학에 있어서만큼은 요시카와 에이지(吉川英治)를 첫째라며 추천하기도 한다.

　또한 '대중적'이란 하루 안에서도 시간에 따라 인간 안에 있다가 없다가 할 경우가 있다. 무엇보다 첨단 저널리스트가 '오사라기 지로는 문학적으로 너무 지나쳐서 재미가 없다'고 말하는 시간대가 있을 것이며, 동시에 '하세가와 신(長谷川伸)에게는 도박사 유랑물이 지니는 사회 의식이 없다'고 말하는 시간대도 있으며, 프롤레타리아 문학자의 선동 연설에 박수를 친 다음 날, 그 식공은 점심시간에 고단책 『아라키 마타에몬(荒木又右衛門)』[66]을 애독할 수도 있다.

　인간의 휴식 방면으로 기여하려는 문학. 여기에 '대중문학'의 존재 이유가 있다. 다만 '인간의 정신적 방면을 자극하지 않는 문학이라는 것이 있을 수 있는가?'라는 이론 역시 제기되는 것은 물론 너무 당연한 이야기이며, 여기에 대중문학의 중심적 문제가 있다.

66　17세기 검술가인 아라키 마타에몬(荒木又右衛門, 1598-1638)을 주인공으로 한 고단책. 아라키 마타에몬은 원수갚기 서사의 유명한 주인공이며, 검술이 뛰어나고 수수께끼의 죽음과 같은 요소가 있는 인물이라 일찍부터 가부키나 고단으로 각색되었다.

무엇보다 다수의 간행 부수를 올리는 출판사 잡지에 게재되는 문학은 모조리 새로운 발견, 의지, 도덕, 생활을 거부당한다.

이상(理想)은 가급적 이천 년 이내의 것, 도덕은 전통적인 것. 지식은 독자가 귀찮아합니다——이런 식.

"독자란 만만한 존재들이어서 어떤 부자연스러운 사건에도 동화해 버리니, 소설이 곧 현실입니다. 여자들은 작중 주인공과 교제라도 하듯 울거나 또는 기뻐하니, 그저 재미만 있으면 됩니다." 그리고 그 회사에는 그 방면에 관한 뛰어난 조사기관이 있다.

'대중'에게 현실을 보는 일을 피하고 진리를 경원하게 한다.

'독서', '시네마', '연극', '음악', '미술', 여기에서 자기 생활을 음미하려고는 하지 않는다. 이런 것들로 현실 생활을 망각하려고 한다. '음악', '미술'이 인간의 정조를 높고 아름답게 이끄는 것에 대해 단순한 그 사실에는 아무런 불평은 없지만, '문학'에 있어서 괴이한 구상만으로 시종일관하는 작품을 결코 상위의 문학으로 인정하지 않고, 거기에 '사건' 말고 '생활'이 그려져야 한다고 주장되는 점에서, '대중적'인 '생활'을 다시 한 번 문학 상에서 보려고 하지 않는다. 그것을 보여주어도 느끼지 못하거나, 혹은 느낀다고 해도 그것을 보거나 읽거나 하는 동안만이며, 책을 떠나면 그와 동시에 그의 생활은 자신만의 생활로 되돌아가 버린다.

작가의 정신생활이 연소될 때——새로운 의지, 도덕, 기교를 발견할 때 이것을 멈추는 것은 사정을 멈추는 것과 마찬가지로 불가능하다. 또 멈춰도 그것이 있는 이상 표현하지 않고는 베길 수가 없다. 그것은 생리적으로 불가능하다.

이러한 의미에서 대중작가는 저런 작품 이상의 작품은 쓸 수 없는 내용만 가지고 있는 인간이라고 단언해도 된다.

대중작가 입장에서 '대중'이란 자기 생활 및 취미라는 것이다. 시라이 교지의『신센구미』중 팽이 강의는 그의 취미이면서 동시에 '대중적'인 것이다. 그리고『조국은 어디로』는 그의 내적 생활의 최고봉이다.

요시카와 에이지가 "시대물이든 현대물이든 같다"라고 한 것은 그가 시대물에서 그리는 사상 생활 이상의 것을 가지고 있지 않기 때문이며, 언어의 부족함조차 느끼지 않기 때문이다. 따라서 그의 시대물의 공허함은 그의 공허함이며, '대중'의 공허함과 일치하는 곳에 그의 존재가 있다. 예술가로서는 성격조차 묘사하지 못할 것이다. 하세가와 신의 '도나미 조하치로(戸波長八郎)'는 동시에 '세키네 야타로(関根弥太郎)'이며, 시라이 교지의 '반가쿠'의 대화는 '와카슈마게(若衆髷)'[67]의 대화이다. 성격은 유형 이상이 아니고, 대중작가는 인정은 쓸 수 있어도 그것을 도덕으로까지 진보시키는 생활을 하지 않는다. 반면 저널리스트는 그러기를 바라고, 작가는 헛되이 사사키 미쓰조처럼 어떻게 이야기 장치를 많이 할지만 바라다 보니 문학자 생활에 대해서는 아무런 고려도 하지 않는다.

따라서 대중문학은 십년 동안 변화는 했어도 진보는 하지 않았다. 대중작가 중에서 누가 문학적, 또는 사상적으로 진보를 보였단 말인가? 그런 예는 극히 드물다. 오사라기 지로, 시라이 교지 정도.

---

67 에도시대에 성인식을 하기 전 남자아이의 머리 모양을 가리키는 말인데, 그러한 머리 모양을 한 사람까지 일컫는다. 여성들도 이를 흉내내어 묶을 때가 있었다고 하므로 화려하고 세련된 젊은 남자의 머리 모양이었음을 알 수 있다.

작가도 그러하다. 하지만 수많은 저널리스트들은 작가의 진보적 의지를 인정하지 않는다.

"시라이 교지의 『신센구미』는 재미있었지만, 『조국은 어디로』는 좀 재미없지 않나?"

그는 순문학에 대해 올바른 비판을 함과 동시에 대중문학에 대해서는,

"우리 잡지에도 대중잡지와 같은 이치나 논리를 빼고 재미있는 것을 써주면 좋겠지만, 작가들은 금방 고급스러워지고 싶어 해서"라고 말한다.

가장 잘 팔린 작품 중에 가장 추악하고 열등한 소설로 『인육 시장(人肉の市)』[68]이라는 것이 있다. 저널리스트는 이런 지경이어도 잘 팔리면 기뻐하기만 하고 비슷한 작품을 요구하면서도 그에 대해 비판하기를,

"하찮은 작품이 팔리는군요, 대중이란 어리석습니다"라며 자기 책임은 느끼지 않는다. 이럴 경우 작가는 어떻게 해야 할까?

대중은 비평하는 능력을 갖지 않는다. 비평할 만큼의 사상적, 문학적 교양을 지니고 있지 않다. 따라서 비평과 비평하는 사람을 존경한다. 좋은 책은 늘 이 중간 독서인들에 의해 지지되고 영속된다. 소수이면서 다수인 이 사람들이 '문학적 대중'일 것이다.

대중은 자기에게 생활이 없는 까닭에 작중 생활을 알지 못하고, 작가

---

68 엘리자베트 쉬외옌(Elisabeth Schöyen, 1852–1934)의 원작 Die Welsse Sklauin (하얀 노예)을 구보타 도이치(窪田十一, ?–?)라는 사람이 번역하여 1921년 발표한 소설이다. 소설도 금세 판을 거듭하였고 1923년에 바로 무성영화로 만들어지는 등 큰 인기를 끌었다.

의 생활에 대해 존경과 경멸의 구별을 할 줄 모른다. 나오키 산주고가 두 신문에 연재물을 쓰면 이 사람이 가장 훌륭하다고 생각한다.

따라서 다 읽은 다음 재미있었다고 여기면 그것으로 충분하며, 곧바로 작품이든 작가든 내던져 버린다. 『나는 고양이로소이다(我輩は猫である)』[69]는 오늘날에도 여전히 잘 팔리지만, 데라오 사치오(寺尾幸夫)[70]는 올해 안에 그의 저서까지 사망해 버릴 지경이다.

무엇보다 유쾌한 대중은 작중 인물의 이름을 모조리 기억하지만 작가 이름은 모른다. 저널리즘이 이러한 독자들에게 아첨하고 있을 때, 마찬가지로 독자들에게 아첨할 수 있는 작가는 그만큼의 내용을 가진 작가에 불과하다.

이를 정당화하기 위해 '대중적'인 문자를 사용하지만, 대중작가 중에 한 사람이라도 새로운 시대에 대한 새로운 의지라도 발견한 작가다운 작가가 있는가? 그런 사람을 발견했을 때 그가 살아 있다면 저널리즘을 걷어차서 쓰러뜨려서라도 작품을 써야 하는 것이며, 그것이야말로 진정한 '대중문학'일 것이다.

그들은 '대중적'이라는 말의 내용이 불명확한 것에 편승하여 다수라는 점을 업고 다른 사람들을 위협하려 하며, 시대물이라는 연막에 의해 생활 및 이론의 빈약함을 호도하고 있다.

---

69 일본 근대의 문호 나쓰메 소세키(夏目漱石, 1867–1916)의 첫 번째 소설로 1905년부터 연재하여 1907년까지 단행본으로 간행된 장편소설이다.

70 데라오 사치오(寺尾幸夫, 1889–1933): 본명 다마무시 고고로(玉虫孝五郎)이며 요미우리신문(読売新聞) 사회부장을 하다 1931년 퇴사하여 작가가 되고 『아내 해방기(細君解放記)』, 『결혼적령기(結婚適齢記)』 등의 유머소설로 잘 알려졌다. 이해 1월 1일 타계하여 나오키가 '올해 안'이라고 했다.

대중은 자기의 욕망은 느낀다. 그러나 그에 대한 비판은 없다. 작품의 재미는 느끼지만 가치는 말하지 못한다.

만약 현재 사회에 대해 다소 관심을 가진다면, 열 개의 도박사 유랑자들의 이야기 중에 하나 정도는 작가의 필연적 요구로서 프롤레타리아적 견해를 가져야 할 터이다. 게다가 현재 사회 의식, 사회 비판이 조금이라도 포함되어 있지 않은 것은, 작가가 무관심의 생활을 하는 것이라고 생각해도 된다.

그러나 후루야 에이타로(古谷榮太郎)[71] 씨나 오치아이 사부로 씨와 같이 활판인쇄를 한 프롤레타리아 일원론이라는 견해에 따라 도박사들을 그린다는 것은 어리석음의 극치이며, 그것은 괜스레 관심만 잃게 할 뿐이다. 오히려 나 같으면 하세가와 신의 『고생하는 사람의 철학(苦勞人哲学)』을 고를 것이다.

"주문에 따라 쓴다. 달리 방법이 없다." 이 말은 그 작가가 내용을 갖지 못한다는 말에 불과하다. 그에게 내용이 있다면, 그 주문품 제조에 다망해지면 다망해질수록, 보잘것없는 작품을 쓰거나 또는 다른 측면에서 진정한 작품을 쓰지 않고서는 배길 수 없을 터이다. 가치 있는 작가가 10년 동안 한 출판사 이외의 일을 하지 않는다는 것은 그에게 가능한 내용이 없다는 말이다.

"본의는 아니지만 먼 객석 쪽 관객 취향에 맞추는 작품은 쓰지 않겠다"는 것은 그에게 먼 객석 쪽 관객과 같은 취향이 있고, 비슷한 정도의 교양밖에 없다는 것을 나타낸다. 그 이상의 능력을 가졌을 때 먼 객석 쪽 관객과 더불어 어리석게 살아가기란 로봇 이외에는 불가능하

---

[71] 미상.

다. 어리석음을 어리석다고 믿으면서 작품을 쓰는 것은, 혐오하고 기피하는 상대와 연애하는 것마냥 불가능한 일이다. 하지만 많은 대중작가는 이렇게 말함으로써 자기의 무능을 감추려 한다.

　이는 스스로 경계해야 하는 점이다. '사건'은 문학이 아닌가? 문학은 '생활'을 묘사하는 것만인가? 아니면 '씨네마적 문학론'이라든가 대중문학의 인터내셔널적 경향이 적은 대신, 국가적 경향을 띠는 원인이라든가, 대중문학의 1인칭과 3인칭 논이라든가, 개개인에 대해 또 대표작품에 대해 여러 가지로 예를 들면서 더 상세히 논하고 싶은데, 곧 그러한 기회를 가질 것이라고 생각한다. 이는 조급한 마음에 느낀대로 쓴 것이다.

1933년 4월 『개조』

회고와 비근한 일들

『겐지 이야기(源氏物語)』의 문제와 기타

1

학예자유연맹(学芸自由同盟)[72]은 부끄러운 줄 알라.

2

『겐지 이야기』가 반도 미노스케(坂東養助)[73]나 반쇼야 에이이치(番匠谷英一)[74] 손에 의해 의상극 이상으로 보여진다면 이는 시시한 문학이다. 시도해 봐도 상관은 없는데 금지된다고 한들 전혀 애석하지도 않다.

---

[72] 1933년 7월 반(反)나치 단체라고 할 수 있는 지식인 단체로 하세가와 뇨제칸(長谷川如是閑), 도쿠다 슈세이(德田秋声), 아키타 우자쿠(秋田雨雀) 등이 중심이 되었다. 오래 가지는 않았지만 리버럴파 중심으로 결집된 광범위 반파시즘 운동을 형성한 그룹으로 평가된다.

[73] 8대째 반도 미쓰고로(坂東三津五郎, 1906-1975)를 말하는 것으로 보이는데, 그가 6대째 반도 미노스케(坂東簑助)를 거쳤기 때문이다. 1913년 첫 무대에 올랐고, 악역이나 노인 역할 연기가 뛰어났으며 무용에도 탁월했고 문필가로서 저작 활동도 많이 했다.

[74] 반쇼야 에이이치(番匠谷英一, 1895-1966): 극작가이자 독일문학 연구자. 교토제국대학 독문과를 졸업하였고, 여러 대학의 교수를 역임하고 릿쿄대학(立教大学)에서 명예교수가 되었다. 창작극도 여러 작품을 썼으며 독문학자로 많은 번역서 작업도 했다.

3

『겐지 이야기』가 현재 사어(死語)가 되어버린 우리말이니, 제목이 적혀 있는 것만 봐도 얼마나 고맙게 보이는지. 국어학 상의 가치와 문학적 가치를 한데 묶어서 머리를 조아리는 여성은 요시이 도쿠코(吉井德子)[75]의 행장기(行狀記)라도 생각해 보는 게 좋다.

4

아오노 스에키치(青野末吉)가 '풍자소설'의 문제를 썼는데, 유머 문학 하나도 나오지 않는 지금의 문단에 사회문제, 사상문제를 충분히 꼭꼭 씹은 다음 그것을 풍자 형태로 뱉어낼 만한 재능과 노력을 지닌 사람이 있는가?

5

이러한 압박이 오기 전에도 공식 작품을 쓰는 것 이외에 무엇 하나 명작을 지어내지 못했던 프롤레타리아 문학자와 프롤레타리아 문학의 횡행을 보면서, 그 이상의 좌익적 작품도 쓰지 못하고, 그렇다고 해서 파시즘적 작품도 쓰지 못한 순문학자가 요즘 "현대소설로는 깊이 천착하는 내용을 쓰지 못하니 역사소설로라도 향하는 수밖에 없다"(사토 하루오[佐藤春夫])고 하는데, 당신이 언제 그렇게 깊이 천착하실 수 있

---

75 1933년 발각된 화족의 연애·불륜 사건, 즉 불량화족사건, 댄스홀사건으로 일컬어진 스캔들에서 가장 화제가 된 인물로 결혼 전에는 백작 가문의 야나기하라(柳原)의 딸이었다. 역시 백작인 문학자 요시이 이사무(吉井勇)와 결혼하여 요시이 도쿠코로 불렸고, 위 사건으로 경찰조사를 받고 이혼했다.

게 되셨다는 말입니까?

시대소설이라고 모호하게 쓸 수 있는 것은, 현대소설로라도 모호하게 쓸 수 있다. 그 정도 재능도 없고서 무슨 작가라는 말인지.

6

깊이 천착을 하고 싶어도 못하니 그 천착 방식에 대해 고민하는 작가를 묘사하면 어떤가? 최근 삼사오 년 사이 프롤레타리아에 압박을 받아 찍소리도 못했는데, 프롤레타리아 문학에 탄압이 있었다고 해서

"좌익이든 우익이든 밀어붙여서 쓰면 발매금지를 당한다"

히로쓰 가즈오

라는 등, 한 구석에서 자기라면 팍팍 밀어붙여서 쓸 수 있다는 듯한 말투로 ── 대수롭지 않은 부르주아 문사의 좌익이론 따위 누가 묘사해 달라고 했단 말인가?

이러한 시대의 문학 작품이란 좌익 투사들의 생활을 그리거나, 거리에서 서로 연락을 취하는 방식을 그리는 식의 외형적, 또는 작품 속으로 이론을 드러내는 듯한 낡은 수법이 아니다. 작가 생활 그 자체를 그리는 것이다. 여기에 압박받는 시대와 생활이 베어나고, 여기에 폭발력이 담겨있지 않으면 거짓이다. 자기 생활을 그려서 남을 감동시킬 정도의 생활을 하는 작가가 어디에 있는가? 작가의 사회적 관심을 강압 때문에 그리지는 못하면서, 고민스럽게 화투짝을 꺼내드는 모습을 누가 그릴 수 있는가?

대중작가에 관한 일

1

구메 마사오, 기쿠치 간, 사토미 돈, 아쿠타가와 류노스케 등이 때를 같이 하여 배출되고, 시라이 교지, 구니에다 시로, 오사라기 지로, 요시카와 에이지 같은 사람들이 역시 서로 앞서거니 뒤서거니 나왔는데, 이 주기율과 같은 것은 한 시대에서 한 시대로 옮아갈 때의 현상으로, 그 시대에 결핍된 것이 사회적 요구 하에 생기는 것이라고 해석할 수 있을 것이다.

히라노 레이지(平野零児)[76], 하마모토 히로시(浜本浩)[77], 가이온지 조고로(海音寺潮五郎)[78], 기무라 데쓰지(木村哲二)[79] 등 올해는 많은 신인들이 나왔는데, 그 급락은 내년에 결정될 것이다. 이 사람들이 현재

---

[76] 히라노 레이지(平野零児, 1897-1961): 효고현(兵庫県) 출신 기자 겸 소설가. 『오사카 마이니치신문(大阪毎日新聞)』 등의 기자를 거쳐 1933년 문예춘추사의 특파원으로 '만주' 지역으로 건너가, 중국 대륙을 소재로 한 소설과 『만주국 황제(満州国皇帝)』, 『만주의 음모자(満州の陰謀者)』 등을 썼다.

[77] 하마모토 히로시(浜本浩, 1890-1959): 에히메현(愛媛県) 출신으로 상경하여 신문사를 전전하였다. 1932년부터 창작에 전념하였으며 1937년 『아사쿠사의 등불(浅草の灯)』과 같이 아사쿠사의 풍속과 인정을 그린 작가로 인정받는다.

[78] 가이온지 조고로(海音寺潮五郎, 1901-1977): 가고시마현(鹿児島県) 출신 소설가. 1929년 〈선데이 마이니치 대중문예상〉에 입선했고, 1932년에는 『풍운(風雲)』이 같은 잡지 장편대중문예 현상소설에 당선되었다. 이후 교직을 그만두고 대중소설을 썼으며 1936년 〈나오키상(直木賞)〉을 수상했다.

[79] 기무라 데쓰지(木村哲二, 1894-1969): 본명은 무라카미 후쿠사부로(村上福三郎)이며 신문기자를 거쳐 영화회사 문예부원으로 각본과 촬영감독 등의 일을 하였다. 1927년에는 〈선데이 마이니치 대중문예상〉에 입선, 1935년에는 〈나오키상〉 후보가 되었다.

대중문학에 질린 독서 계급을 사로잡을 만한 작품을 쓰는가 쓰지 못하는가, 이제 이러한 다음 세대가 올 것인가 안 올 것인가, 그것에 의해 정해질 것이다.

올해만의 성적으로 보자면 이 사람들에게서 참 좋다고 생각이 드는 작품은 하나도 없었다. 오사라이 지로도, 시라이 교지도, 이미 발표한 한두 편으로 그 이채로운 재능이 인정되었던 건데, 그러한 재능을 보여준 사람은 하나도 없다. 그래도 괜찮은지, 그래도 잘 성장할 수 있는지 내 일처럼 생각해 보아야 한다.

대중문학에 대한 평론, 이론도 나카무라 무라오 씨 같은 사람은 상당히 열심이었고, 『신대중문학』 동인들도 용기백배했으므로, 내년에는 점점 활발해질 것이다. 이는 기성작가가 잘못하는 것인데, 아무도 이론다운 이론을 말하지 못하니 평론가적 소질이 있는 젊은 사람이 공부를 많이 해야 한다. 나도 같이 해보고 싶다.

2

시라이 교지 군의 『반가쿠의 일생』은 풍격이 있는 작품이며 반가쿠는 독자적 틀을 갖는 인물인데, 그가 『대중 구락부(大衆倶楽部)』 12월호에서 하나의 발명이 실업자를 생기게 한다고 쓴 것은 문제다. 이 정도의 미적지근함, 유치함으로 작품을 써도 괜찮은 일인가? 불필요하지는 않은가? 대중소설에 현재 사회의 비판을 가하려는 것은 하나의 요구임과 동시에 용이하지 않은 일이다.

현대소설로 쓸 수 없기 때문에 시대소설로 쓴다든가, 현대소설 쪽이 쓰기 좋지만 대중물로 써보고 싶다든가, 여러 작가의 태도가 있을 수 있는데, 대개는 이층에서 안약 넣기[80] 식의 엉터리이다. 이 경향은 요시카와 에이지 군, 오사라기 지로 군에게도 드러나는데, 어떻게 발달시켜 갈지, 아니면 그만둘지, 이것도 내년에는 다소 명료해질 것이다.

3

구성력이 풍부한 작가로 요시카와 에이지가 있는데, 노무라 고도(野의『삼만량 고주산쓰기(三万両五十三次)』를 볼 때, 그가 결코 요시카와에 뒤떨어지지 않는 점을 확인할 수 있을 것이다. 어쨌든 고주산쓰기를 지나면서 삼만냥이라는 큰 돈과 얽혀 몇백 회에 걸쳐 지루하지 않을 만큼의 사건, 파란, 변화를 구성한 힘은 여간한 것이 아니다.

대중문학의 시기는 내년으로

1

대중문학은 내년도에 점점 두 가지 경향으로 나뉠 것이다. 하나는 구성파 사람들의 작품——그저 재미만 있으면 된다는 파와 재미가 있는 가운데에 생활을 담으려는 파 두 종류이다.

---

80 이층에서 안약 넣기(二階から目薬)는 일본 속담으로 2층 사람이 아래층 사람에게 안약을 넣어 주듯이 효과가 없어, 하는 일이 몹시 답답하다는 뜻이다. 또한 2층에서 안약 넣기처럼 좋은 결과를 얻을 수 없다는 의미도 포함된다.

재미파는 대중문학 본래의 길을 걷고 있는 사람들로 문예가 인생에 부여하는 오락적 방면을 극도로 주장하는 자들인데, 그 최고의 작품이 호머의 『일리아드』이다. 반면 오사라기 지로, 시라이 교지가 나아갈 길은 이 오락적 방면에 근대문학의 리얼리즘을 담으려는 것이며 이 또한 정당한 진행 방식이다.

이 두 방면은 모두 이론으로서 올바르며, 이 둘을 충돌시켜서 다투게 할 필요는 없다. 요는 좋은 작품이 어느 쪽 경향이든 창작되기만 하면 되는 것이다. 문학 이론으로서 뛰어나다고 해도 그 파의 작품이 계승되지 않으면 아무것도 되지 않으므로 작품으로서 일류만 나오면 된다. 재미파는 『서유기』를 쓰고 현실파는 『레미제라블』을 쓰고, 역사적인 것이라면 『움트는 것(萌え出づる物)』[81]을 쓰기만 하면 되는 것이다.

2

역사소설의 공상성에 관하여 나카무라 무라오 씨가 내 작품에 "공상이 없다"고 했는데, 역사소설은 사실(史實) 그 자체뿐이며, 사실(事實)도 인물도 충분한 문학성과 대중성을 가지는 것이 있다. 이 경우 또한 이 안에 작가인 가공인물을 내놓고 설명을 보태야 하는가 말아

---

[81] 폴란드 문학의 양심이라 일컬어지고 노벨상 후보로 여러 번 오른 작가 스테판 제롬스키(Stefan Żeromski, 1864-1925)의 작품으로, 일본에서는 1931년 가토 아사토리(加藤朝鳥, 1886-1938)가 번역하여 『조국』의 속편이라는 부제가 달려서 간행되었다.

야 하는가는 의문이다.

또 하나는 작가가 그 재료를 순(純)역사소설로 취급하는가, 대중소
설적으로 취급하는가에 따라서도 다를 것이며, 역사를 사회의 상식
속에 있는 사건으로 취할지, 그 시대를 그린다고 해도 역사의 진실을
파악하면서 완전히 역사상에 드러나지 않는 인물을 통해 그릴지에
따라서도 또 차이가 생길 것이다.

이러한 논의는 내년이 되어 더 검토되어야 한다. 역사소설이 없는
일본의 문단에서, 역사소설을 쓰려면 '구스노키 마사시게(楠木正成)',
'기노시타 도키치로(木下藤吉郎)[82]'가 계몽적이다. 그리고 이러한 인물
을 쓸 경우 너무 많은 공상성은 허락되지 않는 법이다. 거듭 말하자면
국민의 상식이 된 역사는 모조리 대중문학적이다. 관심도 별로 안
가는 사건을 국민들은 그렇게 재미있어 하거나 기억하지 않는다.

3

순문학은 모르겠고, 대중문학은 내년도에 점점 기세를 더할 것이
다. 올해는 그 맹아를 보인 해였다. 순문학도 부활한다고 하는데,
이 탄압 속에서 문학이 어떻게 눈부시게 활약할지, 목소리만 내고
점점 소멸해갈지, 이것도 내년이 되면 명료해질 것이다.

---

82 도요토미 히데요시(豊臣秀吉)의 젊은 시절의 이름.

나의 로봇 케이 군

어쩔 수 없으니 고백을 하자면, 나는 지금 내 친구 두 명과 같이 미국에서 재료를 구입하여 로봇을 하나 조립하고 있다.

한 명은 도쿄제국대학 응용화학과 사람, 또 한 명은 와세다대학 이공과에 있는 학생인데, 밤이 되면 내 은거로 찾아와 자기력 기기의 강도를 강화해 보거나, 용수철 쇠를 전력성 반발기로 바꿔보거나, 모노미터를 소형으로 개조하거나—— 이제 반 년 정도만 더 하면 완성하려나?—— 두 사람은 내 주문대로 제작을 해 준다.

다 털어놓자면 나는 최근에 원고를 쓰는 것이 정말 싫어졌다. 입버릇처럼

"뭐든 돈 벌 일이 없을까?"

라고 하는데, 어쩌면 이제 반년이면 내 소설 재료는 다 떨어져 버릴 게 틀림없다. 하지만 나에게는 가족도 있고, 가족 외의 가족도 있으니 나든 그들이든 굶게 할 수는 없는 노릇이다. 그래서 나는 로봇에게 일을 시킬 수밖에 없다고 생각한 것이다.

나는 처음에 공거래로 돈을 벌려고 생각했다. 그래서 외무, 내무 등의 여러 관청의 장관실 바닥 밑에다 상자형 로봇을 두고, 음파를 통해 장관 등의 이야기를 도청해서 그 기계로 공거래를 하려고 했다. 이 기계는 아무것도 아니지만, 여러 이야기를 다시 한 번 풀어서 그 안에서 내가 요구하는 이야기만을 뽑아내는 데에 하루 반나절이 걸리니 과연 공거래에 이용을 할 수 있을지 없을지 모르게 되어버렸다.

"직접 행동하는 거군요"

와세다 학생이 말했다. 나도 그걸 생각해 보기는 했지만 법률적으로 어떠려나?—— 하지만 나는 작가로서 만약 법률에 저촉될 거라면 이런 일로 저촉되는 게 좋을 것 같다고도 생각하고 있어서 와세다 학생이 말하는 대로 로봇을 만들고 있는데—— 그것은 바로——,

내 로봇 케이 군이 긴자(銀座) 거리로 나온다. 그리고 마쓰야(松屋)로—— 기무라야(木村屋) 빵집은 어떨까? 그보다 살롱 하루나 긴자회관 같은 데도 좋고, 긴다코(銀蛸) 근처는 어느 정도의 매상을 올리려나?—— 아무튼 내 조사 결과에 따라 로봇이 돈 있는 가게로 가서 돈을 쥔다. 사람들은 틀림없이 막으려고 하겠지만, 로봇의 힘은 십팔 마력이며, 사지 전체에 자기성 전기가 통하니 돈과 지폐는 그 몸 안으로 빨려들어갈 것이고, 인간은 손가락만 대도 마비가 되어버리게끔 돼 있다. 그리고 한순간에 있는 돈은 모두 로봇의 품안으로 들어가 버린다. 그리고 돈이 바닥나면 로봇은 곧장 다음 가게로 가는 것이다.

틀림없이 순사가 올 것이다. 하지만 순사든 경부든 권투선수든, 이 로봇에게는 적수가 없다. 강하게 붙들어봤자 손이 무감각해질 뿐이니까—— 그리고 피스톨 총알은 튕겨나갈 것이고—— 그 다음 각 가게를 돌며 일정량에 이르면 로봇은 갑자기 괴속력을 내며 달리기 시작할 것이다. 그것은 한 시간에 최고 320킬로까지 나오는데, 10분 밖에는 지속이 안 된다. 그러나 5분이면 로봇 집에는 돌아갈 수 있게 되어 있다.

여기까지는 나와 두 조수의 힘이면 대수롭지 않은 일이지만, 곤란한 것은 내가 당연히 로봇 사용자로 체포되는 사태다. 그러나 나는 결코 물건을 훔치지 않았고, —— 하지만 어쩌면 판사는 그런 건 인정하지 않을 것이라 생각한다.

그래서 나는 지금 이렇게 말하고 내 뺄 궁리를 하고 있다.

"저는 로봇에게 빵을 사오라고 시켰습니다. 그랬더니 그런 말도 안 되는 일이 벌인 게 아니겠습니까? 아니 아니, 빵하고 돈은 나사를 하나 돌리고 안 돌리고의 차이라서, 제가 하나를 조금 덜 돌린 채 심부름을 보냈나 봅니다."

그러면 과학적 인식이 부족한 판사는 당황할 것이 틀림없다. 그리고 로봇을 조사해 보면 이미 돈은 없을 것이다. 나는 누군가가 훔쳤을 것이라 말한다. 그리고 그 앞에서 빵을 사러 보내는 실험을 하고 로봇은 멋지게 빵을 사온다. 그래서 나에게는 혐의가 없다는 결론이 난다.

이제 반년 후에 이 로봇은 긴자에서 여러 범죄를 저지를 것이다. 내가 좋아하는 여자는 틀림없이 우리 집으로 오게 될 것이다 —— 나의 소년 시절의 공상이 어떠한 기괴한 일을 벌일 것인가? 실제로 반년 후에 있을 이 농담 같은 이야기를 —— 아무도 믿지 않았으면 좋겠다 —— 틀림없이 내가 일을 벌일 테니까.

문예가 분류법안 초고

　문예가협회 회원명부에 따르면 일본에는 147명의 문필업자가 있습니다. 총인구 중 백분위 비율로 볼 때 과연 유럽과 비교해서 어떨까요? 법안 초고로서는 심히 조사가 부족하여 얼굴에 땀이 날 지경이지만, 최근 심경소설이든, 본격소설이든, 대중문예든, 문운이 쇠퇴한 것도 같고 융성한 것도 같은——즉 심경은 심경으로 심경소설답게, 본격은 본격으로 그 길을 걷게 하라며, A의 작품에 B라고 서명해도 되고, C와 D는 이 147명 중에 있든 말든, 독자든 편집자든 심심하지는 않겠지요. 그렇게 되면 협회로서도 외국이나 다른 계급에 대해서도 부끄러울 따름일 테니, 심경소설처럼 도달하기 어려운 경지에 존재 의의를 매기지 말고, 147명 모두를 각각 특이한 재료를 사용하게 하자, 즉 분류법에서 147명을 한 사람도 갑을이 없이 각자 한 명이 한 당(黨), 각각 각별하게 각자 그 전문적 소재에 따라 타의 추종을 불허하도록 하지 않겠는가, 이것이 당 법안의 근본정신이며 제가 문예가협회로 이 초안을 제출하는 바입니다.

　곰곰이 생각하니 일류 작가 A가 썼다고 같은 종류의 재료를 삼류인 B가 쓰는 것은 아주 불리한 일이며, 기교라는 점에서는 모르겠지만 소재의 측면에서 A, B가 전혀 다른 것을 가지고 있다면 그것은 어느 정도까지 동일한 가치로 이론상 눈속임은 가능합니다. 다른 직업에서, 예를 들면 의학에서는 토끼의 허벅지 근육 운동을 연구해도 박사고, 위암의 완치법을 발견해도 박사이며, 또 이처럼 점점 더 전문적으로 분화되는 것이 근대 학술의 경향이므로, 오로지 문예만이 여기에서 누락될 이유는 결코 없습니다. 즉 이 법안의 방법이 어떠한 것인지 설명하면 다음과 같습니다.

총수 147명 중 47명을 우선 창작의 부(部)로 삼고 그 분류법은 소설가에 준하는 것으로 합니다. 그런데 소설가 100명, 이 중 10명을 외국문학 소개, 번역의 권위자로서 영국, 미국, 독일, 프랑스, 러시아, 중국, 조선, 북유럽, 남유럽, 기타로 각각 한 명에 한 나라를 전문으로 하고, 문예가협회는 이를 일본 문단의 번역가로 공인하기로 합니다.

그 다음, 남은 90명 중 30명을 소위 대중작가 공인자로 하여 이를 10부로 분류하고 한 부분을 세 명씩으로 묶습니다. 10부란 탐정, 과학, 가정, 연애, 무용, 골계, 학술, 소년, 소녀, 괴담으로 나눈 것이고, 각 부문을 세 명이 담당하는데 예를 들어 탐정부에서는 상투(시대물) 탐정 전담자, 사실 탐정담 작가, 창작 탐정 소설가로 나누고, 각각 일본에서는 유일한 사람으로 만들어 두고 남에게 침해받지도 않고 남을 침해하지도 않게 합니다. 『한시치토리모노초(半七捕物帳)』[83] 한 권이면 10년은 가니까, 다음으로 젠로쿠(全六)토리모노 이야기, 마타하치(又八)토리모노 이야기 이런 식으로 늘려 20에서 50까지 쓰면 그 다음 사람에게 양보하는 식으로, 이렇게 분류해서 담당시키는 것입니다. 과학소설은 탐험, 괴기, 해저로 나누고, 학술소설은 발명, 발견, 동식물, 우주로 나누며, 연애는 모던걸 전문, 게이샤(芸者), 간

---

83 오카모토 기도(岡本綺堂, 1872-1939)의 소설로 1917년부터 약 20년간 쓰인 68편의 장대한 이야기이다. 에도시대의 수색단인 한시치를 주인공으로 하여 추리소설의 형태를 띠고 있으며, 에도시대에 관한 풍부한 지식을 살려 큰 인기를 끌었고 이 장르의 유행을 선도했다.

통, 가정소설은 고부간을 다룬 소설, 신혼소설, 생활난 소설, 혹은
회사원 소설, 술꾼 소설이라는 식으로, 무용소설은 협객, 검객, 원수
갚기로 이렇게 분류하면 각각 그 길에 전심전력하게 되고, 어설픈
비평가는 입도 뻥긋할 여지가 없어질 것이며, 편집자는 분류표 일람
을 보고 각자 매일매일의 편집을 할 수 있으며, 독자도 제각기 좋아하
는 곳을 골라서 오류 없이 아주 편리하고 손쉽게 당대 유행과 마주할
수 있다고 감히 생각하는 바입니다.

그리고 남은 60명의 명사들 중에 열 명은 문학연구자로서 여러
문예상의 문제를 제출, 해결, 비평하는 일을 하고, 다달이 서너 명이
교대로 월평, 평론, 연구의 글을 쓰며, 『중앙공론』, 『개조』, 『신초』
가 달마다 세 명의 세 종류씩을 게재하기로 합니다.

이렇게 하고 50명 중 열 명은 역사소설가로서, 각 부문의 취재를
역사에서 취하기로 합니다. 그 각 부분이란,

1 농토문학   A 역사물(하리쓰케 모자에몬[磔茂左衛門][84])

B 조선물(주사이[中西])

C 소작인물

D 산림물

또는 알프스를 전문으로, 또 호쿠사이(北齋)[85]의 〈후가쿠 백경(富岳

---

84 하리쓰케 모자에몬(磔茂左衛門, ?-?): 17세기 전설적인 의민(義民). 원래의 성씨
는 스기키(杉木)인데, 체포되어 책형(磔刑)에 처해졌으므로 하리쓰케라는 말을 이
름 앞에 붙여 말하게 되었다. 전승에 따르면 모자에몬은 에도로 나가 위장, 문서
위조, 문서 상자 전달 등의 일을 벌였다고 한다.

百景)〉[86] 그림처럼 평생을 후지산 연구로 보내고 외국에서도 명성이 높아지는 등, 미나미 유키오(南幸夫)[87]도 '할복'을 전문으로 하는 편이『문예시대』보다 재미있을 것이라 생각합니다.

2 도시문학

이것은 교토와 오사카 쪽, 도쿄 쪽으로 크게 구별하고, 긴자 문학, 아랫마을 문학, 또 긴자 문학도 산책과 카페 둘로 나누고, 카페도 라이온 카페와 타이거 카페로 나누어 묘사하는 식으로 미세하게 나누고 상세히 들어가면 편의가 생길 것이고, 라이온은 요금을 받지 않는 등 아주 유쾌하고 경제적일 것입니다. 사카이 마비토(酒井真人)[88] 등 채플린 전문을 그만두고 모름지기 공인 라이온 소설가라고 명함에 직함을 새기고, 때로는 교외의 카페로 가서도 이 명함으로 생맥주

---

85 가쓰시카 호쿠사이(葛飾北斎, 1760-1849): 에도시대의 우키요에 화가로, 생애 중 70년 동안 그림을 그렸으며 여러 유파의 화법을 배워 독자적인 화풍을 만들었으며 다양한 장르의 화작를 선보였다. 대표작〈후가쿠 삼십육경(富嶽三十六景)〉등은 유럽의 후기인상파에게도 영향을 끼쳤다.

86 후가쿠란 후지산(富士山)을 말하는 것으로 후지산을 둘러싼 백 가지 풍경을 그린 호쿠사이의 만년의 대표작이다. 초편이 1834년 간행되었다.

87 미나미 유키오(南幸夫, 1896-1964): 도쿄제국대학 영문과를 졸업하였고, 1923년 문예춘추사의 편집 동인을 역임, 이듬해에는『문예시대(文芸時代)』의 동인이 되었는데 이 잡지가 종간되자 작품 활동을 접는다. 1920년대 후반에 들어서는 우편 국장 일을 했다.

88 사카이 마비토(酒井真人, 1898-?): 이시카와현(石川県) 가나자와시(金沢市) 출신의 소설가이자 영화평론가. 도쿄제국대학 영문과를 졸업하였고 1921년 제6차『신사조(新思潮)』간행에 참가했으며 잡지의 동인을 거쳐 1928년 희곡『전보(電報)』를 발표한 이후 영화평론으로 방향을 틀었다.

한 잔은 분명 공짜로 마실 수 있을 것입니다.

3 노동문학

공장, 날품팔이, 이민, 싼 월급 전문, 혹은 교통물, 선원물 또는
마에다코 히로이치로(前田河広一郎)[89]의 미국 설거지 문학 등. 만약 평
생을 차장 전문으로 보낸다면 조합의 고문에 임명되고 시의 의혹을
적발할 기회도 있을 것이며 교통순경은 누구라도 경례를 할 것이며
전차는 공짜로 탈 수 있으니 이 또한 적잖이 유쾌한 일일 것입니다.

4 향락문학
5 연애문학
6 인도주의 문학
7 감상파 문학
8 시, 와카(和歌)[90], 동요, 동화에서 네 명을 각각 전문가로.

9와 10의 8명은 A 신감각파, 이것은 한 명이면 될 것이고, B 구성
파 작가, C 다다이즘, D 가십 전문(건방지지만 이것은 소생이 담당하겠
습니다), 그리고 EFGH 네 명은 놀고 먹는 사람으로 예를 들면 어떤
잡지가 '도시문학'을 내놓는다고 치면.

---

89 마에다코 히로이치로(前田河広一郎, 1888-1957): 미야기현(宮城県) 출신의 소설
　　가로 프롤레타리아 문학 발흥기의 지도자 중 한 사람이었다.
90 5·7·5·7·7의 다섯 구 31음절로 이루어진 천 사백 년이 훨씬 넘는 역사를 갖는
　　일본 전통의 정형시.

옛 에도 다니자키 준이치로

오사카 가미쓰카사 쇼켄(上司小劍)[91]

긴자 산책 사사키 모사쿠(佐々木茂索)[92]

교토 나가타 미키히코(長田幹彦)[93]

카페 히로쓰 가즈오

이렇게 하면 다섯 명의 전문가가 생기는 셈입니다. 편집자가 여기에 '마루비루(丸ビル)[94] 소설'이나 교외생활 소설이 필요할 때 곧바로 여기 놀고 먹는 이들에게 의뢰하면 금방 고급스러운 매문업하는 사람들이 써 줄 것입니다. 이 초안대로라면 이따금 각 분야 담당자가 죽어서 후보자가 없어져 버리면 즉시 일본문학의 한 전문부가 없어지는 것이니, 그럴 때는 어디에서든 보충할 수 있을 것이라고 아주

---

91 가미쓰카사 쇼켄(上司小劍, 1874-1947): 나라(奈良) 출신으로 1897년 상경하여 요미우리신문사(読売新聞社)에서 1920년까지 근무하였다. 1906년부터 『간이생활(簡易生活)』을 간행하여 작가들의 기고를 받았으며 요리집 여주인과 가출한 양자의 가족애를 다룬 단편 「장어 껍질(鱧の皮)」이 유명하다.

92 사사키 모사쿠(佐佐木茂索, 1894-1966): 교토(京都) 출신으로 어릴 적 식민지 '조선'의 인천에서 생활한 적이 있고 1918년 일본으로 돌아가서 여러 출판사와 신문사 등에서 일했다. 1925년부터 약 5년 정도 작가 생활을 하였고 전후에 공직추방을 당했다가 문예춘추신사의 사장으로 복귀하였다.

93 나가타 미키히코(長田幹彦, 1887-1964): 도쿄 출신으로 와세다대학 영문과를 졸업했다. 홋카이도를 방랑하다 알게 된 여행자의 생활을 소재로 한 1911-2년이 『물길(澪)』, 1912년의 『영락(零落)』으로 인기작가가 되었고 한때는 다니자키 준이치로에 버금간다고 칭해졌으며, 유행가도 작사하였다.

94 '마루비루'란 1923년 완성된 도쿄 마루노우치 빌딩을 줄여서 말한 것으로, 준공 당시 동양 최대의 빌딩이라 일컬어졌고 낮은 층을 일반에게 개방하여 쇼핑몰 등을 여는 형태를 선구적으로 도입하였다. 근대적 이미지를 가진 곳으로 많은 유행가나 소설의 무대가 되었다.

기막힌 생각을 한 것입니다.

이미 가사이 젠조(葛西善藏)는 '신변잡사 소설'로 일가를 이루었고, 지카마쓰 슈코(近松秋江)는 '다유(太夫)[95] 치정 전면(纏綿) 소설'로 충분하니, 각자 그 취재 범위를 위와 같이 한정하여 갈고 닦기에 이른다면, 미시마 쇼도(三島章道)[96]의 보이스카웃 소설은 문단의 누구도 다시는 유사하게 흉내내는 사람이 없을 것이며, 책방은 보이스카웃을 전문으로 판매하면 곳간도 두둑해질 것이니, 하룻저녁 회합하여 각각 분담을 정하고 협회가 이것을 공인하여 세상의 편집자 독자들에게 뿌린다면, 그 편리하고 유효한 측면이란 이루 열거할 수 없을 정도로 많을 것이라고, 약간의 제안을 피력하여 세상에 묻고 협회에 제출하는 바입니다.

---

95 일종의 예능인, 유녀 등을 높게 이르는 말이며 에도시대 유곽에서는 유녀의 최상 계급 명칭으로 사용되었다. 용모뿐 아니라 예능, 문학, 유희, 다도 등의 교양도 월등하여 이상적 여성으로 여겨졌다.

96 미시마 미치하루(三島通陽, 1897-1965)를 말하며 쇼도는 필명이다. 도쿄 출신의 소년단체 지도자로, 1920년 이야사카(弥栄) 보이스카웃을 창설하였다. 1922년에는 소년단일본연맹이 창립되어 부이사장으로 전후에는 보이스카웃 일본연맹의 총장이 되었으며, 전후에는 참의원을 역임했다.

역자 해설

1. 나오키 산주고의 일생

　나오키 산주고(直木三十五, 1891-1934), 본명 우에무라 소이치(植村宗一)는 오사카(大阪) 출신으로 어렸을 때 내성적이고 얌전한 아이였지만 성적은 뛰어났다고 한다. 이치오카(市岡) 중학교를 졸업하고, 반년 정도 나라(奈良)에서 초등학교 교원으로 일한 적도 있으나, 곧 도쿄로 상경해 와세다대학 영문과 예과에 입학했다. 그러나 오사카 시절부터 사귀던 스마코(須磨子)가 따라와 동거를 시작하면서 경제적인 문제로 학업을 계속하지 못하고 제적되었다. 산주고는 이후 스마코와 결혼했다. 당시 동창으로 사이조 야소(西条八十), 아오노 스에키치(青野季吉), 호소다 다미키(細田民樹), 기무라 기(木村毅), 야스타카 도쿠조(保高徳蔵) 등이 있고, 선배로는 미카미 오토키치(三上於菟吉)와 히로쓰 가즈오(広津和郎) 등이 있어 그들의 영향을 직간접적으로 많이 받았다. 장녀 출산 후 가계를 돕기 위해 스마코는 요미우리 신문의 기자가 되었고 나오키는 약제사회(薬剤師会) 서기 등의 일을 했다. 1918년 톨스토이 전집간행회를 만들고 잡지 『주조(主潮)』를 창간했다. 이 때 만든 톨스토이 전집간행회는 이후 춘추사(春秋社)가 되었다. 관동대지진을 기해 오사카로 돌아와 잡지 『고락(苦楽)』의 편집을 맡았다. 1925년에는 다시 이 회사를 그만두고 교토에서 연합영화예술가협회(連合映画芸術家協会)를 설립해 〈두 번째 키스(第二の接吻)〉, 〈쓰키가타 한베타(月形半平太)〉 등을 제작했다. 하지만 결국은 실패해 다시 상경한 뒤로는 문필에 전념하게 되었다.

나오키의 문필활동은 31세 때 나오키 산주이치(直木三十一)라는 필명으로 평론한 것이 시작인데 매년 필명을 갱신해 35세 때 나오키 산주고로 정착했다. 산주니(三十二)라는 필명으로 『문예춘추(文藝春秋)』 창간호에 「노상사어(路上砂語)」를 발표한 바 있고, 이후로도 『문예춘추』를 통해 문단의 가십을 다루거나 세태를 비판하면서 독설을 퍼부었다. 별도로 죽림현칠(竹林賢七)과 같은 필명을 사용하기도 했다. 소설 집필은 『고락』 창간호에 실린 『복수십종(仇討十種)』 부터이다. 이 작품은 1925년 9월 플라톤사에서 단행본으로 간행되었는데 이것이 산주고의 첫 책이다. 이것을 계기로 『고락』에 연달아 복수물을 발표했으며 시라이 교지(白井喬二) 등의 이십일일회(二十一日会)가 발족하자 멤버로 가세해 기관지 『대중문예(大衆文芸)』에 『남국태평기(南国太平記)』의 원형이 되는 『거래삼대기(去来三代記)』를 연재했다. 장편 『복수 조루리자카(仇討浄瑠璃坂)』, 『유히네모토 대살기(由比根元大殺記)』를 거쳐 『남국태평기』를 통해 부동의 지위를 획득했다.

복수물에 경도된 나오키는 시대소설의 가능성을 추구하고 리얼한 묘사에 역점을 두어 소재의 매너리즘화를 타파하고자 노력했다. 시대물에서 그동안 다루지 않았던 에도시대 이전의 역사적 소재에도 공을 들여 남북조 동란이나 센페이의 흥망을 다룬 작품을 발표하기도 했다. 만주사변 전후로 시국적인 발언이 늘어나더니 1932년 새해 첫날 『요미우리신문』 지상에 1년간의 시한부지만 파시스트가 되겠다는 선언을 내걸어 화제를 모았다. 나오키의 파시즘 선언은 농담으로 받아들여지기보다 정치적 의미로 해석되었다. 나오키 스스로 이후에 군인들과 간담회를 가지고 문예에 대한 관료적 통제를 용인하며 문예간화회(文芸懇話会)가 발족하는데 도움이 되었으며 이는 국가적 요청에 부응하려는 나오키의 적극적 자세를 보여주는 것이라 할 수 있다. 나오키는 기행으로도 많이 알려져 있는데 매일 몰려드는 빚쟁이를 눈앞에 두고 태연했다고 하며 목욕탕 갈 돈도 없는데 차를 몰고 다녔고 비행기 탑승 횟수도 문단 제일이라는 소문이 돌 정도였다고 한다. 사후 나오키상(直木賞)이 제정되어 대중문학 발전에 기여하게 되는데, 이는 나오키와 기쿠치 간(菊池寛) 사이의 우정에서 비롯되었다고 전해진다. 가나가와현(神奈川県) 도미오카(富岡)의 옛 거처 등에 기념비가 있으며, 생전에 나온 개조사(改造社)의 전집 12권 외에 1934년과 35년에 걸쳐 개조사에서 총 21권의 전집을 간행하였다. 나오키는 1934년 2월 24일 결핵성 뇌막염으로 사망했으며 당시 나이는 43세였다.

2. 「나의 대중문예진」

본편의 「나의 대중문예진(陣)」은 나오키의 일본 대중문예 비평이다. 일본문학에 관심 있는 사람이라면 누구나 나오키 상을 통해 그의 이름을 알지만, 정작 그가 쓴 글에 대해서는 한국에 소개된 것이 많지 않아 이해하는 데 어려움이 있었다. 대중문예, 대중문학에서 선구적 업적을 남긴 나오키의 대중문예 비평을 소개하는 이 책을 통해 그의 생각을 조금이나마 엿볼 수 있을 것이다.

본편에 수록된 「나의 대중문예진(陣)」은 1930년 전후에 쓴 다음의 8개의 대중문예 비평을 모아 엮은 것이다. 「대중문학의 변」, 「대중문예 분류법」, 「대중문학 작가 총평」, 「대중소설을 베어버리다」, 「속악문학 퇴치」, 「대중문학과 관련한 두세 가지 속론을 논박하다」, 「대중문학이 걸어온 길」, 「나의 대중문예진」.

「대중문학의 변」에서는 나오키의 1931년 작품 『남국태평기』에 대한 마사무네 하쿠초(正宗白鳥)의 비평을 반박하며 대중문학에 대한 작가 자신의 생각을 서술한다. "대중물은 '마음에 와 닿는'것이 아니라 흥미 위주, 오락 위주의 문학"이지만, "역사적 지식"에 기초함을 강조하며, 대중문예에 대한 섣부른 평가에 대한 오류를 지적한다.

「대중문예 분류법」에서는 통속소설이니 대중문예니 하는 구분짓기를 벗어나 대중문학의 분류를 10가지 유형으로 시도한다. "공상을 현실적으로 박진감 있게 만드는 힘" 그것이 대중문예의 뛰어난 점임을 어필하며 문단의 저급한 대중작가들의 정진을 촉구한다. 이에 이어 「대중문학 작가 총평」에서는 노력하지 않는 대중문학 작가에 대한 비판을 서슴없이 하여 흥미 위주의 "문학"에 대한 공부를 충고한다. 「대중문학을 베어버리다」에서는 말 그대로 졸렬한 대중문학 작품을 예로 면밀한 분석으로 베어버린다. 흥미 본위로 상업성만을 쫓아 문장을 써내기에 급급한 저급한 대중문학작가에 대한 반성을 촉구하고 있다.

「속악문학 퇴치」는 마키 이쓰마(牧逸馬)를 시작으로 오사라기 지로(大佛次郎), 하세가와 신(長谷川伸), 그리고 나오키 산주고 자신을 속악문학으로 규정하고 퇴치하려는 이들에게 보내는 편지이다. 대화하는 형식으로 구성된 「속악문학 퇴치」는 당시에 나오키 산주고를 비롯한 대중문학 작가들에게 쏟아진 비난을 적나라하게 드러내고 있으며, 이에 반박하는 논리도 더불어 소개하고 있다.

「대중문학과 관련한 두세 가지 속론을 논박하다」에서는 대중, 그리고 대중문학에 대한 정의를 서술하며 생활이나 사상도 현실에 기반하고 있으니 근대문학도 현실성을 평범하고 일반적인 것에서 찾아야 함을 피력한다. 근대문학이 추구해야 할 현실성, 진실성, 사생활이 바로 대중문학의 성질이다.

1932년에 쓰여진 「대중문학이 걸어온 길」에서는 대중문학이 발생하여 현재에 이르는 10년 동안 대중문학 작가가 문단작가의 영역에까지 발을 들이게 된 경위를 설명한다. '구상의 교묘함'이라는 문학적 기술을 무기로 대중작가의 발전 가능성에 대해 논하고 있다. 마지막으로 「나의 대중문예진」에서는 대중문예에 대한 신문비평에서 왕왕 볼 수 있는 '독자에게 아양을 떨고 있다'는 견해에 대한 정면 반박문이다. 독자에게 인기를 끌고 독자를 기쁘게 하는 재미있는 소설, 이러한 대중적 작품이 나쁜가? 문단소설이면 절대적으로 좋은가? 예술은 본래 유쾌한 것이다. 인생적 의의를 찾는 문단소설가여 자만을 버려라. 이러한 입장에서 문단소설만이 문예가 아님을, 대중문예의 존재가치를 주장한다.

3. 「나오키 산주고 대중문예 작법」

이런 나오키의 문예관은 본격적으로 대중문예에 대해 논한 「대중문예 작법」에서도 잘 드러난다. 먼저 짧게 배경설명을 하면, 1924년

문예춘추사는 도쿠다 슈세이(德田秋声), 아쿠타가와 류노스케(芥川龍之介), 구메 마사오(久米正雄), 야마모토 유조(山本有三), 기쿠치 간(菊池寬)을 책임 강사로 뽑아 6개월 코스의 문학강좌를 열고, 회원들에게 월 2회의 강의록을 배포하는 기획을 하였다. 이 강좌의 연장선상에서 1928년 '문예창작강좌'가 기획되었고, 이때 대중문예 부분을 맡은 강사가 기쿠치 간과 사이가 좋았던 나오키 산주고였다.

「대중문예 작법」의 제1장 「대중문예의 정의」와 제2장 「대중문예의 의의」에서 나오키는 인생의 의미 등을 찾는 문단소설과 예술소설도 중요하지만, 그와는 다른 문법 혹은 작법을 가진 대중문예의 중요성을 강조하고 있다. 나오키는 사색과 정신적인 것을 과도하게 중시하는 경향, 일본적 자연주의로 불리는 '사소설(私小説)' 이외에는 모두 비판하는 문단의 분위기 등의 원인으로 일본의 문예와 문학이 병들고 있다고 말한다. 문예를 둘러싼 하나의 강력한 도그마가 다양한 가능성을 인정하지 않았고, 이런 이유로 다른 문예 혹은 대중문예가 천시받으며 발전할 수 없었다는 나오키의 지적은 지금 현재에도 반추해볼 만하다. 하나의 관점만이 지배적인 사회는 그 폐쇄성에 의해 썩어가고, 인간은 정신과 사색만으로 살아가는 것이 아니라 물질적 토대를 바탕으로 살아간다. 이런 관점에서 나오키는 대중문예라는 새로운 흐름이 지배적 문예관을 부수고 대중의 물질적·향락적 다양성을 충족시키며 문학 영역에 다양성을 가져올 수 있다고 그 의의를 설명하고 있는 것이다.

제3장 「대중문예의 역사」에서는 에도시대부터 시작하여 메이지시대의 대중문예를 분류하고 해당하는 작품을 열거한다. 에도시대의 '통속적 읽을거리'를 열 가지로 구분했던 나오키는 메이지 시대의

근대 대중문예를 시대물, 소년물, 과학물, 애욕소설, 괴기물(및 탐정소설), 목적 또는 선전소설, 유머소설로 구분한다. 이렇게 대중문예를 분류하는 나오키는 각각의 대중문예들이 시대적, 역사적, 과학적 지식들을 포괄해야 하는 것과 동시에 시대, 사상 등에 대한 비판적 접근을 해야 한다고 말한다. 하지만 여기서 흥미로운 것은 문학자들이 역사, 과학 등에 대한 지식을 습득해야 한다고 주장하는 나오키가 그보다 먼저 "절대적 권위 및 무비판적 수용에 대한 비판", "과학 문명의 발전 경로에 대한 정당한 비판"을 주장한다는 점이다. 구체적으로는 문학자들이 새로운 지식을 공부하고 글을 써야 하지만, 그보다 먼저 문학이란 예술소설이든 대중문예든 결국 다양성을 통해 획일적인 것에 대해 반박하는 것이 문학적 전제라는 것이다.

제4장 「문장에 대하여」에서 나오키는 '개성'도 중요하지만 대중이 쉽게 받아들일 수 있는 '말하듯이 쓰기'가 중요하다고 역설하고, 제5장부터 제10장까지는 분류된 각각의 대중문예 장르들에 대해 설명하며, 시대·역사·과학 등에 대한 문학자들의 공부가 반드시 필요하다고 역설한다.

「나오키 산주고의 대중문예 작법」은 당대 대중문예에 대한 나오키의 해박한 지식을 읽는 재미, 독설과 비꼼을 통한 쾌감 등을 독자들에게 가져다준다는 점에서 그 자체가 '대중문예'적이다. 하지만 이와 함께 훌륭한 대중문예를 위한 구체적인 작법 설명, 대중문예가 지향해야 하는 방향, 더 나아가 이 모든 것 이전에 문학적 전제에 대한 나오키 산주고의 생각 등이 들어 있다는 점에서는 '문학'적이기도 하다.

4. 기타 수필들

기타 수필들에서는 발표 연도를 특정하기 어려운 글도 포함되어 있지만, 대부분 1932년 말부터 1933년에 걸친 것이 많다. 쇼와 초기로 일컬어지는 시기의 불황을 배경으로 일본 대중문학 주변의 다양한 사안들에 대한 나오키의 불안과 불만, 공상 등이 제시되어 있다.

1932년 연말부터 쓴 「새해의 감상」에서 새해는 1933년을 말하며, 순문학은 굶어 죽을 각오로 해야 한다는 히로쓰 가즈오의 명제에 반박하는 이 글은 1930년대 초 순문학 쪽 걸작이 나오지 않는다는 통렬한 비판에서 시작한다. 「레몬」으로 유명한 작가 가지이 모토지로 (梶井基次郎)의 문재는 높이 사지만, 세상이나 저널리즘을 탓하며 문학의 빈궁함을 한탄하는 작가들에게 진정 분투하고 있는지 일갈한다. 표어처럼 벽에다 써 붙여서라도 쓸모 있는 문학을 '써라', 일단 쓰고 말하라며 새해 작가들의 각성을 촉구하고 있다.

「문학의 지위와 국가 시설」에서는 프랑스와 러시아 등 세계문학의 동향을 언급하며, 문부성으로 대변되는 일본이라는 국가가 문예 원조차 두지 않고 문학자들을 무시하는 처사에 격분하고 있다.

역시 1933년 1월에 쓴 「대중작가 자계의 해」에서는 대중문학이 양산된 1932년을 돌아보고 있다. 신문이나 잡지의 대중매체를 통하여 큰 인기를 구가하면서도 문학성과 필력의 핍진함에 대해 비판하고 있으며, 그 비판적 시선은 나오키 스스로에 대해서도 향하고 있는 것을 확인할 수 있다.

「삽화」에서는 당시 통속소설에서 삽화의 중요성이 부상하는 것을 인식하고 수많은 서양화와 일본화 화가들을 품평하고 있다. 소설 내용과 긴밀하게 연결된 삽화가 중요하며, 일본 그림책의 전통을 높이 보고 있어서인지, 일본화보다는 서양화 출신 삽화가들이 좋은 삽화를 위해 기교와 재료 및 개성에서 더 고민할 것을 주문하고 있다.

「반사탑」에서는 1925년 노벨문학상을 수상한 작가 버나드 쇼의 1933년 일본 방문, 양심 없이 시의에 따라 좌익과 우익을 오가는 작가들, 프롤레타리아 문학의 퇴보 등에 대한 단상을 쓰고 있다. 일정한 맥락은 없지만, 마르크스 사상이 쇠퇴해 가는 기운 속에서 기술만능주의를 나타내는 테크노크라시를 키워드로 내세우며 '머신 대 맨', 즉 기계 대 인간의 문제를 예감하는 부분이 흥미롭다. 이는 과학과 문학의 접목에 착안하고 있던 나오키의 관심사와도 연결되는 것이다.

「도쿄성 문학」에서는 일종의 중심지 의식 비판이 이루어지고 있는데, 도쿄의 유행이 일본 전체의 유행인 양 생각해 버리는 오류를 지적하고 있다. 그러면서 예술의 좁은 틀에 갇혀 다른 예술이나 문학의 좋은 점을 포착하지 못하는 좁은 시야를 가진 이들에게 도쿄 '성'이라는 성격을 적용하고 있는 것으로 보인다. 아울러 나오키가 대중문학에 요청하는 내용을 「문학은 생활을 쓰는 것이다」에서 알 수 있다. 사건보다 생활을 묘사해야 한다는 점이나, 『레 미제라블』로 대변되는 사회와 인간의 문학과 『서유기』로 대변되는 괴이한 공상의 세계가 각기 우뚝 선 대중문학의 최고봉으로 설정하고 있는 점에서 그의 대중문학에 대한 관점이 파악된다. 비슷한 맥락에서 동시대 대중문학 종사자들이 펴내는 동인잡지를 보고 기개가 없으며 삼사류의 단편만 나열하는 것을 비판하며 대중문학의 품이 넓어야 하는 것을 주장한 것이 「통속 경멸의 변」이다. 역시 러시아나 영국 등 해외의 명작을 예로 들면서 입지소설이나 소녀소설, 모험소설의 경멸하는 풍조에 일침을 가하고 있다.

「과학소설에 관하여」에서 나오키는 과학의 시대를 예감하면서, 해외 유명 작가들의 추리나 SF에서 다루어지는 타임머신이나 아주 먼 미래라는 설정이 현재 생활과 관련을 가지지 못하는 단점을 극복하고자 하는 의지를 보인다. 그런데 그 과학에 대한 관심이 나오키에게는 미래뿐 아니라 과거와도 이어지고 있는 것을 「옛날 과학전이야기」가 잘 보여준다. 역사상 과학 기술을 사용한 전투 장면을 떠올리며 당시 대중문학 인기를 견인하던 역사소설에서 과학적 요소를 찾고 있다.

「대중, 작가, 잡지」에서는 '대중'과 '대중적'인 것의 차이에 주목하여 정신적 교양과 경제적 궁핍함으로 이를 같이 볼 수 없음을 논파하고 있다. 위로물로서의 대중문학 성격을 크게 보면서도 정신을 자극할 수 있어야 하며, 간행 부수도 충족시켜야 하는 문학자의 곤란한 상황을 다양한 작품 사례를 들어 설명한다.

「회고와 비근한 일들」은 1933년 초반의 단상들을 모아 놓은 것인데, 처음에는 일본 최고의 고전으로 일컬어지는 『겐지 이야기』가 대중을 위한 마치 의상극인 양 상연된 건에 관하여 문학성을 담아내지 못한 것을 비판하고 있다. 그 비판은 프롤레타리아 문학과 브루주아 문학으로 건너뛰면서 그즈음 등장한 작가들과 발표된 작품들 전반으로 확대된다. 그리고 결국 수렴되지 못하는 대중문학에 불만을 토로하다가 대중문학이 1933년 이후 기세를 더할 것이라는 다소 모순된 전망을 내놓고 있다.

「나의 로봇 케이군」은 다소 소설적 구성을 갖는 수필이다. 나오키가 돈을 벌고 싶은 마음에, 은거에서 과학 전문가 둘을 고용하여 자기 주문에 맞는 로봇을 제작해 준다는 허구적 설정에서 시작하기 때문이다. 돈과 물건을 제 몸에 넣고 삼십육계하는 능력이 탁월한 로봇 케이를 이용하여 강도로 체포되는 사태를 면하는 유쾌하고 허무맹랑한 범죄 상상 이야기이다.

마지막「문예가 분류법안 초고」역시 다분히 과학적 기준으로 쓰인 글이다. 문예가협회 회원으로 이름을 올린 당시 147명의 문필업자를, 수많은 장르 구분으로 어지러운 문예계 현황에서 각자가 '특이한 재료'로 특성을 발휘하자는 제안을 하고 있다. 무를 썰 듯 문예가 인원을 딱 잘라 분류하는 방식이 황당하기도 하지만, 모두 비슷한 분야에 몸을 담아 공도동망하느니 한 명 한 명의 효용을 극대화하여 문제를 해결하자는 묘한 발상에 설득력이 없지 않다.

나오키 몰후 80년이 되던 해인 2014년 나오키 산주고 평전이라 할만한 『알려지지 않은 문호 나오키 산주고(知られざる文豪 直木三十五)』가 간행되었다. 저자인 야마자키 구니노리(山崎國紀)는 이 책에서 대중문학의 '거성'이라 불리며 일본문학을 대표하는 상에 이름까지 붙여진 나오키의 작품이 왜 현재 읽히지 않는지 안타까워한다. 앞서 언급한 바와 같이 나오키 상은 그의 절친 기구치 간이 나오키를 기리며 제정한 상으로, 현재는 일본 대중문학 분야에서 그해 가장 뛰어난 작품에 수여하는 것으로 알려져 있다. 나오키 상이 일본의 대중문학계를 대표하는 상이니만큼 나오키라는 인물의 대표성도 인정해야하며, 그런 맥락에서 나오키의 작품도 재평가해야한다는 발상은 어찌 보면 자연스러울 수 있다. 반면, 『일본문학(日本文学)』에 이 책의 서평을 쓴 야마기시 이쿠코(山岸郁子)는 나오키 상의 제

정은 나오키가 '거성'이기 때문이 아니라, 병을 앓고 있는 와중에도 경제적 이유로 작품을 양산해야했던 나오키의 모습을 본 기구치가 제 2의 나오키를 위해 만든 상이라고 지적한다.

　나오키의 위상은 현재에도 명확하지 않다. 나오키 상을 수상한 대중문학 작가들이 나오키 산주고라는 인물에 대해 언급하는 일은 좀처럼 없으며, 당시의 시대적 상황을 고려하더라도 대단히 부적절하게 느껴지는 나오키의 언행은 그에게 인간적 매력을 찾기 어렵게 만든다. 평전『알려지지 않은 문호 나오키 산주고』의 부제는 '병, 빚, 여자로 고통받은 기인'이다. 그의 사상과 작품세계보다는 기인으로 세상에 더 알려진 나오키 산주고는 재평가의 대상일 수 있으나 좀처럼 재평가가 이루어지지 않는 인물이기도 하다. 나오키에 대해 비판적인 서평을 썼던 야마기시는 나오키가 얼마나 돈에 철저한 인물이었는지 서술하면서도 마지막에 나오키의 욕망이 문학적 영역 확장의 가능성을 제시했다고 평가한다. 나오키 산주고에 대한 재평가는 그의 욕망을 있는 그대로 면밀히 들여다보는 곳에서 시작될지도 모르겠다. 본편의 번역이 이러한 작업의 자그마한 토대가 되기를 기대한다.

지은이

나오키 산주고(直木三十五, 1891-1934)

본명 우에무라 소이치(植村宗一). 오사카(大阪) 출신으로 와세다대학 영문과 예과 입학. 다양한 서적 출판 일을 하면서 영화 제작과 관련한 일에 종사했다. 『문예춘추』를 통해 문단의 가십을 다루거나 세태를 비판하는 글을 많이 썼으며 『복수십종(仇討十種)』, 『남국태평기(南国太平記)』, 『거래삼대기(去来三代記)』, 『복수 조루리자카(仇討浄瑠璃坂)』, 『유히네모토 대살기(由比根元大殺記)』 등 복수를 테마로 하는 시대소설 작가로 이름을 알렸다. 매일 몰려드는 빚쟁이를 눈앞에 두고 태연히 지냈으며 목욕탕 갈 돈도 없는데 차를 몰고 다녔고 비행기 탑승 횟수도 문단 제일이라는 소문이 돌 정도로 기인의 행보를 보였다. 사후 절친인 기쿠치 간(菊池寛)의 주도로 〈나오키상(直木賞)〉이 제정되었다.

옮긴이

엄인경

고려대학교 글로벌일본연구원 교수.
고려대학교 대학원에서 일본문학 연구로 학위를 취득. 문학 박사. 일본어 시가문학,
한일 비교문화 및 일본의 문화콘텐츠 산업 등에 관하여 번역과 연구 중이다. 『한반도
와 일본어 시가문학』, 『조선의 미를 찾다 - 아사카와 노리타카의 재조명』(공저) 등의
저서와 『쓰레즈레구사』, 『몽중문답』, 『단카로 보는 경성 풍경』, 『요시노 구즈』, 『어
느 가문의 비극』, 『염소의 노래』, 『흙담에 그리다』, 『이시카와 다쿠보쿠 단카집』,
『나카지마 아쓰시의 남양 소설집』, 『자바 사라사』 등의 역서가 있다.

이가현

가천대학교 아시아문화연구소 연구교수.
고려대학교 일어일문학과 졸업. 일본 쓰쿠바대학 문학박사. 일본근현대문학 전공.
주요 논문으로는 「일본 NHK 대하드라마 〈아쓰히메(篤姬)〉에 그려진 여성의 역할:
도쿠가와가(德川家)를 지킨 여성들」, 「동아시아 SF X BL 서사의 트랜스-휴머니즘적
상상력과 젠더·섹슈얼리티 실험」 등이 있고, 역서로는 『외국인 노동자의 한국어
습득과 언어환경』, 『동아시아 지식의 교류』, 『남양대관 1』이 있다.

류정훈

고려대학교 핵심융합본부대학 연구교수.
고려대학교 일문과 및 동대학원 졸업. 일본 쓰쿠바대학교 인문사회계연구과 대학원
졸업(「근대일본의 괴담연구」로 박사학위를 받음).
저서로는 『진짜 일본은 요괴문화 속에 있다』(공저), 역서로는 『무주공비화』, 『금색
야차』 등이 있다.
현재 주요관심사는 1990년대 이후 한국과 일본 대중문화의 변용양상이다.

이상혁

충남대학교 인문과학연구소 연구원.
고려대학교 일문과 및 동대학원 석사 졸업. 일본 나고야대학교 인문학 일분문화학
전공 박사과정 졸업(「중일전쟁기 문학의 이중성·정동·언어」로 박사학위를 받음).
주요 논문으로는 「이토 게이카쿠의 형식실험과 픽션의 가능성」, 「포스트 휴먼적
주체의 언어·감각·정동」, 「수행적 주체의 현기증 – 무라타 사야카 『편의점 인간』,
『소멸세계』, 『살인출산』」 등이 있다.

일본대중문화총서03

나오키 산주고의 대중문학 수필집

2023년 11월 15일 초판 1쇄 펴냄

지은이 나오키 산주고
옮긴이 엄인경·이가현·류정훈·이상혁
펴낸이 김흥국
펴낸곳 보고사

책임편집 이순민
표지디자인 김규범

등록 1990년 12월 13일 제6-0429호
주소 경기도 파주시 회동길 337-15
전화 031-955-9797(대표), 02-922-5120~1(편집)
팩스 02-922-6990
메일 bogosabooks@naver.com
http://www.bogosabooks.co.kr

ISBN 979-11-6587-558-9 94830
   979-11-6587-555-8 94080
ⓒ 엄인경·이가현·류정훈·이상혁, 2023

정가 22,000원

EXPO'70 FUND
（公財）関西·大阪21世紀協会